KB061265

옹골차고 쫄깃하고 향기롭게

벌교 갯벌 여자들

나남
nanam

나남창작선 184

옹골차고 쫄깃하고 향기롭게
벌교 갯벌 여자들

2023년 12월 30일 발행
2023년 12월 30일 1쇄

지은이 권혜수
발행자 趙相浩
발행처 (주) 나남
주소 10881 경기도 파주시 회동길 193
전화 (031) 955-4601 (代)
FAX (031) 955-4555
등록 제 1-71호 (1979.5.12)
홈페이지 http://www.nanam.net
전자우편 post@nanam.net

ISBN 978-89-300-0684-2
ISBN 978-89-300-0572-2(세트)

본 도서는 인천광역시와 (재) 인천문화재단의 후원을 통해 '2023년 예술창작 지원사업'
으로 선정되어 발간되었습니다.

나남창작선 184

권혜수 장편소설

옹골차고 쫄깃하고 향기롭게

벌교 갯벌 여자들

나남
nanam

작가의 말

참 오래고 먼 길을 걸어왔다.

20년의 시간이다.

2003년 나는 책 한 권을 만났다. 《책 한 권으로도 모자랄 여자 이야기》라는 책이었다. 두 사진작가가 전국을 다니며 여섯 명의 할머니들을 만나 사진을 찍고 그들이 들려주는 구술을 정리한 책이었는데, 그 속에서 전남 바닷가에 사는 두 할머니를 만났다.

한마을에서 큰어매 작은어매로 불리며 평생을 산 두 여자. 그 굴곡 진 삶이 내 마음을 사로잡았다. 소설로 써보고 싶었다. 그러나 먼 바닷가 이야기가 너무 막막했고 막연했다. 한마을에 사는 본처와 첩의 이야기는 시골에서 어린 시절을 보낸 내게 낯선 이야기가 아니었고 우리 집안에서 직접 겪기도 했지만, 책에 구술된 두 할머니의 삶은 그때까지의 내 상상을 뛰어넘는 것이었다. 무슨 신화나 전설 같았다.

그러나 할머니들의 삶보다 내가 더 매료된 것은 작은할머니가 구사하는 저 남도의 쫄깃쫄깃한 탯말이었다. 할머니만의 잘근잘근한 생활 사투리는, 그 말새가 아니고서는 도저히 할머니의 삶의 원형과 질감, 남도의 원초적인 태를 상상할 수 없는 그런 것 말이다. 일제강점기와 6·25전쟁 등 현대사의 질곡을 거쳐 온 할머니들의 삶을 표현하기도 아득했지만, 경상북도 예천의 산골짜기에서 태어난 내게 남도의 사투리는 더 거대한 벽이었다.

나는 후배와 함께 할머니를 찾아 나섰다. 이미 큰할머니는 돌아가셨고, 작은할머니만 홀로 병석에 누워 있었다. 목소리가 자꾸 안으로 숨어 들었지만, 할머니는 느닷없이 말벗이 된 우리와 계속 얘기를 하고 싶어 하셨다. 그래서 책에서 읽지 못했던 몇 가지 매력적인 에피소드들을 더 들을 수 있었다. 큰할머니가 돌아가실 때 마지막으로 당신이 담배를 물려주었다는 얘기, 마루에 옹이구멍이 있었는데 그 옹이구멍에 담뱃재를 턴다는 얘기 같은 것이다. 옹이구멍 아래 담뱃재가 봉곳했다.

많은 사투리를 나는 남편의 도움을 받아 썼다. 전남 영광에서 초등학교를 나오고 광주에서 중고등학교를 다닌 남편은 어릴 적에 쓰던 사투리를 놀랍도록 잘, 그것도 풍부하게 기억하고 있었다. 나는 남편에게 아예 대사를 써 달라고 맡기곤 했다. 그러면 남편이 대사를 썼고 내가 캐릭터와 작품 리듬에 맞게 수정했다. 한편으로는 책이나 인터넷에서 수없이 남도의 방언을 채집했다. 그러다보니 나도 사투리에 익숙해져서 자판을 두드리는 손끝에서 절로 말이 흘러나왔다. 사투리와 내가 한 몸이 된 것 같았다. 매력적이지만 작품을 겉도는 말은 과감하게 버렸다. 번번이 아까웠다.

소설 쓰기를 사랑하고 그 과정의 완전함을 너무나 사랑하는 나로서는 수십 번의 퇴고를 거쳐 완성한 작품이 세상에 나아가 독자와 만날 수 있게 되었다는 것에 마냥 행복하다. 자아니 페미니즘이니 하는 말은 상상도 할 수 없던 시대에 자기 앞의 생을 오로지 온몸으로 살아낸 나의 어머니, 할머니들에게 이 소설을 바치고 싶다.

2023년 12월
권 혜 수

차 례

들 머 리

순한 섬들 사이로 아득히 물이 빠져나갔다.

먹감나무 빛깔로 온몸을 드러낸 광활한 갯벌이 역광을 받아 번들거린다. 잘 치댄 인절미 속살 같은 차지고 부드러운 뻘밭에 빨갛고 파랗고 노란 점들이 박혔다.

점들이 움직인다. 고물고물 움직인다. 멀어지기도 하고 가까워지기도 하며 점들은 쉴 새 없이 움직인다. 꼬막 캐는 아낙들이다. 아낙들의 널배가 지나간 자리에 가늘고 긴 갯고랑이 실뱀처럼 얽혀 구불댄다. 고랑의 물비늘이 봄 햇살을 튕기며 은사시나무 잎처럼 반짝였다.

"하이고 저것들, 살판들이 났네!"

뒷짐을 지고 둑 방에 서서 하릴없이 점들을 바라보던 월평댁 입에서 탄식이 터진다. 화르르, 애써 눌러놓았던 천불이 인다.

"엠빙헐!"

육십 평생을 캤으면 꼬막의 꼬락서니도 안 보고 싶을 터인데, 일손을 놓고도 남들 캐는 걸 보면 아깝고 억울해서 월평댁은 온몸이 다 벌

11

떡거린다. 맨손을 갈퀴처럼 구부려 뻘을 긁으면 그 손끝에 연신 딱딱 맞히는 맛을 버릴 수가 없다. 옹골지게 꼭 쥔 아이 주먹만 한 것이 손끝에서 올라올 때의 그 희열은 뻘짓을 해본 사람만이 안다. 몰캉몰캉 보들보들 닿는 낙지의 그 손맛은 어떻고.

월평댁에게 꼬막 없는 세상은 세상이 아니다. 장화도 없고 장갑도 없고 모자도 없던 시절, 맨다리 맨발로 기어다닌 저 뻘밭 때문에 무르팍도 허리도 성한 데가 없지만, 월평댁에게 꼬막 없는 인생은 인생이 아니다. 뻘밭은 월평댁의 뼈요 혼이다. 수중에 돈이 떨어져도, 부려먹을 논 밭떼기가 없어도 저 뻘밭만 있으면 속이 든든했다. 갯가 사람들은 흉년에도 부황 들지 않았다. 뻘배를 타고 바다로 나가기만 하면 됐다.

"할딱 걷어붙이고 후적거리불면 저것들 및 배는 캐불 거인디…."

치미는 천불에 월평댁이 머리에 썼던 수건을 벗어 애먼 몸뻬 바지를 탁탁 내리친다. 바람결에 아스라이 아낙들의 웃음소리까지 들리자 더 부아가 솟는다.

"하, 저 애팬네들이 나가 읎응께 아조 살판들이 났그면. 헤헤낙락 살판들이 나부렀어!"

그러나 애면글면해 봐야 어찌할 재간이 없다.

"하이고, 하루해가 질기도 허다. 아구창에 곰팡이 실컸네…. 갈 데는 영감배끼 읎네."

월평댁이 애써 마음을 접고 마을로 몸을 돌린다.

자그마한 키에 한평생 군살이라곤 붙어 본 적이 없는 대살진 몸피, 쪽진 머리.

마을의 중노년 아낙들이 오래 가고 손질하기 편한 파마로 너나없이 보글보글 머리를 볶았지만, 월평댁은 지금도 머리를 쪽지고 있다. 사람이 아롱이다롱인 맛이 있어야 한다는 것이 월평댁 생각이다.

월평댁의 하루는 물 묻힌 참빗으로 빗어 내린 머리를 딱 절반 갈라 가르마를 타고, 아랫입술을 옥물고 은비녀로 흐트러짐 없이 쪽을 지는 것으로 시작된다. 유난히 조글조글한 입가의 잔주름을 제하면 월평댁은 팔십이 가까운 노인답지 않게 정정하다. 목소리까지 카랑카랑하다. 갯바람과 온갖 풍상에 가시라져 보이는 얼굴 골골에도 아직 억척이 살아 꿈틀거린다.

월평댁이 마을로 들어간다. 뻘밭을 마당 삼아 윗집이 아랫집의 어깨를 걸고 아랫집이 윗집의 허리를 잡은 듯 산비알에 들어앉은 삼십여 호의 마을이 고즈넉하다. 지붕마다 오후의 봄빛이 부시다.

걸었다 하면 고쟁이에서 비파 소리가 나야 하는 월평댁이지만, 이제는 얕은 산길도 숨길을 고르며 올라야 한다. 내려가 봐야 할 짓거리도 없으니 뒷짐을 지고 천천히 길을 오른다.

살랑살랑 귓불을 간질이는 훈풍에도 오솔길은 아직 마른 잡초로 서걱대는데, 양지 녘 물푸레나무에는 갓난아기의 젖니 같은 새순이 살피를 뚫고 포릇포릇 고개를 내밀고 있다. 뽀로록뽀록 올라오는 소리가 들릴 듯하다. 내달이면 가지마다 푸른 기개가 짱짱하니 차오를 것이다.

따끈한 햇살이 등판으로 스며들어 겨우내 움츠려 뻣뻣하던 뼈마디가 해동이 되듯 노곤노곤 보드랍다.

숨이 턱에 오른 월평댁이 산 중턱의 단정한 무덤 앞에서 후우, 허리를 편다.

"영감, 잘 기셨지라!"

말꼬리를 올려 툭 던지는 인사말에 삐죽 가시가 돋쳐 있다.

월평댁이 이렇게 송 씨 산소를 찾아오는 것은 속이 상하거나 답답할 때 푸념하기 위해서다. 정히 소일거리가 없는 날은 산소를 등지고 앉아 하염없이 먼 바다를 바라보다 내려가기도 한다. 그런데 다른 해보다 일찍 봉분 위에 다소곳이 고개를 숙인 할미꽃을 보자 막혔던 월평댁 마음이 조금 풀어진다. 그 선명한 진홍빛이 곧은 송 씨의 마음을 고스란히 담아 자신을 반기는 것 같아서다.

"오매, 일찌거니도 나오셨네! 이잉, 알았소. 잘 기시구만! 참 자상도 허요. 해마다 영락읎시 잘 기신다는 기별을 준께."

월평댁은 송 씨가 해마다 할미꽃을 피워 자신의 안부를 알려주는 것 같아 솜털이 보송한 꽃잎을 살뜰한 손길로 쓰다듬는다.

"고상고상만 허다 죽은 박복헌 할미 넋이라고 넘들은 고개를 트는디, 영감은 살아서도 좋아허등만 죽어서까정 노냥 끼리고 있소잉. 영감! 오늘은… 뭐시냐…. 영감이 보고 잡기도 허고 부탁헐 말이 쪼까 있어 왔는디…. 쩝, 관둡시다. 영감까정 속상헐 거이 뭐가 있겄소. 그나저나 영감 지사가 낼 모레 글팬디, 나 손으로 짓상을 장만헐랑가 몰르겄소. 지발 요놈으 허리 쫌 나서주랑께는…."

앞으로는 볕이 잘 들고 뒤로는 산봉우리가 바람을 막아 송 씨 무덤은 아늑하고 안온하다. 산소 자리로 이만한 명당이 없어 보여 월평댁은 올 때마다 흡족하다. 누운 자리가 편안하니 이승에 남은 식구들,

특히 자식들을 송 씨가 잘 돌봐줄 것만 같다.

"오매, 이눔으 쑥뿌렝이 명줄도 질다. 뽑아도 뽑아도 으디 숨었다
이르키 나오까이…."

두 손으로 허리를 받치고 봉분을 둘러보다 뿌리가 끊어질까 조심조
심 잡풀을 뽑아내고 월평댁은 무덤을 지고 앉는다. 높은 하늘이 이마
위로 가깝게 다가와 눈 안에 들어온다. 알 수 없는 저승처럼 막막한 하
늘에 눈이 아슴아슴 아리다. 어느새 가녀린 살얼음이 낀 듯 아지랑이
도 아른거린다.

바람결에 훅 끼치는 갯내음에 월평댁 눈길이 다시 뻘밭을 향한다.

"할딱 걷어붙이고 후적거리불면 저것들 및 배는 캐불 거인디…."

길어지는 그림자와 노루섬 위로 이운 해를 가늠해 보다 욱무는 월평
댁 입술에 비장감이 감돈다.

"나가 앓느니 캐고 말제!"

챙 넓은 모자에 수건을 싸매고, 장화 바지에 긴 고무장갑을 긴 월평
댁이 고무 함지박과 똬리를 끼고 마당을 나선다. 멀리 가진 못하더라
도 가까이서 살살 움직이면 제사상에 올릴 꼬막 한 접시 정도는 캘 것
같았다. 낙지까지 잡히면 횡재하는 것이고.

언제 천불이 나게 한가로웠냐는 듯 월평댁은 잰걸음을 친다. 함지
박을 끼지 않은 오른팔을 한껏 휘젓는다. 몸뻬에서 비파 소리가 난다.
허리가 아프거나 속 창시가 슬프거나 평생을 이렇게 종종걸음 치며 살
았다.

한창때는 조그마한 그 체구로 나락 가마니를 들어 올리고, 솔갓재

에서 몸집의 두세 배나 되는 땔나무를 해 이고 오면서도 날다시피 내달았다. 꼬막을 캤다 하면 남들 두세 곱절을 캤다. 사람들은 그런 월평댁을 초여름 보리밭에 새파랗게 독이 올라 머리를 치켜든 살모사 같다고 고개를 흔들었다.

"월평떡은 나자마자 '엄니 나 뻘배 으딨어?' 울기도 전에 뻘배부텀 찾았을 거여."

이렇게 놀리기도 했다.

그럴 때면 '나가 걷지는 못해도 널배는 탈 거'라고 입찬소리를 했다. 그건 이 마을 아낙들이 너나없이 하는 소리기도 했다. 뻘배는 대체로 왼쪽 무릎을 널판에 올리고 오른쪽 다리로 밀지만, 월평댁은 왼쪽 오른쪽 다 자유자재로 탈 수 있었다. 그 실력도 아픈 허리 앞에는 맥을 못 췄다.

섬에서 태어나 섬에서 자라며 뭍으로 나가기를 염원했던 월평댁이지만, 뭍이라고는 하나 이 꼬막 밭으로 시집을 왔다. 그리고 개꼬막이 되었다. 개꼬막의 운명을 월평댁은 그렇게 살모사 머리를 하고 치러냈다.

둑 방에 서서 일전을 불사할 태세로 뻘밭을 노려보다 월평댁이 갯가로 내려선다. 한참을 쓰지 않아 마른 풀이며 흙덩이가 엉켜 있는 널배 바닥을 손바닥으로 살살 털어낸다. 뻘배는 두 대지만 더 아끼는 놈은 집에 있다. 끌고 다니기 무거워서 하나를 아예 갯가에 두었다. 비파 소리가 나게 걸을 때와 달리 허리에 신경을 쓰며 뻘배를 들어 올린다. 헉, 월평댁 숨이 끊긴다. 허리가 비명을 지른다.

"오매, 이놈으 지랄 맞을 허리!"

월평댁은 꺾어져 일어나지 않는 허리를 한 손으로 잡은 채 한참을 절절맨다. 어르고 달래고 받혀 겨우 몸을 추스른다.

"으째야 쓰까이! 올해도 영감 짓상에 나 손으로 캔 꼬막 올리기는 다 글러부렀능갑네. 허리가 아조 뿐질라져 불라고 허네."

그래도 함지박을 움켜쥐고 월평댁은 뻘배에서 쉽게 눈길을 거두지 못한다.

사철 나는 꼬막이지만 늦가을 찬바람 들고부터 춘삼월까지의 꼬막이라야 최상의 꼬막이다. 뭍은 쉬어도 바다는 한겨울에도 쉼이 없다. 차갑고 거친 파도에 단련된 물고기의 육질이 쫀득하고 맛이 좋듯, 꼬막도 뭍의 못다 한 생명력까지 떠맡은 엄동설한에 제 몸을 지켜낸 놈이 살이 옹골차고 쫄깃하며 향도 진하다. 특히 음력 설밑의 꼬막 맛을 으뜸으로 친다. 진달래와 벚꽃이 피고 질 때의 꼬막이 가장 맛있다는 사람도 있다.

작년에도 월평댁은 직접 캔 꼬막을 남편 제상에 올리지 못했다. 넘어지는 강천댁을 붙잡다 허리를 삐끗한 것이 영 낫지를 않았다. 틈만 나면 옥실 양반한테 침도 맞고 부항도 떴다. 좀 우선한가 싶다가도 갯일로 들어서려고만 하면 허리는 제가 먼저 비명을 지르고 번번이 부러질 듯 꺾인다.

"근디…. 나가 시방 씨잘디읎이 뭔 꺽정이대! 아, 자석들이 멕이주고 입히주고 용돈도 다 주는디 뭣이 꺽정이여. 꺽정 한나도 읎어. 암 꺽정 읎제!"

월평댁은 자식들을 앞세워 쭝얼쭝얼 혼자 자위를 하고서야 겨우 뻘밭으로 뛰어들려는 마음이 조금 진정된다.

노인정 마당을 외면하고 마을로 올라가는데 가게에서 제동댁이 쑥 나온다.

"월평 할매, 허리도 안 조탐서 시방 갯일 나가시게라?"

"느자구 읎기는…. 시방 물때를 몰라서 허는 소리여?"

뻔히 알면서 한번 놀려 보자는 제동댁 심보가 얄미워 월평댁은 퉁주발 때리는 대답으로 입막음을 한다.

노인정 옆에서 가게를 하는 제동댁 별명은 '쫑긋네 쇗대'다. 입이 재고 말이 많아서다. 그 앞에서는 입조심을 해야 한다.

가게라고 해야 라면에 술, 담배, 음료, 과자가 주종이고 그 외 잡다한 것이 조금씩 있다가 없다가 하는데 이름은 거창하게 자금실 슈퍼다. 여름에는 밖에 의자를 내놓고 김치 쪼가리를 안주로 술도 판다.

"야아. 그랑께 시방 나갔다 오시는구나. 근디 으째 빈손이시대?"

제동댁이 야살스레 좌우로 고개를 꺾으며 월평댁을 살피는 시늉을 한다.

요것 봐라! 제동댁 시커먼 맘보쯤은 월평댁 손안에 있다.

"이잉. 시방, 나가 빈손인께 제동떡 속이 시언허다 고거제?"

"음마, 월평 할매는 뭔 말씀을 고르케 하신다냐? '만만한 거이 홍어 좆'이라고 나만 보면 지천을 하세라이."

제동댁이 펄쩍 억울하다는 듯 고개를 외로 꼬며 눈꼬리를 살짝 올린다. 거기에 슬쩍 한마디 덧붙이는 걸 잊지 않는다.

"강천 할매 발로 오시 갖꼬 술 사 가는 것도 맹 나 탓이고."

"주라는 대로 한도 끝도 읎이 판께 글제. 아무리 술장시라도 한동니

서 고주망탱이가 될 때까정 팔먼 안 되제. 노인네라고 맨맛하게 보는 것이여 뭐여?"

"음마. 참말로 뭔 말씀을 고로케 하신다요? 강천 할매 성품을 몰라서 월평 할매는 시방…."

월평댁은 지금 제동댁과 투덕거릴 마음이 아니다.

"나가 바쁜게 올라가겄는디, 앞으로는 쐬주든 막걸리든 딱 한 병씩만 팔어."

"월평 할매, 허리 조심하세라우."

제동댁이 뒤에서 끝까지 한마디 한다.

'하이고, 저 심뽀는 참말로 병통이여.'

월평댁은 혼자 코를 울리고 잰걸음을 친다.

월평댁 걸음이 마을 가운데에 자리한 강천댁 집으로 향한다. 널찍하게 규모가 있는 기와집이다. 마당에 들어선 월평댁이 마당 끝의 비닐 더미를 길게 한번 째려보고 한숨을 쉰다.

그럴 리 없는데 집 안이 조용하다. 마루를 중심으로 안방, 건넌방, 사랑방, 해서 방이 세 개나 되고 안방 쪽에 부엌이 크게 달린 집이다. 옛집이지만 외양은 그대로 둔 채 초가에서 슬레이트로, 슬레이트에서 다시 기와로 바꾸었고, 그때 기름보일러도 놓고 부엌을 안방과 터서 입식으로 개조했다. 사랑방 옆 외양간은 잡동사니를 보관하는 창고로 쓰고 있다.

월평댁이 툇돌 앞에 선다. 안방에서 코 고는 소리가 들린다. 가만, 코골이가 쌍끌이다. 주위를 두리번거린다. 마루 밑에 네 발을 게으르게 늘어뜨린 순덕이까지 코를 골고 있다. 탁, 발을 굴러 월평댁이 순덕이 눈앞에 으름을 놓아보지만 순덕이는 어미 젖 문 강아지 눈만큼 뜨다 다시 감는다.

"음마아, 요것이 알은 체도 안 허네. 요 작것을 기냥…!"

순덕이 눈을 감은 채 뉘 집 개가 짓느냐다.

"에이, 그 쥔에 그 개새끼제."

강천댁 흰 고무신이 툇돌 위에 아무렇게나 뒹굴고 있다. 얼마나 안 씻었는지 숯 검댕이 묻은 것처럼 때가 꼬질꼬질하다. 전에는 월평댁이 가끔 닦아주었지만 허리가 안 좋은 뒤로는 손을 놓아버렸다.

월평댁이 무릎걸음으로 마루에 올라 조심스레 안방 문을 열어본다. 하! 기가 찬다.

방바닥에 빈 술병이 어지럽게 서 있다.

"워매, 저 술이 으디로 다 들어갔으까이!"

월평댁 입이 절로 탄식을 지른다. 보니, 막걸리가 두 병에 소주가 한 병이다. 개다리소반 위에는 언제 내놓았는지 말라비틀어진 잔반이며 아침마다 재수 패를 떼어보는 화투짝들도 아랫목에 그대로 펼쳐져 있다.

그 아수라판 속에서 강천댁은 손바닥만 한 노오란 조화 화분을 껴안았다. 대나무에 옥수수 강치를 끼운 때가 꼬질꼬질한 등긁개도 손에 꼭 쥐고 있다. 코를 골 때마다 축 늘어진 큰 몸체가 부풀었다 꺼졌다 파도를 탄다. 허구한 날 술만 푸고 움직이지를 않으니 얼굴도 부석부석 들떴다.

부잣집 딸로 시집와 젊었을 적에는 남달리 홀쭉한 키에 피부가 희고

부얼부얼해 인물이 박꽃 같다고들 했었다. 바다와 좀 떨어진 강천댁 친정에서는 겨울이면 정지 문턱에 꼬막을 가마니째 들여놓고 먹었다고 자랑했다. 꼬막 입 벌어지지 말라고 밟고 드나들며 먹었다는 것이다. 꼬막의 짭조름한 피가 사람의 피와 비슷해서 꼬막은 강한 생명력만큼 쉽게 상하지 않았다. 가난한 집에 시집와서도 꼬막은 딴 세상일 정도로 지분기와 부잣집 딸 행티는 평생 강천댁을 따라다녔다. '살림 못 하는 건 용서해도 뺄배 못 타는 건 용서 못 한다'는 이 고장 말도 강천댁과는 상관이 없었다. 월평댁이 준 아이들 월사금까지 시침 뚝 따고 술 사 먹어버릴망정 주머니에 술값이 떨어지지 않으니 그것도 강천댁 복이라면 복이다. 저 나이에도 저렇게 주구장창 술이 들어가니 술배도 타고난 복일 터.

푸우 푸, 풋바람까지 불며 강천댁은 세상모르고 퍼질러 잔다.

"쯔쯧…. 아그들이 지사 지내라고 돈 보내준께 아조 맴 놓고 퍼부렀구만. 나가 못 살어야. 징글징글히서 지명에 못 산당께. 영감 지사가 오는지 가는지 시상천지 몰라불고…."

더욱 가관인 것은 강천댁이 가슴에 꼭 안은 조화 화분이다.

"하이고 남사시른 거! 고것이 뭐시라고 신주단지맹키로 싸대 안고 잔다냐? 저 등끌개 든지런거 쫌 보소. 나가 효자손을 사다 앵깄는디도 저 꼴싹을 부리는구만…."

월평댁은 방문을 닫으려다 고개를 빼 부엌 쪽을 들여다본다.

부엌은 더 장관이다. 거무튀튀한 행주쪼가리가 아무렇게나 내던져져 있고, 싱크대에 설거지감이 그대로다.

강천댁이 한창 살림을 할 때도 설거지 한 그릇에 고춧가루나 밥알 쪼가리가 그대로 묻어 있기 예사였다. 수챗구멍이나 거름더미에는 음식 찌꺼기가 허옇게 뒹굴었고, 시렁에 엎어놓은 흰 사기그릇에는 쉬파리 떼가 들러붙어 보는 것만으로도 덧정이 없을 지경이었다. 그런데도 부자 친정에서 먹어 본 입맛은 있어, 뭐가 덜 들어갔느니 더 들어갔느니 하며 남의 음식 타박은 잘했다.

탁 방문을 닫고 툇돌로 내려선 월평댁이 강천댁 고무신을 발로 툭 차버린다. 고무신도 밉살스럽다. 고무신 한쪽이 순덕이 얼굴에 벌렁 뒤집어진다. 순덕이 한쪽 눈을 뻐끔 뜨다가 다시 감는다.

'으이그, 쥔이나 개새끼나 천생연분이랑께.'

뻘에 불기둥이 섰다.

불기둥을 따라 뻘배들이 뽈뽈 줄지어 돌아온다. 부지런히 먹이를 줍던 농게가 큰 집게발을 쳐들어 달아나며 뻘배들에게 길을 내주고, 대굴거리던 짱뚱어의 두 눈이 쏙쏙 구멍으로 들어간다. 아낙들의 빨갛고 파랗고 노란 잠바들이 사위어지는 노을에 더욱 선연하다.

그런데 수확들이 시원찮아 보인다. 자루 몇 개가 찢어지게 꼬막을 캔 적도 있었지만, 요즘은 두 개의 함지박을 가득 채우기도 힘들다. 오늘 아낙들의 수확에도 방방한 자루는 없다.

팔라는 데 많고 잡아 달라는 데는 많은데, 몇 년 전부터 꼬막 수확이 절반이 넘게 줄었다. 바다를 뒤집고 흔드는 큰 태풍이 없는 데다, 기온이 올라가면서 바다 온도가 상승한 때문이란다. 작년에는 한파로 더 수확이 좋지 않았다. 갯벌이 얼어 갯벌 밑에 서식하는 꼬막까지 동

22

사한 것이다. 자식들이 잡아 달라고 해도 꼬막 구경하기가 힘들다는 아우성까지 나온다. 벌교 장에서도 참꼬막은 귀해져 후하게 한 됫박 퍼주던 인심도, 막걸리 한 사발에 거저 주던 안주도 자취가 없다.

깊고, 모래가 섞이지 않고 입자가 고운 이곳 뻘밭은 특히 최상의 뻘밭으로 꼽힌다. 쇠갈퀴를 사용하지 않고 손으로 캐는 것도 뻘밭을 보호하기 위해서다. 더 자라야 할 어린 꼬막들에게 혹여 상처를 입힐까 봐서다.

"월평 할매 나오셨어요?"

때맞춰 꼬막을 실으러 태호가 트럭을 몰고 왔다.

"이이. 답답혀서…."

"저녁은 드셨어요?"

"안즉 안 먹었제. 니가 애쓴다."

태호는 올해 서른일곱으로 광주에서 직장 생활을 하다 6년 전에 자금실로 돌아왔다. 자동차회사 연구실이라나, 직장도 좋은 곳이었는데 스트레스가 많아서 아무리 약을 먹어도 위장병이 낫지를 않았다. 직장을 그만두고 제 아버지와 새꼬막 채취를 하면서 거짓말처럼 속병이 사라졌다고 했다.

바다에 종패를 뿌려 거두는 새꼬막은 새벽 네댓 시에 배를 타고 나가 썰물이 되는 아침 8시 무렵까지 채취한다. 채취한 새꼬막을 태호네는 죽거나 깨진 꼬막만 기계로 걸러낼 뿐 상인들에게 넘기지 않고 집으로 가져온다. 잡고, 선별하고, 소비자에게 파는 일을 온 식구가 달려들어 직접 한다. 태호가 오면서 일어난 변화다. 태호 아내가 주문을 받고, 아이스박스에 포장한 꼬막을 태호가 트럭에 실어 직접 읍내 우체국까지 간다. 그러면서 태호는 오후에는 아낙들의 꼬막을 받아 선별 작업을 해주고 택배로 부치거나 벌교 장에 내는 일을 도와준다.

월평댁 젊었을 적에는 아낙들이 꼬막을 캐면 남정네들이 지게로 져서 집으로 가져갔다. 죽은 꼬막은 일일이 손으로 가려냈다.

죽은 꼬막 가려내기는 양반이다.

월평댁 친정 동네에서는 젓갈 담는 젓새우를 많이 잡았는데, 그 자잘한 새우에 섞여 올라오는 멸치며 꼴뚜기를 갑판 위에서 어부들이 일일이 젓가락으로 골라냈다. 최상의 새우젓을 만들기 위해서였다.

"아고고 허리야, 다리야, 어깨야."

저마다 한마디씩 하며 아낙들이 갯가로 나온다. 뻘밭의 노동은 정직하지만 지독하다. 뻘은 가만있으면 그대로 몸을 삼켜 버린다. 오뉴월에도 젖은 몸에 바람을 달고 다닌다. 특히나 겨울 뻘밭의 노동은 그 혹한의 고통을 이기기 위해 쉼 없는 호흡으로 제 살을 태워야 한다. 네댓 시간을 끊임없이 움직여야 한다. 그래서 이곳의 나이 든 아낙들은 안 아픈 곳이 없다. 거짓말 조금 보태 뻘밭의 꼬막만큼이나 아낙들에겐 아픈 곳이 많다.

월평댁은 한여름만 빼고 수건을 머리에 동이고 산다. 머릿속에 술술 찬바람이 일기 때문이다. 신기한 것이, 온몸이 늘어져 있다가도 짠내 나고 질퍽한 뻘밭에만 들면 온몸의 아픈 구석이 객귀 나가듯 싹 가신다는 것이다. 오매불망한 샛서방이 생겼어도 따라나서지 못하게 했을 저 뻘밭.

아낙들은 간이세척장에서 꼬막을 망에 담아 씻고 뻘배와 몸의 진흙을 씻어낸다. 꼬막은 선별 작업을 하며 다시 씻을 것이다. 입으로는 오만 군데가 다 아픈데 망 안에서 부딪치는 꼬막 소리는 경쾌하다.

꼬막 소리 사이사이 유쾌한 농담과 웃음들이 끊임없이 오간다.

태호가 트럭에 꼬막을 실어 떠나고 이장댁의 검은 비닐봉지에서 막걸리병이 나온다. 누군가의 가방에서는 빵이 나오고 꼬막무침도 나온다. 한겨울 눈발이 휘날려도 뻘밭에서 나오면 자주 막걸리 한 잔씩을 한다. 막걸리가 들어간 몸들이 "오매이, 좋아" 진저리를 친다. 찬 몸에 찬 것이 들어가는데도 몸이 후끈 더워진다.

"우리가 요맛에 살제."

낙지가 낙낙히 잡히는 날은 갯가에서 불을 피워 즉석 호롱구이도 해 먹었다. 꼬막도 구워 먹었다. 불에 구워 먹는 꼬막은 또 다른 별미다. 오전 뻘밭을 나가는 날은 돌아가며 두레밥을 해 먹기도 했었다. 두레반 상 위에 한 양재기 수북이 삶은 꼬막이 올라오면 게 눈 감추듯 사라졌다.

월평댁은 밀밭 옆에도 못 간달 정도로 술을 못한다. 종이컵에 한 모금 정도 받아서 입가심으로 분위기를 맞춘다. 이럴 땐 누가 먼저랄 것 없이 아낙들 입에서 노래 자락들이 나온다.

야야이 내 나이가 어때서? 뻘짓하기 딱 좋은 나이지…
우리가 뭐시로 사냐?
첫찌가 꼬막, 둘찌가 술심, 셋찌가 낙자, 꼬두바리가 영감…
그러들 말어, 나는 땡감이 첫찌여.

그러고들 왁작 웃음이 터진다.

여기 아낙들은 모두 한두 번씩 텔레비전에 얼굴이 나왔다. 언제부턴가 꼬막이 유명세를 타기 시작하면서 서울이며 여수, 광주의 방송들이 인근 섬과 뻘밭을 저인망 멸치잡이처럼 훑고 지나갔다. 이제는 뻘밭에서 뻘배 달리기 대회며, 갯벌 체험 같은 놀이가 열린다.

월평댁은 이런 게 영 마뜩찮다. 꼬막 수확이 줄어든 게 꼭 그런 탓인 것만 같다. 그냥 생활의 터전으로 놔두었으면 좋겠다. 인간들 지나간 곳이 어디 한군데 성한 데가 있는가. 무한정 꼬막을 줄 줄 알았던 저 뻘밭도 어느 날 꼬막 내기를 거절하는 게 아닐까, 두려운 생각이 문득문득 드는 것이다.

함지박을 끼고 돌아가는, 한평생 저 뻘짓 덕분에 자식들 공부시키고 오늘 이만큼 살아온 인생들 뒤로 어스름 해거름이 내리고 비늘 같은 물이랑이 눈앞까지 들어차 팔랑인다.

식은 밥 한술로 늦은 점심을 때운 강천댁이 마당을 나서려다 들어서는 월평댁과 딱 마주친다.

"또 뭔 잔소리를 하고 자파 왔대?"

"앙거보씨오."

"왜에? 나 시방 바빠."

"성님 바쁜 일이 노인정 가는 거배끼 더 있소? 앙거보씨오. 나가 오늘은 확답을 받아야겠응께."

월평댁의 잡도리에 강천댁이 엉거주춤 마루 끝에 몸을 내린다. 월평댁이 옆으로 나란히 걸터앉는다.

잠시 월평댁이 숨을 고른다.

아직 바람 끝은 쌀랑해도, 한낮 마루 끝에는 병아리 가슴 털 같은 노오란 봄볕이 몽글몽글 몽우리 졌다. 나란한 강천댁과 월평댁의 명주 날줄 같은 흰머리에도 봄볕은 부시게 쏟아졌다. 올올이 흰 올을 조금도 감추어 줄 너그러움이 없다는 듯.

"으짤 것이요?"

거두절미, 월평댁이 지른다.

"뭐어슬야?"

"뭐시긴 뭐시여라우? 쩌놈으 관짝 긑은 떼미 말이제…."

월평댁이 턱을 치켜들어 비닐에 덮인 더미를 가리킨다.

"헝, 얼척도 읎다. 난 또 뭐시라고. 고거이 으쨌간디! 아, 턱주가리 빠지겄어."

"턱주가리는 빠져도 좋은디, 저놈으 물건만 보믄 기냥 오장육보가 다 뒤집어져분당께. 아조 징상스라요."

"고거이 밥을 돌라고 하간디, 죽을 돌라고 하간디. 꼬막밭에 못 나간께 인자 벨 까탈을 다 부리네이."

일을 매조지려는 쇳소리와 느글느글 피해 가는 엇박자에 순덕이 잠 묻은 눈꺼풀을 감았다 떴다 세 가늠을 한다.

자금실의 일상이 되어 버린 월평댁과 강천댁의 아옹다옹 티격태격을 사람들은 '입대름 한마당'이라고 불렀다. 거두절미한 카랑한 쇳소리로 치면, 막걸리에 푹 담갔다 건져 올린 듯 걸쭉한 쉰소리로 여차 없이 받아내는 능청에 고저장단까지 어우러진 말 사위를 듣고 있노라면 재미있는 마당놀이가 따로 없다고들 했다.

　며칠 전에도 비닐에 덮인 저 더미를 두고 강천댁과 월평댁은 한 입대름 했었다. 보기에도 지저분하지만, 지난겨울에는 비닐을 스치는 바람이 꼭 귀신 소리 마냥 음산하고 사위스러워 신경 줄을 긁어댔다는 것이 월평댁 하소였다. 볼 때마다 무슨 관짝 덮어놓은 것 같아 월평댁은 섬뜩하기까지 했다.

　"이그으, 열녀 춘앵이도 아니고 고런 뜨내기를 으째 지다린다고 해싸까? 그 짝은 폴새 잊아부렀을 거인디…."

　더미 자체보다 오늘 월평댁이 하고 싶은 말은 여기에 있다.

　"야박시런 애팬네, 인정머리허고는…."

　"구신 나오게 생깄은께 글제. 바람만 불면 저놈으 비니루 소리! 파라라락 퍼더덕…. 꼭 구신 나오는 소리맹키여라우. 성님, 지발 읎애붑시다."

　"되았어!"

　"한 해도 훨썩 지냈는디 실어내 불잖께요."

　"되았당께."

　"성니임!"

　"시끄라야!"

　"고놈으 영철인지 고철인지 오기만 해봐라 기냥…."

　"주댕이 꼬매불기 전에 싸게 안 닥쳐!"

　입대름에 날이 서자, 순덕이 번쩍 턱을 쳐든다.

　"하이고, 나 팔자야!"

결국은 월평댁이 주먹으로 쾅쾅 가슴을 친다.

'그라먼 그라제.' 순덕이 또 그 타령인가 하여 아예 코를 땅에 박아버린다.

늘 그랬다. 외동서인 그들은 한 남편을 사이에 두고도 평생을 그렇게 잉걸불을 지폈다. 그리고 늘 주먹으로 가슴을 치는 건 성질 깡깡한 월평댁이었다. 오늘도 외동서 간의 '입대름 한마당'에서 월평댁만 부글댔다. 그러거나 말거나 강천댁은 지그시 눈을 감고 소리를 흥얼댄다.

무지몽매한 애팬네야 나으 질을 막지 말어
의리를 모르고 나으 시상을 함부로 말하지 말어…
꿈아 무정한 꿈아! 왔던 님을 왜 보내고 깨버렸나…

걸걸한 목청에 구성지게 처억 척 꺾는 가락이 많이 해본 솜씨다. 입대름에서 판이 불리하다 싶으면 곧잘 써먹는 강천댁 수법이다.

"하이고, 같잖히라!"

월평댁이 가자미눈으로 째리며 입을 비쭉한다. 그러면서도 월평댁은 강천댁 소리를 좋아한다. 월평댁이 갖지 못한 재주인 데다, 그때그때 정황에 맞게 지어내는 노랫말이며, 때로는 구성지게 때로는 흥얼흥얼 뽑는 가락이 좀 배웠다면 한소리 하는 소리꾼이 되었을 거라는 생각도 한다. 아까운 재주다.

소리로 눙치던 강천댁이 몸뻬 주머니에서 담배를 꺼내 불을 댕긴다. 강천댁의 술, 담배는 스물여섯 때부터 시작되었다. 그만큼 역사가 깊다. 강천댁은 지금까지도 이 술 담배를 끊을 생각이 없다. 그건 어려운 시절을 의지하고 함께 견뎌낸 길동무에 대한 의리 같은 것이다. 강천댁 생애에서 유일하게 선택할 수 있는 기호품이기도 하다. 그 두 길동무를 생각하면 강천댁은 신산스런 인생길에도 마음이 훗훗해진다. 온 마음과 몸을 그 길동무에게 부려놓고 살았다.

살아내도 살아내도 또 다시 살아내야 할 아침이 올 때의 그 아득한 막막함, 감나무 우듬지에 잎싹 성성하고 마당 가득 햇빛 쨍쨍한데 낮술 앞에 놓고 혼자 대작하는 그 시린 쓸쓸함을 누가 알꼬. 술기운에 혼곤하여 눈앞이 아지랑이 속인 양 어룽어룽 흔들리고, 거기에 소리 한 자락을 늘이면 살을 에는 맨 삶도 한바탕 꿈길 같아 강천댁은 휘이휘이 걸어낼 수 있었다. 강천댁에겐 밥보다 그 꿈길이 늘 더 절실했다.

"고놈으 술 담배 뭐시 좋다고 노냥 끼리고 사까잉? 배가 부르기를 해, 몸에 좋기를 해!"

"자네는 고거배끼 생각을 못 허제. 사램이 밥만 묵고 살먼 뭔 멋대가리여! 돼야지 새끼나 맹 마찬가지제. 소리도 있고, 술도 있고, 담배도 있어야 인생살이 짚은 맛이 나는 거이여."

"잘난 치는…. 사램이 서릿발맹키 쨍쨍한 정신으로 살어야제."

강천댁 잘난 체에 밀리지 않으려고 쏘아붙이긴 했지만 곡식이 밥만 짓는 게 아니라 술도 빚고 술이 있어야 인생살이 깊은 맛이 난다는 의미만은 월평댁도 알 것 같았다.

뽀옥, 뽀옥, 양 볼이 패도록 강천댁이 맛지게 담배를 빤다. 뻣뻣이 들어 올린 턱이 마치 적장을 제압한 승장의 기세다.

'하이고, 쪼까 배왔다고 빼기기는. 나가 고렇게는 못 지제.'

월평댁 눈에 짱 오기가 오른다.

강천댁은 아차! 싶다. 된 시어미 같은 월평댁의 닦달을 소리로 잠재 웠다고 생각했는데, 담배 연기를 뚫고 휙 날아와 꽂히는 눈길이 독사 쐐기다.

들이받히기 전에 얼른 눈을 감고 강천댁은 다시 소리를 흥얼댄다.

겨울이 갈라나 봄이 올라나 으디서 깨구락지 울라나….

"시끄랍소. 그놈으 되도 않은 소리!"

월평댁이 탕, 마룻바닥을 친다.

번쩍 뜬 순덕의 둘한 눈이 긴장한다.

"사램이 끊꼬 맺는 맛이 있어야제, 미꾸락지맹키로 미끄덩 밍클 요리조리 빠져나가뿐지고, 맨날 취해 갖꼬 개맹이가 흐엉기 풀어져 흐늘흐늘…."

천둥이 잦으면 소나기가 쳐들어오는 법, 월평댁이 그예 폭풍 장대비를 퍼부어도 그깟 공격쯤이야. 아랑곳 않고 강천댁은 능청능청 소리를 굴리며 담배를 빤다. 감은 눈으로 용케 마룻바닥에 뚫린 옹이구멍에 담뱃재를 터는 재주까지 부린다.

이렇게 되면 아예 싸움이 안 된다. 이번만은 매조지려고 꺼냈던 얘기가 또 다시 강천댁의 소리타령에 묵사발이 돼버렸다.

벌떡 일어난 월평댁이 순덕이를 냅다 걷어차려다 차마 그러지는 못하고 엉거주춤 발을 내린다.

"아, 애문 순덕이는 와 차고 그래싸!"

"말은 바로 허씨요. 나가 은제 순덕이 찼소?"

순덕이는 늘 있었던 일인 양 어슬렁 강천댁 옆으로 자리를 옮겨 배를 깔고 다시 땅에 턱을 박는다.

참꼬막, 개꼬막

마을 한가운데 규모 있게 자리한 강천댁 집과 달리, 월평댁 집은 약간 외지게 마을에서 비켜나 있다. 마루에 앉으면 가깝고 먼 섬과 수평선이 거칠 것 없이 한눈에 드는 집이다. 오두막을 겨우 면한 자그마한 방 두 개에 부엌, 손바닥만 한 토방이 전부였던 것을, 부엌과 방을 다 터서 입식으로 만들고, 토방 위에는 툇마루를 깔았다. 툇마루 위로 채양도 달아냈다. 화장실도 집 안으로 들였다. 월평댁은 이 집에서 50년을 넘게 살았다.

곡식이 농사꾼의 발소리를 듣고 자라듯 지금도 집 안 구석구석에 훈김이 나는 것은 월평댁이 그만큼 쓸고 닦고 한 덕분이다. 남편 송 씨가 가고도 외동서가 각기 살자, 집도 많이 낡았는데 두 엄니가 합치는 건 어떠냐는 자식들의 은근한 요구가 있었지만, 월평댁은 단칼에 손사래를 쳤다.

"아서라. 니 큰엄니를 몰라서 그르냐. 헌 집이어도 이 집에서 100년은 더 살겄다."

월평댁이 아침상 앞에 앉아 숟가락을 들었다 놓았다 한다.

"그라도 영감 짓상 차리자믄 한 수꾸락 떠야 딸삭거리겠제…."

입맛이 영 깔깔하다. 한술 뜨다가 다시 숟가락을 놓는다.

강천댁이 걸린다. 아침부터 또 술을 푸고 있을 것만 같다. 에이, 월평댁은 눈을 질끈 감으며 고개를 흔든다. 생각을 떨치기로 한다. 그러나 안 된다. 전화기를 본다. 송수화기에 손을 얹은 채 한참을 망설이다 월평댁은 작심하고 손을 떼버린다.

"그려, 냅도뿌러. 밥을 묵든지, 술을 푸든지…."

푸념 섞어 두어 술 더 뜨다가 월평댁은 얼핏 달력을 본다. 서둘러 리모컨을 찾아 텔레비전을 켠다. 아침마다 월평댁이 즐겨 보는 프로그램이다. 주부 상대의 이 프로그램은 수년째 목요일마다 가족 찾기를 한다. 오늘은 대구 어느 시장에서 다섯 살 때 엄마 손을 놓쳐 가족을 잃어버렸다는 오십대 중반의 아줌마가 당시의 약도까지 그려 나와 눈물로 엄마와 형제들을 찾는 중이다.

씹다 만 밥을 물고 월평댁은 화면에서 눈을 떼지 못한다. 금방 월평댁 눈가가 불긋불긋해진다.

"모진 년…. 니는 저런 것도 안 보냐? 저 자석들은 으디에 사는지도 모르는 부모 성제를 찾겄다고 저르키 기를 쓰는디, 에미가 여그서 뻔히 살고 있는 중 알면서도…. 징한 년! 차라리 죽었다는 기별이라도 오면 잊어라도 뿔제…."

울컥, 목울대를 타고 뜨거운 응어리가 올라온다.

"으쨌든 살아만 있그라, 정자야…. 잉."

재작년에는 큰아들 장대가 신청해 방송에 나가보기도 했었다. 그러

34

나 허사였다. 매몰스럽게도 어디서 허튼 전화 한 통도 없었다. 월평댁은 한동안 공연히 세상이 서운하고 애먼 전화통을 원망해보기도 했었다. 부질없고 어리석은 생각인 줄 알면서도 그랬다.

월평댁 눈이 지금도 전화기에 가 있다. 그때 전화벨이 울렸다. 움찔, 월평댁 상체가 먼저 곧추서고 가슴이 쿵쿵 뛴다. 방송에 나간 뒤부터 생긴 울렁증이다. 월평댁은 마음을 가다듬고 끄응, 엉덩이걸음으로 가 송수화기를 든다.

"…이잉, 장대냐!"

월평댁은 허탈한 한숨을 아들이 알아채지 못하게 내쉰다. 기대가 무망하다는 걸 알면서도 이 프로가 나오는 날이면 혹시 하는 바람이 또 맥없이 무너진다.

"이따 지사에 볼 틴디 전화를 넣냐? 전화세 나오는디."

"아침은 드셨어요?"

"인자 묵고 있제."

"…아버지 제사에 못 가게 생겼어요."

"뭔 일로야?"

"공장 사람이 다쳐서 지금 병원이에요."

"오매 으처까! 많이 다쳤냐?"

"위중은 안 해도 불법체류자라 복잡허그만요."

"이 일을 어쩐다냐? 위중허덜 않다니께 만 번 다행이다만, 으째야 쓰까잉."

"걱정 마세요. 알아서 잘 처리헐 텡게요."

"오냐 오냐. 그나저나 아부지 지사에 성제가 다 못 오믄 동네 사램들 볼 낯이 읎겄다."

"승대는 왜요?"

"공사 기일이 촉박허서 도저히 나올 수가 읎단다. 섬질이라 멀기도 허고…."

"또 행사에 가는 건 아니겄지요?"

장대가 좀 미심쩍어한다.

"갸가 노래하는 건 토요일 아니면 공일날이제. 나머지 닷새는 꼼짝 없이 일한단다."

"…."

"으쩔 것이냐. 산사람 일이 중체. 되았다…. 참, 담에 올 적에 느그 큰어메 신발 쫌 사오니라."

"그냥 엄니가 사드리세요."

"그라도 되제만, 나가 사주는 거보담 느그들이 사주는 거이 동네 사램들 보기도 좋제. 안 그러겄냐?"

"알았어요. 짓상 올릴라면 엄니 혼차 고생하시겄네요."

"여그 껵정 말고 거그 일부텀 잘 챙기야 쓰겄다. 쫌 거시기헌 일이 있어도 꾹 참고… 잉!"

큰아들의 무던한 성격을 알지만 월평댁은 신신당부를 한다. 제사만 아니면 엄니 걱정한다고 알리지도 않았을 것이다. 그런 판에 강천댁 신발 당부를 한 게 속없는 할망구의 물정 모르는 짓 같아 걸린다.

"어서 들어가그라."

"예. 엄니도 들어가세요."

"그려. 고상혀라."

월평댁은 힘없이 송수화기를 놓는다.

장대는 사업을 한다. 일고여덟 명 남짓의 종업원을 데리고 광주에서 자동차부품 하청공장을 하는데, 일감이 신통치 않아 몹시 힘들단다. 지난 설에는 공장 문을 닫아야겠다는 소리까지 하고 갔다. 그 판에 사고까지 났다니, 올봄은 장대 운수가 영 사나운 모양이다. 거기다 대학생 손녀가 둘이다. 두 노인네에게 늘 신경을 써야 하고 무슨 일만 생겼다 하면 불러대니, 장대를 생각하면 월평댁 마음이 항시 미안하다. 자주 오가다 혹 사고라도 생길까 조마조마하기도 하다.

승대는 전기기술자다. 인부 몇을 데리고 전기 공사를 하러 전국을 다닌다. 지난달부터는 연륙교 공사로 섬에 들어가 있었다. 학교도 전기기술을 배우는 전문대를 나왔다. 그러나 고등학교 때부터 가수를 한다고 오랫동안 월평댁 속을 썩였다. 거친 친구들과 어울리며 순천에서 주먹질도 하고 다녔다. 레코든가 뭔가도 한 장 냈지만 돈만 날리고 실패했다. 여자 저지레도 있었고 한 번 이혼도 했다. 천만다행으로 재혼한 아내가 야무졌다. 야무진 정도가 아니라 월평댁 식구가 감당하기엔 벅찼다. 승대를 위해서는 잘 만난 것 같기도 했다. 머릿속이 빠릿빠릿하고 수완이 있어 승대가 필요로 하는 뒷바라지를 잘했다. 어쨌거나 남매를 낳고 잘 살고 있어 월평댁은 큰 숨 돌렸다.

승대가 뒤늦게 다시 노래를 시작한 것도 재혼 며느리 덕이었다. 방송에 나오거나 하는 건 아니지만 행사 초청이란 게 꽤 있다고 했다. 무슨 행사에서 노래를 불러 달라고 하면 전국을 가는 것이다. 다행히 행사가 거의 주말에 있고, 그 행사도 봄가을 두 철에 몰려 있어 하는 일에 지장은 거의 없다고 했다. 작년과 재작년에는 벌교 꼬막축제에서도 노래를 했다. 벌교 출신 가수라고. '리틀 남진'으로 불린다나 어쩐다나.

월평댁은 다 식어 빠진 밥상을 치우려다 다시 끌어당긴다. 이제는 한 끼만 부실해도 운신에 힘이 부친다. 막 한술을 뜨는데 밖에서 다급히 부르는 소리가 난다. 문을 여니 이장이 마당에 들어서며 부르는 소리다.

"이장이 뭔 일이여? 이 아칙에."

"월평 할매, 강천 할매가 도로에 둔너 갖꼬 꼼짝도 안 하세라우."

"오매이, 인자 죽고 자파 환장했는갑네잉."

'냅도뿌러 죽든가 말든가' 하는 소리가 목구멍까지 치밀어 오르는데 이장 앞이라 차마 그 말까지는 못 하고 월평댁은 몸뻬를 추슬러 일어난다.

이장 경운기를 타고 마을을 내려가니 꼬막 껍질이 깔린 도로 한가운데에 강천댁이 소리를 흥얼거리며 큰 대 자로 뻗어 있다. 그 옆에 순덕이가 쭈그려 앉아 끙끙대며 강천댁을 핥는다. 어쩌다 지나가는 차가 비켜 가며 경적을 울려대는데도 막무가내다.

"오매, 오매. 아칙부텀 술 처묵고 뭔 엠빙이대! 넘 부끄라 으째야쓰까⋯."

그러나 월평댁이 남 부끄러운 건 한길에 뻗어 있는 강천댁만이 아니었다. 강천댁과 순덕이 엉긴 품이 꼭 남녀의 이상한 짓거리 같아 보여서다. 월평댁이 젖 물고 있던 아이 빼내듯 강천댁 품에서 순덕이를 확 떼어낸다. 그래도 순덕이는 여전히 그 자리에서 뭉그적댄다.

"이 작것, 쩌리 못 치나!"

월평댁이 눈을 부라리며 순덕이 등판을 그예 한 대 내리친다. 그 서슬에 순덕이 몇 발짝 힐긋힐긋 비켜난다. 그래도 늙고 짓무른 눈은 여전히 강천댁을 떠나지 못한다.

"성님! 성니임!"

월평댁이 머리를 들어 안고 불러대도 강천댁은 아예 정신 들 낌새조차 없다.

아치임에에 피었다아가 저녁에 지고 마아는 나팔꽃 겉은….

"하이고, 그눔의 나팔꽃은 참 찔기게도 피고 지네이. 고래 심줄이 따로 읎당께."

"안 되겠어요. 지가 엄어야겠어요"

이장이 등을 들이댄다.

축 늘어진 강천댁을 이장 등에 업혀 경운기에 부려놓는다.

경운기 바닥에 누워서도 강천댁의 나팔꽃은 하 세월 지고 핀다. 마을 사람들까지 구경났다고 삐죽삐죽 얼굴을 내민다.

그 질긴 나팔꽃을 집에 와 방에 뉘어서야 접고, 강천댁은 잠이 든다.

"월평 할매가 고생이 많으셔라우."

"나사 헐 수 읎제만 아칙부터 바쁜 이장이 애썼네. 참 커피라도 한 잔…."

"아이구, 아녀라우. 얼릉 진지 자셔라우."

"오매, 아심찬히서 으째야 쓰까이?"

경운기 소리가 멀어지기도 전에 강천댁이 코를 곤다. 거기에 쩌억 벌린 입에서 풍기는 쉰 술 냄새로 월평댁 속이 부글부글 끓다 못해 토악질까지 나려 한다. 당장 깨워 요절을 내고 싶은데 저 인사불성으로는 그도 안 되니 더 화닥질이 난다.

"나가 못 살어. 참말로 못 살겄어. 쩌번에는 자빠라져 이눔의 허리를 못 쓰게 맹글어 놓고, 또 뭣을 못 잡아 묵어 이럴끄나잉…. 웬수가 따로 읎어. 여보씨요! 인자는 요 허리 갖꼬 그 큰 놈으 몸뗑이를 엡도 못해라우. 정 요로코롬 나가면 헐 수 읎오. 나가 먼첨 칵 죽어뿌러야제. 아, 안 온 지가 한 해도 훨썩 지냈는디 거그 가서 드러누면 온답디여?"

월평댁은 강천댁에게 한바탕 퍼부어 놓고 부르르 윗목 벽에 걸린 송씨 영정 앞으로 가 삿대질을 하며 부르댄다.

"영감! 거그는 시방 뭣 허고 있다요? 참말로 인자는 나가 심이 부쳐서 저 냥반 감당을 못 허겄소. 그랑께 얼릉 영감이 델꼬 가든지 저 냥반이 오매불망허는 영철이한티 줘불든지 양단간에 갯탕을 확 처뿌러야 쓰겄소. 아니, 오늘 밤이라도 쥐도 새도 몰르게 아조 우리 둘 다 델꼬 가부씨요. 지발 우리 아그들 짐 안 되게 델꼬 가부리란 말이요!"

영정 안의 송 씨는 촌부답지 않은 수려한 용모로 그윽한 미소를 짓고 있다.

"하이고 영감! 고렇게 좋은 낮으로 내리다보지만 말고 말 쫌 하씨요. 뭐시냐, 영감이 잘허는, 그 양단간에 갯탕을 탁 처부란 말이요, 예! 나가 참말로 애통 터져 칵 죽어불겄네이."

숨 쉴 겨를도 없이 쏘아대던 월평댁이 제풀에 지친다.

"그려요. 은제는 영감이 집안일에 나선 참이 있었소?"

집안일은 만사 제쳐 두고 남의 일에는 발 벗고 나서던 송 씨였다. 천성이 그런 사람인지라 살아생전에도 그러려니 탓하지 않은 것을 이제 와서 다그쳐본들 무슨 소용이랴만, 월평댁은 송 씨 영정에 한숨 들이대고 나니 속이 좀 가라앉는다.

"되었소. 나 입만 아프제…. 참, 요번 지사에는 아그들이 다 못 온다요. 그랑께 너무 섭섭해 마씨요이!"

'알았네, 알았어.'

사진 속의 송 씨가 당연히 그런 대답을 할 것으로 마음을 추스르는데…,

"고거이 으디 섭섭한 거로 끝날 일이여!"

느물느물한 힐난이 월평댁 뒤통수에 꽂힌다.

'이거이 뭐여? 저승 구신 소리는 아닐 티고!'

숨을 죽인 월평댁이 살그머니 고개를 틀다 말똥말똥 쳐다보고 있는 강천댁 눈과 마주치자 폴짝 놀란 시늉을 한다.

"하이고야!"

"으이그 애양시런 거! 아즉도 영감한티 고로케 사삭을 떨어싼다냐? 백여시가 따로 읎당께."

"아, 안 잤소?"

"시끄라싸 당최 잠을 잘 수가 있어야제. 썩을 애팬네."

"시상에! 쌔가 빠지게 허지 말라는 말은 쇠귀에 경친 거맹키 귓구녕을 꽉 틀어막아 붐시롱, '영감' 소리만 나오면 으째 고로콤 잘도 들기는가 몰라?"

정곡을 찔린 강천댁은 쩌억 하품을 하고는 큰 몸집을 굴려 돌아눕더니 금세 또 코를 곤다.

"나가, 말을 말아야 쓴디. 에고, 요놈으 주둥아리를 싹 꼬매고 산담서도…."

강천댁이 시끄럽다는 듯 더 크게 코를 곤다. 그래도 귓바퀴는 쫑긋 월평댁을 향해 곤두서 있다.

"헝, 애비 지사도 안 챙기는 아그들이 뭔 자석이여! 아이고, 동니 우세시라서 뭔 나빠대기로 나댕길끄나. 승대만 왔으면…."

제상을 차리는 월평댁 뒤에서 시틋하니 모로 앉은 강천댁이 담배 연기를 뿜어대며 염장을 지른다. 월평댁이 낳은 오 남매 중 제일 보짱 맞은 승대가 오지 않는 게 강천댁은 못내 서운하고 아쉽다. 입술을 앙다물고 월평댁은 제물을 올린다. 제사상 앞이니까 그러거나 말거나 참는다. 저 갈개꾼을 잘못 건드렸다가는 제사상이 어디로 갈지 모른다.

고장 난 허리 핑계 대고 단출하게 차리자 했는데도 제사상은 올해도 뻐근하다. 평소 손이 크니 웬만해선 월평댁 양에 차지 않는다. 참꼬막에 조기와 덕자찜, 삭힌 홍어를 올렸고, 수연 엄마에게서 뺏다시피 한 낙지도 나무젓가락에 돌돌 말아 쪄서 한 접시 잘 올렸다.

어제도 뻘밭에는 못 들어갔지만 함지박을 들고 갯가에 섰다가 들어오는 꼬막을 얻고, 낙지를 일곱 마리나 잡았다고 자랑하는 수연 엄마한테서 낙지는 아예 뺏다시피 가져왔다.

"작은고모님, 오늘은 낙자도 솔찮이 잡았어라우. 보씨요. 을매나 옹글진가."

강천댁 친정조카로, 월평댁에게도 명색이 조카가 되는 수연 엄마가 빨간 플라스틱 양동이 뚜껑을 젖혀 보이며 자랑한 게 발단이었다.

"오매이!"

실한 살을 저희끼리 비비며 구불텅거리는 낙지를 보자 월평댁 눈이 번쩍했다. 이 마을 사람들이 다 그렇지만 낙지는 송 씨가 생전에 제일 좋아한 해물이었다. 제일 값나가는 낙지를 잡는 날이 아낙들에겐 횡재한 날이다.

월평댁 어렸을 때는 낙지가 이처럼 귀한 대접을 받는 생물이 아니었었다. 천한 신세에서 귀한 대접 받게 된 생선이 어디 한둘인가. 눈길조차 받지 못했던 잡풀들까지 만병통치 약초 대접을 받는 세상이다. 그래서 인생을 순간만 보고 팔딱팔딱 뛸 게 아니라 묵묵히 길게 보라고 하는 모양이다.

"즈그들끼리 뽀뽀하고 야단났어라우."

"고놈들 통통 살이 올라 참말로 오져부네이! 어이, 고거 욜로 쫌 줘 보소."

"뭣 할라고라?"

수연 엄마가 아차, 양동이를 품속으로 당겼다.

"이잉, 낼이 자네 고숙 지삿날 아닌가. 나가 허리 성해지면 양썬 잡아줄 텡게 요놈들을 우선 바쁜 디부텀 쓰세."

월평댁이 양동이째 빼앗아 가자 수연 엄마는 숫제 울상이 되지만 제사에 쓰겠다는데야 어찌해 볼 도리가 없다.

"오매 요놈으 주둥아리. 나가 무담씨 자랑은 해 갖꼬…."

"그랑께 자나 깨나 입조심히야 쓰는 것이여."

와짝 웃음 튀밥이 튄다.

"그러들 말어. 조상 구신 잘 모시야 복 받는 것이여. 이거이 다 복 짓는 일잉께 고렇게들 알어."

"복 짓는 일이면 우리도 뭣을 혀야제. 어이 추렴들 하자고."

누군가 제안했고, 잡은 낙지에서 제일 실한 것으로 흔쾌히 한 마리씩 내놓았다.

"어이 고맙네들. 우리 집 냥반이 복 많이 줄 거여."

돌아서려던 월평댁이 양동이에서 눈길을 떼지 못하는 수연 엄마에게 한마디 했다.

"어이, 자네 고모 머리 쯤 깎기고 시수도 쯤 해주소. 모가지에 때가 까마구 사촌이여."

"쩝, 냅도뿐저라우. 그 양반 천성이 그른 걸 나가 어척한다요."

수연 엄마의 볼 부운 대거리에 월평댁도 하릴없어 맞장구를 치고 말았다.

"…그려, 냅도뿌러. 냅도뿔자고…."

수연 엄마에게 면목이 없긴 하다. 송 씨의 제사상만 아니면 그렇게 남의 돈 벌자는 낙지를 강탈하듯 욕심내지 않았을 것이다. 다른 아낙들과 달리 수연네는 아직 아이들 공부도 시켜야 하고 쓸 일이 많다. 꼬막벌이도 옛날 같지 않은데. 그래도 먹은 마음은 없을 성품이다.

낙지호롱구이를 바라보는 월평댁 마음이 어쨌거나 흐뭇하다. 낙지 음식 중에서도 송 씨는 이 호롱구이를 제일 좋아했다. 낙지호롱구이는 그 비싼 값만큼 손이 많이 가는 음식이다. 몸통 속의 내장을 꺼내고 머리의 먹물도 없애야 한다. 다리 흡반 속에 있는 진흙도 말끔히 씻어낸다. 그런 다음 낙지 머리부터 볏짚에 끼우고 다리를 가지런히 말아

내린다. 익힐 때 낙지가 풀리기도 해서 단단하게 잘 감아야 한다. 그냥 먹을 때는 석쇠나 프라이팬에서 애벌구이를 한 다음 양념장을 발라가며 다시 구워내지만, 제사 낙지는 찜통에 쪄서 참기름만 바르고 통깨를 뿌린다. 제사 음식이라 고추장이나 고춧가루를 쓰지 않기 때문이다.

볏짚이 없어 월평댁은 동글동글하게 깎인 나무젓가락을 사용했다. 요즘은 읍내 음식점에서 옛날 같은 거친 나무젓가락을 쓰지 않아 신기했다. 그걸 틈나는 대로 모아두었었다. 볏짚을 사용하면 비린내가 나지 않지만 하는 수 없었다. 볏짚의 농약이 오히려 꺼림칙하다는 말들도 했다. 그렇게 생각하면 출처도 모르는 나무젓가락은 어떻게 믿나, 월평댁은 참 유난도 떤다고 생각한다.

홍어도 송 씨에겐 각별한 음식이다. 광주 양동시장 단골가게에서 큰며느리가 직접 사서 택배로 보내주었다.

송 씨는 1년에 두세 번은 제대로 홍어를 먹어야 내장이 청소되고 속이 뻥 뚫린다고 했다. 감기로 코가 막혔을 때도 홍어를 먹으면 코가 뻥 뚫린다나. 그러니 상에 올리지 않을 수 없다. 송 씨가 말하는 홍어 술자리가 재미있다. 송 씨는 홍어를 먹을 때 첫 한 점에 입안 가득 화악, 불길이 휘감긴다고 했다. 거기에 막걸리 한 사발을 들이키면 부드럽게 불길이 잡히고, 또 한 점을 먹으면 다시 불길이 타오르고, 막걸리는 소방수가 되고. 이렇게 불을 지르고 그 불길을 잡다 보면 홍어 안주로 즐기는 밤샘 술자리는 홍어의 처음 맛과 향을 늘 새롭게 즐길 수 있다고 했다.

제사상에는 올리지 않는 집도 많지만, 전라도 잔칫상에 홍어가 없었다가는 욕을 바가지로 먹는다. 홍어는 주로 질그릇 항아리에서 10~20일을 잘 삭혀 무침이나 회로 즐기지만, 찜이나 탕, 애국을 끓여 먹기도 한다. 애는 내장의 하나로, 특히 음력 정월에 어린 보리싹과 함께 끓인 애국은 홍어 애호가들의 입맛을 사로잡는다.

홍어 맛으로는 첫째가 코요, 둘째가 꼬리요, 셋째가 날개다. 코는 물렁뼈도 살도 아닌 투명한 부위로 서너 점 분량의 소량인데 말랑말랑 사악사악 씹히는 맛이 가히 일품이다. 홍어를 한두 번 먹어본 사람이면 누구라도 제일 먼저 찾게 되고 대개는 잡는 사람과 현장을 목도한 사람들 몫이다. 꼬리는 가시를 제거하고 껍질을 벗겨낸 뒤 칼로 쪼아 잘 다져 먹는데 맛뿐 아니라 오돌오돌 오독거리는 재미까지 더한다. 홍어 꼬랑지가 남자들 밤 힘 쓰는 데 최고라는 말도 있다. 날개는 가슴과 지느러미 부분으로 아이스크림처럼 부드러운 살과 잘근잘근 씹히는 지느러미가 맛의 조화를 이뤄 홍어 하면 이 부위가 주류를 이룬다. 아무리 독특한 풍미를 지닌 홍어라 해도 술이 있어야 그 진가가 더욱 돋보이는 법, 막걸리가 제격이라 '홍탁'이란 이름까지 붙었다.

그런데 정작 홍어를 잡는 흑산도 사람들은 이런 삭힌 풍미보다 신선한 홍어를 선호한다. 우선 팔아야 하니 삭힐 틈이 없고, 갓 잡아올려 펄떡거리는 놈을 갑판 위에서 뭣 낼 것 없이 뚝뚝 썰어 먹을 때의 생선이 제맛이고 가장 맛있는 것이다.

과일은 그제 우체국에 가는 태호 편에 튼실한 것들로 사다 놓았고, 떡도 읍내 방앗간에 한 말 주문해 오후에 배달시켰다. 역시 송 씨가 좋

아하는 인절미다. 팔뚝만 한 크기로 접시에 넘치게 담았다. 마음 같아
서는 직접 인절미를 하고 싶지만 빌릴 손이 없다.

송 씨와 월평댁은 찰떡 치대는 솜씨도 손발이 잘 맞았다. 월평댁이
뜨거운 고두밥을 절구에 넣어 찬물에 적신 손으로 욱여넣어 주면 '철
퍼덕, 철퍽' 송 씨의 떡메가 여지없이 한 중앙을 내리쳤다. 안반에 콩
고물을 깔아 매끈한 여인네의 속살처럼 잘 치댄 흰떡을 동그랗게 펼쳐
노란 콩가루 옷을 입히고 가마솥 뚜껑을 굴려 자른다. 송 씨는 잘게 자
른 것보다 팔뚝만 하게 막 잘라낸 뜨끈뜨끈한 인절미를 통째로 들고
먹기를 좋아했다.

제사가 끝나고 나면 제물들은 대부분 강천댁의 술안주가 되고, 일
부는 냉동실로 들어가 아이들이 올 때 내줄 것이다. 힘에는 부치지만
강천댁 술안주와 아이들 생각을 하면 음식을 장만하지 않을 수 없다.
아프던 몸도 희한하게 그럴 때는 힘이 났다.

"불효막심한 것들! 애비 읎이 즈그들이 이 시상을 어치케 왔겄어?
즈 에미가 옹야옹야 헝께로 버르장머리가 요리된 것이여. 요새는 나
한테 전화 한 통도 안 해. 즈그들만 속짝속짝허제."

이 대목에서는 월평댁도 마냥 당하고 넘어갈 수만은 없다.

"음마, 뭔 어긋장을 그르키 놔 싼다냐? 아 글씨, 아그들이 역부로
안 온 거이 아니랑께요. 장대는 공장 사람이 크게 다쳐서 못 오고, 승
대는 공사 기일이 촉박히서 도저히 몸을 못 뺀다 안 그요."

"그람 안에서라도 와야제. 꼭 지 서방들이 차로 모시고 댕기야 게우
낯짝을 비치는 것이여? 싸가지 읎는 것들! 고것들이 시에미를 무시혀

서 그려. 배와 묵지 못한 것들!"

맞는 말이다. 꼭 남편하고 같이 시집 나들이를 하려는 며느리들이 월평댁도 못마땅하긴 하다. 그래도 다른 건 크게 거슬리거나 서운한 게 없는 품성들이어서 핑계 대며 못 온다고 하면 그런대로 월평댁은 오냐 오냐 넘어가고 있다.

"그라고 금이허고 연이는 뭐여? 명이까정. 아조 친정허고는 금 친 거여?"

허어, 시집간 딸들까지 끌어들이는 걸 보니 작정하고 벼르고 있었던 모양이다. 그러나 친정아버지 제사에 시집간 딸들이 오면야 좋겠지만 시댁이나 제 사정에 따라 참석하지 못한들 무슨 타박을 할 수 있겠는가.

"금이는 지 시어메한티 맴 써야제 여그 맴 쓸 짬이 있겄소. 그 냥반 정신이 부쩍 오락가락헌다는디. 연이도 제사 한 번 지내자고 으쩌케 거제도서 번번이 온다요."

둘째 연이는 조선소에 다니는 남편 따라 거제도에 산다. 이삼 년에 한두 번 얼굴을 보는 게 고작이나 별 탈 없이 잘 살아주는 것만으로도 고마울 뿐이다. 제사 같은 친정 대소사에 꼭 적지 않은 정성을 보내는 웅숭깊은 딸이기도 하다. 이번에도 통장으로 오십만 원이나 보내와 월평댁이 농협에 가서 찾아왔다.

만딸 금이가 못 온 사정은 시어머니보다 다른 데 있었다. 그래도 시간을 내보려 했는데 사고가 생겨서 못 온다는 기별이었다.

그 사고라는 게 월평댁으로서는 생각도 못 할 희한한 일이었다. 다림질을 하다가 전화가 오길래 무심결에 쥐고 있던 다리미를 귀때기에 갖다 댔다는 것이다. 전원을 뽑고 잠시 해찰하다 남은 열로 손수건을 다리고 있을 때여서 망정이지 한참 다림질할 때였으면 한쪽 낯짝을 잃을 뻔했단다. 귀 부리가 화상을 입어 치료를 받고 있다고 했다.

'시상에, 안즉 젊은 것이!'

월평댁은 '지지직!' 본인 낯이 지져지는 것처럼 진저리를 쳤다.

월평댁도 밤새 생각하고 다짐한 것들이 아침이면 까마득해지는 게 요즘 부쩍 더하다. 걸핏하면 손에 파리채를 들고서도 찾아 두리번거렸다. 텔레비전 리모컨을 냉장고에 넣어놓고 땀을 삐질삐질 흘리며 찾은 적도 있었다. 나달 가는 게 헷갈려 세 번 네 번 달력을 들여다보고, 어느 때는 점심을 먹었는지 안 먹었는지도 헷갈렸다. 재작년에는 장에서 고무신을 사와 신발 비닐봉지를 찬거린 줄 알고 그대로 냉장고 야채칸에 넣어놓고 고무신이 없어졌다고 한참 북새를 놓았다. 고무신 가게까지 찾아갔다. 그러다 며칠 후 이게 뭔가 싶어 검은 비닐봉지를 열어 보다가 고무신을 발견하고 자기 머리를 콩콩 쥐어박았다.

그에 비하면 강천댁 기억력은 신통할 정도로 총총하다. 꿍쳐둔 옛날 일들을 시시콜콜 들추어내 따지고 들 때면 당해낼 재간이 없다. 월평댁이 금이 얘기를 강천댁에게 하지 않은 것은 누워 침 뱉긴 일을 그 뒤틀린 심보로 필시 동네방네 소문을 내고 다닐 것이 뻔하기 때문이다. 그럴 때면 아무리 자기 배로 낳지 않았다 해도 사람이 어째 저럴까 싶어 만정이 떨어진다.

"글고 명이는…."

명이 얘기를 시작하다가 월평댁은 목이 막혀 말을 다 맺지 못한다.

3년 전 부지불식간에 남편을 잃고 직장까지 가진 그 아이가 지금 무슨 정신으로 친정아버지 제사를 챙기겠는가. 이런 아이들의 사정 같은 건 아랑곳없이 몽니를 부리는 강천댁이 보통 야속하고 밉살스러운 게 아니다.

"금이 고것이 나한티 허는 꼴싹이 꼭 풋지 엄니 콩지 구박허데끼 헌당께. 어른들 일에도 썩썩 나서고, 보면 본 대로 속에 당구지 못하고 주둥이로 뱉아뿌는 것이 영락없는 지 에미 승질이여."

금이는 연이나 명이와 달리 강천댁의 술 담배며 집안 소제 같은 일에 올 때마다 간섭한다. 그런지라 강천댁은 금이가 친정에 오는 것을 내심 싫어한다.

"하이고, 그러는 성님은 뭐슬 잘 혔다고 시방 큰소리친다요?"

어금니에 잘근 씹혀 나온 월평댁의 반격에 강천댁은 멈칫해져 공연히 등긁개로 등을 긁적거린다.

"워매, 짓상 앞에서 으디를 고로케 긁어싸요? 죽으라 몸뗑이를 안 씻긍께 맨날 간지랍제. 아, 음석에 비듬 날라와라우. 고 때꼬쟁이 쩌리 안 내뻬요!"

"요거이 애비 지사에 안 오는 새끼들 손보담 낫당께."

"고만하씨요이. 동네 우세시런 거로 치면 참말로 나가 낯짝을 못 든께."

"그러겄제. 굼뱅이도 낯짝이 있다는디."

"뭐시여라우?"

월평댁이 손을 놓고 돌아앉아 쏘아본다.

외동서의 '입대름 한마당'이 본격적으로 시작될 조짐이다.

50

"낯짝을 못 든다매?"

"누가라우?"

분기탱천! 월평댁이 탁, 손바닥으로 방바닥을 내리친다.

"누기는 누기…."

"말해 봇씨요!"

말꼬리를 자르며 매조지는 추궁에 강천댁은 다 타지도 않은 담배를 비벼 끄고 시선을 돌린다. 일단 정면 대응은 피한다.

"으째 돌려부요. 눈을?"

강천댁이 끄응 비켜 앉아 새 담배에 불을 붙인다.

"고 눈으로 나를 똑바로는 못 보제. 나가 영감 지사 후에 말헐라고 몽구리고 있는디…."

"몽구려야?"

"그런당께요."

"뭐슬?"

"이참에는 기냥 넝굴 수가 읎제."

"글씨, 뭐신디 그래싸?"

"아그들이 짓상 차리라고 보낸 돈, 한 푼이라도 보탰소?"

"은제부텀 고로케 따졌다고…."

"고 돈으로 술이란 술은 다 퍼부렀응께 글제."

"뭔 술을 고로케 퍼야?"

"또또또! 무장 오리발을 기냥 달고 사네. 인자 오리발로는 안 통한 당께. 쐬주에 막걸리에 아조 두리범벅으로 퍼불고는…. 을매나 양씬 퍼부렀으면 신작로가 안방인 중 알고 드러누우까?"

"나가?"

술에 관한 한 매사에 모르쇠고 오리발이니 월평댁 속이 썩어 문드러진다. 언죽번죽 잘도 둘러대는 그 작태를 아니 그냥 넘어가자 맘먹는데도 막상 대거리를 하다 보면 그게 안 된다.

"시상에! 시방 안 나갔다는 것이요?"

"나가? 으딜 나가?"

"아, 아칙부텀 고주망태로 취해 갖꼬 노상에서 사지를 쩍 벌리놓고, 부끄란지도 몰라불고….."

"뭔… 소리여?"

"그람, 이장이 경운기에 태와 온 거는 알겄지라우?"

"나를야?"

이 생뚱 좀 보소!

"오매 얼척 읎어! 저 생게맹게 좀 보소. 시방 뻔이 눈뜬 사램 코빼기 비어 가겄어야? 아니, 술을 묵었으면 솔찍이 나가 겁나게 취했는갑네 허고 넝굴 일이제, 뭔 그닛말을 고로콤 해 싼대?"

"아, 나가 뭣 땀시 그닛말을 해야? 참말로 시방 누가 그닛말을 헝가 몰르겄네?"

"그라먼 이장한티 물어볼께라우?"

"물어보등가 말등가."

"참말로라우?"

"내는 그닛말 안 한당께는."

월평댁, 두 손 두 발 다 들었다.

"고만헙시다. 자석들이 여그 안 산께 망정이제."

자식 얘기라! 수세에 몰리던 강천댁이 뒤집기 할 기회를 얻었다.

"자네 자석이제, 내 자석이여? 내는 자석 읎어야. "

월평댁 앗차 싶다. 괜히 아이들 얘기를 꺼냈다.

"그만둡시다. "

"나 노면 다 자석인가?"

"그만두잔께요!"

"자석 노릇을 해야 자석이제. "

"고만허잔께!!"

"에고, 간 떨어지겄어. 저눔으 땡삐!"

"암튼지 다씨는 취해 갖꼬 행길 나가지 마씨요이. 나가 또 집으로 델꼬 오먼 사람이 아닝께!"

"누가 델꼬 오라고 시켰간디? 괜씨 지 혼차 속 끼리고 그래싸. "

"속 안 끼리게 생깄소? 그르다 잘못되면 누구 고생시킬라 그르요?"

"누기를 고생시키? 기냥 가불면 되제. "

"기냥 가기나 하먼… 아니, 죽었는지 살았는지 기별도 읎는 인간을 어치자고 술만 취하면 지달려싼다고 그래쌌소? 그래쌌길!"

"인자는 접때 상헌 허리 땜시 업을 수도 읎고, 번번이 동네 사람 부를 수도 읎고. 한 번만 더 그라면 그때는 죽고 자파 환장한 걸로 알고 냅도뿔 텡께 그리 아씨요. "

"이잉 그려. 냅또뿌러!"

월평댁의 야멸차게 명토 박는 말새에 강천댁 입이 씰룩거린다.

"지발 어른 대접 쪼까 받게 해보씨요, 지발!"

"넘 말 허들 말고 자네나 잘혀. 아조 우아래도 읎고 콩고물 집구석이여. 말뿐시허고는."

"말뿐시로 치자면…. 관둡시다. 나가 은제 성님을 이겨본 참이 있소?"

월평댁이 졌다며 손사래를 치고 돌아앉는다.

"자네 입가생이가 와 수채구녕 실지랭이 앵킨 거맹키로 쪼글쪼글헌 중 알어?"

"하이고, 그만두잔께요."

"고놈으 땡삐 긑은 말뿐시 따문이여."

"그만두잔디도 징상시럽네이. 그르는 성님 숭은 열둘이여라우."

"열둘만 되간디! 꼬쨍이, 염생이, 찰그머리…. 하딱허믄 숭을 갖다 대든디 으디 다 읊어봐?"

질기고 질긴 고래 심줄, 강천댁은 한번 물고 늘어지면 끝장을 보지 않고는 절대 놓는 법이 없다. 그걸 모르는 월평댁이 아니다. 그런데도 다시 불을 댕기는 강천댁의 덫에 걸려들고 만다.

"고것만 되가니라우?"

"글씨, 다 읊어보랑께."

"으뭉이, 어긋짱, 쇠심줄…. 쩝, 짓상 차리다 은제 다 읊고 있어라우. 느작읾이."

"그려. 나 우뭉허고 쇠심줄이여…. 자네는 뭐 땡삐뿐이여? 때까치, 날갱이, 초랭이, 독새…."

강천댁 입이 날개를 달았다. 이대로 두면 제사 지내기는 다 글렀다.

"아, 알먼 되았소. 인자 그만 이리 오쎄요. 영감 시장허겄소."

제물을 다 올리고 촛불을 켜고 향까지 피운 월평댁이 강천댁 손을 잡아 제사상 앞으로 끈다.

"요 손 놔. 자네 혼차 술을 치든 처묵든 다 혀!"

"맴에 읎는 소리 허들 말고 얼릉 영감한티 술 한 잔 올리씨요."

"나가 뭔 염체로 술을 쳐야? 헌 일이 뭐시 있다고."

"은제는 헌 일이 있어 먼첨 술 쳤소? 성님은 참꼬막이고 나는 개꼬막인께 글제. 참꼬막이 먼첨 쳐야 안 쓰겄소. 아, 그 댐배 쫌 끄고!"

월평댁이 확 담배를 빼앗아 불을 끈다.

"아, 와 넘으 혼은 끄고 그려."

"찬물도 우아래가 있는 것인디 후딱 잔 올리고 음복허시야제."

음복이란 말에 혀가 동한 강천댁은 못 이기는 척 상 앞으로 끌려가 외로 비뚜름히 앉는다.

"시방 영감헌테 내외허시요?"

월평댁이 강천댁에게 잔을 들려 술을 쳐주자 시큰둥 영정 앞에 술을 올린다.

어색하게 양복을 입고 치마 허리끈처럼 가느다란 넥타이를 맨 영정 속의 송 씨는 한눈에 이마가 훤하고 코가 우뚝한 호남이다. 환갑 때 찍은 사진을 영정으로 썼다.

송 씨는 갯가에 태어났으면서도 뱃일을 몰랐고, 농사일도 몸에 붙여 하지 못했다. 대신 마을 일은 도맡다시피 했다. 사람 좋은 인상에 칠칠한 허우대, 법 없이도 살 천성이었지만 이치에 맞지 않는다 싶으면 속에 있는 소리를 기어이 하고야 마는 성격이기도 했다. 죽기까지 마을 일이나 행사는 거의 송 씨의 손에서 주관되고 이루어졌다.

손재주도 남달랐다. 제사상이나 폐백예물을 다루는 솜씨가 인간문

화재라고들 했다. 주머니칼로 밤을 쳐 각을 살리고, 마른 문어를 오려 멋들어진 소나무를 빚는가 하면, 그 위에 학이나 원앙을 앉혀 사실감 있는 생명력까지 불어넣었다. 그 신기에 홀딱 반한 아이들이 송 씨 주위에 둘러앉으면, 송 씨는 문어를 오릴 때 떨어지는 조각을 어미 제비가 새끼들에게 먹이를 주듯 순서를 정해 아이들 입에 넣어주곤 했다.

늦가을, 새 볏짚으로 이엉을 엮고 용마름을 틀어 지붕을 일 때도 송씨 손길이 스쳐 가면 어느새 헌 집은 산뜻한 새집이 되었고, 억새로 엮은 도롱이며, 나뭇가지를 그대로 살린 통지게, 곧은 물푸레나무로 만든 도리깨까지, 그리고 시어머니나 할머니, 친정어머니로부터 대를 물린 이 마을의 뻘배들도 거의 다 송 씨가 만들었다.

지금 월평댁이 가지고 있는 뻘배도 삼나무로 송 씨가 마지막 만들어 준 것이다. 뻘밭을 잘 밀고 나가도록 나무에 열을 가해 앞쪽을 제 각에 맞춰 구부리는 것이 뻘배를 잘 만드는 기술인데, 송 씨는 그 솜씨가 뛰어났다. 가벼운 데다 썩지 않고 물이 안 먹는 삼나무 뻘배는 한번 만들면 20년을 썼다. 중간에 자잘한 손은 보아야 하지만.

"성님이 올린 술이라 맛지겄소. 영감이 질로 좋아허는 홍어허고 낙자호롱 올렸응께 찬찬히 많이 드시씨요."

월평댁이 낙지호롱을 손으로 살살 풀어 놓으며 송 씨 영정에 대고 생전처럼 조근댄다. 이빨이 좋은 사람들은 호롱을 통째 들고 양념을 입가에 묻히며 머리부터 우적우적 씹어 먹는다.

파르르 강천댁 눈가에 파장이 인다.

"구신이라고 손발이 읽간디? 알아서 묵게 냅두고 자네도 얼릉 한 잔

치소. 작은마누래 술이 더 좋겄제."

월평댁은 꾸웅 속을 누르고 직접 잔을 쳐 송 씨 앞에 올린다. 한마디 했다간 또 시비가 붙을 게 뻔해서다.

"술 올렸으면 인자 한 말씀 허씨요."

"뭔…말…? 말 좋은 자네나 지속허소."

몸에 밴 심술이지만 고개를 외로 튼 그 태도가 생각보다 완강해서 월평댁은 순간 긴장한다.

말이 좋다는 의미는, 월평댁의 조근조근 야몽야몽 깔축없는 말새에 홀려 송 씨가 마냥 녹아났다는 원망이다.

"그람, 영감 시장헐 틴디 어서 드시라고 불 끕시다."

월평댁이 허리를 잡고 일어나 전깃불을 끈다. 이 서먹하고 불편한 긴장을 잠시나마 딴 데로 돌려야 했다.

촛불을 두 개나 켰는데도 방 안이 갑자기 낭떠러지 굴로 처박힌 듯 깜박해진다.

강천댁은 월평댁이 야속하다. '밤 지난 원수 없고 날 샌 은혜 없다'고, 송 씨에 대한 미움도 원망도 이제는 많이 수그러들어 그저 한 번 어깃장을 놓았던 것인데 월평댁이 금방 거두어버린 것이다. 한 번만 더 권했더라면 강천댁은 송 씨 앞에 뭔가 한마디 하려고 했었다.

'매물 찬 애팬네, 한 번만 더 하라고 허제.'

외동서만 제사를 지내기는 처음이다. 수연네가 오겠다는 걸 낙지에 과일이나 올리고 두 노인네 조용히 지내고 말 터이니 오지 말라고 했다. 격식도 없고 절도 없이 외동서가 촛불만 바라보며 잠시 멀뚱히 앉았다. 그런데 월평댁에겐 이게 참 오붓하고 좋기도 하다. 처음 제사

때는 손자 손녀까지 와서 북새를 놓았었다. 차츰 아이들은 오지 않고 어른만 예닐곱이 모여 제사를 지냈는데, 그런데도 죽은 사람을 차분히 생각할 겨를은 없었다. 음식 장만하랴, 제사 끝나고는 급히들 가랴, 자고 가는 식구가 있으면 설거지 끝내고 이부자리 준비하랴, 업은 아이 어르듯 둥개둥개 지나갔다.

그런데 오늘은 절로 송 씨가 떠올려졌다. 지나간 일에 슬몃슬몃 미소가 떠올려지기도 한다.

어느 핸가 장대네 집에 갔다가 홍어집엘 간 적이 있었다.

"아이고, 우리 아짐 오랜만에 오셨네. 또 누구 여우요?"

"새끼들 여울 때만 홍어를 잡간디?"

"그라제라. 우리 전라도 사람들은 요 홍어 못 잊어 죽도 못헌당께요."

벌교에서 꼬막으로 돈을 벌어 광주까지 나간 홍어집과는 몇십 년째 알고 지낸 사이다. 서로의 가정사도 다 꿰고 있다. 승대를 뺀 사 남매 혼사와 송 씨 환갑에도 이 집 홍어가 상에 올랐다. 그 외에도 그리울 만하면 큰며느리가 홍어를 보내왔다.

방석만 한 홍어 한 마리를 썰자면 족히 20분은 걸려 무람없는 정담이 오갔다.

"에씨요, 코빼기 한 점 허씨요."

아주머니가 홍어 맨 앞부분을 잘라 월평댁에게 주었다.

"놔두씨요. 코빼기가 질로 맛진디 나가 못 묵제. 거그는 우리 영감 줘야 헌단마시."

"요런 아짐 맴을 영감님이 아실까 몰라?"

"알아줘사 그란 거이 아니제. 식구들 맛나게 묵는 거보담 보기 존 거이 옳제."

월평댁은 다른 부위보다 특별히 톡 쏘는 홍어 코에 입맛이 당겨 꿀꺽 침이 넘어가지만 송 씨에게 먹일 생각에 참는다.

"그라면 지둘리기 심심헌디 꼴랑지나 조사 디릴께라?"

"아녀. 거그도 우리 영감이 조아헌단마시."

"아따, 우리 아짐 아자씨는 좋기도 허겄다. 남자들 심 쓰는 디는 홍어 꼴랑지가 최곤디!"

"음맘마! 그 냥반 나이가 지끔 멫인디…."

"남자는 나이허고는 상관없다고 안 헙디여. 꺹보리 한 말 들 심만 있으면!"

그 말에는 월평댁도 웃음을 깨문다. 맞는 말이다. 송 씨가 환갑을 훨씬 넘긴 나이에도 가끔 월평댁을 집적대는 걸 보면.

촛불을 보고 앉았자니 밑도 끝도 없이 그 생각이 불쑥 떠올라 월평댁은 웃음이 나왔던 것이다.

웃음을 깨문 이유는 또 있다. 주인이 홍어처럼 팔자 좋은 놈이 없다고 해서다.

"아짐, 홍어 야가 사람 얼굴을 닮었소 안?"

"그르제."

"그것도 웃음 띤 사람 얼굴이어라우."

듣고, 새삼 보니 그렇다.

"야는 낚시 고리에 잡혀 올라옴서도 속창아리 읎이 웃는당께요. 그른 생선은 시상에 읎지라이. 우리 인생도 글 안해라우? 으쳤거나 몸에 좋은 홍어를 많이 묵어야 웃음서 죽는다요."

물론 마지막 말은 웃자고 한 소리였다. 웃자고 한 그 소리가 월평댁은 문득문득 떠오르는 것이다. 낚시 갈고리에 걸려서도 웃어야 하는 건 사람도 마찬가지다. 첫 남편과 아이를 바다에 잃고도 월평댁은 그 바다에서 나는 걸 먹고산다. 그 갈고리 앞에서 평생을 산다.

"워매 침침혀. 본다고 구신이 와서 안 묵간디? 아, 불 써!"

월평댁의 맛난 추억을 강천댁이 날카롭게 깨뜨린다.

"쪼까 지다리씨요. 저 냥반 목 맥히겄소."

바람도 없는데 촛불이 하르르 불꽃을 일으키며 튄다.

"보씨요. 영감이 나가 왔다고 기척을 안 허요?"

"그려. 자네나 실컷 상봉혀."

강천댁이 몸뻬 주머니에서 담배를 꺼내자 월평댁이 그 손을 탁 친다.

"이 땡삐! 꼭 손목댕이가 쇠몽댕이여. 아고…."

"아, 구신이 젤로 안 좋아하는 거이 마늘, 파, 꼬치가리…. 또 뭐시냐…. 댐배 냉갈이랍디여."

"나 참, 이날 평상 댐배 냉갈 소리는 첨이시!"

"아따 쪼까만 참으씨요. 말하다 봉께 나도 몰르게 나와부렀소…. 참, 옛날에는 등잔 하나만 쓰고 어치케 살았는가 몰라라이."

월평댁은 방 안의 어둠이 새삼스럽다. 요즘은 전깃불 아래에서도 물건들이 부옇게 어른거리고 선명한 느낌이 없다. 마치 막이 한 꺼풀 쳐진 것처럼 답답하다. 비벼도 보고 크게 부릅떠도 보지만 소용이 없다. 어떤 때는 눈 속에 작은 모래알 하나가 굴러다니는 것처럼 껄끄럽고 슴벅거린다. 눈이 총총하지 못하니 사람도 개맹이가 없다. 하긴 주인이 나이를 들어 전신이 무너지는데 눈인들 온전할까.

호롱, 초롱, 남폿불, 촛불에서 전깃불로 어둠이 밝아지던 시절이면 꿈처럼 스쳐간다.

"촛불도 이르키 어둔디. 등잔 및 개를 써야 촛불 하나 쓴 거 안 같었소잉."

"그라제. 그 촛불 아래서 맴 놓고 바느질 한 번 히보는 거이 소원이었제."

"그르기 말이요."

하이고 성님이 바느질을? 싶지만, 모처럼 외동서 간에 의견일치다.

닭이 홰를 친다. 눈만 돌리면 시계가 있는 세상이라선지 밤중이고 새벽이고 닭들은 제 맘 내키는 대로 울어댄다. 태산이라도 넘을 듯 청청하고 우렁찼던 소리도 힘이 많이 빠졌다.

"들었소? 성님!"

"안즉!"

때로 밑도 시작도 없는 대화에도 외동서는 손발이 척척 맞는다.

"솔바우 옥실 양반네 말이어라우. 그 집 맏아들이 3년 전에 서울로 지사를 가지고 안 갔소?"

"잉."

"글고부텀 자석들이 모다 모여 두 엄니 지사를 같은 날 지낸다, 안 그요."

두 엄니란, 옥실 양반의 전처와 후처다. 두 처한테서 난 자식이 일곱이다. 그 일곱 자식이 다 나가고 옥실 양반 혼자서 시골집을 지키고 있다. 그래서 옥실 양반이 서울 큰아들 집으로 마누라 제사를 지내러 올라간다.

"성님허고 나허고도 그르면 우리 아그들 짐을 덜어 줄 거인디…."

슬며시 꺼내본 월평댁 말이 끝나기도 전에 강천댁이 부르르 한다.

"그른 벱도가 으딨어? 시상사는 다아 지 몫이 있는 벱이여!"

'지 몫이'라는 말에 월평댁 속이 싸해진다.

강천댁은 '감히 지가 나허고 나란히 앉겄다고?' 하는 생각에 보통 불쾌하고 비위짱이 상하는 게 아니다.

'맹랑헌 것! 옥실 냥반네는 전처하고 후처라도 되제. 개꼬막인 주제에!'

둘 사이에 잠시 깊고 서름한 침묵이 흐른다.

"앗따, 숨 맥히겄다. 얼릉 불 쓰고 음복이나 허세."

강천댁이 자기 말이 좀 과했다 싶어 분위기를 슬쩍 돌린다.

또 졌다.

월평댁은 씁쓸하게 속을 누르고 불을 컨다.

"성님은 염불보담 짓밥에만 맴이 가는갑소잉…. 쩝, 드씨요."

월평댁이 강천댁에게 퇴주 사발을 건넨다. 한 모금을 마신 강천댁이 사발을 월평댁에게 준다.

"이 술하고 안주, 오랜만에 밖에도 쫌 놓소!"

금방 무슨 말인지를 안 월평댁이 술과 안주 접시를 쟁반에 차려 마당가에 내놓는다. 오가는 낯모르는 귀신들을 대접하는 술상이다. 아이들이 있을 때 했더니 사잣밥 같다고 질색했다. 지금이 어떤 세상인데 그런 걸 하냐고 된 핀잔도 들었다. 그래서 오랫동안 잊고 있었는데 강천댁이 기억을 했다. 오늘 밤엔 나그네 귀신들과도 음복을 하게 생겼다.

안주도 없이 거푸 정종 두어 잔을 마신 강천댁이 월평댁에게 잔을 채워 내민다.

"술맛 한나도 몰르는 인생이 무신 인생이여?"

월평댁은 망설이다 질끈 잔을 비우고 부르르 진저리를 친다. 정종은 처음이라 피잉, 실핏줄까지 내달린 술기운에 화끈 몸이 달아오르고 눈앞이 어질하다. 송 씨 사진까지 어질하다. 공연히 희죽 웃음이 나오면서 월평댁은 송 씨 앞에 조근댄다.

"영감, 좋아허는 낙자 많이 많이 드셨소? 올해도 나 손으로 잡지는 못했어라우. 허리가 뿐질라져 뿔라고 해서요. 거그서 요 못 씨게 생긴 허리 쫌 갖꼬 가랑께는…. 지발 쫌 갖꼬 가씨요, 예에! 영감이 맹글어 준 널배를 못 탕께 나가 아조 생몸살이 다 날라 그르요."

젊어서도 늙어서도 작은마누라는 작은마누라다. 혀가 살짝 꼬부라져 조단조단 조근대는 월평댁 살가움에 이번에는 강천댁이 졌다.

'저 애양시런 거 쫌 봐야! 비갯머리서도 저르고 영판 사삭을 떨었겄제.'

살아서도 월평댁과 송 씨의 금슬은 '돌쩌구 궁합'이라고 강천댁 뒤에서 수군수군 호가 났다. 문짝과 문설주를 이어주는 암수장식 돌쩌귀처럼 정분이 딱 들어맞는 찰떡궁합이라는 것이었다. 산에서 나무를 하다가도 아랫도리를 내리고 함께 뒹군다는 소리, 두 사람이 짓뭉

갠 보리밭과 고구마 이랑이 한 마지기는 될 거라는 둥, 볏짚 가리에 아이들이 노느라 내 논 구멍을 봐도 사람들은 두 사람 짓이라며 키득거렸다.

월평댁과 송 씨는 특히 속궁합이 좋았다. '돌쩌구 궁합'이란 말이 딱 맞았다. 송 씨는 땔감을 하는 산속이나 보리밭, 묏동 같은 외진 곳이면 장소를 가리지 않고 월평댁을 눕혔다.

"하이고, 산에까정 쫓아와서 왜 이르신다요?"

"거그 보고 자파 일이 손에 안 잡히. 허허….""

"벨 소리를 다 허시네."

한바탕 일을 치르면서는,

"워매, 이 물 짚은 거! 문전옥답이랑께. 고래실논이여!"

일을 치르고 나면,

"앗따, 이 불댕이 몸을 그동안 어뜨케 식혔으까이. 참말로 보물단지시. 나가 여지껏 헛시상을 살았네. 이 송갑석이가 헛시상을 살었어. 허허허…. 거그도 좋제?"

"부끄랍게 벨거를 다 물어싼다요."

그러고도 밤이면 마을 맨 윗뜸 월평댁 집에서 또 '돌쩌구 상열지사 (相悅之詞)'가 벌어졌다. 송 씨는 잠은 꼭 본가에 와서 잤지만, 밤 걸음을 거르는 날은 없었다.

강천댁은 땅을 쳤다. 두 사람이 그렇게 '돌쩌구 궁합'인 줄 알았으면 아무리 한 동네 아래윗집에서 '성님' '동상' 부르며 허물없이 지내고 대를 이을 아이가 절박했어도 강천댁이 먼저 아들을 낳아 달라고 월평댁에게 말을 넣지 않았을 것이다. 친정에서 받아온 논 서 마지기 떼어주고 딱 아들 하나만 얻은 뒤 개탕을 치려고 했었다.

그때 아이만 받아 안고 천야만야가 놓여 있다고 해도 자금실을 떴어야 했다. 아니 월평댁을 떠나게 했어야 했다. 사실 개탕을 쳐야겠다고 생각만 했을 뿐 구체적인 무엇은 막연했었다.

"허, 폭폭허고 징글징글헌 시상 오래도 살었다. 아나, 순덕아. 니도 그르체?"

방문을 열고 강천댁이 순덕이한테 전을 덥석 던져준다.

권커니 잣거니, 월평댁은 술을 입에 대는 시늉만 하면서도 강천댁 술장단을 맞추어준다.

"순덕이, 안주만 멕이지 말고 술도 한잔 멕이 볼께라우?"

"아서!"

"쩌 참에 즈것이 을매나 웃기든지…. 아, 산수떡네서 술찌개미 묵고 취해 갖꼬 비틀비틀 온 마실을 싸대고 댕기는디 볼만 안 헙디여."

"시방…. 나한티 허는 소리여?"

"아따 아녀라우. 성님허고는 폴새 끝나분 야근디, 기먼 기고 아니먼 아닌 요 알분이를 뭘로 보고 그란디야. 참 볽기도 허다! 옥분 성님, 달도 볽은디 소리나 한자리 해부씨요."

월평댁은 노래 자리까지 간다.

"저 달이 나으 맴을 알랑가 모를랑가? 야속허고 무정한 사람 긑으니라고…."

강천댁이 달을 내다보며 푹 한숨을 쉰다.

"으째 사램이 전화 한 통도 읎어."

월평댁은 속이 느글거려 쏘고 싶지만 참는다.

"그라제라잉!…. 사연 없는 골이 읎응께 거그도 올 수 없는 뭔 사연이 있었지라우. 성님이나 나나 젊은 사람이 으디서 잘 살기나 바래야제 으짤거시요?"

"…그래야겄제."

강천댁이 의외로 순순히 동조한다.

이때다 싶어 월평댁, 한 술 더 나가 본다.

"그랑께 성님…. 인자 즈것들을…. 치와붑시다."

"뭐, 그려불세. 자네가 안 보고 잡다는디 뭐시 좋다고 나가 끼리고 있겄능가. 이장헌티 패딱지 사오라고 혀."

뜻밖이다. 알딸딸했던 월평댁은 술기운이 확 달아난다.

"차… 참말이겄지라우. 또 얼척읎는 소리 안 헐 꺼지라우?"

"아 그르장께. 패딱지값은 자네가 내."

"아이구 누구 명인디, 나가 내고 말고지라."

요즘은 못 쓰는 물건 버리는 것도 도시의 아파트처럼 변했다. 간단한 재활용품은 매주 수요일 오전에 마을회관 마당으로 가지고 가 종류별로 버린다. 냉장고나 장롱, 책상 같은 큰 물건은 면사무소에 가서 그에 맞는 스티커를 사 와 붙여 놓으면 사람들이 차를 가지고 와서 가져간다.

강천댁이 모아둔 물건에는 스티커를 붙여야 할 것이 몇 개 있다. 보일러가 두 개나 있고, 지산댁 뒤란에 몇 년을 녹슬어 방치돼 있던 무쇠솥이 있고, 구멍 난 큰 양은솥도 있다. 노인정에서 버린 전기밥솥, 선풍기, 의자도 있다. 지난겨울 누구누구 집에서 보일러 교체한다는 걸 강천댁은 용케 알았다. 노인정을 드나드니 그런 소식도 잘 듣는다. 보일러 바꾼 집에서는 스티커값이 안 드니 잘됐다 싶어 얼른 갖다 주었다. 보일러를 고물상회에서 제일 비싸게 쳐준단다. 보일러 속에 구리가 있는데 그게 아주 값나간다나.

"저 순덕이도 반촌떡네 보냅시다. 성님 밥 주기도 심든디. 순덕이가 반촌떡을 엄청시리 따르잖소."

"시끄라! 말 못 허는 짐승이라고…순덕이가 물건이여?"

강천댁이 꽥 소리를 지른다. 월평댁은 움찔한다. 월평댁도 진심으로 한 말은 아니었다. 순덕이 거슴츠레 늙은 눈으로 월평댁을 쳐다본다. 짐승도 나이 들면 영물이다. 월평댁은 슬그머니 순덕이 눈을 피한다.

"즈것이 지끔 나 자석이고 동무여. 다시는 그른 소리 말어. 다시 한 번 힜단 봐라. 아조 주둥이를 쪼사놀 팅께!"

강천댁이 정색하고 눈을 부라린다.

"알았어라우. 요놈으 주둥이! 성님이 고러케 꼬매불고, 찢아불고, 쪼사불어도 뭔 헛소리를 고로콤 해싸까잉. 순덕이 니가 고상이 많다."

월평댁은 손바닥으로 자기 입을 톡톡 찧다가 순덕이한테 조기 한 마리를 통째 던져준다. 강천댁이 월평댁을 멀뚱 본다. 월평댁이 조기 하나를 더 던져준다.

"허참, 천지가 개벽헐 일이시! 술짐이라고 시방…?"

"귀허신 우리 성님, 순덕이보고 잘 지키라고 그려요. 아칙에 본께 쥔 지킨다고 차들이 고러케 빵빵대도 꼼짝도 안 트랑께요. 즈것이."

강천댁, 머쓱하다. 월평댁 말이 진심인지 놀림인지 긴가민가하다.

"그람, 대가리나 띠어 주제는…."

"순덕이라고 빼다구만 좋아헐랍디여. 이빨도 인자 다 되야 갈 틴디."

느글거리는 속을 참고 월평댁은 계속 입발림을 한다.

"성님, 으디 탯물 구할 디가 있으께라우?"

"요즘 시상에 탯물이 뭐여? 와, 허리 아픈 디 묵어보게?"

"담방약으로 그만한 거이 읎다는디."

이 마을에서도 갓난아기 울음소리를 들어본 지 오래다. 해산하는 경사가 있다 해도 너나없이 병원으로 간다.

월평댁이 아이를 낳을 때는 태를 조그만 항아리에 담아 종종 땅에 묻곤 했다. 그 태가 몇 년을 썩으면 불그스름한 색을 띤 아주 마알간 물이 되는데, 허리 아픈 데 먹으면 직방이라고 했다.

"그르키는 허제마는 고것을 으디서 구하겠능가. 꼬막들이 눈앞에 왔다 갔다 헝께 빌 생각이 다 나제? 인자 욕씸을 내삐리랑께. 이 나이 되믄 빙도 토닥토닥 등 뚜드리줌서 동무 삼아 가는 것이여."

"나는 못 그라제요. 꼬막을 눈앞에 두고는 저승길로 못 가제라우."

"으이그, 참말로 사서 고상허는 팔자여."

"일 읎이 가만 앙거 있는 거보담 낫제. 아, 요런 야그도 안 있소. 어뜬 사램이 죽어 천당을 갔는디 첨이는 참말로 좋아분졌다요. 아픈 일도 읎제, 허구헌 날 뼈 빠지게 심든 일도 읎제, 사철 꽃 피제, 지지배배 새들 노래 허제, 쭈글쭈글 할망구도 안 되제…. 그란디 그것도 하래 이틀이제, 나중에는 심심허고 몸땡이가 비비틀리 죽겄드라요. 그래 옥황상제헌티 차라리 나 지옥으로 보내주씨오, 힜다등만. 그 말을 들고 옥황상제가 뭐라고 혔는지 아시겄소?"

"몰라."

퉁명을 놓으면서도 강천댁은 야무지고 쫀득쫀득한 말새의 월평댁 애기가 항상 재미있다고 생각한다. 때로 여포(呂布) 창날 같은 말 본 때에는 만정이 떨어지기도 하지만.

'게우 가갸거겨나 띤 무식이 속은 육지백판을 헌당께. 한나를 들으면 열을 써 묵는 애팬네여.'

지금은 고지서나 텔레비전, 신문에 나오는 글자도 다 읽어내지만 옛날에는 까막눈으로 전화번호를 돌리고 돈 계산에 빈틈이 없는 것도 신통했었다.

"뭐여? 옥황상제가 뭐시라 혔어?"

"궁금허요?"

"아, 그려."

"옥황상제 으흠, 여그가 바로 지옥이다! 혔다 안 허요."

"뭔 야그가 고르키 심심허다냐? 한나도 안 재밌그만."

"헐 일 읎고 심심헌 거이 고로코롬 무섭다는 말이제. 그랑께 나가 몸살을 내제요."

"그람 으디 절간 똥물이라도 구해보등가…. 아이고 되았어. 되았어. 뭔 미련 났다고 그 작당을 쳐? 그만큼 악착을 부렸으면 이잔 사램이 쫌 천연시라봐."

"죽을 때 죽드라도 일을 헐 수만 있다면 히야제."

월평댁이 고개를 살짝 오른쪽으로 비틀어 탁 꺾으며 야무지게 말끝을 맺는다. 강한 의지를 나타낼 때의 월평댁 습관이다.

월평댁은 아깝다. 얼마나 좋은 세상인가. 손발에 물 안 묻히고도 꼬막 캐는 세상을 생각이나 했겠는가.

"허이 참…."

강천댁은 혀를 차고 입을 다물어버린다.

하늘도 못 말릴 저 부지런을 누가 말릴꼬.

월평댁이 입술을 옹그리고 고개를 저렇게 탁 꺾었다 하면 그 굳건한 의지는 강천댁 고래 심줄로도 당해낼 재간이 없다.

"죽은 뒤는 알아서 뭣 헐 꺼여. 고건 옥황상제가 알아서 해불라고 허고, 우리는 술이나 한잔 더 허세. 나한텐 요 술허고 노래가 천국인께."

창밖에 국화를 심고 국화 밑에 술을 빚어놓으니
술 익자 국화 피자 벗님 오자 달이 돋네~

을매나 근사헌가! 술 익고, 국화 피고, 동무 오고, 달이 뜨고….

제사상 앞이거나 말거나 노랫가락이 나오는 강천댁 엄부럭에 월평댁은 하, 웃고 만다.

스물셋, 스물다섯

월평댁이 호미로 등판을 톡톡 치며 집 뒤 비탈을 천천히 오른다.

길섶에는 어느새 가녀린 줄기에 보송보송 솜털을 단 개망초꽃이 하얗게 웃고 있다. 저리 애처로운 허리를 하고서도 개망초는 서로를 보듬고 서서 한여름 거친 태풍을 너끈히 이겨낸다.

"올해도 피었냐아!"

월평댁 눈길이 이른 꽃무리를 살뜰히 쓰다듬는다.

송 씨는 선한 심성만큼이나 꽃을 좋아했다. 노루오줌, 쥐손이, 꿩다리, 매발톱, 밥풀떼기, 며느리밑씻개 풀 같은 희한한 이름이며, 그 이름의 내력까지도 소상히 알고 있었다. 산에서 땔나무를 하다가도, 들일을 하다가도, 송 씨는 월평댁에게 나무며 풀이며 꽃에 대한 이야기를 들려줬다. 해도 해도 끝이 없는 일을 앞에 두고 늘 마음이 종종댔던 월평댁은 때로 귀찮기도 했지만 그런 품성으로 송 씨가 더 좋았었다. 그중에는 논둑이나 개울가에 흔히 있는 며느리밑씻개 풀에 대한 웃지 못할 얘기도 있었다.

시어머니가 밭을 매다가 갑자기 뒤가 마려워 밭두렁 밑에 앉아 일을 보았단다. 주위의 풀을 뜯어 마무리를 하는데 아얏! 따가워 보니 가시가 달린 풀이었다.

'이놈의 풀! 꼴도 보기 싫은 며느리 똥구멍에나 걸려들지.'

시어머니는 무심결에 꿍얼대다가 번쩍 든 생각에 그 풀을 뒷간에 갖다 놓았다. 아무것도 모른 채 며느리는 똥을 누고 뒤를 닦았다.

'앗 따거!'

시어머니가 한 짓인 줄 뻔히 알았겠지만 며느리로서는 어쩔 도리가 없었을 것이다.

그 뒤로 풀이름이 '며느리밑씻개'가 되었다나.

"하이고, 노루새깽이 귀때기를 쏙 빼다 박아부렀다! 요런 이름을 누가 갖다 부쳤쓰까? 딱 들어맞다, 딱 들어맞어."

앙증맞게 노루귀를 닮은 잎사귀가 볼 때마다 신기하고 오묘하다. 그 옆으로 애기똥풀도 군락을 이루고 있다.

"요놈도 그려. 요 색깔 쫌 봐! 참말로 아그들 똥허고 똑같어. 노오랜 것이!"

애기똥풀을 꺾자 노란 진액이 나온다.

"곱네 곱네 혀도 요로케도 고우까? 아그들 똥도 요로케 이쁘제."

진액을 혀에 대보던 강천댁이 얼굴을 찡그리며 퉤, 침을 뱉는다.

"이그, 써라! 으쩌면 맛까정 똑같으까?"

들풀, 들꽃 이름 하나를 두고도 무릎을 탁 치게 절묘하게 지어내는 솜씨에 월평댁은 탄복한다. 금슬 좋은 부부가 서로 외양까지 닮아가듯 산야의 동식물들 간에도 희한하게 닮은 것들이 많았다. 누가 누구

72

를 좋아해서 닮게 되었는지는 모르나 매발톱, 꿩다리, 쥐손이들의 닮은꼴은 가히 탄성을 자아내게 한다.

월평댁은 오늘 기분이 살랑하다.

'뭐, 그려불세. 아 자네가 안 보고 잡다는디 나가 뭐시 좋다고 끼리고 있겄는가. 이장헌티 패딱지 끊어오라고 혀.'

강천댁의 걸걸한 목소리까지 흉내 내며 혼자 끌끌끌…웃는다.

"고 냥반이 으쩔라고 고로케 맴이 툭 터분져쓰까…? 가만 나가 시방 요로고 있을 때가 아니그먼. 은제 맴이 빈해불지 모릉께…."

월평댁이 마늘을 뽑다 말고 손을 털고 일어난다. 길지도 않은 이랑인데 반 두둑도 안 뽑았다.

제동댁이 소주 두 병을 비닐봉지에 담으며 월평댁을 갸우뚱 쳐다본다.

"왜에, 나 낯짝에 뭐시라도 묻었능가?"

"흐흐…. 아니어라우. 뭔 좋은 일로 두 할매가 낮술인가 해서요."

"이잉?"

"쪼까 전에 강천 할매가 댕겨 가셨는디 쏘주에…."

"뭐여!"

월평댁은 돈을 꺼내려다 쑤셔 넣고 그냥 나간다.

"에고 이놈으 주댕이! 맬급시 놀리 갖꼬 술만 못 팔았네."

두 눈 들어갈 만큼만 삐죽 문을 열고, 월평댁이 방 안을 들여다본다.

"왜에, 송장 치까 봐?"

눈을 감고 누워 라디오를 듣고 있던 강천댁이 퉁 한다.

"그르요."

"느자구 읎는 애펜네, 술 묵나 염탐하는 거여?"

"그놈으 눈은 구신이대? 보도 않고도 다 알아불게!"

"꼭 봐야 혀? 귀때기, 코빼기는 뭘라 달렀간디?"

"으이그, 고 잘난 치는."

월평댁, 탁 문을 닫는다.

'근디…. 발써 술을 다 해치와분 거여?'

월평댁이 다시 슬몃 문을 열고 방 안을 살핀다.

라디오에서 흘러나오는 노래를 강천댁이 능숙하게 따라 한다.

문을 닫은 월평댁은 입을 삐쭉 내밀고 강천댁 흉내를 낸다.

"사랑허는 님을 위해 한 100년을 살고 잡소?…. 하이고, 청승시라. 욕심도 유분수제."

사람 욕심보다 무서운 것이 있을까.

오늘까지 누구에게도 말한 적이 없지만, 강천댁이 월평댁에게 아들 욕심을 품은 것은 월평댁 남편이 배를 타고 나가 죽은 지 반년도 안 되어서였다. 아니, 태풍이 그치고도 배가 흔적조차 보이지 않아 온 마을이 수군대는 그 순간에 벌써 강천댁은 자신의 욕심을 보아버렸다. 머릿속에 천둥처럼 스친 생각을 하늘이 알까 허겁지겁 털어버렸지만, 이미 월평댁 운명은 강천댁 속셈 안에 있었다.

처음 강천댁이 아들 하나만 낳아 달라고 했을 때, 월평댁은 기겁을 했다.

월평댁 나이 스물셋, 강천댁 나이 스물다섯, 꼬막 캐기가 시작된 늦가을이었다.

읍내 장에 꼬막을 내다 팔고 이십여 리를 걸어온 월평댁이 막 저녁
밥을 안치고 아궁이에 지필 솔가지를 들이는데 느닷없이 강천댁이 뻘
배를 이고 왔다. 새것이었다.

"날 저문디 뭔 뻘널이라요?"

"쉬이!"

강천댁이 안방을 턱짓하며 얼른 검지로 자기 입을 막았다.

"허참, 강천떡이 갯일을 다 할랑갑이시!"

"조용히 하랑께는, 잔 받어줘."

뻘배를 받아 문 앞에 세우고 월평댁은 심상하게 아궁이에 나무를 넣
었다.

"아이고, 모가지가 까라앉아 불라고 허네."

강천댁이 뒷목을 툭툭 치며 월평댁 옆에 쭈뼛쭈뼛 몸을 내렸다.

"고깟것 갖꼬 엄살도 심허요. 허기사 집 안에만 들어앉겄응께."

"음마, 고거이 보기보담 영판 무겁그만."

"근디 뭔 일이다요?"

"잉, 나가 본께 월평떡 뻘널이 다 삭아부렀등먼…."

"그래…서라우?"

"이이, 나가 월평떡 줄라고 우리 집 냥반한티 한나 맹글어주라고
했제."

"오매오매! …."

"아, 잔 조용하란마시."

"그라도 기냥 맨손으로는 받을 수 읎제라우."

"아따 이웃찌리…. 우리 집 냥반이 월평댁한티 얻어묵은 꼬막이 얼마남서 기냥 선사허고 잡다여."

"…."

"발써 작년에 맹글어 논 거인디, 차일피일허다가…."

"그래라이."

월평댁 남편이 죽은 지도 한 해 반이 지났다. 그사이 강천댁은 이제나 저제나 말을 꺼내 볼까 마음을 졸였었다. 속 모르는 송 씨는 뻘배를 만들어 달래 놓고 왜 주지 않느냐고 몇 번이나 강천댁을 채근했다. 남정네도 없는 집에 월평댁 뻘널이 다 삭아서 안쓰럽다며 송 씨를 채근해 만들어놓긴 했지만, 강천댁은 차마 입을 뗄 수가 없었다. 반년이나 지나야, 한 해나 지나야, 하다가 오늘에야 눈 딱 감고 들고 나온 것이다.

"…월평떡!"

"예에."

강천댁은 방 안에 신경을 쓰며 겨우 말을 꺼냈다.

"…실은 나가 쪼까 헐 말이 있는디…."

"나헌티 뭔 할 말이 있다고…? 있으면 히 보씨오."

'쪼까'라는 말은 썼지만, 방문을 살피고 쭈뼛거리는 강천댁 태도로 보아 뭔가 긴밀한 내막이 있어 보였지만, 월평댁은 그 할 말이란 게 짐작도 가지 않아 그냥 일상적으로 받아넘겼다.

"…나…. 아들…."

"오매, 그래라우. 고로케 삼신할매헌티 치성을 드리더니 인자 소식이 왔는갑네!"

"고 고거이 아니고, 월평떡이 나…대신, 아들 한나만…."

"뭐시! 라우?"

"이잉…. 월평떡이 우리 송가 집안에 아들 한나만 나주먼…."

"하이고! 벨 숭악헌 소리를 다 들겄네!"

펄쩍, 월평댁은 강천댁 입을 쥐어막았다. 그리고 부엌으로 난 안방 문부터 보았다. 방 안에는 시어머니 시호댁과 정자가 있었다. 그 말을 듣는 것만으로도 못 할 짓을 저지른 것 같아 월평댁 얼굴이 홧홧 달아올랐다.

"나 말 쪼까만 더 들어봐, 월평떡!"

월평댁은 벌떡 일어서 부지깽이로 마당을 가리켰다. 목이 콱 막혀 말보다 행동이 먼저 나갔다.

"시끄랍소. 시방 그거를 말이라고…. 누가 들을까 무섭그만. 요 뻘 널 갖꼬 후딱 가씨요."

강천댁이 파르르 떠는 월평댁을 애절하게 붙잡아 앉혔다.

"싸게 가란 말이요!"

"월평떡, 진정 쫌 혀. 나가 거그한티만 살짝 히보는 소린께."

"아적 강천떡 나이도 짱짱헌디 지달려 보제, 뭔 소리다요?"

"아녀. 두짜까정 뱃속이서 읊애불고 한의원에 물으니 앞으로 수태 가 심들겄다등만. 애기집이 허하다나 어쩐다나…. 나가 날 수만 있다 믄 으째 속창시가 타겄어!"

"그라도 그 야그 다씨는 끄내들 마씨요. 한 이우제서 뭔 짓거리요? 낯짝 뜨갑게!"

월평댁은 어렵사리 말문을 열었을 강천댁의 사정 같은 건 아랑곳없 이 가져온 뻘배를 안기며 야멸차게 등을 떠밀었다.

밤중에 홍두깨도 이런 홍두깨가 없었다.

이튿날 개울에서 혼자 빨래하는 월평댁을 강천댁이 다시 찾아왔다.

"으째, 생각 쪼까…."

"참말로 으째 이런다요? 다씨는 그런 말 끄내지 마랑께는!"

퍽퍽, 있는 힘을 다해 방망이를 내리치며 월평댁은 강천댁 말을 모질게 잘랐다.

"앗따, 그눔으 승질 꼭 땡삐맹키시. 승질 가라앉히고 나 야그 쪼까 더 들어보드라고. 월평떡 혼차 산 지가 발써 이태째여. 정자 크는 거 쫌 봐. 세월이 유수랑게. 나이 들믄 갯일도 못 허제. 목구녕 풀칠을 뭐시로 할 꺼여? 아들 한나만 나 주믄 논 시 마지기 줄 텡께…."

"음마! 사램을 어치케 보고 이란디야? 시방 혼차 산다고 우습게 보는갑네? 강천떡이 논 서 마지기는 으디 있고?"

"뭔 배락 맞을 소리여! 나가 으쨌다고 월평떡을 우습게 봐. 논 서 마지기는 나가 친정에서 진즉에 받아놨당께."

강천댁 친정아버지가 둘째 딸이 생산도 못 하고 사는 것이 안쓰럽다며 논문서를 준 것은 사실이었다.

강천댁 친정은 인근에 천석지기로 소문이 났다. 가을이면 강천댁 집으로 친정에서 보낸 쌀가마니가 들어오곤 했다. 일 못하는 송 씨가 농사짓는 시늉을 하는 것도 강천댁 친정 일꾼들이 소까지 몰고 와 철철이 도와주는 덕분이었다.

송 씨는 배내기로 처가의 소를 키우기도 했다.

배내기란 송아지를 얻어와 어미 소가 되어 새끼를 낳으면 송아지는 기른 사람이 갖고 어미 소는 주인에게 돌려주는 풍습이다. 강천댁 친정에서 사위를 도와주기 위해 그렇게 궁리한 것이었다.

월평댁에게 논 서 마지기는 솔깃한 것이었다. 강천댁 말대로 어린 딸에 시어머니, 월평댁의 노동력 외에는 가진 게 없는 살림이다. 한 번만 눈 질끈 감으면 되었다.

그래도 월평댁은 입술을 옹다물고 빨랫방망이만 두들길 뿐 곁을 주지 않았다.

그 심중을 읽고 강천댁이 구슬렸다.

"숭 될 거이 뭐시여? 예전부터 자석 못 나면 그르케들 많이 안 허능가. 글고 우리 강천 냥반 말인디, 뼈에 안 박히 갯일이나 농사일을 잘 못해 그라제, 인물 좋제, 손재간 있제, 또 천하에 뱁 읎이도 살 사램 아니여?"

"고거야 시상이 다 알제요."

"그라이 사램 하나 보고 나 부탁 잔 들어줘. 나가 피가 말라부러. 송씨 집안 대 끈칠개비…."

"…."

빨래터로, 우물가로, 산으로, 심지어 하지도 못하는 갯일까지 따라나서 강천댁은 월평댁을 설득했다.

하루는 느닷없이 강천댁이 뻘배를 밀고 나타났다.

"오매, 뭔 일로 강천떡이 생전 안 허던 갯일을 다 나왔대?"

용내댁이 눈을 휘둥그레 뜨고 놀렸다.

"예에, 쫌 배와 볼까 허고 나와 봤는디 겁나게 춥고 되요이. 아따,

쫌 쉬엄쉬엄들 허씨요. 따라댕길랑께 가리쟁이 찢어지겄어라우."

"아이고, 꼬막 쫌 캘라다 가리쟁이 찢어 왔다고 강천 양반한티 쫓겨
나면 어쩐다냐?"

동촌댁이 놀렸다.

"아, 찢어진 가리쟁이 또 찢어져 봤자제. 강천떡, 추위 안 탈라면
몸도 찢어지게 움직이야 혀."

용내댁 말에 아낙들이 한바탕 자지러졌다.

강천댁이 슬그머니 월평댁 곁으로 왔다.

"나가 거그 땜시 집에 붙어 있들 못허겄어."

월평댁은 들은 체 만 체 앞으로 휭 달아났다. 강천댁이 기를 쓰고
따라왔다.

강천댁 뺄배 타는 모양새에 월평댁은 그 판에도 푸우 웃음이 나왔
다. 널 위에 오른쪽 무릎을 올리고 쭉 밀면 왼쪽 앞으로 푹 꼬꾸라지
고, 왼쪽 무릎을 올리고 밀면 오른쪽 앞으로 풀썩 꼬꾸라졌다. 얼굴이
며 온몸이 뺄투성이로 진흙 속에 처박힌 미꾸라지 꼴이었다. 그 모습
이 딱하기도 했지만, 월평댁은 모른 체했다.

"월평떡…."

"사램 쫌 그만 볶으랑께요. 참말로 찰그머리가 따로 읎구만이."

"오죽허면 나가 요러겄어."

"…."

"눈 딱 감고 아들 한나만 나줘. 논 시 마지기 바로 띠어 준당께."

"…."

"고러케 꿀 묵은 벙어리맹키 가만있지 말고 말 쫌 히봐."

그래도 월평댁은 매몰차게 입을 다물었다. 그러나 매몰찬 월평댁 못지않게 강천댁도 끈질겼다.

강천댁의 속셈은 반년 만에 끝장을 봤다. 처음 마음을 품은 뒤로는 2년 만이었다. 월평댁은 막무가내 우격다짐으로 들어오는 강천댁을 당해낼 수 없었다.

강천댁은 마을 모퉁이에 비어 있던 외딴집을 손봐 월평댁 살림을 따로 냈다. 그러나 송 씨는 며칠 밤이나 월평댁 방문을 열지 못하고 밖에서 배회만 하다 돌아갔다. 보다 못한 강천댁이 또 나섰다. 밖에서 서성대는 송 씨 등을 우격다짐 토방 위로 떠밀었다. 방문을 열고 송 씨가 들어서는 것까지 보고 강천댁은 돌아섰다. 돌아보지 않으려고 고개를 애써 앞으로 쳐들고 걷는데 아랫도리가 힘이 빠져 허청허청했다. 이 모든 게 내일 아침이면 깨어날 한바탕 꿈이었으면 좋겠다, 싶었다.

매지구름 사이로 스무날 이지러진 달이 얼굴을 내비쳤다 숨었다 강천댁을 불러 세웠다. 하릴없이 멈춰 달과 마주 섰다.

"거그나 나 맴을 알랑가….."

이튿날 새벽에 강천댁은 우물에서 물을 길어와 머리를 감고 목욕을 했다. 장독대에 정안수를 떠놓고 간절히 손을 모았다.

"비나이다. 비나이다. 천지신명, 일월성신, 동서남북 각국 대신, 송 씨 집안 삼신 전에 깨깟헌 물 떠놓고 깨깟헌 맴, 깨깟헌 몸으로 이르키 비나이다. 조선 땅 전라도 벌교 자금실이서 이 김옥분이가 빌고 또 비나이다. 부디 작은 정성도 크기 받아 송씨 집안에 아들 하나만 점지해주시먼 더 원이 읎겠으니 월평떡 몸에 아들 하나만 얼릉 보내주소서.

부디 화해동심 해원상생 하시사 아들 한나만 딱 보내주소서. 허튼 구신, 허튼 말명, 인간 구설 다 막아주시고 아들 한나만 점지해주소서."

한번 문지방을 넘자 송 씨는 밤마다 월평댁을 찾았다.

남편 송 씨와 월평댁이 살을 섞는 그 밤에 강천댁은 주막에서 몰래 막걸리를 받아다 홀짝이고 엽연초를 말아 피우며 가슴속의 화근내를 달랬다. 그러나 외딴집으로 뻗친 신경 줄 하나하나는 사금파리 풀 먹인 연줄처럼 팽팽하게 곤두서 자칫하다간 자신이 베이거나 연줄이 끊어져버릴 것 같았다. 그러다 송 씨가 크으 흠, 헛기침으로 돌아오는 기척을 내면 얼른 이불 속에 들어가 여상히 자는 척했다.

찬바람을 묻히고 들어온 송 씨는 강천댁이 잠들지 않은 것을 알면서도 모른 체 이불 속에서 돌아누웠다. 그럴 때면 바깥의 기척에 온몸을 기울이며 하마나 올까 기다리던 안도도 잠깐, 강천댁의 열불은 천불이 되어 풀무질했다. 송 씨는 구들에 등을 붙이면 이내 달게 코를 골며 잠이 들었다. 단잠이었다. 아내 속은 천길만길 부글거리는데 무심히 잠든 남편처럼 세상에 야속하고 속상한 게 있던가.

그래도 자기 손으로 찍은 발등이라 강천댁은 성질조차 부리지 못했다. 어금니를 턱이 얼얼하게 꾸욱 물고 있다가 하루는 끝내 참지 못하고 벌떡 일어났다.

"인나… 보씨요."

벌컥 내지른다는 소리가 목에 걸려 툭 끊어졌다가 자신 없이 깔렸다. 강천댁은 온몸으로 이미 불길한 뭔가를 감지하고 두려워하고 있었다. 호흡을 가다듬고 깊은 잠에 빠진 송 씨를 흔들어 깨웠다.

"인나 보란 말이요!"

"아, 뭔 일이여?"

잠이 묻은 송 씨의 목소리에 다소 짜증이 섞였다.

"인자는 나가 치다도 보기 싫소?

생으로 종주먹을 댔다. 송 씨는 눈을 떴는지 감았는지 가만있었다.

"한 살이라도 젊은 년이 그라고 좋읍디여?"

"…."

"그라면 거그 자면서 날새기로 일을 치라불제, 오기는 뭘라 오요?"

송 씨는 돌아누운 채 여전히 묵묵부답이었다.

맘에도 없는 어깃장을 놓고 강천댁도 순간적으로 말이 막혔다. 불길한 기미가 기미만으로 끝나지 않을 것 같았다. 이길 가망 없는 일에 부단한 싸움을 하고 있는 게 아닌가 싶었다. 그래도 언 땅에 삽을 꽂듯 한마디 못을 박았다.

"나가 또 한 번 다짐을 놓겄는디, 씨만 뿌릴 일이제 행여 정분은 주지 마씨요이."

송 씨는 끄응, 작은 숨소리만 낼 뿐이었다. 강천댁은 마지못해서라도 '알았네'라든가, '걱정 말드라고' 뭐 그런 말 정도는 할 줄 알았다. 강직해서 맘에 없는 소리 안 하는 건 알지만 송 씨는 그런 빈 소리조차 하지 않았다. 그건 그만큼 송 씨의 마음이 월평댁에게 가 있다는 증좌였다. 이젠 아들을 얻는다 해도 한 마을에 첩실을 두고 살아야 할 판이었다.

'나가 땅을 치겄다 땅을 쳐! 고것들이 고러케 돌쩌구 궁합인 중 알았으면 고것헌티 대를 이서 돌라고 말을 넣지 않았을 거인디….'

강천댁은 대낮에도 술상을 앞에 놓고 장탄식을 했다. 능숙하게 담배도 빨았다.

"오매, 벳이 요로케 쩅쩅 좋은디 낮술 앞에 놓고 혼자 대작허는 요 시린 맘을 누가 알꼬. 으칙허든 아들 한나만 얻고 갯탕을 싹 처뿌러야제!"

혼자 앙다짐을 해봤자였다.

불길했던 예감이 현실이 되었다. 큰놈 장대에 이어 곧장 승대가 났고 금이, 연이에 늦둥이 명이까지 났다. 조밭 무 같은 체신에 월평댁은 아이 하나는 쪼롬히 잘도 빼냈다. 그것도 막내 늦둥이를 제외하고 연년생이다 보니 강천댁이 개탕을 치고 자시고 할 여유도 없었다.

첫째 장대가 났을 때는 어쨌든 바라던 아들을 얻어 강천댁은 목적한 바를 이루었다는 안도가 더 컸다. 이것으로 결단코 일을 매듭지으리라 다짐했다. 아이를 강천댁이 받았다. 생각보다 사나흘 일찍 산통이 시작되어 송 씨가 재 넘어 솔바우로 온 동네 아이를 다 받아낸 옥실댁을 부르러 간 사이, 월평댁 양수가 터졌다. 그 바람에 경험도 없는 강천댁이 얼떨결에 아이를 받았다.

강천댁이 어찌할 바를 모르고 허둥대는 데 비해, 두 번 출산 경험이 있는 산모 월평댁은 침착했다. 먼저 우물에서 새 물을 길어와 물두멍을 채우게 하고, 반짇고리에서 가위를 찾아 머리맡에 갖다 놓게 했다.

젖은 수건을 이빨에 물고 월평댁은 필사적으로 용을 썼다. 월평댁을 붙잡고 함께 용을 쓰는 외에 강천댁은 할 수 있는 일이 없었다. 아기 목욕물을 데우느라 삼복에 불을 땔 땐 방 안은 숨이 턱턱 막혔다. 그 시간이 얼마나 암담하고 길게 느껴졌는지, 강천댁은 다 포기하고 도

망치고 싶었다.

다행히 해가 지기 전에 월평댁은 몸을 풀었다.

으으윽, 월평댁의 마지막 몸부림과 함께 좁고 캄캄한 생명의 길을 뚫고 아이가 미끌 빠져나왔을 때, 강천댁은 아이를 받아들고 그 와중에도 아이의 아랫도리부터 보았다.

"뭐… 여라우?"

월평댁이 먼저 물었다.

"이이, 꼬치여. 꼬치!"

그 순간, 두 여인은 함께 안도했다. 월평댁은 어쨌든 자신의 할 일을 다 했다는 안도로, 강천댁은 자신이 바라고 의도했던 것을 얻었다는 안도로.

안도의 색깔은 달랐지만 아이의 고추를 두고 두 여인은 하나가 됐다. 아이의 첫 울음소리가 우렁찼다.

그때까지도 장작개비처럼 딱딱했던 월평댁 몸이 고추를 확인하자 한여름 엿가락 늘어지듯 축 처졌다.

월평댁이 이르는 대로 강천댁은 가위를 호롱불에 그을려 탯줄을 잘랐다. 혹여 잘못되기라도 할까 봐 원래도 둔한 강천댁 손끝이 바르르 떨렸다. 그때 강천댁은 새삼스레 산모와 아이가 한 탯줄로 이어져 있다는 것에 생각이 미쳤다. 마치 여태까지는 깜깜하게 몰랐던 것처럼.

그리고 이 아이를 아무리 내 아이로 생각한다 해도 이 탯줄을 넘어설 수 없으리란 것도 그때 깨달았다. 게다가 이 아이를 위해 멀리 바다와 하늘이 맞붙는 죽음 같은 생명의 길을 내보지도 않았다, 강천댁은.

아이 배꼽에 붙은 탯줄을 실로 홀쳐매고, 어디를 잡아야 할지도 모르겠는 아이를 땀을 삐질삐질 흘리며 목욕시켜 놓으니 비로소 아이의 제 모양이 보였다.

아이는 갓난아이 같지 않게 유난히 까맣고 숱 많은 머리를 하고 있었다. 이마가 훤하고 코의 기상이 수려한 것이 어쩌면 그렇게 송 씨를 빼다 박았는지 신기했다. 제 아비를 닮은 생명의 신비함을 보자 강천댁은 비로소 내 아이라는 벅찬 감동이 느껴졌다. 그건, 내 몸으로 낳은 거나 마찬가지였다.

그러나 아이는 송 씨만 닮은 것이 아니었다. 널따란 이마가 툭 불거진 것은 영락없이 월평댁을 닮아 있었다. 이마는 차돌처럼 단단했다. 강천댁은 아이의 이마를 씻기며 월평댁의 깡깡한 성깔이 아이의 이마에 그대로 들어앉은 것 같아 멈칫 아이를 밀쳐내고픈 마음이었다. 서름한 이물감이 느껴졌다. 생각보다 몸이 먼저 반응했다. 강천댁의 흔들리는 마음에 따라 아이의 얼굴은 그렇듯 변화무쌍했다.

강천댁의 마음을 알기라도 하듯 아이는 강천댁이 씻기려는데도 탱자 알만 한 주먹을 오그려 쥐고 펴지 않았다. 어디에 그런 힘이 들어 있는지 강천댁은 아이의 주먹을 펴 씻기는 데 애를 먹었다.

아이의 목욕이 끝나고 나서야 옥실댁과 송 씨가 왔다.

급히 방에 들어선 송 씨의 눈길이 아이보다 눈을 감고 누워 있는 월평댁에게 먼저 가는 것을 강천댁은 보았다. 강천댁 가슴에 묵직한 쇠뭉치가 얹혔다. 송 씨가 월평댁 곁에 몸을 내렸다.

"나가, 늦었그먼⋯."

"요 꼬치 쫌 보씨요."

강천댁이 그 눈길을 차단시키듯, 송 씨의 행동을 나무라듯, 송 씨

86

앞으로 아이의 아랫도리를 내밀었다.

"이이, 나가 꼬칠 중 알았당께. 배가 뽈강 안 인나고 두리뭉실혔응께."

옥실댁이 장단을 맞췄다.

"뭣 허요. 한번 보듬아보제."

강천댁이 떠맡기듯 송 씨에게 아이를 안겼다. 아이를 안은 송 씨의 표정과 시선이 난감해 보였다. 마냥 좋아하자니 강천댁이 걸리고, 월평댁에겐 무슨 말이라도 해야 하는데 딱히 선택할 말이 송 씨로선 쉽지 않았던 것이다.

"…고놈, 이마빼기가 꽝꽝허게도 생깄다."

이윽고 송 씨가 아이의 이마를 만지며 감탄하듯 월평댁을 보았다.

강천댁 가슴에 이번에는 태산 같은 바윗덩이가 얹혔다. 이 태산은 쉽게 무너뜨릴 수가 없을 것 같았다. 월평댁을 바라보는 대견스러운 눈빛, 아이의 아래를 보고 감격해하는 송 씨의 표정에서, 월평댁과 송 씨의 관계가 이제 강천댁이 따라갈 수 없는 어떤 새로운 세계에 들었음을 보았다. 그들에겐 피와 탯줄로 일체가 된 아이가 있었다.

지금 월평댁은 강천댁으로부터 아들 하나만 낳아 달라고 부탁을 받던 서너 해 전의 그 초라한 여인이 아니었다.

그럼 송 씨가 아이를 먼저 반겼다면 괜찮았을까. 그래도 강천댁에게 돌아올 인생은 마찬가지였을 것이다.

강천댁은 월평댁 앞에서 한없이 작아졌다.

둘째, 승대가 났을 때는 겨울이었다. 온 산과 마을과 뻘이 온통 눈으로 하얬다. 소복이 눈을 인 외딴집 처마 아래 고드름과 함께 금줄에 매달린 빨간 고추가 흰 눈에 반사되어 유난히 붉었다. 그 빨간 고추가 강천댁 눈을, 가슴을 사정없이 찔렀다.

"워매이, 저 볼근 꼬치가 와 나 속이서는 안 달린당가."

할 수 없이 산(産) 바라지를 하긴 하는데, 하루 몇 번씩 먹어대는 산모의 미역국도 밉살스럽고 배알이 꼬였다. 모든 게 부러 유세하는 걸로만 보였다. 아이를 낳아 보지 않은 강천댁은 월평댁의 그 먹성이 참말 이해가 되지 않았다.

"무신 눔으 뱃속에 황소가 들앉겄나? 자, 묵소."

먹고 돌아누우면 배가 헛헛한 월평댁 면상에 강천댁은 퉁퉁대며 소반을 내려놓았다.

"인자 나가 끼리 묵을 텡게 성님은 올라오지 마씨요."

나흘째 되던 날, 월평댁이 말했다.

"그라소. 나도 헐 일이 많은 사램잉께."

휭, 집에 내려온 강천댁은 엽연초 한 대부터 말아 뻑뻑 빨았다.

강천댁 머리에 갑자기 생각 하나가 떠올랐다. 벌떡 일어나 부엌으로 들어갔다. 식칼을 들고 나온 강천댁은 비어 있는 건넌방 문을 벌컥 열었다. 우르르 방으로 들어가 구석구석 휘휘 칼을 저었다.

"비나이다. 비나이다. 천지신명, 일월성신, 동서남북 각국 대신, 송씨 집안 성주 전에 비나이다. 조선 땅 전라도 벌교 자금실이서 이 김옥분이가 비나이다. 인자 송씨 집안 대를 이섰으니 월평떡만 끊어주소. 고 백여시만 끊어주먼 나가 하래도 및 번씩 정성을 올릴 겡께 지발 고 여시를 끊어주소."

강천댁이 안방으로 간다. 안방도 구석구석 칼을 휘저어 악귀를 쫓는다. 마루, 부엌, 헛간, 다시 건넌방, 안방을 강천댁은 정신없이 젓고 다닌다. 뒤란과 마당도 한 바퀴 돈다. 뒷간까지 휘젓는다. 그러고 나서 칼을 마당 밖으로 휘익 던진다. 칼끝이 집 안을 향한 채 나동그라진다.

"오매, 이 오살할 것이!"

다시 던진다. 역시 칼끝은 집 안을 향한다. 세 번 네 번을 던져도 칼은 집요하게 강천댁을 겨눈다. 강천댁 얼굴이 일그러진다.

"오매이, 단단히 들러붙었네."

강천댁이 급히 부엌으로 들어가 바가지에 소금을 내온다. 소금을 마당 밖에다 후려치듯 몇 줌이나 뿌린다.

"훠이훠이 악헌 구신 물러가고, 훠이훠이 허튼 말명 물러가고, 훠이훠이 인간 구설 다아 물러가라!"

강천댁은 바가지까지 엎어놓고 온몸을 실어 밟아버린다. 와지끈 바가지가 부서진다. 그렇게라도 하지 않고서는 빨간 고추를 내지 못하는 꺼멓게 타고 썩어 문드러지는 속을, 그 속의 천불을 감당해낼 수가 없었다.

이레째 되는 날 밤에는 월평댁 방에 불이 꺼지기를 기다려 낫으로 금줄을 댕강 끊어버렸다.

"나가 다씨는 이 집구석 새꽉을 볿는가 봐라!"

강천댁은 그 뒤로 월평댁 집을 돌아보지도 않았다.

그러나 가슴속 천불덩어리는 삭아 들지를 않았다. 술에 절여도 보고 담뱃불에 지져도 보지만, 삭아 들기는커녕 더 큰 불덩이로 타올라 아예 숨길마저 턱턱 가로막았다.

도저히 앉아서는 감당할 수가 없어 장대가 나기 전 한밤중에 월평댁 집까지 달려간 것도 여러 번이었다. 미친바람처럼 고샅을 내달리면 벌떡벌떡 뛰는 심장이 몸 밖으로 붉은 피를 뿜으며 터져 나올 것 같았다. 찬 토방에 옹그리고 앉아 깜깜한 방 안에서 연놈이 하는 짓거리에 귀를 기울이노라면 불 맞은 심장 뛰는 소리도 방 안에서 들리는 단내 나는 거친 숨결 앞에서는 숨을 죽였다. 한바탕 바람이 몰아치고 소곤소곤 정분을 나누는 소리가 새어나왔다. 무엇보다 강천댁 가슴을 후벼 파는 것은 단 살을 섞는 소리보다 소곤대는 정분나는 소리였다. 저 문고리를 확 잡아채 열어나 봤으면 속이 후련할 것 같았다. 문고리를 살며시 잡아보기도 한두 번이 아니었다.

하루는 추위에 벌벌 떨며 방 안에 귀를 기울이고 있는데 허연 물체 하나가 허성허성 올라오는 게 보였다. 강천댁은 얼른 뒤란으로 몸을 숨겼다.

이내 고래고래 고함소리가 들렸다.

"야, 이년놈들아! 하늘에 부끄럽지도 안냐? 이 개 거튼 것들아!"

월평댁 시어머니 시호댁의 소리였다.

'워매 워매! 이 일을 어쩌헌다냐?'

"동네 사램들, 여그 쫌 나와 보씨요. 여그 시방 이장놈허고 우리 메누리가 붙어 묵고…."

강천댁은 불 맞은 고양이마냥 뒤란에서 튀어나가 시호댁 입을 틀어막고는 솔개 닭 잡아채듯 끌고 고샅을 내달았다. 엉겁결에 입을 틀어

막히고 머리를 잡힌 채 끌려가면서 시호댁은 몸을 빼려고 용틀임을 했다. 그럴수록 강천댁은 더 세게 옥죄었다. 이렇게 하지 않으면 앞뒤 없이 별난 시호댁이 무슨 난장을 칠지 알 수 없는 일이었다. 그렇잖아도 등 뒤에서 온 동네가 숙덕거리는 판에 이 난장까지 부리면 참말로 남세스러워 고개를 못 들 것이었다.

시호댁 집으로 끌고 가 안방에 패대기를 치다시피 시호댁을 들이밀었다. 그리고 강천댁이 한 건 딱 한 마디였다.

"시호 아짐! 시 마지기 논 도로 내놓고 자프시오? 한 번만 더 글먼 확 뺏아불 텡게 그리 아씨오!"

논 세 마지기를 도로 뺏는다는 말에 비로소 제정신이 돌아왔는지 시호댁의 드센 어깨가 축 처졌다.

그날, 송 씨는 다른 날보다 늦게 집에 돌아왔다. 강천댁은 자다가 막 깨어난 척 일어나 앉았다.

"빨랑 갯탕 처불게 날 새기로 일을 치라불랑께는 뭣 하러 왔소?"

"…임자는 거그 뭣 하러 왔당가?"

송 씨가 방문 앞에 선 채로 노기를 띠고 강천댁을 다그쳤다.

"아, 나가 가기는 으딜…."

강천댁은 허둥대다가 얼른 둘러댔다.

"잉, 그거이…. 그 뭐시냐…. 아, 나가 있었응께 망정이제 뭔 망신살이었겄소. 시호 아짐 실성기가 은제 도질지 모릉께로 나가 지키고 있었지라우…. 인자 걱정 마씨요. 한 번만 더 그라면 논 시 마지기 도로 뺏아뿐다고 다짐을 받았응께 인자 안 갈 것이요."

"뭐시여? 뭘라고 그른 소리꺼정 혀!"

"월평떡이 불안히사 우리 아그가 제대로 자리를 잡겄소? 얼릉 아들 한나만 보고 후딱 갯탕을 처뿌러야제. 안 그요?"

"…."

"으째 대답이 읎다요?"

"…."

이때도 송 씨가 대답하지 않은 것은, 애당초 개탕을 칠 마음이 없어서였을까.

장대가 난 뒤에는 송 씨를 다그치는 일마저도 할 수가 없었다. 월평댁에게도 만만히 하지 못했다. 송 씨의 심중이 월평댁에게 가 있는 것이 확연한 데다, 당당히 아들을 낳은 월평댁 앞에 강천댁 스스로가 위축되었기 때문이다.

그런데 송 씨의 마음을 돌리는 것보다 더 급한 것이 막무가내인 시호댁이었다. 약속대로 논 세 마지기를 받고도 정신이 오락가락하는 시호댁은 강천댁만 보면 논 세 마지기를 내놓으라고, 왜 내 논 안 주느냐고 성화를 부렸다. 시호댁의 그런 행동은 월평댁이 돌아오지 않고 딴살림을 계속하는 데 대한 나름의 계산법인 듯도 했다. 강천댁이 상대하지 않자 시호댁은 여덟 살 정자까지 내세웠다.

그날 밤도 월평댁 방을 나서다 송 씨는 깜짝 놀라 다시 안으로 들어갔다. 밖에 시호댁이 와 있다는 송 씨의 눈짓에 월평댁은 가슴을 조였다. 그런데 밖이 너무 조용했다. 월평댁이 살며시 문을 열고 둘러보았다. 토방 아래 쪼그리고 앉아 있는 사람이 보였다. 월평댁은 얼른 문을 닫으려다 이상한 감에 다시 문을 열었다.

"…저 정자 아니여?"

"…."

"오매, 정자야. 추운디 니가 으째…. 언능 들가자."

월평댁이 맨발로 내려와 정자를 일으켜 세웠다. 정자가 방으로 이끄는 월평댁 손을 뿌리치고 빤히 쳐다봤다.

"정자야, 언능 들어가잔께!"

정자는 다시 잡는 월평댁 손을 내치고 눈길을 내달렸다.

빨래 밟는 날

월평댁이 불편한 허리를 주먹으로 툭툭 치며 엉덩이 깔개를 깔고 밭고랑에 앉아 마늘을 뽑는다. 그제 뽑다 남은 이랑이다. 그러면서 공연히 들머리를 내려다본다. 딱히 기다리는 것도 없으면서 밭에만 앉으면 바라보게 된다. 하늘에는 구름 한 점 없고 먼바다가 은사시나무 잎처럼 반짝여 눈이 부시다. 띄엄띄엄 차들이 지나간다.

차들을 보노라면 월평댁도 자금실을 벗어나 세상 거칠 것 없이 휘휘 돌아다니고 싶다는 마음이 든다. 하릴없이 떠오르는 그 마음이 막연히 서럽기도 하고 좋기도 하다. 그 마음에 온몸을 부려놓고 한참을 앉아 있기도 한다. 이런 마음은 송 씨 산소에 앉았을 때와는 또 다른 것이다. 온전히 월평댁만을 위한 시간 같은 것이다.

어제는 혼자 소꿉질을 했다. 아침을 먹고 인이 박인 믹스커피를 한 잔 마시고 그냥 앉았자니 문득 장롱 속의 모시 한복이 생각났다. 제대로 된 건 아니고 개량 한복이었다. 몇 년 전 여름에 금이가 맨날 티셔츠에 바지만 입지 말고 이런 것도 입어 보라며 두 노인네에게 같이 사

준 것이었다. 중국산이어서 비싸지 않다고 했다. 친정 일가 결혼식에 두 번 입고 손빨래해서 그냥 넣어 두었는데, 딱히 바쁘게 할 일도 없겠다, 푸새를 시작했다. 일머리 좋은 놈은 일감을 만든다. 월평댁은 자신이 딱 그렇다고 생각한다.

풀은 밀가루 풀을 쑤지 않고 아침에 먹은 흰밥을 썼다. 번거롭게 풀을 쑬 필요가 없어서이기도 하지만, 경험상 밥풀이 더 하얗고 좋다는 걸 알아서다. 아픈 데는 많아도 고혈압에 당뇨는 없어 월평댁은 늘 쌀밥을 먹는다. 젊었을 적 먹은 잡곡밥에 질려 밥에 무얼 섞는 게 질색이다. 그 좋다는 콩도 싫다.

"으이그 으처면 식성까정 그눔으 승질머리하고 똑같으까."

강천댁은 잊을 만하면 타박을 했다.

월평댁에겐 흰밥을 해야 하는 이유가 하나 더 있다. 고양이 때문이었다. 지난겨울 아침에 문을 열어 보니 고양이 한 마리가 밥 냄새를 맡듯 서리가 허연 가마솥 뚜껑을 핥고 있었다. 월평댁이 내다보는 것도 아랑곳없이 안쓰럽게 핥아댔다. 비쩍 마른 놈이었다. 배가 고픈가 해서 월평댁은 밥을 미지근한 물에 말아 갖다 주어 보았다. 옆도 안 돌아보고 먹었다. 한 접시를 다 먹었다. 그러고는 유유히 사라졌다.

마을에 길고양이가 꽤 돌아다녔다. 먹이를 주는 사람은 없었다. 오히려 쫓기 바빴다. 뭐가 보였다 하면 먹어버리기 때문이었다. 생선은 말할 것도 없고, 개 사료 사다 놓은 것, 곰국을 끓여 식히려 내놓은 것까지 넘성댔다. 대문이 없거나 있어도 대부분 열어놓고 살다 보니 부엌에까지 겁 없이 들락거렸다. 월평댁도 식물이나 꽃은 좋아해도 동물엔 무관심했다.

그래도 고양이들은 쥐 잡고 새 잡고 두꺼비도 잡아먹고 하면서 먹이를 잘 해결했다. 마을에 음식물 찌꺼기를 공동으로 버리는 쓰레기장이 있는데 늘 두어 마리는 그 주변에서 어슬렁댔다. 고양이는 1년에 두 번도 새끼를 낳고 한꺼번에 네댓 마리를 낳아 자칫 곁을 주었다가는 한 해에 열 마리씩도 식구가 생길 판이었다. 그것이 다 살지는 않겠지만. 그래서 수컷 거세를 한다는데, 그 비용이 삼, 사십만 원씩 한다고 고양이 두 마리를 키우는 장대가 말했다.

다음 날 아침에도 고양이가 왔다. 왔다고 아예 야옹야옹했다. 며칠 뒤에는 두 마리를 더 데리고 왔다. 처음 왔던 놈은 어미고 두 마리는 새끼 같았다. 월평댁은 계속 밥을 주었다. 낮에는 흔적이 없다가 아침이면 월평댁 집을 오는 게 신기했다. 동네 사람들 눈을 피해 뒤란에 박스로 집도 만들어 주고 물도 놓아 주어 보았다. 그러나 박스에서 자는 것 같지는 않았다. 오직 같은 시각에 밥만 먹으러 왔다.

라면이나 간단한 걸로 때우고 싶다가도 월평댁은 저녁에 우정 밥을 했다. 덕분에 월평댁도 따뜻한 밥을 먹는 일이 많아졌다. 아침이면 고놈들 기다리는 재미도 쏠쏠했다. 밥 먹는 놈의 보드란 등판을 어루만져주면서 말을 붙이고 같이 놀았다. 그게 대여섯 달째다.

월평댁은 대야에 옷 한 벌이 잠길 만큼 물을 받아 삼베 자루에 넣은 밥을 조물조물 조물댔다. 조물대다 보면 맑은 물이 뽀얘지면서 물에 풀기가 생긴다. 다 으깨진 밥알은 울타리 아래 묻고 풀물에 소금을 조금 탔다. 쉰내를 방지하기 위해서다. 대야에 옷을 살살 담가 풀을 먹인다. 모시는 풀이 약하면 힘이 없어 처지고, 풀이 세면 날이 서서 살을 쓰리게 한다. 이불 홑청은 풀을 한 듯 안 한 듯해야 쾌적하고 옷감이 다정하다. 저고리는 흰색이고 치마는 옥색이다.

빨래하면서 보니 물이 빠지지 않아 함께 넣어 조물댔다. 조금 지나자 옷은 풀을 먹어 약간 끈적대고 물은 맑아진다. 살짝 짜서 물이 떨어지는 걸 빨랫줄에 널었다. 좋은 햇살에 이내 꾸덕꾸덕해지기 시작했다. 다 마르기 전에 모양을 잡고 올이 고르게 되도록 손바닥으로 탁탁 쳐주었다. 축축한 채로 광목 보에 싸서 한참을 밟았다. 접힌 자리는 다림질하면 좋겠지만 다리미도 없고 수연네에 가기도 미안해서 다시 손으로 탁탁 쳐서 죽은 올을 살리고 빨랫줄에 말렸다.

그러다 문득 인두가 생각났다. 월평댁이 한창 바느질할 때 쓰던 것이다. 명이가 '엄니 이런 거 없애지 말고 꼭 챙겨놔. 나가 나중에 가져갈테니까.' 해서 장롱 저 아래 두었다. 버드나무 가지로 만든 반짇고리와 투박한 무명실 꾸리, 골무도 명이 부탁으로 없애지 않고 두었다. 인두를 깨끗이 닦고 가스 불에 데워 접힌 부분과 목깃 부분을 살살 눌렀다. 신통하게 때맞춰 이게 어떻게 생각이 났는지 월평댁은 자신의 총기가 썩 만족스럽다. 드디어 완성이 됐다.

만져보니 그 정갈함과 까실까실한 감촉이 더없이 좋다. 보삭보삭 소리도 난다. 그걸 거울 앞에서 입어도 보았다. 살뜰히 입고 나갈 데도 없어 무념무상으로 월평댁은 그 일을 즐겼다. 어제는 그렇게 하루가 갔다.

어디 박혔는지 모르겠지만 강천댁 모시옷도 찾아서 해줄 생각이다. 강천댁은 빨래 밟기를 좋아한다. 눈은 한가하게 먼바다에 두고 뒷짐을 진 채 좁은 빨랫보 위에서 발을 이리저리 옮기며 소리를 할 수 있기 때문이다. 일한다는 티를 내면서 좋아하는 걸 할 수 있다. 그럴 때면 강천댁은 혼자 생각한다.

'개나리가 산 속으 진달래를 알긌어? 고 연분홍 고운 빛깔을 개나리는 모르제.'

이런 소리를 입 밖에 냈다간 금방 월평댁의 땅벌 같은 반격이 되돌아오리란 것도 안다.

'그럼 진달래는 개나리를 알긌소? 고 노오랜 빛깔을 분홍이 알긌냐고?'

바람이 불어 구름이 흐르면 바다 위로 구름 그림자가 굼실굼실 지나가고 강천댁 소리도 구름처럼 흘렀다.

고물 삽니다. 고물! 못 쓰는 컴퓨터, 전기밥솥, 헌 재봉틀, 선풍기! 고물 삽니다…. 비싼 값에 고물 삽니다.

느닷없이 뒤통수에서 왈칵 터지는 확성기 소리에 월평댁이 가슴을 움켜쥔다.

"오매, 놀래분 거."

마을회관 마당에 고물 트럭이 섰다.

한가로웠던 월평댁 머리에 번쩍 불이 켜졌다. 기다리지도 않았는데 웬 횡재냐 싶다. 스티커 안 붙이고 고물 장수한테 팔면 되레 돈까지 받으니 도랑 치고 가재 잡기 아닌가.

이장이 내일 면사무소에 갈 일이 있다며 스티커를 가져오겠다고 했다. 버릴 물건 사진도 핸드폰으로 찍어 갔다. 강천댁이 마음을 정한 이튿날로 이장에게 부탁했지만 이장도 자기 일이 바쁜 사람이라 재깍 몸을 빼지 못했다. 약속은 했지만 강천댁이 워낙 변덕을 부리니 월평댁은 안심할 수가 없어 내일 스티커 오기만 기다리고 있었다.

그러다 깜짝 싶다.

"혹시?…"

아닐 것이다. 영철이라면 강천댁 집으로 올라갔을 것이다.

월평댁은 엉덩이에 매달린 깔개를 벗고 밭고랑을 나선다. 비파 소리를 낸다.

방문이 열리고 강천댁이 부스스한 얼굴을 내민다.

확성기 소리가 다가온다. 강천댁이 고물을 본다. 무심했던 얼굴에 갈등이 인다. 하필 트럭이 강천댁 집 앞에 선다.

"하이고!"

강천댁 마당에 들어서던 월평댁이 된 한숨을 쉰다. 고물 위에 다시 비닐이 덮였다. 이장이 사진 찍을 때 분명 벗겨 놓았었다. 그때 보니 언제 내놨는지 놋그릇까지 나와 있었다. 애초에 놋이 좋지 않은지, 너무 오래 되어선지, 푸르둥둥 변색이 된 놋주발이었다. 닦아도 제 색깔이 안 나 처박혀 있던 것인데 강천댁 궁리가 거기까지 미친 것이었다.

"은제 고래적 놋그릇까정 내놨다냐. 참말로 집안 살림까정 안 남아나겄소."

월평댁은 놋그릇을 도로 들일까 하다가 그만두었다. 어차피 닦아 쓸 물건도 아니고, 우선은 강천댁 심기를 건드리지 않아야 했다.

비닐까지 덮은 걸 보면 스티커도 붙이지 않겠다는 시위다.

"혹시나 믿어 본 나가 속창아리 빠졌제."

순덕이 월평댁 눈치를 보며 흘금흘금 뒤로 물러난다.

마당 수도에서 흙 묻은 손을 씻고 월평댁이 부르르 마루를 올라 방문을 연다.

방 안 광경이 역시나 가관이다. 개다리소반 위에는 파리가 앉거나 말거나 널브러진 김치 쪼가리와 조화 화분, 소주병이 뒹굴고, 강천댁의 꺼멓게 때 낀 손톱 사이에서 타들어 가는 담뱃재가 금방이라도 떨어질 듯 위태위태하다.

"오매오매, 이 냉갈 쫌 보소. 집 다 태와 묵겄네. 오늘도 아조 두리범벅으로 퍼부렀구만이! 무신 놈으 술배가 늙도 안혀 참말로."

월평댁이 방 안으로 성마르게 들어가 재떨이를 들이대고 담배를 확 빼앗아 꺼버린다.

"뭔 짓거리여. 싸가지 읎이!"

"그려요. 내는 본시 싸가지 읎는 사램이요. 사시장철 이거이 무신 꼴이까이."

"냅도뿐다매? 냅도뿌러!"

"냅도뿌러가 안 된께 글제. 비닐은 또 왜 덮었소?"

"신경 꺼. 나 맴잉께."

"아적 고물장시 안 갔는디 돈 받고 팔아붑시다. 패딱지값 애끼고 돈도 받고 안 좋소?"

월평댁이 목소리를 누그러뜨린다.

"낼 이장헌티 패딱지 필요 없다고 혀."

"예에?"

"나으 의리여."

"그 눔으 의리. 그닛말 안 하는 거이 더 의리제. 치와분다고 혔소? 안 혔소?"

무지몽매한 애팬네야 나으 질을 막지 말어
의리를 모르고 나으 시상을 함부로 말하지 말어….

강천댁의 엉너리가 시작된다.

"백판 소리만 하면 다여."

이럴 땐 소리까지 참 같잖게 들린다.

월평댁이 혀를 차며 주섬주섬 술상을 치운다.

"인나씨요."

"뭣 허게?"

"정심이나 묵게 올라갑시다."

스티커를 붙여 내놓을 때까지는 성질을 죽여야 한다.

"내는 염사 읋어야. 거그나 많이 묵드라고. 나 배 안 고파."

"술만 퍼재낀디도 목심이 붙어 있는 거이 참말 신통방통허요. 노인 정이서는 밥만 잘 묵드만, 그것도 빙이제. 나가 독약이라도 탔을까 봐 그르요? 뽈깡 인나 갑시다."

월평댁은 참말 이해가 안 된다. 남들은 몸 움직이기도 힘든 나이에 저렇게 술을 먹고도 끄떡없으니. 술이 주야장천 당기고 들어간다는 자체가 신기하다.

동네 아낙들 누구나 하는 술을 월평댁이 딱 금을 친 건 강천댁의 저

술 때문이었다.

'술맛 한나도 몰르는 인생이 무신 인생이냐고? 하이고, 꼬막 한나도 못 캐본 인생이 무신 인생이여.'

잠을 자도 나 혼차요 밥을 묵어도 나 혼차요….

강천댁의 엉너리가 이어진다.

"혼차는 뭔 혼차여! 요것들을 끼리고 삼서."

월평댁이 조화 화분을 치우려 하자 강천댁이 얼른 들어 가슴에 꼭 품는다.

"그까짓 거 누가 뺏아 갈깨비? 잊아뿔지 말고 저승까정 꼬옥 끼리고 가씨요이."

월평댁이 윗목의 버쩍 마른 걸레로 대충 방바닥을 닦으며 강천댁의 무거운 엉덩이를 억지로 밀어낸다.

"쩌리 비끼라우. 지발 문지 쫌 싹싹 따끄고 시수도 쫌 허고 사씨요. 민경〔面鏡〕도 쫌 보고. 정지에 행지뿌는 그거이 머시요? 걸레 쪼가리 제! 기영물도 지때지때 쫌 찌끌어불고."

"누가 본다고 민경을 보고, 방바닥을 닦아싸야. 나가 영감 뺏김서부텀 너갱이도 뺏기고 허깨비 시상을 사는디."

"하이고 입은 삐뚤어져도 말은 바로 하라고, 누구 드나들 적이는 그리 정갈을 떨어싸트만!"

"아이고, 물꽉 애려. 거그 빼깐에 파스 있능가 봐봐. 읎으믄 쫌 사오고."

강천댁이 갑자기 다리를 잡고 파스 타령을 한다. 자기에게 불리할 때마다 내미는 또 다른 엉너리다.

"그놈으 파스…. 낫지도 않는디 뭣 땀시 끈뜻하믄 붙이는가 몰라. 냄새만 나제. 붙일라믄 나가 붙이야제."

"아, 빨랑…."

그때 전화벨이 울리자, 강천댁이 잽싸게 받는다. 언제 뭉그적댔느냐다.

"요보씨요…. 이잉 장대냐?…. 잘 지냈제만, 지사 지내간 지가 은젠디…. 지사에 느그들이 안 옹께 느그 아부지가 섭섭혔겄제."

월평댁이 확 송수화기를 빼앗아 송화구를 막는다.

"으째 그래싸요."

"뭐슬 으쨌간디야. 내는 그 소리도 못 히여?"

"못 온 놈들 속은 더 상할 틴디."

"지 자석이라고 역성은…."

두 손으로 송화기를 감싼 월평댁이 목청을 가다듬는다.

"오냐, 장대야…. 큰어메가 갠이 허는 소리제…. 뭐시야? 큰어메하고 합치라고야?…. 아서야. 사램이 사대가 맞어야제, 하딱하면 쌈박질일 틴디 그 짓을 왜 혀! 니 큰어메허고는 비우짱도 안 맞고, 승질도 안 맞고, 오만 거이 다 안 맞어야. 사램이 기믄 기다, 아니믄 아니다, 탁 뱉아뿌는 맛이 있어야제. 그닛말에 우멍하이 속을 감차불고…. 그래싸 통 나하고는 안 맞어야."

"나는 뭐 지허고 맞간디. 나도 안 합치야."

강천댁은 담배를 꺼내 문다. 이럴 때는 담배가 약이다.

"여그 일은 나가 다 알아서 헐 팅께 껵정 말그라…. 심심 한나도 안혀. 테레비 보제, 밥은 전기밥솥이 알아서 해주제, 옷은 세탁기가 빨아주제, 냉장고서 시언한 물 묵제, 느그들이 옷 사주제, 손주새끼들 보고 자프먼 차 타고 휭 한나절이제. 시방 시상만 같으면 100년을 더 살아도 아숩겄다야…."

살붙이한테 무람없이 사근대는 월평댁 뒤에서 강천댁 얼굴이 푸슬푸슬 쓸쓸해진다. 오늘따라 자그마한 몸피의 월평댁 뒷모습이 그렇게 크게 보일 수가 없다. 강천댁 눈엔 그 모습이 마냥 당당해 보인다.

강천댁은 부럽고 또 부럽다. 살과 살로 이어지고 피와 피로 이어진 자기 새끼를 가진 월평댁이. 그 새끼들이 불효를 한들 효도를 한들 무슨 상관이랴. 그냥 내 배로 낳은 내 자식, 내 아이, 내 생명을 가져 보고 싶은 것이다. 제주도 해녀들은 저승 돈 벌어 이승 자식 먹여 살린다고 한단다. 자식을 위한 그 혹한의 고통에 강천댁은 자신을 내던져보고 싶었다. 그렇게 몸과 마음을 애태우고 바수어 보고 싶었다. 그럴 수만 있다면 인생이 이렇게 하릴없이 막막하고 맛문하지는 않을 것이다.

어린것이 고물고물 젖을 빨고, 옹알이를 하고, 엄마를 부르고, 걸음마를 하고, 손수건에 명찰을 달고 학교에 가고…. 세상에 그것처럼 신기하고 환희로운 것이 있으리. 단 한 번뿐인 세상길에 그 사랑을 알지 못하고 가는 것이 강천댁은 원통하다. 죽고 나면 그 누가 있어 살뜰히 기억해줄까. 잠 안 오는 밤 몸을 뒤채며 이 생각 저 생각 하다 보면 허깨비 인생을 사는 것 같았다.

아니, 강천댁도 힘에 부치는 애를 써 본 적이 없진 않았다. 승대가 레코드를 낼 때였다. 레코드사 한군데서 전속을 하자는데 이류라서 한마디로 거절해버리고, 우리나라에서 최고가는 다른 레코드사에서 취입하기로 했다며 돈이 필요하다고 했다. 승대는 가장 먼저 강천댁에게 넌지시 말을 넣어왔다.

"나를 지지하고 이해하는 건 엄니밖에 없어라우. 나가 지방 콩쿠르라는 콩쿠르는 다 휩쓸고 케이비에스 본선까지 진출한 것도 다 엄니 덕분 아니겠어요. 노래 잘하는 건 아조 엄니를 탁해서고."

승대가 가수가 되는 것에 대찬성이었던 강천댁은 하늘을 날았다.

"그라제. 니가 나를 닮어 갖꼬 애릴 적부더 노래 한나는 일등이었제. 방송국에서 이등 한 거이 으디 보통 일이냐? 글고 얼굴도 이게 카수 얼굴이제 보통 얼굴이여? 니 한나 보고 나가 참고 사는디 진짜 카수가 되부러야!"

승대는 송 씨의 외모를 닮았다. 키가 크고 이목구비가 시원했다. 뭔가 한 자락 할 것 같았다. 말까지 좌중을 휘어잡으며 능청스레 잘했다. 언죽번죽이 좋았다. 어린 날 강천댁이 술을 받아 오라고 하면 절반은 제가 먹고 들어왔다. 들어와서는, '저 푸른 초원 위에 그림 같은 집을 짓고' 강천댁 앞에서 노래하며 춤을 추었다. 술은 아깝지만 강천댁도 그런 승대에게 혼을 낼 수가 없었다.

강천댁이 울적해 있으면 '엄니, 나가 술 받아 올께라우?' 먼저 주전자를 들고 나섰다. 술값에 번번이 라면땅값이 없혔다. 마루 옹이구멍에 담뱃재를 털면 장대는 '엄니, 불난당께는' 하며 못마땅한 내색을 했지만, 승대는 '갠찮애, 나가 요로케 찌끌어분께' 물 주전자를 가져와 옹이구멍에 쪼로록 부었다. 그런 승대니 다른 자식들보다 강천댁이 괴지 않을 수 없었다.

"엄니, 두고 보씨요. 나가 송승대의 시대를 화악 열어불 텡게. 목포가 남진을 낳고, 부산이 조용필을 낳고, 이제 벌교가 송승대를 낳을 차례여라우."

"그라고말고, 목포에서 나, 남진이 나오고 부산에서 누기?"

"조용필!"

"이이, 부산에서는 조용필이 나오고…. 우리 벌교에서는 송승대가 나오고…."

"그런데…. 엄니도 알다시피 레코드를 내자먼 돈이 필요해요. 홍보비도 있어야 하고…."

"그람, 그러컸제. 카수가 되는 일인디."

이때까지도 강천댁은 그냥 승대 말에 취해 있었다.

"엄니…. 쌈짓돈 같은 거 없어라우?"

"을매나 드는디?"

액수를 듣고 강천댁은 속으로 입을 딱 벌리게 놀랐다. 강천댁으로선 어떻게 해 볼 도리가 없는 금액이었다. 막막했다.

"나가 유명 카수만 되면 잠자리 비양기를 타고 와서 우리 마실에다 돈을 쫙 뿌려불 텡게 엄니가 날 좀 도와주씨오."

"잠자리 비양기로 돈을 뿌려야?"

"그렇다니까요. 자가용이 문제겄어요. 엄니, 그랑께 이 아들 한 번만…."

강천댁, 앞뒤 생각 없이 분연히 일어섰다.

"알았다. 승대 니가 카수가 되겠다는디 나가 못 할 거이 머시냐? 먼저 보험부터 깨불고."

보험은 장대와 월평댁이 매달 넣어주는 것이었다.

승대가 자신에게 제일 먼저 손을 내민 것이 강천댁은 감격스러웠다. 이물감이 느껴지던 모자의 관계에서 둘만의 비밀, 둘만의 꿈이 생긴 것이다. 강천댁은 어떻게든 승대를 돕고 싶었다. 월평댁이 낳은 자식들 중에 승대 하나만은 확실하게 자기편으로 만들고 싶었다. 자신의 꿈을 승대가 이루어 주는가 보다 흥분도 했다.

강천댁은 보험을 깨고, 친정에도 가 손을 벌리고, 마을의 돈 나올 만한 집을 다니며 비밀리에 돈을 꾸었다.

"우리 승대가 유명 카수가 되면…. 뭐시냐…. 잉, 잠자리 비양기를 타고 와서 우리 마실에다 돈을 쫙 뿌려분다네!"

강천댁은 이 말을 다니는 집마다 신나서 했다.

"강천 할매, 풍이 너무 씨그만이라우. 자가용이나 타고 오겠제요."

"고거이 고거이제. 하여튼 간에 목포에서 남진을 낳았다면 부산에는 조용필, 벌교에서는 우리 승대라 이거여!"

서너 집이 강천댁 쇠고집에 마지못해 돈을 꾸어주었다. 꼬막 한 소쿠리에 대학생 두셋이 달린다고 할 만큼 꼬막벌이가 좋은 때였다.

강천댁은 꼬막을 캐서 보태겠다고 자진해서 꼬막 밭에도 나갔다. 그러다 갯벌에 쓰러져 돈 버는 것보다 후유증이 더 오래가긴 했지만. 승대를 반대하는 식구들 앞에 머리를 싸매고 누워 곡기를 끊겠다고 극한의 투쟁도 했다. 결국 월평댁도 꿍쳐둔 돈을 내놓았다.

그렇게 올라간 뒤로 승대는 감감무소식이었다.

강천댁은 애국가가 나오도록 텔레비전을 켜놓고 라디오 채널을 이리저리 돌리며 승대 노래가 나오기를 기다렸지만 들을 수가 없었다. 노래만 들을 수 없는 게 아니었다. 승대는 몇 년 동안이나 소식이 없었고, 송 씨 장례도 알릴 수가 없었다.

승대가 동네에 남기고 간 빚을 월평댁이 갚았다. 월평댁은 하루 두 번 뻘밭에 나갔다. 값을 더 받기 위해 새벽 전라선을 타고 남원까지 가서 꼬막을 팔았다. 강천댁 친정 빚은 강천댁이 알아서 하라고 모른 체했다.

"죽었는지 살았는지 소식은 한 마디 전하제, 카수가 못 될 수도 있제…. 소식까정 이르키 딱 끊어부러야."

월평댁 눈치를 보며 강천댁이 짐짓 탄식을 했다.

"이른 건 지 에미를 빼닮었어. 내가 거그에는 만정이 다 떨어져뿌러."

"세상일이 고로케 쉬울랍디여. 저도 답답헝께 글겄제…."

월평댁은 의외로 담담했다.

"그러컸제? 지도 면목이 읎응께 소식을 끊었겄제?"

"사내 자석이라면 매조지는 맛이 있어야 하는 것이요. 지둘려 봅시다."

승대 때문에 월평댁 속도 문드러졌다. 어디서 잘못된 것이 아닐까 하루에도 몇 번씩 가슴이 울울했다.

강천댁은 또 한 번 월평댁에게 졌다, 싶었다. 저렇게 말하는 속이 오죽할까. 그에 비하면 자신은 말만 번드레하지 속어미라고 말할 수가 없었다.

그랬다.

강천댁은 월평댁이 낳은 아이들을 한 번도 가슴으로 껴안지 못했다. 늘 버스름했다. 내 아이이면서 그 아이들이 강천댁에겐 내 아이가 아니었다. 물고 빨고 치대고 할퀼 수 있는 동물적인 새끼가 아니었다. 덥석 껴안아 지지도 않고 그렇다고 떳떳하게 내칠 수도 없었던 그 거리는, 강천댁에겐 남모르는 죄책감이기도 했다. 쇠죽솥이나 군불솥에 물 절절 끓여 장대 승대 손목 잡아끌어다가 버짐 생긴 머리통 쥐어박으며 때꼬쟁이 손등 탁탁 때려가며 아파서 온몸 비비 트는 등짝이며 사타구니 벅벅 문질러 씻기는 그런 일조차 강천댁은 내가 낳은 자식처럼 무람없이 할 수가 없었다. 차라리 아예 남의 아이라면 껴안기가 훨씬 쉬웠을 것이다.

다시 태어나 무엇을 하고 싶으냐고 누가 묻는다면, 강천댁은 어미가 되고 싶다고 말할 것이다. 그래선지 강천댁은 어미 닭이 꼴꼴꼴 새끼 몰고 다니며 멍석 위의 곡식을 쪼아 먹어도 쉽사리 쫓지를 못한다.

전화를 끊은 월평댁이 파스를 내온다.

"다리 욜로 내보써요."

"내비 둬."

강천댁이 파스를 잡아챈다.

"넘 전화 뺏는 거이 뭔 경우 읎는 짓이여! 사램 무안키시리. 으디 자네 자석이라고 혼차 끼리고 천년만년 잘 살아 보소. 눈치코치도 읎는 애팬네."

"뭔 눈치코치가 읎어라우, 나가?"

"자석들헌티는 오래 살고 잡다는 소리는 안 허는 거시여. 빈말로라도 얼릉 죽어야제 함서, 고만고만 지낸다고 히야제. 뭐! 시방 시상만 같으먼 100년을 더 살아도 아숩겄다고야?"

"그거는 성님 말이 맞기도 허요. 으음, 다리나 내보씨요."

"아, 됐다니께."

"성님, 지발 낫쌀값 쪼까 허씨요."

"나가 으째서야?"

"참말로 아그들 속까정 뭘라 뒤집어 놀라 그라요."

"아, 누가 속을 뒤집었다고 그려. 거그가 시방 모처럼 온 장대 전화를 훼방 놈시롱."

"하 참, 얼척읎어 말이 안 나오네."

"얼척! 얼척은 나가 읎제. 인자는 아그들허고 말도 못 허게 막아부러? 아이고, 서러운 나 팔자를 누가 알아주까이…. 자석 읎응께 늙발에 요 괄시를 다 받고."

잔뜩 부아가 난 월평댁이 손으로 잡초를 헤치며 산을 오른다.

"냅도뿔자. 죽으라 술을 푸든지 밥을 생키든지…. 몸땡이를 따끄등가 낯짝을 씨끄등가…. 집구석이 난장판이 되등가 말등가…. 하이고, 우리 아그들 짐 덜게 얼릉 둘 다 죽으야는디…."

오솔길은 한창 생장이 왕성한 잡초에 묻혀 겨우 형체만 드러내고 있다. 개망초꽃이 하얗게 둘러싼 송 씨 산소 앞에 서서 월평댁은 '휴!' 차오른 숨을 내쉰다. 그러다 문득,

"요놈으 다리몽생이! 어치케 욜로 데불고 온 것이여?"

외동서끼리의 입대름으로 속이 부글거리면 월평댁이 송 씨 영정이

나 무덤을 찾아 푸념한다는 것을 다리가 먼저 알고 있는 것이다. 발을 탁탁 구르며 애먼 다리 탓을 하다가 산소 봉분을 노려본다.

"나가 시방 속창시가 뒤집어져불겠는디, 거그는 핀안허겄지라우? 오늘은 한나도 보고 자프도 안 허요…. 그라도 영감헌티 이 속을 안 풀먼 엇다 풀겄소…. 지발 영감이 성님 쫌 달래고 챙기주씨요. 안즉도 성님 가심에 찬서리가 허여탄 말이요. 술도 쪼까 못 묵게 말리고. 인자는 한 가지 술로는 양이 안 찬갑서라우. 쐬주에 맥주에 막걸리에 아조 두리범벅으로 퍼부린다 말이요. 지발 나 부탁 잔 들어주씨요 예."

월평댁은 산소를 등지고 앉는다. 갯일을 못 하고서부터 월평댁은 더 자주 송 씨 산소를 찾는다. 산소에라도 오지 않으면 파리채를 들고 갯가 둑길을 하릴없이 걷는 게 요즘 월평댁 소일이고 숨구멍이다. 그 숨구멍에서 겨우 진정된 호흡이 뻘밭만 보면 다시 펄떡인다.

"꼬막 한나 지대로 못 캐는 인생이 당최 산 목심이냔 말이여."

월평댁 가슴에서 또 된 한숨이 나온다.

"오매. 으째 바람기 한나도 읇네."

속에서 천불이 날 땐 바다 조용한 것도 고역이다. 그날이 그날인 섬들, 여기저기 툭툭 떨어진 땡감처럼 그저 무심히 떠 있는 것 같은 고깃배와 수평선만 하염없이 바라보아야 한다.

"환장하겄네이. 시방 나보고 으처라고…?"

월평댁은 가슴을 열고 손으로 활랑활랑 부채질을 한다. 속에서 화근내가 올라온다. 이럴 땐 비바람이라도 한바탕 몰아쳤으면 좋겠다.

무슨 한이라도 맺힌 듯 격한 울음을 토하며 휘몰아치는 파도와 바람이 월평댁은 그저 무료하고 심심한 것보다 좋다. 그 후려치는 비바람을 대책 없이 맞고 서 있어야 할지라도. 그 비바람에 첫 남편을 잃기도 했지만. 한때는 바람 끝자락만 보여도 가던 걸음이 턱턱 막혔었다. 사람의 마음이란 게 처지에 따라 간사하기도 해서, 지금은 너무 아득해 그런 세월이 있었는가 싶다.

'때르르르 좌….' 대매미 소리가 더위를 부채질한다.

고샅을 지나 가게 앞 당산나무 아래로 온 월평댁이 매미 소리를 따라 나무를 올려다보며 평상에 허리를 내린다.

"요새 매미는 물 건너왔다등만 어처케 저리 싸납게 우까잉?"

귀청을 찢는 소리가 보통 신경을 긁는 게 아니다. 어떤 때는 귀가 다 먹먹하고 골이 지끈거린다. 하긴 저희들도 살아야 할 것이다. 걸핏하면 울려대는 마을회관 스피커나 자동차 소음을 누르고 짝을 찾자면 있는 대로 소리를 질러야 할 것이다. 모든 게 극성맞은 사람 탓이다.

매미 소리가 잠깐 그친 사이, 노인정에서 탁탁, 화투 치는 소리가 들린다. 월평댁은 노인정하고는 담을 쌓았다. 방이 답답하고, 노인들이 할 일 없이 고스톱을 치거나 남의 말 하는 것도 딱 비위에 안 맞는다. 어째 '쫑긋네 쇳대' 제동댁이 낮잠이라도 조는지 가게 안이 조용하다.

가게 벽에 매달린 공중전화가 문득 월평댁 눈에 들어온다. 거의 쓰지 않고 매달려 있는 전화기가 월평댁 신세처럼 무료해 보인다. 월평댁이 바지 주머니를 뒤진다.

"나가 너허고나 말을 히 볼꺼나."

동전 몇 개가 손에 잡히자 월평댁은 일어나 전화기 앞으로 간다.

"…이이, 명이냐?"

"엄니!….."

명이의 놀란 목소리에 월평댁 가슴이 뭉클 일렁인다. 월평댁을 닮아 애바르고 음식 솜씨 좋은 명이는 조리사다. 한식 중식 양식에 복어 조리사 자격증까지 가지고 있다. 월급 더 주는 곳을 찾아 요양원에도 있어 보고 이곳저곳 옮기더니, 몇 년 전부터는 서울의 한 초등학교 식당에서 일한다. 인천 부평에서 서울 영등포로 출퇴근을 한다. 자격증을 여러 개 딴 것은 안정된 학교에 취직하기 위해서였다. 기본 월급은 많지 않지만 햇수가 쌓이면 공무원처럼 월급도 같이 올라가고 무엇보다 정규직이어서 이번 학교 조리사가 좋다고 했다. 거기다 남들보다 30분 일찍 출근해 준비하고 30분 늦게 퇴근하며 살피는 바지런을 지닌 명이다.

"밥은 먹었냐?"

"엄닌, 또 밥! 진즉 먹었제. 시간이 몇 신데."

명이가 웃는다.

"걸르지 말고 따순 밥 먹어. 다 먹자고 하는 일인디…."

"밥 먹는 곳에서 밥 안 먹을까 봐."

명이가 어이없다는 듯 또 풋 웃는다.

남편 잃고 중학생, 고등학생 두 아이와 사는 고된 딸에게 월평댁은 이 말밖에 할 수 없는 걸 어쩌랴. 월평댁에게도, 명이의 의식에도, 아직 밥은 그만큼 중요했다.

"오늘은 아그들 뭐 해 멕있냐?"

"음…. 해죽순 우려낸 물로 밥하고 조랭이떡국하고, 돼지고기 메추리알 장조림, 샐러드, 김치, 방울토마토…."

"이이. 맛난 거 혔다야."

"애들이 조랭이떡국하고 메추리알 장조림을 잘 먹어."

"누가 혔는디."

"엄닌, 나 혼자 하나?"

급식을 하다 보면 아이들이 가장 자주 하는 말이 '뭐는 주지 마세요'라고 한다. 김치는 주지 마세요. 시금치는 한 개만 주세요. 심지어 '이 방울토마토 잘 씻었어요?'까지.

자신이 김치 배식을 하는 날은 김치 주지 말라는 아이에게 명이가 너스레를 떤다고 했다.

"아줌마가 오늘 이 세상에서 젤로 맛있는 김치를 담갔거든. 딱 한 개만 먹어 볼래? 아줌마 소원이야. 딱 한 개만 응?"

얼떨결에 아이는 받아 가고 정말 맛있어서 더 가지러 오기도 한단다.

월평댁이 백 원짜리 두 개를 한꺼번에 전화기에 더 넣는다.

"엄니 집이 아니네?"

딸깍 소리에 명이가 묻는다.

"이이. 마실 쪼까 나왔다가…."

명이가 일하는 시각에 전화하기도 처음이었다.

"천불이 나서?"

"몰르겠다."

"또 큰엄니허고 한판 했그먼?"

"휴가 나면 댕겨갈 틈 읎냐? 추탕 한번 끼리 멕이고 잡다."

"바람도 쐴 겸 엄니가 한번 올라오시제는."

"글씨, 니 큰어메 허는 행티로 봐서는 한 메칠 쉬쉬 돌아댕기고 잡다만 고것이 그리 안 된당께. ”

“엄니는 큰엄니 손바닥에서 언제나 벗어날랑고?”

계속 동전을 넣자니 월평댁 마음이 바쁘다.

명이는 추어탕을 좋아한다. 한참 클 적에 추어탕을 끓이는 날이면 보리밥 한 그릇에 추어탕 두 대접을 뚝딱 비우고도 식구들 자는 밤중에 도둑고양이처럼 다시 부엌에 나가 솥단지째 퍼먹곤 했다.

명이가 맛있게 추어탕 먹는 모습이 선하다. 먹이고 싶은 생각은 간절하지만 월평댁도 굳이 대답을 듣고자 해서 그런 건 아니었다. 금방 또 전화기가 동전 달라고 삐삐 운다.

“엄니, 암만해도 손전화기 하나 해야 쓰겄소. ”

“아서라. ”

두 아들도 진즉에 손전화기를 해주겠다고 여러 번 말했었다. 마을 노인네들도 안 가진 사람이 없다. 전화비야 장대가 내주겠지만, 강천댁이 온 자식들한테 걸핏하면 전화질일 것 같아 월평댁은 아예 차단을 해버렸다.

“목소리 들었으니 되았다. 그만 끊는다이. ”

“알았어요. 엄니도 밥 잘 드셔라. ”

“그려, 그려. 참 니 어깨는…. ”

마지막 말을 무참하게 자르며 전화는 저 혼자 성마르게 끊어진다. 매일 많은 양의 음식도 해야 하고 무거운 음식 재료들도 들고 날라야 하는 일이라 명이는 허리와 어깨가 좋지 않다. 특히 어깨가 안 좋다. 이따금 월평댁이 지어주는 한약도 먹고, 일 틈틈이 침도 맞고 물리치료도 하는 모양인데 쉴 수가 없으니 매양 그 타령인 모양이다. 평소에는 동전만 한 파스를 대여섯 개씩 붙이고 산다.

송수화기를 걸고 월평댁은 힘없이 다시 당산나무 아래로 가 앉는
다. 명이 생각을 털어내려고 아예 눈을 질끈 감아 보지만 마음이 더 허
전하고 갈피를 못 잡겠다.

명이가 북한강이 내려다보이는 공원묘지의 제 남편 무덤을 자주 찾
아간다는 얘기를 금이로부터 들었다. 월평댁이야 송 씨와 살 만큼 살
고 천수가 다하여 헤어진 인연이지만, 명이는 제 남편과 어느 우악 센
손길에 휘어 잡혀 강제로 등 떠밀려 헤어진 것이나 마찬가지였다. 새
파랗게 젊은 것이 해가 넘어가는 무덤 자리에 처량하게 앉아 있을 것
을 생각하면 월평댁은 가슴이 먹먹하다.

"영감, 영감 말이…. 산다는 거이 눈 먼 소 연자 맷돌 돌리는 거맹키
라드니, 명이 갸가 젊은 나이에 그르키 혼차 될 줄 누가 알았겠소. 다
나 죄요. 그라이 영감이 한시도 잊아뿔지 말고 우리 명이 챙기야 쓰요
잉. 나는 못 가 봐도 영감은 하늘에서 늘 보고 있을 것 아니요. 갸 생
각하믄 우는 아그 젖 띠어낸 거맹키로 나가 애간장이 다 녹아부요."

월평댁은 조금 전 산소에서 송 씨에게 명이 부탁을 못 하고 내려온
것이 못내 걸린다. 굳이 부탁하지 않아도 아비 된 사람이 어찌 무심할
까만, 그래도 올라갈 때마다 꼭 부탁을 했는데 오늘은 깜박했다.

월평댁이 기를 쓰고 꼬막을 잡으려는 건 명이 때문이기도 하다. 명
이 큰아이가 내년에 대학을 간다. 그때 대학 입학금을 어떻게든 외할
미 손으로 마련해주고 싶어서다.

"월평 할매, 오랜만에 비가 올랑갑이어라우."

트럭을 몰고 들어오던 태호가 차창을 내리고 함빡 반갑게 인사한다. 미련스럽지 않게 툭 진 얼굴이 언제 봐도 월평댁은 큰손자처럼 든든하고 기분이 좋다.

올여름은 가뭄이 심상찮다. 공기가 바짝 마른 빨래처럼 바삭바삭하고, 길을 걸으면 몽근 먼지가 뽀얗게 신을 덮는다. 매얼음처럼 논바닥이 굳어 아직 모내기를 못 한 집도 여러 집이다.

"뭔 비야? 하늘이 쨍한디."

"부뜰이가 산에 가는 걸 본께요."

"이이, 지발 비가 오시야 쓰겄다. 서너 보지락은 족히 와야 땅이 풀릴 거인디."

붙들이가 마을 뒷산을 너풀너풀 오르는 게 보인다. 월평댁 가슴이 쩌르르 저려온다. 노루섬 위에 요때기만 한 흰 구름이 두 어장 떠 있다. 오전보다 해가 수굿해져 있긴 하지만 저 보드란 구름만으로 비가 오리라 생각할 사람은 아무도 없다. 하늘 어디에도 비를 품은 구석이 보이지 않는다.

그러나 붙들이가 평시에 안 하던 짓으로 너풀너풀 손을 흔들며 산에 올라간다면 얘기가 다르다. 어느 때는 우정 월평댁을 찾아와 '함매 비 드어온다 비 드어온다.' 하며 열려 있는 장독 뚜껑을 가리키거나 마당의 빨래를 걷으라고 보챘다. 처음에는 긴가민가해서 실성기로 넘겼는데, 아니었다. 이제는 마을 사람 누구도 붙들이의 말을 실성기로 넘기지 않았다.

"오매, 비가 오실랑갑네!"

열 입이 한소리를 내며 하늘을 쳐다봤다. 그 말 구성에 대답이라도 하듯 개미 떼가 긴 줄로 거동을 하고 날이 궂었다. 너도나도 허리를 앓고 다리를 앓는 이 마을 사람들도 날이 궂는 걸 예견하는 데는 저마다 일가견이 있지만 붙들이만큼은 못 되었다. 붙들이는 올해 마흔넷이다. 나이를 정확히 기억하는 건 연이와 동갑이기 때문이다. 어렸을 때는 월평댁이 가끔 젖도 먹이고 딸처럼 거두었었다.

붙들이가 가는 곳은 산 너머 제 어미 탄실댁의 무덤이다. 가서는, 엄니 우산 씌어준다고 비를 쫄딱 맞으며 두 팔을 벌리고 엎디어 있었다. 오라비 진구 부부가 안 내려가겠다고 버티는 등짝을 철썩철썩 때려가며 데리고 내려온 게 부지기수였다.

붙들이가 날만 궂으려면 산에 오르는 것은 제 어미 죽었을 때의 그 비를 생각해서일까.

10년 전 탄실댁이 죽었을 때, 죽는 날 아침부터 삼우제(三虞祭)를 지낸 날 한밤까지 주야장천 비가 내렸었다. "탄실떡이 오죽이 시상에 원이 짚으면 하늘에 구멍이 다 났겠냐"고 마을 사람들이 너나없이 한마디씩 했었다.

가난 가난해도 얼굴 가난이 젤로 섧다던 탄실댁. 녹두밭 윗머리 같다고 한탄했던 박복(薄福). 왜 녹두밭 윗머리인가. 농부들이 비탈에 밭농사를 지을 때는 고구마나 조처럼 수확량이 많은 주식 대용작물을 맨 아래에 심고, 그 위에 깨나 콩을, 맨 윗머리에 주로 녹두를 심는다. 녹두는 척박한 땅을 가리지 않고 아무데서나 잘 자라 열매를 맺는다. 그래서 밭둑에도 많이 심는 것이 녹두다. 탄실댁의 한탄으로는 메마르고 빈한한 자기 신세가 꼭 녹두밭, 그 녹두밭에서도 더 척박한 윗머리 같다는 것이었다.

작은 고깃배를 가져 명색이 선주였던 탄실 양반은 술만 먹으면 인물이 마음에 차지 않는 아내에게 행패를 부렸다. 밥상 들러 엎는 건 기본이고 손찌검까지 했다. 사나흘이 멀다고 술을 마셨으니 행패도 떠날 날이 없었다.

그럴 때면 붙들이의 울음이 온 동네를 울렸다. 제 어미 신세가 고달픈데 아이 마음인들 편했을까. 예리한 손끝에 꼬집히기라도 한 듯 자지러지게, 거기다 끈질기게 울어대는 붙들이의 울음소리는 온 마을을 불안하게 했다. 저 울음이 언제 그칠까, 부엌 앞에서 마당가에서 사람들은 조마조마 마음을 졸였다. 술 취해 인사불성인 사람이라 누가 말릴 수도 없었다. 송 씨와 몇 남정네들이 나서 보기도 했지만 탄실댁을 피하게 하는 정도였다.

술을 안 먹었을 때의 탄실 양반은 세상 얌전한 사람이었다. 말이 없고 부지런했다. 개차반으로 술 먹은 다음에도 갯일을 쉬는 날이 없었다. 그런데 술만 먹으면 돌변했다.

그러다 사달이 생겼다. 붙들이가 두 돌인가 지났을 무렵, 질기게도 울어대는 붙들이를 술에 위장이 크게 탈 난 탄실 양반이 홧김에 발로 걷어차 버렸다. 생사람도 참기 힘든 아이의 울음을 아픈 사람이 참기는 더 힘들었을 것이다. 붙들이는 단말마의 비명과 함께 경기(驚氣)를 일으켰고, 그때부터 아이가 제정신을 찾지 못했다. 하고 많은 이름 중에 하필 '붙들이'가 된 것은, 첫아들 진구를 낳은 뒤 뱃속에서 둘을, 낳아서 홍역 치르다 하나를, 거푸 셋을 잃은 탄실댁이 이번에는 죽이지 않고 붙잡아야겠다고 붙인 이름이 붙들이었다. 호적에도 '최붙들'로 올라 있다. 그 붙들이마저 온전치 않으니 탄실댁 신세가 녹두밭 윗머리인 건 틀림없었던 모양이다.

그러면서도 탄실댁은 손찌검이 지나간 얼굴을 수건으로 싸매고 꼬막을 캐러 나갔고, 남편이 잡은 생선을 말려 벌교 장에 내다 팔았다. 생선은 여름에는 반나절이면 꾸덕꾸덕해지지만, 겨울에는 며칠을 뒤집어 가며 말려야 한다. 월평댁은 틈만 나면 탄실댁 생선 말리는 일을 거들어 주었다. 탄실댁이 몸을 못 일으켜 뻘에 나오지 못하는 날은 큰 양재기 수북이 꼬막을 삶아다 주고, 붙들이와 진구를 불러다 밥을 먹였다. 그렇게 동병상련의 정을 나누었다. 탄실댁을 보면 꼭 내 피붙이가 옆에서 그런 패악을 당하고 사는 것처럼 월평댁은 마음이 짠했다.

탈 난 위장 때문에 탄실 양반은 한동안 술을 하지 못했다. 붙들이 사고로 뜨끔하기도 했을 것이다. 집안은 좀 조용해졌지만 위장병이 쉽게 낫지 않았다. 살집은 없어도 깡은 좋았던 사람이 갯가까지 가기도 힘들어했다. 얼굴도 핏기 하나 없었다. 침도 맞고, 한약이며 온갖 좋다는 민간비방약들을 썼지만 백약이 무효였다. 우선하다가 도지기를 반복했다.

어느 날 송 씨가 능이버섯 달인 물이 좋다고 한다며 어디서 꽤 많은 양의 말린 능이버섯을 구해 왔다. 친정 오빠가 산골강에서 잡은 큰 토란 잎만 한 자라를 보낸 것도 그 무렵이었다. 어쨌든 그 두 가지를 먹은 뒤 탄실 양반 속병이 나았다.

위장이 좀 반해지자 다시 술병이 도졌다.

이번에는 탄실댁도 당하고만 있지 않았다. 하루는 또 상을 들러 엎을 기세기에 탄실댁이 술 한 잔을 벌컥벌컥 마시고는 미리 상을 탄실 양반 앞에 냅다 엎어버렸다.

"야, 이 썩을 눔아! 니만 사람이고 나는 맨날 두들기 패도 좋은 밍태 대가린 중 아냐? 따순 밥에 좋은 술 처묵고, 붙들이 빙신 맹글고, 허구헌 날 마누래 패는 니가 인간이냐? 인간이여! 그 좋은 음석을 그르키배끼 못 묵어. 나도 인자 더는 못 참는다. 더는 못 참아. 으디 한 번 쳐봐라. 쳐보랑께. 오늘 치기만 힜다간 니허고 나허고 끝장이다. 으디 끝장 한번 보자."

악에 받쳐 탄실댁이 머리를 가슴팍에 들이밀며 덤비자 탄실 양반은 '이 애팬네가 뒤질라고 환장을 헀나.' 팰 듯이 손을 쳐들면서도 어쩌지 못하고 벽으로 밀려갔다.

탄실댁은 그대로 남편 바짓가랑이를 잡고 통곡을 터뜨렸다.

"붙들이 아부지, 지발 그만허소. 지발 그만허잔께요…."

탄실 양반은 씩씩대다 횡하니 밖으로 나가버렸다. 그러더니 '오냐, 오늘 너 죽고 나 죽자'며 지게 작대기를 들고 들어왔다. 몸이 잰 탄실 댁은 용케 작대기 밑으로 피해 강천댁 집으로 도망쳤다. 월평댁 집으로 가지 않은 건 혹시나 탄실 양반이 쫓아올까 봐서였다. 남자가 있는 집이면 술김이라도 쉽게 들이닥치지 못할 것이었다. 붙들이가 울며 따라갔다.

제정신이 아닌 상태로 대들기는 했지만 그 뒤 밤새도록 탄실댁은 후환이 두려워 떨었고, 탄실 양반은 이상하게 조용했다. 평소에도 잠깐 행패가 지나가고 나면 탄실 양반은 잠들어버렸다. 그래서 탄실댁이 그나마 버틸 수 있었다.

그날도 그렇게 잠들어버렸거니 생각했다. 꼭두새벽에 집으로 올라간 탄실댁은 안방 윗목에 침을 흘리며 쓰러져 있는 탄실 양반을 보았다. 풍을 맞은 것이었다.

그 뒤 탄실댁은 남편 똥오줌을 7, 8년이나 받아내며 살았다.

"월평떡, 차라리 패악을 부릴 때가 나았어. 저르고 누워 있을 줄 누가 알았당가. 그날 내가 대들지만 안 혔어도…. 다 나 때문인 것 같어."

"그른 소리 말어. 기냥 그 냥반 팔자여. 누가 술 묵고 그르라고 힜간. 탄실떡 긑은 마누래 만난 거이 진짜 저 냥반 복이제. 마누래가 보따리라도 쌌으면 으짤 뻔혔어."

"보따리야 스무 번은 더 쌌제… 넘들은 첩실이니 으처니 뒷말을 혀도 나는 월평떡이 부럽당게. 아그들 건강허게 잘 크제, 내외 금슬 좋제…. 나는 살아도 사는 것 긑지가 안해. 서방 복은 내 박복헌 팔자려니 허겄는디, 붙들이 쟈가 안 성한께…."

붙들이 나이 스물여섯에, 기차를 타고 서너 시간은 가야 하는 먼 곳으로 시집갔다. 재취 자리라는 소문만 났을 뿐 자세한 내막은 탄실댁 식구들 누구도 얘기하지 않았다. 월평댁에게도 말하지 않았다. 월평댁도 묻지 않았다. 부엌일이나 밭일을 부려 먹을 수 있었고, 타고난 장애는 아니라서 혹 자식을 낳기 위해서 데려간 게 아닌가 짐작들만 했다.

3년 만에 붙들이는 다시 집으로 왔다. 돌아온 사연도 소문만 흉흉했다. 아기를 낳아주었다고도 하고, 그냥 쫓겨났다고도 했다.

월평댁은 역시 묻지 않았다.

스물한 살, 그 바다

붙들이가 산 너머로 사라졌다.

월평댁은 붙들이를 볼 때마다, 붙들이의 인생 자체도 슬프지만 어디서 정자도 혹여 저러고 살까 싶어 심장이 엔다. 50년도 전의 일이 어제 일인 양 심장을 에서 그 자리에서 딱 숨을 끊고 싶을 때도 있다.

장두감 홍시 속처럼 노을이 붉었다.

월평댁은 누런 광목 보자기로 싼 나무 함지박 하나를 싣고 뻘배에 올랐다. 등에는 백일이 지난 갓난쟁이를 업었다. 차마 발이 떨어지지 않아 벌겋게 번들거리는 뻘밭을 천천히 달렸다. 멀리 물이 들어올 시간이었다.

가진 것이라곤 건장한 몸뚱이 하나였던 남편은 남의 뱃일을 하고 삯을 받았다. 선주는 이웃 마을 사람이었고, 꽁댕이배가 세 척인가 되었다. 꽁댕이배는 고기도 잡고, 남의 고기 운반해 주는 일도 했다. 그날 여느 때처럼 새벽에 주인의 아들과 배를 타고 나간 남편은 돌아오지 못했다. 저녁 무렵 느닷없이 바다가 미친 것처럼 널을 뛰었다. 며칠 후 풍랑에 형체만 겨우 남은 배만 갯가로 밀려왔다. 그러나 남편과 주인의 아들은 시신조차 찾을 수 없었다.

시신이 없으니 장사를 지낼 길마저 막막했다. 하는 수 없이 월평댁은 뒷산 너머 외진 곳으로 남편의 옷을 가지고 올라갔다. 그늘진 산 너머에는 장마에 흙더미가 움푹 내려앉은 곳이 몇 곳 있었다. 그 웅덩이에서 남편의 옷을 태웠다. 옷가지래야 해진 속옷, 무명옷 몇 벌이 전부였다. 보자기 속 나무 함지박에는 그 옷을 태운 재가 들어 있었다. 남편의 유골이라 여기고 바다에 뿌려줄 생각이었다. 시어머니 시호댁 몰래 월평댁 혼자 치르는 남편의 장례였다. 시호댁은 '내 아들 종만이는 절대 안 죽었다'고 한 달이 넘도록 억지를 부리고 있었다. 옷을 태우고 그것을 뿌리러 가는 것을 알면 무슨 일이 일어날지 몰랐다.

함지박 안에 오롯이 담긴 몇 줌 안 되는 재를 월평댁은 물이 들어오기 시작하는 뻘밭에 뿌렸다. 발목을 넘어 물이 차올랐지만 들어오는 물과 함께 뻘밭을 벗어나는 데는 이골이 나 있었다. 아니, 물이 들어오는 것도 그냥 먼 세상의 일이었다. 등에서 아이가 칭얼대는 소리도 아득했다. 마지막 한 줌을 뿌리고 월평댁은 함지박까지 물에 띄웠다. 함지박은 밀물에 도로 밀려 월평댁 주위를 맴돌았다. 마치 같이 바다로 가자며 못내 떠나지 못하고 월평댁을 어르는 것 같았다.

바람에 어지럽게 헝클어진 머리카락 사이로 함지박을 처연히 바라보다 월평댁은 두 손으로 물을 밀어 남편을 떠나보냈다. 그래도 함지박은 자꾸만 앞으로 밀려왔다. 등에서 아이가 자지러졌다. 그 울음소리에 월평댁은, 아이는 살려야 한다는 생각에 퍼뜩 정신을 붙잡았다. 온몸에 오싹한 한기가 느껴졌다. 종아리까지 차오르는 물에 함지박은 여전히 월평댁 주위를 맴돌았다.

"으째 안 가졌다고 고러케 밍기적대싸요. 어서 좋은 데로 휘잉 가써요, 예!"

월평댁은 함지박을 다시 한 번 밀어내고 서둘러 뗄배를 돌렸다. 남편은 여전히 월평댁을 따라왔다.

월평댁은 정신없이 갯가로 뗄배를 저었다. 따라오는 물살은 사정이 없었다. 물에 뜬 뗄배가 중심을 잃고 기우뚱거렸다. 미끄러져 엉덩이에 걸린 아이가 다시 자지러졌다. 아이를 추스르려 월평댁은 급기야 뗄배와 함께 모로 꼬꾸라졌다. 아이의 울음이 우악스러운 손길에 막히듯 뚝 끊겼다. 월평댁 정신도 가물가물해졌다.

군데군데 찢어지고 빛바랜 창호지를 뚫고 들이치는 햇살에 월평댁은 번쩍 눈을 떴다. 그보다 밖에서 웅웅대는 무슨 소리 때문이었다. 어렴풋이 송 씨가 한 말에 퍼뜩 귀가 열린 것 같았다.

"시호 아짐…. 양지밭에 잘 묻었응께 존 디로 갈 것이요."

월평댁은 처음에는 그 말이 무슨 뜻인지 몰랐다. 순간 등이 허전했다. 반사적으로 등을 만져보고 옆을 보았다. 옆에 누워 있어야 할 아이가 없다. 윗목에서 정자만 동그랗게 몸을 말고 벽을 향해 자고 있었다. 벌떡 일어난 월평댁 아랫도리로 오줌이 질금질금 새나왔다. 아득했다. 세상이 그냥 아득했다. 하얗게 머릿속이 비었다. 그 속에서 어젯밤 일이 희미하게 아물거렸다.

"아이고, 아이고…. 시상에 에미가 지 자석을 깔아 뭉기 죽이!"

왁살스레 방문이 열리고 시호댁이 들이닥쳤다. 시호댁은 다짜고짜 월평댁 머리끄덩이를 잡아챘다. 잠에서 깬 정자가 울음을 터뜨렸다.

"서방 잡아 묵고 자석까정 잡아 묵은 년이 무신 염체로 방구석에 퍼질러 자빠졌어! 이년아, 니 죽고 나 죽자. 이 오살할 년아!"

시호댁이 머리끄덩이를 잡아 흔드는 대로 월평댁은 한참이나 허깨비처럼 흔들렸다. 그러다 벌떡 일어났다.

"그립시다. 죽읍시다, 어무니! 나도 서방 잃고 자석 죽이고 살 생각은 눈곱맨치도 없어라우. 나가 양잿물 퍼 올 겅께 우리 시 식구 다 죽읍시다."

시호댁 손을 뿌리치고, 다리를 붙잡고 우는 정자를 벌렁 떼내고 산발한 머리로 월평댁은 마루로 나갔다. 고쟁이 가랑이로 똥오줌물이 줄줄 흘러내렸다.

마당에는 송 씨와 강천댁, 몇몇 마을 사람들이 주춤주춤 서성거리고 있었다. 미친 듯이 뒤란으로 가는 월평댁을 송 씨가 잡았다.

"월평떡, 왜 이러요! 이를 땔수록 월평떡이 정신 차려야지라우."

"노시써요. 우리 시 식구 양잿물 묵고 다 죽어불랑께."

"무신 그른 베락 맞을 소리여! 월평떡이 맴을 잡아야제."

강천댁도 송 씨를 거들어 월평댁을 붙잡았다.

"놓으란 말이요! 다 소용없응께."

"오매, 저 잡열으 년이 인자 나까정 죽이불란갑이시."

소리소리 치며 시호댁이 마루로 나왔다. 콧물 눈물이 범벅이 된 정자가 뒤따라 나왔다.

"지발 시호 아짐도 인자 그만하씨요. 기왕 멩이 그런갑다 히야제,

인자 와서 잘못된 아그를 어칙할 것이요?"

"뭐시여! 이장네 집이 씨가 말라뿌러도 그른 소리 할랑가? 시방 고 따우 소리를 어따 대고 허는 것이여!"

시호댁이 눈에 불을 댕기고 송 씨에게 삿대질을 했다.

강천댁이 달려들어 말렸다.

"시호 아짐, 나도 뱃속이서 두 놈이나 읎애불고 빈껍데기요. 산 사람은 어치커든 살아야제라우. 그라도 아짐한티는 정자가 안 있소."

"지집이 뭔 소용이여. 지집은 아무 소용읎어. 소용읎단 말시. 우리 대수 내 놔! 아이고 대수야! 차라리 이 늙은 거를 데려갈 것이제…. 인자 김씨 대를 으디서 이스라고…."

시호댁이 마당에 털퍼덕 주저앉아 두 다리를 버둥거리며 땅을 쳤다. 월평댁도 그 자리에 꼬꾸라져 머리를 박았다. 온갖 사설을 늘어놓으며 대성통곡하던 시호댁이 갑자기 벌떡 일어났다. 무엇을 찾는 듯 주위를 두리번거리더니 월평댁 옆구리에 파묻혀 있는 정자를 보고 달려가 다짜고짜 정자 머리채를 잡아 흔들었다.

"이년아. 동상 대신 니가 죽어불제. 뭔 났다고 요로케 살아 있냐? 이 작것아! 차라리 니가 죽어불제."

월평댁이 기겁해 정자를 끌어안았다.

"으째 이러시오, 어무니. 이 아가 무신 죄가 있다고 이러요."

"…에미야. 나가 시방 우리 대수허고 요것이랑 바꽈 와야 쓰겄다. 요리 주라."

시퍼런 눈빛에는 아직 살기가 등등한데 시호댁의 목소리는 언제 땅을 치고 패악을 부렸냐는 듯 사근사근하기까지 했다. 평소에 없던 행동이었다. 월평댁 등골이 써늘해졌다.

"에미야, 정자 요리 주란 마다. 요리 줘야! 나가 시방 델꼬 가서 바꽈 와야 쓰겄응께."

시호댁은 두 팔을 벌려 정자를 달라고 집요하게 떼를 썼다.

"어무니! 왜 이러신다요? 정신 차리세라. 지발 정신 차리세라."

월평댁이 어깨를 흔들어도 시호댁은 실실 웃으며 계속 정자를 달라고만 했다.

"오매! 시호 아짐이 실성(失性) 헌갑이어라우."

강천댁이 송 씨 옆구리를 찔렀다.

"혼차 뭔 너갱이를 놓고 자빠졌대?"

개평댁이 옆에 와 앉으며 능글맞게 말을 건넨다.

"으매, 놀래분거! 기척 쪼까 내고 댕기믄 궁댕이서 뿔 난다냐."

"샛서방 생각했어?"

"…."

말대꾸도 시답잖아 월평댁은 그냥 무시한다.

"송 영감이 새암 나서 황천에서도 해찰 못 허게 생깄네."

"지랄헐…."

개평댁이 음료수 캔 하나를 내민다. 자기는 맥주 캔이다.

"목이나 축여."

월평댁은 무료한 판이라 개평댁이 반갑기도 하고, 한편 멈칫 피하고 싶기도 하다. 말이 많고, 셈속이 구리고, 말 품새가 너무 걸어서다. 가게 냉장고에서 방금 꺼낸 음료수는 어쨌거나 달착지근하고 시원해서 입에 착 감긴다.

개평댁은 신작로가 뚫리기 전 마을 어귀에서 주막을 오래 했다. 좋았던 시절이었다. 고기를 잡으러 가다가도 농사일을 하다가도 마을 남정들은 참새가 방앗간 그냥 못 지나가듯 주막엘 들렀고, 그러다 더러는 주막에 주저앉아 하루 일을 망치고 집안에 한바탕 싸움이 벌어지곤 했다.

강천댁도 젊어서부터 개평댁 주막을 드나들었다. 월평댁이 개평댁을 싫어하는 것도 그 때문이었다. 월평댁 흉은 강천댁 입에서 나와 개평댁이 동네방네 나발을 불어 퍼뜨리기 일쑤였다. 겨울이면 밤낮으로 주막 안방에서 걸판지게 화투판도 벌어졌다.

'서방님 싸게 오시요.'

'오라버니 또 오셨네이.'

꽃 같은 색시들이 드나들고 파시(波市)를 이룬 적도 있었다.

그러나 신작로가 뚫리면서 마을에 부녀회에 구판장이 생기자 게딱지같은 주막은 경기가 급격히 기울어 곳집처럼 되어버렸고, 그러다 지금은 헐리고 자취도 없다.

개평댁은 서른 이쪽저쪽에 아들 둘을 데리고 외지에서 흘러들어왔다. 지금은 두 아들이 모두 서울에 있는데, 어미 벌어놓은 돈 진즉에 탕진해버린 것도 모자라 아직도 개평댁 고쟁이 어디 꿍쳐놓은 돈이 없나 손을 벌린다는 얘기가 들렸다.

마을 사람들은 자식이 잘되지 않는 게 개평댁이 술장사를 하면서 너무 야박하게 굴어서라고 입을 모았다. 떼일 셈 치고 외상도 곧잘 주고, 없는 인생 공술도 주고, 덤술이 있는 게 주막 맛일진대 개평댁에 겐 그런 주모(酒母)로서의 덕목이 없었다. 푼더분한 인심과는 애당초 거리가 멀었다. '개평댁'이란 택호도 화투판에서 안면몰수하고 자릿값을 뜯어내고 무슨 이유든 잘도 갖다 붙여 개평을 뜯어내는 바람에 붙여진 것이었다.

"애통 트질 일 있어?"

술에 찌들어 유난히 탁하고 꺼먼 얼굴을 디밀고 개평댁이 염탐하듯 월평댁 기색을 살핀다. 월평댁은 먼눈으로 바다만 바라본다. 머쓱해 진 개평댁이 캔 맥주를 벌컥벌컥 마신다.

"빙원에서 술이 쥐약이락 했담서?"

"살면 을매나 살겄어. 죽어 때깔이라도 좋아야제."

월평댁을 따라 개평댁이 바다를 바라본다.

"오살헐! 고 복작대든 잡열으 년놈들 다 가불고, 돈도 다 날라가부렀는디…. 바다만 기양 그대로시."

"아적도 술장시 시절로 가고 자퍼?"

"나도 돈, 술, 영판 못 놓제. 누구 꼬막 못 놓는 거맹키로."

"고 낯깔 보고 손님이 오까아?"

"불난 디 선풍기 돌리는 거여?"

"지름 안 찌끈 거이 다행이제."

"엠빙허고 자빠졌다. 시방 열불 트져 죽겄그먼."

"또 자석들이여?"

"웬수들, 논밭뙈기 다 털어묵더니 인자는 집구석까정 팔아주라네."

"그깟 집구석 을매나 간다고."

132

"무자식 상팔자가 꼭 들어맞당께. "

고개를 한껏 젖혀 캔 구멍을 쪽쪽 빨던 개평댁이 캔 바닥을 톡톡 두들겨 한 방울 남기지 않고 털어 넣는다.

"요것도 술이라고 싱가서 원, 에이 쐬주나 한나 까야겠다. "

개평댁이 가게 안으로 들어간 사이 월평댁은 조금 전 붙들이가 올라간 산길로 향한다.

양지바른 산길 초입에는 닥나무가 무리를 이루고 있다. 요긴한 쓰임새가 없어져 웃자란 닥나무가 멀쑥하다. 닥나무는 종이만 만든 것이 아니라 나일론 끈이 나오기 전에는 이 닥나무 끈만 한 것이 없었다. 살짝 말린 닥나무를 둥글게 말아 가마솥에 쪄내 뜨거울 때 껍질을 벗겨 하나하나 펴 말린다. 그것을 가늘게 찢어 꼬아 쓰면 더욱 질겼다. 특히 아이들의 팽이치기 채찍으로 제격이었다. 물코를 찔찔 흘리며 어른들 눈을 피해 훔친 닥나무껍질로 만든 채찍은 팽이에 착착 감기는 맛도 그만이지만 찰싹찰싹 소리도 일품이었다.

월평댁은 등허리에 손짐을 지고 천천히 산길을 오른다.

한 많은 한 세상
바늘 끝은 몸에다 황소 끝은 짐을 지고
일어나다 쓰러지고, 일어나다 쓰러지고….

이럴 때면 월평댁 입에서도 강천댁한테서 얻어 들은 구슬픈 노래 한 마디가 힘들이지 않고 나온다.

이 부근 어디에 월평댁 등에서 죽은 아기 애총이 있었지만 이제는 희미하게 짐작만 할 뿐 그 작은 무덤은 몇십 년 세월에 흔적도 없다. 그래서 월평댁은 이 산을 오를 때마다 혹여 그 애련한 자리를 에미가 무심히 밟고 지나가지나 않을까, 밟은 길을 조심스레 돌아본다.

뻘배 위에서 정신을 놓아버린 월평댁을 구한 건 송 씨였다.

그날 송 씨는 짱뚱어잡이에 따라나섰다. 갯일 중에서 송 씨가 제일 좋아하고 잘하는 일이기도 했지만, 그보다 오줌소태에 걸린 강천댁을 먹이기 위해서였다. 예부터 여자들 오줌소태에 짱뚱어가 좋다고 했다. 강천댁은 애와 함께 싸서 먹는 짱뚱어회도 남달리 좋아했다. 회를 뜨려고 칼도 숫돌에 미리 갈아놓고 나왔다. 짱뚱어회는 애와 내장을 빼면 한 마리가 곧 한 점이라 수고에 비해서 양이 박했다. 탕까지 하자면 넉넉히 잡아야 했다.

겨울 동면을 하는 짱뚱어는 여름 최고의 보양식이다. 여름에서 가을로 넘어갈 때가 가장 맛이 좋고 살도 통통하다. 한때는 돼지한테 주어도 고개를 틀었다는 우스꽝스럽고 흔한 고기지만, 지금은 가용과 아이들 학비에 쏠쏠한 보탬이 되었다. 쑥대에 짱뚱어를 열 마리 스무 마리씩 끼워 장에 팔러 나가면 사려는 사람들이 많았다. 같은 뻘배로 겨울에는 아내가 꼬막을 캐고, 여름에는 남편이 짱뚱어를 잡는 집이 몇 집 됐다.

짱뚱어 낚시는 좀 까다롭다. 볕이 좋고 바람이 없어야 했다. 뻘배를 타고 물이 나가는 먼 곳까지 나가서 잡았다. 짱뚱어가 물이 잘박대는 부드러운 뻘을 좋아하기 때문이었다. 토끼처럼 깡총거리는가 하면, 새처럼 날고, 뱀처럼 기고, 갯벌 위에서 춤까지 추는 데다, 조그만 인기척에도 숨어버리는 겁 많고 예민한 놈이라 낚시를 하자면 도를 닦아야 했다. 쉴 없이 움직여야 하는 꼬막잡이와 달리 널 위에 몇 분을 가만히 앉아 뻘을 관찰해야 하는 것이다. 그러면 짱뚱어의 동그란 두 눈이 먼저 갯벌로 나오고 이놈 저놈 고개를 내밀기 시작한다.

낚시하는 사람들끼리도 일정한 간극을 유지해야 했다. 낚싯대는 5, 6미터나 되는 긴 대나무다. 거기에 그만큼 길이의 낚싯줄을 달고 갈고리 모양의 바늘 4개를 묶어 단다. 미끼는 없다. 짱뚱어가 뻘로 나오면 짱뚱어보다 멀리 바늘을 던져 바늘이 뻘 위를 스르르 미끄러져 오면서 순식간에 고기를 낚아챈다. 이를 '훌치기'라 했다. 그러자면 시력이 좋고 짱뚱어와의 거리를 재는 감각이 뛰어나야 했다. 처음 배울 때에는 낚는 건 고사하고 갈고리부터 뻘에 박혀 애를 먹었었다. 운이 좋은 날은 두 마리가 한꺼번에 걸리는 날도 있다. 짱뚱어를 잘 잡는 사람은 지게에 지고 마을로 들어올 정도였다. 아낙들은 낙지 잡듯 갯벌 구멍에서 솜씨 좋게 짱뚱어를 잡아내기도 했다.

그날은 송 씨도 수확이 좋았다. 회에 탕까지 한탕 끓일 수 있는 양이었다. 회는 송 씨가 뜨지만, 짱뚱어탕도 음식 솜씨와는 거리가 먼 강천댁보다 송 씨가 더 잘 끓였다.

짱뚱어 음식을 하자면 먼저 내장을 빼야 한다. 칼로 머리 쪽을 따서 눌러주면 내장이 쪽 나오는데 이때 애는 버리지 않고 따로 골라낸다. 애는 짱뚱어 요리의 맛을 내는 보물이다. 애가 들어가야 모든 짱뚱어 요리의 진미를 느낄 수 있다. 짱뚱어는 구워 먹어도 별미인데 그때도 먼저 솥뚜껑에 애를 올린다. 그러면 애가 열기에 살살 녹는다. 그 위에 발라놓은 살을 얹어 굽는 것이다. 애 구이 짱뚱어는 아주 오묘한 맛을 낸다. 민물장어 맛도 나고 갈치 맛도 난다. 고등어 맛까지 난다는 사람도 있다. 송 씨는 아직 그 경지까지 가진 못했지만, 구이 하나에 맛있는 생선 맛이 거의 다 들어 있는 셈이다.

짱뚱어탕은, 끓이는 법도 맛도, 추어탕과 비슷하다. 들깨가루와 된장을 풀고, 고사리와 토란대, 시래기, 고구마순 같은, 오랜 시간 푹 어우러져 끓일 수 있는 찔깃한 나물이 들어가고, 여름 음식이니만큼 애호박이 들어간다. 방아잎과 산초가루로 매콤한 맛을 내고 잡내를 없앤다. 추어탕과 다른 것은 푹 고아 발라낸 살을 으깨지 않고 살 모양 채로 나물과 함께 끓이는 것이다. 애는 나중에 넣는다. 발라낸 뼈와 머리는 다시 우려내 육수로 쓴다. 생선 맛은 생선 머리에서 나온다는 말이 있듯, 그래선지 짱뚱어탕이 추어탕보다 훨씬 맛이 깊다. 깊으면서 더 담백하기도 하다.

긴 여름 해도 다 넘어갔다.

손재간 좋은 몇이 중간중간 낙지까지 잡아 올리느라 뻘밭을 나오는 시간이 좀 지체됐다. 물이 든다며 너도나도 나가자고 소리쳤다. 거의 물과 함께 뻘밭을 벗어날 즈음, 조금 떨어진 곳에서 동료 하나가 화급한 소리로 사람들을 불렀다. 젊은 마을 이장으로서 무슨 일에든 책임감이 앞서는 송 씨가 가장 먼저 달려갔다. 월평댁이 엉덩이에 아이를 업은 채 떠다니는 뻘배를 끌어안고 모로 꼬꾸라져 있었다. 송 씨가 월평댁을 들쳐 업었다.

이 일을 두고 강천댁은 훗날 '인연'이라는 말을 했다.

가을걷이에 김장도 끝나 꼬막 캐는 일 외에 따로 바쁜 일이 없던 겨울밤이었다. 읍내에 꼬막을 내자면 새벽에 일어나야 하는데 정자와 나란히 누운 월평댁은 이리 뒤척 저리 뒤척 잠을 이루지 못했다. 그러다 이불 호청을 꺼내 다듬이질을 시작했다. 긴긴 겨울밤의 스산함과 적막함을 달래는 것으로 다듬이질만 한 것이 없었다.

"월평떡, 나여."

다듬이질에 물이 오르려는데 밖에서 강천댁 소리가 들렸다. 강천댁의 끈질긴 아들 타령이 이어지던 때라 월평댁은 가슴부터 쿵 떨어졌다. 못 들은 척 방망이를 두들겼다.

"월평떡, 나랑께!"

'오매이! 아도 자고 있는디.'

"월평떡!"

자고 있는 정자를 돌아보며 하는 수 없이 문을 열었다.

"…오밤중에 뭔 일로라우?"

"이이, 다딤질감 쪼까 가져 왔그만."

"질도 어둔디…."

"이잉, 을매나 깜깜한지 씨끄면 오돌기맹키네."

강천댁은 염치불구 다듬잇감을 디밀고 방으로 들어왔다.

"다듬질 소리가 들리왔그만. 둘이 하면 심이 한나도 안든가 안."

강천댁 말대로 다듬이질은 혼자 하는 것보다 둘이 장단을 맞춰 하는 것이 훨씬 흥이 나고 일의 능률도 오른다.

시어머니와 며느리가, 큰동서와 작은동서가, 시누이 혹은 올케가, 이웃이 마주앉아 두들기는 다듬이질은 껄끄러운 사이에도 부드러운 소통을 이루어낸다. 신들린 듯 두들기면 거칠했던 다듬잇감이 사기처럼 반들반들 윤이 나는 것도 신명을 돋우는 일이었다. 장단이 잘 맞는 다듬이 소리는 갓난아기도 깨지 않는 신기한 데가 있다.

일솜씨는 둔한 강천댁이지만 고저장단을 이루는 다듬이질은 그녀의 소리처럼 아주 능숙하고 천연스러웠다.

거세졌다 잦아들고 잦아들다 거세지며 두 사람의 다듬이질이 약속이라도 한 듯 조화를 이루기 시작했다. 그 조화를 기화로 강천댁이 말했다.

"나가 이 말은 안 할라고 힜는디, 그쩍에 월평 냥반 재 뿌리든 날 말이여. 우리 집 냥반이 월평떡 목심을 구해준 거는 필시 두 사램으 인연임에 틀림읎다, 나가 그른 생각이 탁, 들드랑께!!"

그냥 우연한 일도 말이 되어 나오면 운명이 되어버리는가.

강천댁이 아들 하나만 딱 낳아 달라고 매달릴 때 결정적으로 월평댁 마음을 흔든 건 강천댁의 이 '인연'이라는 말이었다. 논 서 마지기도 마음에 있었고, 뱃사람으로 투박하고 거칠었던 첫 남편 김 씨에 비해 송 씨의 멀쑥한 허우대와 부드러운 인품에도 맘이 없는 건 아니었지만, 그러나 '인연'만큼은 아니었다.

'인연'이라는 결정타를 날려 월평댁 마음을 흩트려 놓은 강천댁은 제대로 두들겨지지도 않은 송 씨 두루마기 감을 들고 일어서다 한마디를 더 붙여 갈고리를 꿰었다.

"뒤로 오는 호랭이는 피해도 앞으로 오는 팔자는 못 피하는 뱁이라는디, 인연이라는 거이 다 팔자소관 아니긌어."

강천댁이 나가고 월평댁은 한참을 우두커니 앉아 있었다. 어디에도 헝클어진 마음을 부릴 곳이 없었다. 다시 방망이를 들었지만 장단도 자세도 다 흐트러졌다.

"인연…! 팔자…?"

강천댁 말을 문득 되뇌어 보았다. 말로 뇌지 말았어야 했다. 말로 뇌고 나자 '인연'은 정말 갈고리가 되어 월평댁의 심저를 꿰차고 놓지 않았다. 그날 밤 월평댁을 둑방에 눕혀놓고 다급하게 이 조치 저 조치 취했을 송 씨를 떠올렸다. 누군가 들었을지도 모를 횃불을 따라 짐승처럼 내달리는 송 씨 등에 맡겨진 자신의 모습도. 그것이 정말 팔자고 인연일지도 모른다는 생각이, 장마에 둑 허물어지듯 월평댁 가슴 귀퉁이를 퍽석 무너뜨렸다. 월평댁 얼굴이 홧홧 붉어졌다.

"아녀! 나가 시방…."

월평댁은 세차게 고개를 털고 힘껏 방망이를 두들겼다.

"참말 인연이면…!"

월평댁 방망이질이 뚝 멈췄다.

송 씨의 다급한 입술이 자신의 입을 거쳤을지도 모르고, 송 씨의 손길이 자신의 가슴을 만졌을지도 모른다는 생각에 월평댁 얼굴이 다시 홧홧해졌다. 어쨌거나 그 손에 월평댁은 살아났을 것이었다.

"그려, 인연이여…! 팔자여…! 아니여, 우아래 집이서 이럴 수는 없어!"

월평댁은 다시 방망이를 들었다.

"오매, 이눔의 가심까정 방망이질을 헌다냐? 참말로 인연이여? 그려? 아니여. 그려? 아니여…. 하이고! 으째사 쓰까잉?"

월평댁, 더 갈피를 못 잡겠다. 다듬잇돌이 깨져라, 심장이 깨져라 방망이를 내리쳤다. 잠자던 정자가 번쩍 눈을 떴다. 월평댁 가슴이 철렁했다. 자식을 저버리려는 에미 같아 얼른 정자를 안심시키고 이불로 정자 얼굴을 가렸다. 그래도 갈피 잡을 수 없는 생각들은 막무가내 월평댁 가슴으로 시한 바람처럼 들이쳤다.

이제 송 씨를 이웃으로 천연하게 대하기는 다 틀렸다. 월평댁은 혹, 애먼 등잔불을 불어 껐다.

남편이 죽어도, 아이를 뻘밭에 깔아뭉개 없애도 월평댁은 살았다. 그냥 살았다. 어두워지니 잤고, 정자와 시호댁이 있으니 끼니를 준비했고, 일어나면 갯일이 눈앞에 있었고, 남의 들일도 있었다. 날이 오는지 달이 가는지, 세월이 그저 몽롱했지만 살았다. 움직였다. 남들은 독하다고 했다.

시호댁은 몇 달을 지치지도 않고 한탄을 했다.

"아이구 종만아, 종만아. 생떼 같은 내 아들 종만아!… 으디 가서 너를 찾을끄나, 으딜 가서 너를 찾을끄나…대답 쫌 해 보그라…"

그 한탄이 잠시 수그러드는가 싶더니 갑자기 종만이 시체를 찾아야 한다며 시호댁은 한겨울에 삽을 들고 산을 헤매고 다녔다. 종만이가 춥다고 에미를 부른다며, 이불을 이고 나가기도 했다. 어디서 그런 힘이 솟는지 월평댁 혼자로는 말리기가 버거웠다. 마을 사람들과 데려오기 여러 번이었다. 거기다 젊은 며느리 딴 맘이라도 먹을까 시호댁은 드러내놓고 감시하기 시작했다. 한밤중에도 부러 "크, 큭" 가래가 목에 걸린 듯한 잔기침을 하며 집 안팎을 돌았다.

일이 고된 월평댁은 늦저녁 설거지를 끝내면 그 길로 방바닥에 코를 박았다. 참말로 누가 업어 가도 모를 달고 깊은 잠이었다. 잠은 월평댁이 날마다 새 힘으로 일어날 수 있는 아침을 만들어 주었다. 아침이면 거짓말처럼 몸이 개운했다. 잠이 없었다면 그 힘든 날들을 어떻게 견뎌냈을까.

그런 깊은 잠 속에서도 월평댁은 이상한 기미를 느꼈다. 며칠 밤을 두고 어떤 손길이 이불 속으로 들어와 월평댁을 더듬다 나가곤 했다. 워낙 곤한 잠결이라 월평댁은 처음엔 그게 꿈인지 생시인지, 정말 손길을 느낀 것인지 혼곤했다. 그러나 하루는 꿈이 아니란 게 생생하게 느껴졌다. 월평댁은 몸을 바짝 오그렸다. 어떻게든 이 손길을 조용히 내몰아야 한다는 생각이었다. 옆에 자고 있는 정자와 건넌방의 시호댁 몰래 일을 처리해야 했다.

멈칫멈칫 들어오던 손길이 점점 대담하게 가슴으로 올라왔다. 그런데 느낌이 이상했다. 죽은 남편처럼 억세고 큼지막한 손길이 아니었다. 월평댁 옆으로 바짝 붙어 있는 몸체도 왜소했다. 설핏 월평댁에게 잡히는 감이 있었다. 월평댁은 잠결인 양 슬며시 마주 보고 돌아누웠다. 멈칫했던 손길이 다시 슬몃슬몃 다가와 가슴에서 차츰 아래로 내려갔다. 월평댁은 벌떡 몸을 일으켜 더듬던 손길의 허벅지를 걷어찼다. 짐작되는 바가 있기 때문에 힘을 많이 넣지는 않았다. 껵, 더듬던 손길이 비명도 지르지 못하고 몸을 웅크렸다.

월평댁이 성냥을 그어 호롱에 불을 붙였다. 끄윽 끅, 삼베보자기를 뒤집어쓴 손길이 새우등처럼 꼬부라져 신음했다. 확 보자기를 벗겼다. 고통스레 다리를 움켜쥐고 숨을 몰아쉬는 손길은 시호댁이었다.

"오매오매, 이기 누구여? 어무니가 아니어라우! 어무니가 먼 일이다요. 먼 볼 짬이 있다고?….."

월평댁이 눈을 화등잔만 하게 뜨고 화들짝 놀란 시늉을 했다.

시호댁은 죽은 아들이 입던 옷으로 변장까지 하고 있었다.

"오매, 이 옷은 또 뭐시어라우?"

"…나, 나가….."

"가만 있자, 그랑께 시방, 지 맴이 빈해진가 안 빈해진가 떠보는갑네요이? 시상에나! 나가 시어메라먼 안 그래라우. 이 짱짱헌 나이에 으디 가서 불쌍헌 홀애비라도 만나 살으라 그라제. 어무니도 일찌그니 혼차 살아 왔으믄서 으째 그리 무정타요?"

"그 주딩이 쪼까 못 닥쳐? 아이고, 배창시 땡기 죽겄네….."

"많이 아프시요?"

"뭔 발모가지가 고로코롬 맵다냐?"

월평댁에게 걷어차인 다리 때문에 시호댁은 한 열흘 거동을 못 했다. 아프기도 했겠지만 월평댁이 보기엔 민망해서 부리는 엄살기가 더 많았다.

그 뒤로도 시호댁은 노심초사 불침번 서는 일을 멈추지 않았다. 논서 마지기에 솔깃해 강천댁 청을 받아들인 뒤에도 며느리에 대한 시호댁의 집착은 여전했다.

월평댁이 송 씨와 딴살림을 나서도 한 마을이다 보니 시호댁과 자주 마주쳤다.

"어무니, 진지는 자셨어라우?"

"거그가 시방 뉘신디 나헌테 쉰사를 다 허시요?"

월평댁이 살뜰하게 인사를 건네면, 시호댁은 월평댁 턱 밑에 옴팡 눈을 바짝 들이대 뚫어지게 들여다보았다. 그러다 '이 천하의 화냥년! 누구한티 감히 어무니라고 불러?' 하며 독설을 퍼부었다.

월평댁은 밤에 몰래 시호댁 항아리에 곡식을 채워 놓거나, 정지 두멍에 물도 길어다 놓아 정자 일손을 조금이라도 덜어주고 그 닫힌 마음을 풀어 보려고 애썼다. 어떻게든 정자를 읍내 중학교까지 보낼 작정으로 돈이 되는 일이면 궂은일, 된일 가리지 않았다. 여전히 시호댁은 월평댁을 안면몰수했다. 하루는 다짜고짜 인사하는 월평댁 머리를 휘어잡고 실성기를 부렸다.

"이 잡녀르 년아! 샛서방허고 붙어묵은께 그르키 좋냐? 요년 나빠대기 쫌 보소. 서방에다 자석까정 잡아 묵어서 아조 지름끼가 빈질빈질 허네. 고 나빠대기로 나 민전에 할랑할랑 나댕김서 인자 나까정 잡아 처묵을 꺼여!"

그렇게 모진 말을 남긴 시호댁을 다시 대면한 것은 다음 날 아침이었다. 아직 이른 아침, 할머니가 없어졌다는 정자의 말에 월평댁은 반사적으로 산으로 달려 올라갔다.

그날 시호댁은 마을 사람들에 의해 싸늘한 주검으로 발견되었다. 손에 삽을 잡은 채였다. 뒤늦게 월평댁은 시어머니의 삶에 가슴을 쳤다. 쉰도 안 된 나이에 하나뿐인 아들 손자를 한꺼번에 잃고, 며느리를 씨받이로 보냈다. 남의 식구가 되어 버린 그 며느리를 하필이면 한 마을에서 날마다 보아야 하는 일이 어디 제정신으로 할 일이었겠는가.

그해, 정자도 월평댁 곁을 떠났다. 시호댁이 죽은 지 두 달 뒤였다.

"엄니, 미안해라우. 할무니도 안 계시고 나 여글 떠날라요."

"나가…. 죄인이다!"

월평댁은 정자한테 이 말밖에는 할 말이 없었다.

"그런 말 마세라우. 나 내뽈고 엄니가 발길 돌렸다고, 그른 맴은 나한테 인제 읎어라우. 할무니 땜시 동네 우세 다 사면서도, 할무니하고 나한테 얼마나 잘해줬소. 양쪽 집 멕여 살릴라고 엄니 혼차 뼈 빠지게 일하고…."

정자가 오히려 월평댁을 위로했다.

월평댁은 정자를 중학교에 보내지 못했다. 학교 가는 정자 책보를 마당에 패대기쳐 책을 찢어버리기 일쑤고, 날이 갈수록 정신이 혼미해지는 시호댁을 혼자 둘 수가 없었기 때문이다. 그래도 정자는 비뚤어지지 않고 묵묵히 제 할 일을 했고, 초등학교 때는 공부도 제법 잘했다. 아이가 틀이 있고 슬기가 있었다.

삶에 대한 첫 기억이 시작된 네 살 이후로 정자에게 자금실은 그냥 막막했다. 사방이 뻘이었다.

네 살 적 마당의 거름더미 앞,

"이년아. 동상 대신 니가 죽어불제. 뭔 났다고 요로케 살어 있냐? 이 작것아! 차라리 니가 죽어불제."

시호댁이 다짜고짜 달려들어 머리채를 잡아 흔든 그때부터 정자 속에서는 늘 동생 대신 죽지 못한 계집애가 오돌오돌 떨며 홀로 울고 있었다. 동생 대신 죽지도, 동생을 대신하지도 못한 인생, 거름더미에 버려질 뻔했다 가까스로 마당으로 살아나온 그 삶을 인정받으려고 정자는 할머니 앞을 서성였었다. 그러나 할머니는 끝까지 그 손녀의 삶을 안아주지도 보듬어주지도 않았다. 시호댁은 몸은 이승에 있었지만 혼은 죽은 아들, 손자와 살았다.

월평댁도, 자금실도, 정자의 발붙일 곳 없는 삶을 보듬어주지 못했다. 아무런 지지대도 없이 홀로 울고 있는 계집아이 속의 슬픔과 외로움과 분노를 누구도 몰랐다. 그리고 열여섯 성장한 나이로 한동네에서 첩실로 살아가는 어머니를 바로 눈앞에서 보아야 하는 그 수모를.

"대처에 나가 공장에라도 다님서 공부 좀 더 할라요."

"니 중핵교 못 보내 나도 한이다만, 여자 몸으로 혼차 으디를 간다는 것이여? 곧 시집갈 나이여."

"엄니 사는 것 본께 나는 시집갈 생각 조금도 읎어라우. 졸업 때 선생님이 그라시는디 큰 도시에 나가면 가발 공장이나 방직공장서 일함서 야간학교에 다닐 수 있다대요."

"그라도 안 된다. 나가 발치에 너를 띠어 놓고도 한시도 맴 편할 날이 읎는 지옥살이였는디 으디 너를 혼차 객지로 보내!"

그러나 며칠이 지나지 않아 정자는 밤중에 자금실을 떠나버렸다. 이미 누군가와 말을 맞추고 함께 떠난 것이 아닌가 싶기도 했다. 가난하고 배우지 못한 딸들이 자신의 머리를 잘라 판 돈으로 집을 떠났다던 얘기가 들리던 시절이었다.

월평댁은 정자가 고향을 떠났다기보다 등졌다고 생각했다. 버렸다고 생각했다. 정자의 야반도주는 월평댁에겐 또 하나의 참척(慘慽)이었다. 형벌은 거기서 끝나지 않았다. 마을 모퉁이 외딴집에 따로 거처하며 자기 배로 낳았지만 다섯 아이 모두를 송 씨와 강천댁 호적에 올

리고, 아들 둘은 강천댁이 데리고 있고 딸 셋만 월평댁이 키웠다. 월
평댁 장알분은 주민등록상 그냥 동거인일 뿐이었다. 오 남매 결혼식
에도 강천댁이 꽃 달고 송 씨와 나란히 앉았다. 강천댁은 한 번도 꽃
다는 자리를 월평댁에게 양보하지 않았다. 장대 결혼식 사진에는 먼
친척 노인처럼 몇 자리 건너 서 있었다. 그 형벌 하나하나가 등허리에
지워질 때마다 월평댁은 이렇게 자신을 다독거리곤 했다.

'다아 팔자여. 팔자가 허는 일이여. 하늘이 허는 일이여.'

인생은 사는 것이 아니라 때로 살아지는 것이기도 했다. 아침에 눈
을 뜨면 한 치 앞을 가늠할 수 없었던 모진 세월에도 길은 있었다. 길
이 끝났다고 하마터면 주저앉았을 막다른 절벽에서 오히려 새로운 길
이 열렸다.

월평댁은 다시 한 번 애총 자리의 흔적을 둘러보았다. 그때 송 씨가
가르쳐준 아이의 무덤은 봉분도 없었다. 소복한 새 흙으로 겨우 자리
를 알 수 있을 뿐이었다. 불어난 젖을, 아이를 덮고 있는 붉은 흙 위에
마지막으로 짜서 흘려 먹였다. 주인 잃은 젖이 심하게 몸살을 했다.
무명 띠를 동여매어 젖을 말렸다.

월평댁이 쭈글쭈글 말라붙은 젖가슴에 손을 얹고 하늘을 본다. 시
커먼 먹구름이 잰걸음으로 어느새 머리 위까지 몰려와 있다.

"참말로 그것이 으째 천리를 뀌어분다냐! 성한 우리도 모르는 것
을…."

마당에 들어서자마자 후둑 후두둑 빗방울이 떨어지기 시작한다. 알
싸 매캐한 흙냄새가 자욱이 는개처럼 올라온다. 얼마 만에 맡아보는 냄

새인가. 월평댁은 숨을 깊게 들이마시며 온몸으로 그 냄새를 맡는다.

"신통도 허제! 영락없이 비가 오시네⋯."

정자야, 내 딸 정자야!

월평댁은 불도 켜지 않은 깜깜한 마루에 앉아 공연히 헛헛한 마음을 빗소리로 달랜다. 붙들이가 산에서 내려왔을까 염려도 하며.

그러다 문득 무언가를 잊고 있다는 생각이 머릿속에서 뱅뱅 도는데 가닥이 안 잡힌다. 월평댁은 그 무언가를 끄집어내려 요리조리 실마리를 찾다가 '이이…' 싱겁게 잡아낸다. 텔레비전을 켜는 일이었다.

"나가 요로콤 깜박깜박한당께."

월평댁은 방으로 들어가 리모컨으로 텔레비전을 켠다.

송 씨 집의 텔레비전 역사는 자금실에서 가장 오래됐다. 새마을운동이 한창이던 때, 무슨 돈이 있었는지 어느 날 송 씨가 생각지도 못한 텔레비전을 들여왔다. 집에서는 늘 라디오를 틀어놓고 읍내에 나가면 꼭 신문을 사 와 볼 정도로 송 씨는 세상 돌아가는 것에 관심이 많았다. 손재주가 뛰어난 만큼 새로운 물건에 대한 관심도 남달랐다.

월평댁이 텔레비전이란 요술 단지를 처음 봤을 때 '구신 놀음이 아니고서야 으처케 사램들이 궤짝 안에 들어가 있으까이?' 했었다. 라디오, 전깃불에 이어 세 번째 천지개벽이었다.

요술 단지는 송 씨 가족과 마을 사람들에게 뉴스와 각양의 세상 소식, 연속극, 오락프로그램으로 새로운 세계를 열어주었다. 여름이면 그 요술 단지를 보려고 마을 사람들이 서둘러 저녁을 먹고 송 씨 집에 모여들었다. 마당 양쪽에는 어느새 송 씨가 쑥 냄새 매캐한 모깃불을 피워놓았고, 마루나 멍석에 앉은 사람들은 활짝 열어놓은 안방의 텔레비전에 연신 배꼽을 잡았다. 단조롭고 고달픈 일상에 그처럼 큰 재미와 위로가 없었다. 밤에 텔레비전을 보겠다는 기대에 들떠 일을 해도 피곤한 줄을 몰랐다.

김일 선수가 출전하는 프로레슬링 경기를 중계하는 날은 자금실이 들썩였다. 경기 시작 전부터 아이들까지 몰려와 북새를 놓았다. 이 집 저 집에서 옥수수며 감자를 쪄 내오고, 풋고추 넣은 애호박전이나 방아잎 전, 쑥개떡 같은 걸 해 와 마당은 금세 잔칫집이 됐다.

잔칫집에 술이 빠질 수 없다. 어른들 앞에서 술을 배워야 한다고 머리 큰 아이들한테는 술이 한 모금씩 하사되기도 했다. 술 한 모금에 아이들이 공연히 실실대며 송 씨 집거름이나 마당가에 아무렇게나 오줌을 눌라치면 뒤에서 부모들 불호령이 떨어졌다.

"야, 이눔아. 오줌은 집에 가서 누야제."

똥오줌을 거름으로 써야 해서 농사를 짓는 집에서는 음식을 먹다가도 오줌이나 똥은 자기 집에 가서 누고 왔다.

그러다 일본 선수들이 나가떨어질 때는 함성이 온 동네를 들었다 놓았다.

그 자리에 주인공이 또 한 사람 있었다. 강천댁 소리였다.

경기가 끝나면 졸린 아이들은 돌아가고 아직 술자리가 덜 끝난 몇몇 어른들은 남았다. 그때부터 세상 돌아가는 얘기가 다시 시작됐고, 그러다 좌중에서 누군가는 꼭 강천댁 소리를 청했다.

"어이 강천떡. 한 자락 허소. 일본도 이겼겄다, 기분도 좋은디 소리 한 자락 좌악 뽑아부씨오."

"그려. 이런 때 강천떡 소리가 읎으면 우리가 섭하제. 거 〈진도아리랑〉 한 번 허소."

그러면 누구가는 〈사철가〉를 하라고 했고, 누군가는 〈흥타령〉을 하라고도 했다.

소리를 청하는 건, 굳이 강천댁 소리를 듣고 싶어서라기보다 밤마다 송 씨 집에서 북새를 놓는 것이 은연중 미안해서 한 번 판을 깔아주는 것이기도 했다. 하고 싶은 생각이 꿀떡 같은 강천댁이 슬쩍 송 씨 눈치를 살피면 송 씨가 '언능 허소' 하고 선선히 부추겼다.

강천댁 곡목은 다양했다. 〈사철가〉도 하고 〈육자배기〉도 하고 〈흥타령〉도 했다. 그러다 보면 머리 바로 위에서 은하수가 길게 흐르고 모깃불 연기가 그 별의 강을 향해 가뭇없이 흩어졌다. 두런두런 사람들은 집으로 돌아갔다. 그 두런두런 속에 텔레비전에는 없는 세상 얘기가 또 오갔다.

그러나 월평댁은 요술 단지를 마음 편히 구경하지 못했다. 금이가 어린 데다, 무엇보다 강천댁 눈치가 보여서다. 동네 사람들 앞에 외동서가 있는 것도 싫었다. 거기다 월평댁에겐 텔레비전의 재미보다 더 고픈 것이 잠이었다. 물론 그 장소가 강천댁 마당이 아니었다면 월평댁도 매번 고픈 잠을 핑계 대진 않았을 것이다.

"거그는 참 별난 사람이여. 모다들 테레비를 그러케 좋아허는디 거그도 항꾼에 같이 쫌 보제는…."

송 씨는 텔레비전을 매개로 월평댁과 강천댁이 좀 더 허물없이 지내기를 은연중 바라는 눈치였지만 월평댁에겐 야속한 소리였다.

월평댁은 채널을 이리저리 돌려본다. 적막강산 무료한 밤에 텔레비전은 월평댁의 둘도 없는 동무다. 그런데도 썩 마음에 내키는 프로가 없다. 밤에도 가족을 찾는 프로가 있었으면 하는 생각에 늘 아쉽다.

정자가 나간 뒤로 처음 얼마간은 여러 말을 들었다. 누구는 서울 구로공단의 가발공장으로 갔을 거라고 했고, 누구는 인천의 성냥공장으로 갔을 거라고도 했다.

"거그 공장에는 열대여섯 살배끼 안 된 아그들이 쌔버렸다요. 모다 기숙사에서 묵고 자고 한다등만."

이 사람 저 사람 남의 일이라 쉽게 말했지만, 월평댁에겐 멀고도 막연했다. 그러나 광주 양동의 명주실공장 얘기가 나왔을 때는 가만있을 수 없었다. 직접 찾아가 보았다. 허사였다. 그러다 들은 한 소식은 청천벽력이었다.

지금도 광주에 살고 있고, 1980년 광주, 그때의 부상으로 한 눈을 잃은 정자와 초등학교 동창인 이웃 마을 박동현이 전해 준 말이었다.

광주 일이 있고 한참이 지나 월평댁은 그 얘기를 들었다.

소설을 쓴다는 어떤 사람이 피가 부족하다며 헌혈을 호소해 엄청난 인파가 몰린 기독병원 정문 앞에서 줄 서 있는 정자를 보았다는 것이었다.

"초등학교 졸업하고 5년 만인가, 여러 사람 건너 있었지만 알아보겠 습디다. 근디 달라져 분디가 있드랑께요. 얼굴에 꽤 큰 화상을 입었습 디다."

"오매오매, 그래서야?"

"그랑께 나도 긴가민가합디다. 알은 체하는 거이 실렐 것도 같고, 그 래도 고향 친군디 하고 막 말을 부칠라는디 헬기에서 갈겨불드랑께요."

"시상에 으째야쓰까!"

"맞은 사람은 맞고, 피한 사람은 피했겄지라우. 나는 다행히 피했다 가 다시 그 자리에 가 본께 정자가 없드랑께요. 사람들이 부상자들을 죽었는지 살았는지 기냥 병원으로 막 업고 들고 달음박질했지라우."

월평댁은 철퍼덕 주저앉았다.

"그런디 화상 땜시 참말로 정자였는지는 확실히 말 못 하겠어라우."

박동현은 정자인지 단정할 수 없다고 얼버무렸지만 뜬 말로 넘길 수 없는 정황이어서, 그 후 몇 해를 송 씨와 장대가 사망자 명단이며, 그 일과 관련된 많은 단체들을 찾아다니며 수소문했으나 정자의 행적은 물론 어디에서도 죽었다는 근거조차 찾을 수가 없었다. 그래서 지금 까지도 막연히 어디에 살아 있으려니 하는 끈질긴 희망을 월평댁은 버 리지 못하고 있는 것이다.

"가가 참말로 우리 정자라믄 으째 얼굴을 디었으까이. 뻔디기공장 에 다님서 그랬으까? … 오매! 그 얼굴로 살기는 을매나 심들끄나…. 아이고 정자야!…."

집마다 구슬이 굴렀다

강천댁에게 술로 쓰린 속을 달래는 비법으로 라면 국물만 한 것이 없다.

"을매나 단출히! 물만 붇고 끼리면 맛난 국시도 묵고 멀국 훌훌 마시고 나면 쓰린 속도 싹 가셔불고, 요것이 꿩 묵고 알 묵고 아니겄어. 거그다 댐배 한 대 꼬실라불면…. 하, 요 맛을 누가 알 꺼여!"

천성이 게으른 데다 꼼지락거리는 것이 싫은 강천댁이 한창 라면 예찬론을 주절이며 끓는 물에 라면을 넣는데 우체부가 왔다.

"잘 계셨어요? 할머니한테 등기 왔어요. "

"나헌티 뭔 등기…?"

이 무료한 날에 어디선가 기별이 왔다는 것은 귀하고 반가운데 느닷없이 '등기'라는 말이 걸려서 강천댁 대답이 어정쩡하다.

"으디서 왔능가?"

"서울인데요. 이현정 씨한테서요. "

"…이…현정…?"

혹시? 기대에 부풀었던 강천댁 표정이 실망으로 푹 꺼진다.

"사진을 보낸 것 같은데요."

"사진?"

갈색 서류봉투를 받아든 강천댁은 의아하다.

"뭔 사진이까아…? 참 등기면 도장을 내와야제."

"아녜요. 손 이리 줘 보세요."

우체부가 강천댁 손을 잡고 휴대용 단말기에 강천댁 이름을 쓴다. 등기 잘 받았다는 사인이란다.

"영판 편리허그만."

"그럼 안녕히 계세요."

오토바이가 요란한 소리를 내지르며 마당을 나간다.

봉투의 이름을 다시 확인하다 '아! 이현정… 아이고 나 정신!' 강천댁이 서둘러 방으로 들어간다.

"오매, 아까운 멀국!"

아까운 라면 국물이 다 졸았다.

라면을 포기한 강천댁이 돋보기를 찾아 밝은 마루로 나와 봉투를 조심스레 뜯는다. 봄 햇살 같은 연노랑 편지지와 사진이 든 꽤 두툼한 비닐 봉투가 나온다.

강천댁은 편지 사연보다 사진 보는 것에 더 마음이 바빠 서둘러 비닐 봉투를 벌린다.

지난달 마을 행사로 이장 부부와 노인들의 나들이가 있었다. 월평댁은 빠졌다. 말은 허리가 안 좋아서이지만 사람들 앞에서 강천댁과 함께 나들이하는 걸 피하고 싶어서였다. 젊어서부터 장에라도 함께 갈 일이 있어 어쩌다 동행하다 보면 주위 사람들이 수군거렸고, 그게 정말 싫었다. 아무것도 감출 것 없이 산전수전 다 겪고 머리가 허연 지금까지도 월평댁은 어쩔 수 없는 일이라면 모를까, 외동서가 공개적으로 나서는 일만은 피하게 되었다.

나들이 장소는 보성 녹차 밭이었다. 진도 완도에 울릉도 제주도까지 다녀왔건만, 여러 자금실 노인들이 누우면 발 닿는 그 구경거리 좋다는 녹차 밭을 광고나 텔레비전 프로그램을 통해서만 보았다. 서울 사람들이 남산 안 올라가 보았다는 격이다.

다리 힘이 되는 노인들은 길을 따라 밭 위로 올라가고, 강천댁을 비롯한 안노인 넷이 오르기를 포기하고 아래 휴식처에서 놀았다. 으레 강천댁 소리 몇 자락이 깔렸다. 그때 젊은 여자 셋이 내려오다 강천댁 소리에 끌려 다가왔다. 등산복 일습을 갖춘 화사하고 세련된 품으로 다들 삼십 대 중후반쯤 되어 보였다.

그들은 강천댁이 "철컥, 철컥" 베 짜는 소리를 실감나게 내며 노래하자 까르르 재미있어했다. 일행 중 늘씬한 키에 선글라스가 잘 어울리는 여자가 앵콜을 청했다.

"할머니, 소리 너무 좋아요. 한 번 더 해주세요."

곁에 다가앉아 팔짱까지 끼며 곰살궂게 다시 한 번을 졸랐다. 재창을 거절해 본 적이 없는 강천댁이다. 제 흥에 겨운 데다, 멍석까지 펼쳐졌다.

"거그들은 뭔 소린 중이나 알고 좋다는 거여?"

"텔레비전에서 봤는데, 〈베틀노래〉 맞죠?"

얼굴이 제일 희고 통통한 여자가 말했다.

"알기는 아네."

"할머니, 사진 찍어 드릴게요. 찍어도 괜찮죠?"

언제부턴가 너도나도 핸드폰으로 사진을 찍던데 선글라스가 목에 걸고 있던 카메라를 벗으며 물었다.

"아서. 쭈그렁 할망구를 뭘…."

강천댁은 짐짓 손사래를 쳤고, 그러자 반촌댁이,

"그려, 찍어 봐. 놀러 가믄 남는 거이 사진배끼 읎든디, 강천떡 빨랑 혀."

강천댁이 다시 소리를 하는 동안 선글라스가 계속 셔터를 눌렀다.

"할머니들, 어디서 오셨어요?"

단발머리를 한 여자가 물었다.

"벌교서 왔어."

"어머, 벌교면 바로 옆 동네 아녜요? 겨울이면 가끔 벌교 꼬막밭에 가는데. 사진 찍고 꼬막도 먹으러요. 제가 꼬막을 좋아하거든요. 아, 꼬막 먹고 싶다."

선글라스가 반색을 하며 입맛을 다셨다. 인사치레가 아닌 듯했다.

"그려. 몰캉몰캉 험서도 쫄깃허니 고러케 맛난 거이 읎제."

생실댁이 말했다.

"고것뿐이간디. 알큰헌가 허면 짭쪼름허고 베릿허다가도 달큰허고 달큰헝가 허면 쌉싸름하고…. 감기 석 달에 입맛이 소태여도 꼬막 맛은 안 빈하제. 우덜은 꼬막 맛 떨어지는 날이 죽는 날이여."

소리만큼이나 강천댁이 맛지게 설명한다.

그 뒤 노인들의 참꼬막 예찬론이 한참 이어졌다. 타지의 젊은 여자들에게 저마다 꼬막에 대해서는 일가견이 있다는 것을 앞다투어 자랑했다.

참꼬막은 배릿한 맛이 강하고 짭조름한 핏기가 더 많고, 참꼬막을 아는 사람들은 이 맛을 즐긴다고 누가 말하면, 뭐니 해도 꼬막은 살짝 데치는 게 가장 맛있다고 받는다.

"참꼬막은 해감할 필요도 읎이 씻어서 삶기만 하면 돼야. 모래 읎는 뻘에서 낭께. 꼬막회도 우덜은 양념을 많이 안 해. 꼬막 본연의 맛을 살리제."

"겨울이면 우리 마실에서는 구슬 굴르는 소리가 끊기딜 안 혔어."

이렇게 멋진 말을 한 건 역시나 강천댁이다.

"구슬이 굴러요?"

"집마둥 꼬막 씻는 소리가 구슬 구르는 소리 같당께."

"어머, 그래요? 듣고 보니 그럴 것 같아요."

직접 꼬막 씻는 손놀림을 해보며 선글라스가 말했다.

"어떻게 그런 힘든 일을 구슬이 구른다고 표현하실까! 근사해요."

"거그가 구슬을 지대로 씻어보기나 혔어?"

솔바우댁이 강천댁을 질렀다.

"아, 할머니는 꼬막을 안 캐셨구나?"

젊은 여자들이 까르르 웃는다.

"이 사램은 평상 뻘짓을 몰르는 사램이여. 팔자 좋게 놀고 묵었제."

"대신 노래로 구슬을 굴리시잖아요?"

"그려. 다 자기 구슬 소리가 있는 거이여. 알도 못험서."

원군을 얻은 강천댁이 내처 잘난 말을 한다.

"맞아요. 저희도 저희의 구슬 소리가 있구요."

"구슬 소린 멀리서 들어야 지대로여. 지대로 들어봤어? 나니께 듣제"

"아이구 그려. 강천떡 잘났어."

악의 없는 통에 왁작 웃음이 터지고 다시 꼬막 예찬이 이어졌다.

"앞으로 꼬막 살 적에는 크기보담 높이를 봐. 통통한 것이 상품(上品)이여."

"죽 중에서는 꼬막죽이 환자 보양식으로 최고제. 만병통치약이 따로 읎당께."

"아이구, 물 인심 다음으로 후했던 게 꼬막 인심이었는데 그것도 옛말이 되야뿌렀어."

"옛일 되야뿐 거이 으디 한두 개여. 새삼시레…."

꼬막 얘기에서 한 수 밀리던 강천댁이 통, 핀잔을 주고는 화제를 돌렸다.

"샥시들은 으디서 왔능가?"

"저흰 서울이요."

"높은 디서 왔네. 차암, 꽃 같은 나이들이구먼. 모다 권이 있기 생겼어."

이렇게 부러워한 것도 강천댁이었다.

"할머니, 저희도 꽃 같은 나인 지났어요."

세 여자가 또 동시에 까르르 웃었다.

"및 살인디?"

"다들 마흔 넘었어요. 고등학생 엄만데요."

"뭐시여? 서른이나 쫌 넘었으까 혔는디…."

참 요즘 젊은 여자들은 나이를 어디로 먹는지 모르겠다. 분명 처자로 보이는데 애 엄마고, 애 엄마인 거 같은데 할머니란다.

"그런데 귄이 있다는 게 뭐예요, 할머니?"

얼굴이 흰 여자가 물었다.

"그 뭐시냐 … 귀염성이 있다, 귀티가 있다, 뭐 그른 말이제. 우리 지방에서는 자조 써."

"아, 네에."

"나가 거그들 나쌀만 되야도 서울로 가 한바탕 후적거리불턴디…."

강천댁 말에 생실댁이 초를 쳤다.

"뭐슬 후적거리불어? 꼬막 한 개도 못 캐는 사램이…."

"맞아요. 요즘 태어나셨으면 가수, 아니 아이돌 스타 되셨을 거예요."

세 여자가 삼구동성으로 맞장구를 쳤다.

"보세요. 벌써 팬이 셋이나 생겼잖아요."

시답잖은 얘기지만 시골 노인네들한테 젊은 여자들이 스스럼없이 관심을 가져주고 말을 나눠주는 게 좋아 가슴속에 꽃다운 봄바람 한 줄기가 지나간 것 같았다.

"사진 부쳐 드릴게요. 할머니."

"그려? 그려주먼 고맙제."

사진은 모두 스무 장이나 되었다. 네 사람 몫이 다 들었다. 각자의 독사진, 넷이 같이 찍은 사진, 젊은 여자들과 함께 찍은 사진들이다. 사진 속의 네 할미는 모자를 쓰고, 빨갛고 파란 잠바를 입고, 생실댁은 다리 하나를 척 뻗어 멋을 부렸고, 반촌댁은 유치원 아이들처럼 손가락 두 개를 해맑게 올렸고, 솔바우댁은 비록 지팡이에 의지했지만 소녀처럼 수줍게 포즈를 잡고 있다. 그중에서도 한 장은 사진을 찍던 선글라스가 '할머니, 김치!' 하는 대신 '할머니, 빤쮸!' 하는 바람에 파안대소한 사진이다. 특히 키와 몸피가 있는 강천댁 풍채가 훤칠하다.

저 기억하시죠. 그날 노래 불러달라고 졸랐던 이현정이에요. 사진 보내드리는 게 늦었어요. 그날은 저희들에게도 아주 즐거운 시간이었어요. 사진 모델로도 훌륭하셨지만 할머니 소리가 너무 좋았거든요. 언젠가 할머니 소리를 꼭 다시 듣고 싶어요. 다른 할머니들도 잘 계시죠? 안부 전해주세요.

"오매, 고마운 거!"

강천댁은 그저 지나치리라 생각했던 타지의 젊은 사람이 약속을 지켜준 것이 너무 고마워 편지를 몇 번이나 읽고 사진 속에 찍힌 모습을 보고 또 본다. 생각보다 싫지 않은 모습에 입이 벙싯거려진다. 시골 할미 같지 않게 때깔이 좋게 나왔다.

사진을 찍고도 그들과 한참을 즐겁게 보냈다. 네 노인네가 둘러앉은 모습을 보고 이현정이 꼭 외숙모를 보는 것 같다고 말했다. 그 바람에 얘기가 길어졌고 더 정겨워졌다. 이현정이 외숙모 팔순 잔치 때 외가에 갔던 이야기를 했다.

"결혼하고 처음, 근 20년 만에 갔거든요. 안방에 어릴 적 보았던 일가친척 마을 할머니들이 일여덟 명 빙 둘러앉아 계시는데 하나같이 허리가 굽어 있는 거예요."

162

그 굽은 허리 중에 이현정의 외숙모도 있었다.

"반갑다고 방에서 나오시는데 스케이트 선수처럼 굽었어요. 스케이트 선수들이 얼음을 탈 때의 자세 아시죠?"

그럼 그럼, 네 할미가 동시에 맞장구를 쳤다.

"위아지매, 왜 이르키 허리가 굽었노?"

놀란 이현정이 울컥해 다짜고짜 물었다.

"아이고 야야. 이 장배기를 5, 60년 오르내리 봐라, 허리가 이래 안 되나."

이현정의 외가가 바다라고는 까마득한 경상도 시골이었다. 산이 많은 고장이었다. 그러다 보니 대부분의 마을들이 산 아래나 산비탈에 터를 잡았는데, 외가 마을은 그중에서도 꽤 높은 산 중턱에 두웅 뜨듯이 자리하고 있다고 했다. 멀리서 보면 저 오르막을 어떻게 올라갈까 탄식이 나올 정도라고.

그곳 사람들은 매일같이 그 산비탈을 오르내리며 농사를 지었다. 농부의 발소리를 듣고 자란다는 곡식들. 한자로 쌀 미(米) 자가 어떤 의미인가. 사람의 손이 88번 가야 한다고 해서 미(米)가 되었단다. 밭은 산비탈에도 많지만 논은 대체로 평지에 있다. 그러니 언덕을 고스란히 오르내려야 하는 것이다.

내려갈 때는 수월해도 올라올 때는 허리를 굽혀 지형에 순응하며 올라야 했다. 그걸 몇십 년 하다 보니 허리가 굽지 않을 도리가 없다는 것이었다. 아, 할머니들 모두 직업병을 가졌구나, 하나같이 노인 보행기를 밀고 집으로 돌아가는 모습은 정다우면서도 서글프고 쓸쓸했다고 이현정이 말했다.

"아이구 거그 구슬소리도 솔찮이 대간혔네."

반촌댁이 고개를 주억거리며 말했다.

"할머니들은 모두 허리가 꼿꼿하신 것 같아요. 그렇게 꼬막을 캐셨는데."

단발머리가 말했다.

"보기만 멀쩡허제 우덜도 물팍이고 허리고 안 아픈 디가 읎어. 다 삭아부렀어."

"그러실 거예요…. 전 어릴 적 외가가 정말 좋았어요."

꼬막 입맛을 다시듯 이현정이 말했다.

"그려. 외가맹키 정다운 거이 읎제."

네 노인네에게도 외가가 있고, 외숙모가 있었다. 그들도 잠시 어린 시절로 돌아갔다.

반촌댁에겐 마마 자국으로 얼굴이 얽었지만 웃는 모습이 한없이 푸근했던 외숙모가 있었고, 생실댁에겐 서캐가 허옇게 슬어 있던 여덟 살 조카의 머리를 빙초산을 발라 참빗으로 빗겨주던 외숙모가 있었다. 솔바우댁 외숙모는 한마을에 살았는데 밤마실 온 솔바우댁의 내복 솔기를 헤집어 화롯불 앞에서 이를 잡아주었다. 강천댁은 외숙모에 대한 기억은 없고 일찍 이가 빠져 끊임없이 입술을 호물호물 하던 외할머니에 대한 기억만 있었다. 외할머니가 놋숟가락으로 사과를 긁어먹으면 사과 껍질만 동그랗게 남았다. 어린 나이에 그게 재미있었다. 그 껍질을 강천댁이 토끼 배춧잎 베어 먹듯 장난스레 쏙쏙 베어 먹었다.

"외가에는 항상 좋은 냄새가 났었던 것 같아요. 특히 여름방학 때요. 보리밥 짓는 냄새, 옥수수 감자 찌는 냄새, 양대콩 넣어 감자 범벅 하는 냄새, 배추적 냄새, 날콩가루 국수 끓이는 냄새….”

외가와 가까운 면내에 살았다는 이현정은 방학하는 이튿날로 숙제물을 싸 들고 외가엘 갔다. 여름이고 겨울이고 방학만 되면 서울이나 포항 같은 먼 곳에 있는 한두 집만 빼고 온 집의 꼬맹이들이 서부 개척시대의 골드러시처럼 외가로, 외가로 모여들었다. 식구가 이십 명이 넘는 일상이었다. 한 집이 가고 나면 다시 한 집이 오고, 개학이 가까울 때까지 그랬다.

옥수수나 감자, 고구마를 쪄내자면 가마솥으로 쪄야 하고, 큰 대광주리에 담아놓고 들며 나며 먹었다. 아이들은 낮이고 밤이고 지치지도 않고 몰려다니며 놀았고, 그것도 모자라 밤늦도록 시시덕대다 네 개의 방과 두 개의 마루에 저희끼리 뭉쳐 잤다.

많은 외사촌 이종사촌 중에서 이현정은 자주 문제를 일으켰다. 몸이 약해선지 이상하게 여름방학 때마다 말라리아를 앓았다. 외가 마을에서는 말라리아를 도둑놈이라고도 했고, 하루걸이라고도 했다. 좀 유식하게는 학질(瘧疾)이라고 했다.

“학을 뗐다는 말이 그 학질에서 왔당께.”

강천댁이 아는 소리를 했다.

“맞아요, 할머니. 저희 외할아버지도 그렇게 말씀하셨어요.”

학을 뗐다는 말이 생길 정도로, 그 병이 좀 고약하고 난감한 병이었다. 정말 도둑놈 같기도 하고 도깨비 같기도 한 병이었다. 매일 아픈 것이 아니라 하루걸러 아팠다. 오전에는 멀쩡하다가 오후만 되면 이가 부딪칠 정도로 오한이 들면서 토하고 설사를 했다. 그러다 금방 열이 나고 온몸이 땀으로 젖었다. 그 치다꺼리를 외숙모가 했다. 흰죽을 쑤어 먹이고, 땀에 젖은 옷을 갈아입히고, 솜이불을 꺼내 덮어주고, 사탕을 들고 앉아 금계랍(金鷄蠟)을 먹였다. 그때까지도 외가엔 금계랍이 있었고, 키니네가 주원료인 해열진통제 금계랍은 몸서리가 날 정도로 쓴 약이었다.

"맞어. 금계랍은 아그들 젖 띠는 디도 많이 썼제. 젖꼭지에 발라 놓으면 입에 대다 말고 아그가 자지러졌응께. 으이그 써!"

생실댁이 몸서리를 내며 말했다.

그 북새 속에서도 이현정은 한 번도 찡그린 외숙모의 얼굴을 본 적이 없다.

"저도 어린 조카들이 있는 외숙모지만 어떻게 그럴 수 있었을까 싶어요. 전 그렇게 조카들한테 너그럽고 사랑스러운 마음이 안 돼요. 아이들이 조금만 분잡스럽게 해도 못 견디겠고, 저놈들이 언제 가나 가기만 바라거든요. 남편도 제 눈치를 보기 시작하고. 어느 때는 그 때문에 남편과 싸우기도 하고."

그러면서 이현정이 숙연한 얘기를 했다. 지금 생각하면 외숙모라는 한 여인의 어깨 위에 집안의 모든 우애가 얹혀 있었던 것 같다고. 그 어깨의 짐에 누구도 눈길을 주지 않았고, 그 역할에 관심도 없었다고. 당연한 줄 알았다고.

"우리쩍에는 다 그르키 살았어. 지금은 시대가 달라졌응께 젊은 사램들 그러는 거 뭐라고도 못 혀. 우리 아그들도 그러는디."

솔바우댁이 말했다.

이현정의 외숙모가 유일하게 자신을 드러내는 말이 '그르이 어예니꺼!'였다.

166

좀 까다로웠던 시어머니의 억울한 지청구에 동네 사람들이 '개정띠가 애쓰니더.' 하면 '그르이 어예니껴!' 했고, 방학 때마다 북새통이 되는 집을 보며 누가 '참 용하이더.' 할 때도 '그르이 어예니껴!' 했다.

자신들이 모르는 다른 세상에서 그런 구슬 소리를 내며 사는 사람이 있었다는 것에 넷 노인은 연신 고개를 끄덕였다.

"그르이 어예니껴?"

"그르이 어예니껴?"

너무도 공감 가는 그 말을 너도나도 한 번씩 똑같이 해보면서.

"참말로 시상사 도리읎는 일이 많제."

강천댁이 사진을 뭇뭇이 지어 봉투에 담고 노인정 갈 채비를 한다. 그러다 번뜩 한 가지 생각이 떠올라 바삐 방으로 들어간다. 텔레비전 받침대의 서랍을 뒤져 오래된 공책과 볼펜을 찾아 개다리소반을 들고 마루로 나온다. 이현정에게 답장을 써보고 싶은 생각이 떠오른 것이다. 고맙기도 하지만, 뻘짓과 농사만이 구슬이 아니란 걸 보여주고 싶었다. 그날 혼자만 소외된 것 같아 공연히 억하심정이 일었었다.

공책을 펼쳐놓고 강천댁은 고심한다. 그러나 무슨 말을 어떻게 써야 할지, 문장도 짓고 자금실 노인들 누구도 하지 못하는 유식한 말도 하고 싶은데, 막막하다.

강천댁 친정은 모두 구 남매였다. 강천댁이 딸로는 둘째고 위로 오빠 둘이 있었다. 오빠나 남동생들은 서당에서 한문을 배우든, 학교를 다니든 다 공부를 했다. 남동생들은 대학까지 나왔다. 그러나 강천댁을 비롯한 네 딸은 살림살이가 넉넉한데도 하나도 공부를 하지 못했다. 날이 아직 새지도 않은 컴컴한 새벽부터 밭에 나가거나, 쇠죽을 끓이거나, 베틀에 앉아야 했다. 새벽만 되면 친정엄마는 방문을 활짝 열어놓고 어서 일어나라고 소리를 쳤다. 그 잠 많은 젊은 시절, 새벽의 다디단 잠을 강천댁 자매들은 한 번도 누릴 수가 없었다. 특히나 겨울 새벽에 문을 열어놓으면 들이치는 시한 바람에 네 자매는 선뜻 일어나지 못하고 가문 논 물꼬에 몰린 미꾸라지처럼 이불을 서로 끌어당겨 뒤집어쓰고 아랫목으로 옹송그렸다. 그러면 부르르 달려 들어온 친정엄마가 이불을 확 걷었다.

"오매, 해가 봉창을 뚫고 들어온디 얼릉 못 인나!"

장수댁 살림은 딸 셋이 다 일궜다는 소리가 마을에 나돌았다. 머슴을 셋이나 부렸지만 언니와 동생 둘, 세 딸이 그만큼 집안일을 억척스레 했다는 얘기다. 강천댁은 살림이나 농사일에는 그때나 지금이나 천성적으로 둘하고 애성도 없었지만, 노래와 글 읽기는 좋아했다.

강천댁의 한 가락 뽑는 재능은 친정아버지로부터 대물림했다. 〈육자배기〉나 〈흥타령〉은 남도 사람이면 한 소절쯤 못 하는 사람이 없지만, 친정아버지는 특히 〈쑥대머리〉를 잘했다. 친정 인근에서는 당시 한창 이름을 날리던 명창 임방울을 본떠 '무릎재에 임방울 났다'고 명성이 자자했다. 큰 회갑연이나 잔칫집에서 친정아버지는 인기 명창이었다. 허우대도 칠칠했고 발림도 뛰어났다. 잘 손질된 흰 두루마기에 시골에서는 보기도 드문 하얀 구두를 신고 터억 부채를 쥐고 서면 그 자체로 좌중을 압도했다.

거기다 두 눈을 지그시 감고 '쑤욱대에-머어리 … 귀이신 혀엉용-'

168

첫 소절로 벌써 듣는 사람들의 가슴을 꽈악 비틀어 쥐었다. 그러다 쿵 천 길 낭떠러지 아래로 내려놓는가 하면, '보고지고 보고지고 한양 낭 군을 보고지고─' 애간장을 저리고 녹이며, 가야금 줄을 자유자재로 희롱하듯 사람들 혼을 들였다 뺐다 흔들었다 울렸다, 했다. 사람들은 아버지의 소리 한 자락 한 자락에 일희일비했다.

아버지 소리에 빠진 여자도 여럿이었다. 그중에 딸 강천댁이 있었 다. 강천댁은 서너 살 적부터 아버지의 소리를 잔망스럽게 따라 했다 고 한다. 강천댁 집에는 마을에서 유일하게 유성기가 있었다.

앞산도 첩첩하고 뒷산도 첩첩헌디….

열서너 살 적 유성기에서 흘러나오는 이런 노래를 듣고 있노라면 대 상도 없는 막연한 그리움과 서러움에 가슴이 울울해지면서 그 먹먹한 정조가 강천댁은 그냥 좋았다.

"오매, 니 아부지로도 모지라 인자 딸년까지 소리패여? 아이고, 저 년 팔자를 어쩔꼬."

장수댁이 부지깽이로 딸 등짝을 내리치며 장탄식을 했다.

친정아버지도 딸이 소리꾼이 되는 데에는 냉정했다. 아예 싹을 분 질러 놓았다.

"아서라, 한 집안에 용 못된 이무기는 애비 하나로 족허다. 니 목은 소리꾼 목이 아니여!"

큰 명창이 되지 못하고 잔칫집에나 불려 다니는 비애스런 자신의 신 세를 딸이 답습할까, 또 소리의 길이 얼마나 험난한가를 잘 알았기 때문이다.

그러나 친정아버지가 딸을 보는 눈은 다른 데도 있었다. 친정아버지는 딸에게 서슬이 없다고 했다.

"니한테는 서슬찬 게 읎어."

강천댁 친정에는 보성 순천 남원의 소문난 소리꾼들이 드나들었다. 그들은 열흘씩 보름씩 묵으며 숙식을 해결하다 가곤 했다. 직접 공부하러 나가기도 했지만, 그럴 때 아버지는 집에서 그들로부터 소리 공부를 했다. 강천댁도 어깨너머로 배웠다. 그 소리꾼들의 말도 월평댁에게 서슬이 없다는 것이었다.

자고로 여자 소리에는 상청과 애원성, 서슬이 있어야 하는데 강천댁에게는 그 서슬이 없다고 했다. 서슬은 여자 소리꾼이 애원성으로 정수리를 치는 듯한 고음을 발할 때 내는 팽팽한 긴장감이다. 어린 나이에 무슨 서슬이 있을까만, 하여튼 될 성 싶은 떡잎은 아니었던 모양이다. 그러나 강천댁 친정아버지가 생각하는 서슬은 좀 달랐다. 그가 생각한 서슬은 저 만주 벌판을 달리는 독립지사의 쩡쩡 살아 있는 기개 같은 것이었고, 시퍼렇게 날 선 작두 위에 서서 저승과 이승을 위해 울어주는 무당의 무기(巫氣)였고, 기어이 이루고야 말겠다는 오기 창창한 집념이었다. 만약 강천댁에게 서슬이 있었다면 집에 드나드는 소리꾼 중 누구 하나의 바짓가랑이라도 잡고 따라 나갔을 것이다.

월평댁으로부터 '고래 심줄'이라는 별호는 얻었지만, 강천댁은 그때나 지금이나 짱짱한 독기나 집념은 없었다. 친정아버지는 목소리가 아니라 자신을 닮은 강천댁의 기질 자체를 꿰뚫은 것이다.

친정아버지는 딸의 소리를 꺾을 양으로 사윗감의 인품 하나만 보고 서둘러 딸을 시집보내 버렸다. 가난한 과부의 외아들이었다. 그 미안함으로 친정아버지는 늘 강천댁을 애잔해했고, 딸이 청하는 경제적 도움도 흔쾌히 응해주었다. 지금 살고 있는 집도 시집오던 해 친정에서 마련해준 것이었다. 시어머니는 새 집에 들자마자 세상을 떴다. 새 며느리와 새 집 때문에 동티가 났다고 이웃이 수군거리는 바람에 강천댁은 한동안 마음고생을 했다.

강천댁의 글 읽기 역시 오빠와 남동생들이 공부하는 어깨너머로 배운 것인데, 문리를 터득하는 데는 남다른 재기와 눈치가 있었다. 그래서 한문도 적잖이 알고, 한글은 능숙하게 읽고 문장도 곧잘 지었다. 젊은 날 월평댁과 남편 송 씨의 뜨겁게 끌어안는 숨소리가 들리는 밤이면 친정에서 가져온 〈옥루몽〉이니 〈사씨남정기〉 같은 이야기책을 머리맡에 놓고 가슴속의 천불을 고르기도 했다. 강천댁이 월평댁에게 '여포 창날 같다'는 둥 하는 것도 그때 배운 어깨 글 덕이었다. 뭣 모르고 불렀던 판소리 사설도 태반이 한문이었다.

지금도 강천댁은 잡지나 신문 쪼가리가 생기면 무심결에 들고 읽는다. 그때마다 "나가 공부만 쪼까 힜으면 이 골째기서 이르키 살지는 않을 턴디" 탄식하곤 했다. 그래서 강천댁은 노래를 한다. 열일곱 박꽃 같았던 처녀가 이 골짜기로 시집오지 않았으면 살았을지도 모를 그 자유로운 세상을 꿈꾸며.

강천댁은 사투리를 쓰지 않으려 무진 애를 쓰며 편지를 써 내려간다.

보내주신 사진과 글월 잘 받았음니다. 고마우시고 또 고마와요.
스쳐 지내가는 여행자 수많은 중에 이무슨 인연이랴.

하늘에서 하강한 선녀 시 사람…

'시 사람'을 '세 사람'으로 고치고 나니 또 공책이 캄캄하다. 무지렁이 시골 노인네가 아니란 걸 드러내려니 더 힘이 든다. 강천댁은 애먼 볼펜에 침도 묻혀보다가, 담배도 한 대 피워보다가, 냉장고의 시원한 물도 한 잔 마셔보다가, 고심에 고심을 한다.

"인자는 머리도 다 녹실어부렀네…, 핀지 한 장도 이르키 심든디, 지석이는 으처케 그 긴 글을 매일 썼으까. 지석이도 이라고 심들었겄제. 그 구슬 소리 내기가 을매나 심들었을끄나."

그 엄니

명이가 왔다.

쌀뜨물에 된장기만 해서 끓인 아욱국에 상추 몇 잎을 뜯어 저녁을 들고 있다가 "엄니!" 하는 소리에 월평댁이 맨발로 마당에 내린다.

"워매, 니가 어쩐 일이다냐! 무신 일이여? 일 나간다는 데는 어칙하고?"

학교 조리사도 아이들이 없는 방학 때 쉰다. 학교마다 차이가 있는데 명이네 학교는 여름방학이 한 달도 못 된단다. 그때는 월급이 없다. 빈 월급을 채우러 명이는 20여 일 남짓도 쉬지 않고 아는 음식집에서 일한다고 했다. 그래서 친정에도 한 번 다녀가지 못했다.

"일 끝났어. 개학하기 전에 엄니 한 번 보려고."

"이이 그려? 잘 왔다."

월평댁은 공연히 놀란 가슴을 쓸어내린다. 전화를 했을 때 명이 목소리에 힘만 조금 없어도 월평댁은 직장에 무슨 일이 생겼나 가슴부터 덜컥한다.

하얗게 웃는 명이 눈가에 어느새 주름이 잡힌다. 지난번에는 보이지 않던 주름이다.

'저것도 늙어가네….'

딸 눈가에 주름살이 먼저 보이는 것도 어미 마음이기 때문인가. 명이는 한 손에는 쇼핑백, 다른 손에는 묵직한 검은 비닐봉지를 들었다. 월평댁이 짐 꾸러미를 받아 마루에 놓는다.

"오면 온다고 기별을 하제."

"엄니 또 길에 나와 까막까막 기다리다 숨넘어갈까 봐. 갑자기 오니까 더 반갑잖애?"

"할 일 읎는 늙은이 지다리는 것도 재미제."

월평댁은 아이들이 곧잘 연락도 없이 들이닥쳐 엄니 기다릴까 봐 그랬다고 하면 보통 서운한 게 아니다. 저희들도 자식 키우는 부모면서 부모 마음을 너무 모르거나 귀찮게 생각하는 것 같아서다. 저희들은 온통 손전화를 귀에 대고 텔레비전 중계하듯 자식을 기다리면서.

아무런 기별 없이 깜짝 만나는 것도 좋지만 명이가 열 시쯤 전화해서, "엄마 네 시쯤 집에 들어갈 것 같네," 하면 그때부터 월평댁 마음에는 햇살이 가득해진다. 무얼 먹일까, 이부자리는 후줄근하지 않나, 갈 때는 무얼 싸 보낼까, 지금 어디쯤 오고 있겠구나, 터미널에 도착했겠다, 마음과 걸음이 냉장고로, 텃밭으로, 부엌으로 종종걸음을 친다. 그러다 일찌감치 한길의 버스 정류장으로 마중을 갈 때는 마음이 걸음을 앞서고 산모퉁이를 돌아 명이가 탔음직한 버스가 보이면 눈은 벌써 버스 안으로 달려간다. 차가 서기도 전에 일어난 명이의 자그마한 머리가 버스 창으로 먼저 보인다. 멀리서 서로 눈을 맞춘다. 버스가 서고 환한 웃음을 띤 명이가 내린다. 월평댁이 명이의 짐을 받아든다. 모녀는 미리 짠 각본이라도 읊듯 매번 똑같은 대화를 나눈다.

"심들었제."

"쪼까."

"엄니는 많이 기다렸제."

"쬐께."

"에이, 거짓말. 엄니 왔다 갔다 한 발자국 본께로 반시간은 기다렸그만."

"하이고, 요 구신. 우짜면 고로케 딱 알아맞혀분데!"

"한 시간도 더 기다렸제?"

"발써 고로케 되았으까아."

엄니 얼굴 좀 보겠다고 불원천리 달려오는 자식인데 한 시간이면 어떻고 한나절이면 어떤가.

"뭐시냐, 이거이 다!"

짐 보따리가 여느 때와 다른 것 같아 월평댁이 묻는다.

"추어탕거리 사 왔어."

"하이고야, 낼 태호 시키면 되는디 뭘라고 힘들기⋯."

"내가 엄니 끓여 드릴려고."

"그려, 그려. 고맙다. 얼릉 들가자. 배고프겄다."

월평댁이 마루 위로 명이 손을 잡아끈다.

"이건 뭐시여!"

아직 식지 않은 따끈따끈한 봉지가 하나 손에 잡힌다.

"엄니 좋아하는 팥시루떡."

"이른 걸 뭘라고. 니 아부지 지사떡도 아즉 남었는디."

월평댁은 떡 중에 찰팥시루떡을 제일 좋아한다. 통팥이면 더 좋다.

"가만있자, 굴비 한나 구야겠다."

썰렁한 밥상에 도저히 딸을 그대로 앉힐 수가 없는 월평댁이 냉동실 문을 연다.

"그냥 있는 걸로 먹어요. 와! 아욱국이네. 깻잎도 있제?"

"그거사 있제. 지난번에 보낸 거 다 묵었냐?"

"벌써 다 먹었제."

"그람 야그를 하제. 보내줄 거인디."

명이는 월평댁 손으로 차곡차곡 된장에 박은 짭짤하고 담백한 깻잎 반찬이 항상 그립다. 어쩌다 택배 반찬 속에 방아잎 김치나 방아잎 장아찌가 오면 며칠을 밥만 먹고 싶었다. 그것은 온전히 명이만을 위한 월평댁 반찬이었다. 아이들은 방아잎을 좋아하지 않았다. 냄새가 싫다고 코를 돌렸다. 언제나 변치 않는 맛이 있고 그 맛을 그리울 때마다 맛볼 수 있다는 것은 큰 기쁨이고 위안이다.

"시장혀도 쪼까만 있그라."

월평댁이 기어이 냉장고에서 굴비 두 마리를 꺼내 프라이팬에 튀긴 다. 기름 튀는 소리와 냄새에 오랜만에 집안에 훈기가 퍼진다. 월평댁 혼자 먹을 땐 국이나 찌개에 밥 한 공기 말아 후룩후룩 먹어버리면 그 만이었다.

월평댁은 냉장고를 뒤져 주섬주섬 밑반찬을 내놓는다. 깻잎, 마늘 쫑, 오이장아찌가 나왔다. 두 해를 넘긴 묵은지도 꺼내 손으로 쭉쭉 찢어놓는다.

"참말로 나 얼굴 볼라고 온 거여?"

월평댁은 손으로 굴비 살을 발라 명이 밥 위에 놓아주며 다시 묻는다. 명이의 '보고 싶어서'라는 말이 성에 안 차서다. 혹여 무슨 일이 있는 게 아닌가 또 걸린다.

"아, 그렇다니까, 엄닌 참. 엄니 보고 자파서 왔당께. 내가 먹을게, 엄니도 얼른 드세요. 오매, 맛있어분 거!"

시원하면서도 군맛 없이 새콤하게 곰삭은 묵은지에 명이가 온몸을 떤다.

어렸을 때도 명이는 입맛에 맞는 음식을 먹을 때나, 산길에서 앙증맞은 들꽃을 볼 때, 혹은 짙푸른 가을 하늘에 길게 그려진 하얀 비행기구름을 볼 때, 온 마음과 몸으로 그에 반응하는 아이였다. 가끔 사탕이 생기면 저 먹기에도 아까울 텐데 싫다는 월평댁을 따라다니며 입에 넣어주곤 했다. 때로는 그게 너무 새살스러워 월평댁이 혼을 내기도 했었다. 사람이 좀 천연스러워야 한다고.

명이는 세 딸 중에서도 천생 여자였다. 여학교 때는 털실로 제 장갑이며, 목도리를 떠서 끼고 두르고 했다. 월평댁과 강천댁의 조끼와 스웨터도 짜주었다.

명이 나이도 어느새 마흔 줄이다. 그간 삶의 곡절이 신산스러운데도 명이의 그 애바르고 발밭은 성격만은 변하지 않았다. 이상하게 명이의 그런 변하지 않는 성격이 월평댁에게 위안을 준다. 그 마음을 간직하는 한 내 딸이 앞으로도 꺾이지 않고 잘 살아주겠구나 싶어서다. 명이는 자신의 한결같음이 월평댁을 안심시킨다는 것을 안다. 그래서 그 변치 않음을 월평댁 앞에서 부러 보이려고 애썼다.

맏딸 금이가 송 씨 외모를 닮아 키가 훤칠하고 틀이 있는 데 비해, 명이는 자그마한 몸피가 천생 월평댁이었다. 어렸을 때 별명이 '콩순이'였다. 낳아놓으니 한 주먹도 안 되는 것이 머리가 콩알같이 여물어 신기하게 또글또글 했다. 대추씨만 한 입을 쪽쪽 벌리며 그 작은 것이 얼마나 배냇짓을 또랑하게 하는지 며칠 산바라지를 한 반촌댁이 신기해서 눈을 떼지 못했다.

"으째 왔냥께에?"

명이의 보고 싶어서라는 말이 성에 안 찬 월평댁이 무슨 곡절이 있나 해서 또 묻는다.

"엄니 보고 자파 왔당께는!"

"이잉, 잘혔다. 아그들은 잘 있제?"

"잘 있제 그럼. 둘이 좋아 죽어. 이틀은 자유다 이거지."

고등학교 2학년인 큰놈에, 곤곤한 생활 때문에 낳지 않으려다 뒤늦게 낳은 둘째 놈은 올해 중학교 1학년이다. 초등학생 중학생 두 어린것이 검은 양복을 입고 제 어미와 함께 빈소에 서 있던 모습이 생각나 월평댁은 명이 몰래 눈을 질끈 감았다 뜬다.

"아그들 먹게는 해놓고 왔냐?"

"걱정 마 엄니. 개들은 사막에 내놔도 살아 돌아올거니까."

제 엄마가 항상 일에 바쁘니 두 외손자는 어려서부터 자립심이 강했다. 큰애는 중학교 때부터 밥을 할 줄 알았다. 청소기도 돌렸다. 월평댁에게서 택배가 오면 반찬을 냉동실과 냉장실에 척척 가려 정리할 줄도 알았다. 작은놈은 어른처럼 꼼꼼해서 베란다며 현관문을 일일이

점검하고 잠자리에 들었다.

"이잉…. 니 어깨는야?"

"그만하네. 큰엄니 잘 계시지라?"

"니 큰엄니야 술 댐배하고 소리만 있으면 뭔 걱정이 있는 사램이여."

"또 싸웠는갑네? 애들맹키로."

명이가 놀린다. 맨날 타시락대는 두 어머니가 명이는 귀엽다.

"싸우기는…. 그르타는 야그제. 금이는 보냐?"

"두 번 봤나…. 사장어른 챙기느라 언니가 애쓰지 뭐. 요양원에 모시려니까 형석이가 그랬대. '엄마, 할머니 집에 계시게 하면 안 돼? 내가 매번 요양원으로 할머니를 보러 가야 되잖아. 미안하지만 엄마가 고생 좀 해주면 안 돼?' 그래서 그 어른이 집에 계시는데 형석이가 학교 갈 때마다 얼굴도 못 알아보는 할머니를 안고 뽀뽀하고 얼굴 비비고, 그러고 간대잖아. 다행히 사장어른이 대소변만 못 가리지 얌전하시대. 요양보호사도 매일 세 시간씩 오고. 그때 언니가 볼일 보고 하나 봐."

"그른 손자 둔 것도 그 냥반 복이제. 그려도 그 냥반이 얼릉 존 자리를 잡어야 쓸 틴디…."

밥을 먹다 말고 명이가 하품을 깨문다.

"차 안에서 내내 잤는데 또 졸리네."

강냉이 튀밥 한 봉지와 물 한 병을 사 차에 오른 뒤 명이는 창가 자리에서 오는 내내 그걸 먹다 자다했다. 차창에 머리를 박으며 자다, 눈 뜨면 강냉이 튀밥을 바사악 소리를 죽여 먹고, 그러다 또 자고, 사람들이 보기엔 세상에 무식하고 밥맛없는 여자였을지도 모르겠다. 그러나 고단하게 내 발로 안 움직여도 달려가 주고 시원하게 에어컨 바람까지 내주는 차 속의 이 다디단 잠을, 강냉이 튀밥이 주는 그 아련하고 푸근한 향수를, 왜 남의 시선 따위에 뺏기겠는가.

명이에게 친정으로 가는 차 안은 세상에 하나밖에 없는 휴식과 해방의 공간이었다. 명이는 이 차에만 오르면 모든 것이 신기하게 다 잊혀졌다. 고된 직장 일도, 아이들 치다꺼리도, 앞날에 대한 막막한 불안도 이 공간에는 없다. 그냥 포근하고 아늑했다. 게다가 달려가면 바다 같은 엄니 월평댁이 있다. 아직도 어린 날 흰 신작로 같은 가르마를 한 엄니가.

튀밥도 명이에겐 변치 않는 향수의 맛이었다. 어렸을 적 월평댁이 장에 가는 김에 강냉이나 잡곡을 튀기려고 챙길라치면 명이는 어김없이 자루를 들고 앞장서 나섰다. 어쩌다 튀밥 장수가 리어카에 튀밥기계를 싣고 마을로 들어오면 온 마을이 뻥, 뻥 튀밥 터지는 소리로 축제 같았었다.

튀밥을 먹으면 수줍게 샛길로 물러나 있던 기억들이 바로 어제의 일인 양 큰길로 휠휠 달려 나왔다.

저녁상을 물리고 월평댁이 곧장 명이가 누울 잠자리를 준비했다. 모기향을 피우고, 승대댁이 사 준 삼베 여름 이불을 내렸다. 한 번도 사용하지 않은 이불과 요는 가슬가슬 기분 좋은 촉감이 그대로 살아 있다. 친정에 오면 딸들은 나이가 몇이건 누구의 아내, 엄마, 며느리가 아닌 그저 엄마의 딸로 어려진다. 불혹이 넘은 딸에게 팔순이 가까운 어머니가 이부자리를 깔아줘도 흉물스럽지 않고 자연스럽다.

"엄니, 미안해. 나 먼저 잘게."

옷을 입은 채 요 위에 쓰러지듯 눕더니 가물가물 잠에 빠져 들어가며 명이가 말했다.

"엄니, 큰엄니하고 많이 싸워. 돌아가시면 싸우지도 못하잖애?"

"그만치 싸왔으면 되았제."

"나이 들수록 말을 안 하면 머릿속 전등이 하나하나 꺼진대. 그게 치매래. 싸울 사람이 있다는 게 얼마나 좋아? 그체?"

"우리 명이 말이 옳체."

"엄니하고 큰엄니, 보통 인연은 아니잖아…."

"그러고말고."

명이는 스르르 잠에 떨어졌다. 월평댁은 옷을 벗겨줄까 망설이다 그냥 둔다. 그 잠이 너무 곤해 보여서다. 한숨이라도 오롯이 더 자게 하고 싶었다. 오랜만에 한 이불속에 나란히 누워 밤늦도록 도란도란 얘기라도 나눌 참이던 월평댁은 갑자기 할 일을 잃고 막막해진다.

명이는 한 마을의 지석이와 연애해서 결혼했다.

마을에서 고등학교를 다니는 아이들이 귀하던 시절, 2년 차이는 졌지만 둘은 나란히 같은 버스를 타고 읍내 고등학교를 다녔다. 지석이는 위로 누나 셋을 낳은 뒤 얻은 아들이라 천하에 귀한 아들이었다. 지석이 밑으로 아들을 하나 더 낳기는 했지만, 오죽하면 지석이 엄마가 시집온 지 13년 만에 아들을 낳아놓고 고추가 떨어질까 봐 만지기도 겁난다고 했을까.

지석이는 반에서 첫째 둘째를 다툴 만큼 공부도 잘한다고 했고, 글도 잘 쓴다고 했다. 무슨 상인지, 그 부모가 걸핏하면 상 탄 자랑을 했다. 안방 벽이 상장으로 도배하다시피 했다.

그러나 월평댁이 아는 건 지석이가 계집애처럼 하얀 얼굴에 몸이 호리호리하고 청승맞게 하모니카를 잘 분다는 거였다. 월평댁 눈엔 그 몸피와 하얀 얼굴이 남의 자식이지만 어렸을 때부터 영 마뜩찮았다. 지석이 부모가 들으면 원수질 일이겠으나 꼭 옛날 아편쟁이나 폐병쟁이 같아서다. 남자가 손이 큼지막하고 얼굴도 두툼하고, 골격이 장군 같아야 한다는 것이 월평댁 생각이었다.

"오매, 누구 애간장을 녹일라고 밤중에 저르고 불어싼다냐."

밤에, 그것도 휘영청 달 밝은 밤에, 애통 건드리게 바르르 떨며 오르락내리락 끊어지고 이어지는 하모니카 소리에 월평댁이 탄식했다. 지석이 부는 하모니카 소리는 하나같이 구슬프고 청승맞았다.

"차암, 니 신세도 휜하긴 다 글른갑다."

하필이면 그 청승맞은 소리가 명이의 애간장을 녹였다. 마을 아이들이 밤이면 서넛씩 모여 서로 하모니카를 배우고 불던 시절이 있었는데, 그중에서도 지석의 하모니카 소리는 들꽃 하나에도 그 몸과 마음을 다 뺏기는 여린 명이의 넋을 뺐다.

처음에는 몰랐다. 학교 다닐 때는 누가 먼저 집에 오거나 해서 철저히 아무 일도 없는 척했고, 4년제 지방대학 2년을 마치고 몇 달을 쉰 뒤 지석이 군엘 갔을 때 고등학교를 마악 마친 명이가 면회를 다녔는지 어쨌는지도 양쪽 부모들은 까마득히 몰랐다.

고등학교를 졸업하고 명이는 제가 졸업한 학교 서무과에서 근무했다. 담임선생이 그 영리함과 애바름을 눈여겨봐 둔 덕분이었다.

가벼운 몸살기처럼 피곤해하고 여름인데도 오소소 추위를 타던 명이가 어느 날 아침을 먹다 느닷없이 입덧을 했다. 아이를 일곱이나 낳아 본 여자로서 월평댁은 단박에 그것이 입덧이라는 걸 알았지만, 상대가 지석이라고는 생각을 하지 못했다. 직장이나 읍내의 누구려니 했다.

"누구여?"

숟가락을 탁 놓으며 월평댁이 물은 첫마디였다.

"….."

"누구냐니께?"

"…지석이….."

지석이라는 말을 듣는 순간 월평댁은 하필이면, 싶은 생각밖에 나지 않았다. 고개를 못 들 일이었지만 처녀가 아이를 가졌다는 것도 다음 문제였다. 상대가 지석이라는 것에 월평댁은 '하이고!' 주저앉아버렸던 것이다. 가슴에 선득한 바람이 지나갔다. 왜 그토록 싫고, 절망스럽고, 놀랬는지 월평댁도 알 수 없었다.

"그럴 중 알았당께. 그 에미에 그 딸이제."

저쪽 집에서는 명이가 꼬리를 쳤다고, 억장 무너진 집에 다시 속을 뒤집어 놓는 소리를 했다. 아무 말도 못 하고 감내해야 했다. 처녀가 아이 밴 덤터기를 고스란히 썼다. 이제 자금실에서는 다른 데 시집보내기는 다 글렀다. 월평댁은 둘을 같이 죽이든지, 명이를 야반도주라도 시켜 감쪽같이 어디 멀리 보내고 싶은 심정이었다. 그건 심정일

뿐, 어쨌든 결혼을 시켜야 했다. 뱃속의 아이 때문에 결정은 시간을 다퉜다. 괘씸하게도 지석의 태도는 저희 부모의 반대에 묻어서 엉거 주춤했다.

명이는 당차게도 결혼하고 안 하고를 떠나 아이를 낳겠다고 우겼 다. 그러나 월평댁이 드러눕고, 믿었던 지석이까지 엉거주춤하자 결 국 앞장서 아기를 지우러 나섰다.

군 제대를 한 지석이 명이를 데리고 읍내 병원으로 갔다.

이른 가을인데도 병원 앞 가게에는 귤이 나와 있었다. 아직 푸릇푸 릇한 기가 있는 그 귤이 명이의 발걸음을 잡았다. 명이는 귤을 먹고 싶 었다. 아기를 지우러 가면서 제 손으로 사 먹을 수도 없고, 지석이에 게 사 달라고 할 수도 없어 명이는 귤 앞에 그냥 우두커니 서 있었다.

"…먹고 싶어?"

"…."

"먹어. 사 줄게."

"싫어. 애 제사 지낼 일 있어?"

명이의 완강한 도리질에도 지석은 귤을 사 명이를 끌고 분식집으로 갔다.

"명이야, 이 귤 먹고 병원에 들어가자."

한마디 뱉으려던 명이는 멸치 국물 냄새에 울컥 속이 올라와 밖으로 뛰쳐나갔다. 솟구치는 눈물 때문에 앞이 보이지 않았다. 명이는 아득 했다. 그냥 아득했다. 떠오르는 건 이게 이별이구나, 내일 아침에는 어떻게 일어나지 하는, 그 한 가지 생각뿐이었다.

월평댁에게는 친구들과 놀러 간다고 거짓말을 하고, 명이는 세 번 지석의 면회를 갔다. 토요일에 서울 올라가 여관에서 하룻밤을 자고 상봉터미널에서 새벽 첫차를 탔다. 구불구불 강원도 특유의 산길을 돌아내려 양구 시외버스터미널에 도착하면 오전 열 시였다. 다시 버스를 타고 삼십여 분을 달려야 위병소 앞이었다. 그때 그 길의 싱그러운 소나무 냄새, 소쩍새 소리, 얼음처럼 차갑고 투명하게 쏟아져 내리던 햇살, 귓가에 먼저 들려오는 지석의 아련한 하모니카 소리.

이따금 군 트럭이나 농부들이 탄 경운기가 털털거리며 지나가면 손도 흔들어주었다. 그 길을 지나 지석이 외박을 나오고 양구의 작은 모텔에서 그들은 서로의 순결한 몸을 나눠가졌다. 그런 모든 것이 명이에겐 몇 세기 전의 일처럼 아득했다.

뒤따라 나온 지석이 병원으로 달려 들어가는 명이를 가로막았다.

"명이야! …. 우리 아기 낳자."

명이는 지석을 바라보았다. 아, 얼마나 듣고 싶던 말인가. 그 뒤에 어떠한 고통이 기다리고 있다 해도 좋았다. 아기를 낳고 이 남자와 함께 살 수만 있다면.

두 사람이 결혼하는 데는 강천댁이 한몫을 했다.

"말은 바른 말이제, 명이만 한 메누릿감이 으딨어? 바지런허제, 살갑제, 어른 알아보제. 나가 어렸을 적부텀 겪어 봐서 아는디 갸가 보통 실기시런 아그가 아니여. 핵교 댕길 때 공부도 지석이헌티 한나도 안 딸렸다등면. 그라이 자석들 가심에 못 박지 말고 좋은 맴으로 혼인시키. 원동떡 쫌 봐 봐. 아그들도 오 남매나 낳고 을매나 오새도새 잘 사능가?"

지석의 부모를 그렇게 설득했다.

원동댁은 이십여 년 전에 한마을에서 연애해 결혼했다. 같은 마을에서 혼인한 새댁을 그 지방에서는 '원동댁'이라고 불렀다.

어쨌든 결혼을 치르게 됐다. 정말 결혼하는 게 아니라 치른다는 말이 딱 맞았다. 양쪽 집안이 다 불만스럽고 시뜻한 결혼이었다. 사내가 저 품새로 어찌 처자식을 먹여 살리나 월평댁이 도무지 지석에게 믿음이 가지 않는 것과 마찬가지로, 저쪽 집에서도 명이의 가녀린 외양이 맏며느릿감으로 달갑지 않고 거기에 첩실 딸이라는 멸시가 도사리고 있었다.

결혼하면서부터 명이의 인생은 고달팠다. 첫애를 풀고 지석이 대학 공부를 마칠 때까지는 자금실 시댁에 있었지만, 졸업하고 서울로 살림을 옮겼다. 그때부터 명이는 우유배달, 보험 외판원, 식당 종업원, 학습지 교사, 안 해 본 것이 없었다. 월평댁을 닮아 명이는 애바르고 강했다.

글을 쓴답시고 지석은 직장도 몇 번이나 팽개치고 책상 앞에서 세월을 보냈다. 월평댁이 단 두 번 서울 걸음을 했는데 지석은 북데기 같은 머리를 싸매고 앉아 있었다. 고시공부 하듯 절에 들어가 있기도 하는 눈치였다. 말새 야무진 월평댁이지만 그 삶에는 입을 댈 수가 없었다. 무엇보다 명이가 애련해서였다. 어쨌든 그 딸의 삶이 덜 고단하기만을 바랐다.

어느 핸가는 지석이 드디어 당선이란 것이 되어 소설가가 됐다고 했다. 명이가 신문을 보내왔다. 월평댁은 지석의 사진만 볼 수 있었지만 강천댁은 '아이고, 으치케 여그 사램들 모냥을 요러코롬 글로 잘 써묵었쓰까이.' 연신 읽으며 감탄했다.

"참말 고로코롬 잘 썼어라우?"

"그러타니께. 요고 봐, 꼬막 캐는 야그를 으짜면 요로케 깜쪽그치 쓰냈는지."

"…!"

월평댁에게 까막눈이 그때처럼 서럽고 창피하고 불편했던 적이 없었다.

월평댁은 결심했다. 글을 배우기로.

글자는 못 읽어도 전화번호를 제대로 눌렀고, 돈 계산도 정확하게 했지만 지석의 소설을 읽으며 강천댁이 "아이고, 으치케 여그 사램들 모냥을 요러코롬 글로 잘 써묵었쓰까이." 능멸하고 약 올리듯 탄복했을 때만큼은 월평댁도 까막눈인 채로 가만있을 수가 없었다. 강천댁에게 자존심이 상하는 만큼이나 사위 보기에 부끄럽고 멩이 보기에도 미안했다. 무엇보다 지석이 무얼 썼는지 궁금했다.

베개에 머리만 붙였다 하면 잠드는 그 고단함 속에서도 월평댁은 밤이면 수연네 집에 갔다. 막 초등학교에 들어간 수연이 동생을 위해 벽이나 문에 커다랗게 붙여놓은 'ㄱ, ㄴ, ㄷ, ㄹ … 아, 야, 어, 여'를 수연이나 수연 엄마한테 물어가며 깨치고 식물, 과일, 짐승, 풀이름들의 글지를 배웠다.

글을 깨치고 새로운 세계를 경험하는 재미가 쏠쏠했다. 꽃을 보아도 글씨를 알고 보니 훨씬 더 예쁘고 눈에 쏙쏙 들어왔다. 왜 진작 이런 세상을 알지 못했을까, 어디 있다 이런 신기한 세상이 나한테도 왔을까 싶어 밤만 되면 엉덩이가 들썩였다. 수연네서 돌아와서는 방바닥에 엎

드려 수연 엄마가 준 연필로 깨친 글자들을 공책에다 꾹꾹 눌러 썼다. 손끝에 딱딱 맞히는 꼬막과는 달리 비틀리고 억센 손아귀에 가느다란 연필 자루가 잘 잡히지 않아 글자가 고개를 넘기도 하고 춤을 추기도 했지만 뭐 상관없었다. 연필심이 부러지면 식칼로 깎았다. 그러다 강천댁 기척이라도 들리면 얼른 치웠다. 이미 동네에 소문이 퍼지고 강천댁도 알고 있었지만, 직접 공부하는 것만은 감추고 싶었다.

드디어 월평댁은 아이들 그림책을 읽을 수 있게 됐다. 그리고 떠듬떠듬 지석의 소설도 읽을 수 있었다. 무슨 내용인지는 잘 이해가 되지 않았지만 꼬막 캐는 장면이나 소설 속 사람들이 쓰는 말투만은 바로 옆에서 누가 얘기하는 것처럼 재미있고 실감이 났다. 강천댁이 탄복할 만했다. 월평댁도 탄복했다. 소설을 스무 번은 더 읽었다. 손가락을 세가며 읽었다. 비로소 월평댁은 지석의 북데기 머리를 수긍했고, 명이의 선택을 인정했다.

월평댁의 어깨도 으쓱해졌다. 무엇이든 신문에 한 번 나보고 싶다고 농담하는 마을 사람들에게 지석의 소설 당선은, 특히 신문에 얼굴이 났다는 것은, 국회의원이나 판검사가 나온 것만큼이나 대단한 사건이었다. 월평댁은 지석에게 직접, "자네 글 잘 읽었다"고 말해주었다. 지석도 명이도 깜짝 놀랐다.

지석이 소설에 당선된 것이 명이와 결혼한 지 8년 만이었다. 그렇다고 지석이 온전한 가장이 된 건 아니었다. 여전히 명이가 가장 역할을 했다.

월평댁은, "자네 한 해 벌이가 으치케 되능가?" 지석이에게 한 번 물어보고 싶었다. 한 달이 아니고 한 해였다. 그러나 월평댁은 묻지 못

했다. 명이 말로는, 우리 식구 안 굶긴다며 걱정 말라고 했다.

명이는 이튿날 햇살이 따가워질 때까지도 일어나지 않았다.

'시상에 밤새 오짐 한 번 안 누고 무신 잠이 저르고 짚을까아?'

월평댁은 아침 일찍부터 추어탕 끓일 준비를 했다.

힘 좋은 놈들이 튀어 나가지 못하도록 양은 쟁반을 덮고 함지박에서 하룻밤 해감을 시킨 끈적한 미꾸라지 물을 쏟아냈다. 그 위에 호박잎과 소금 한 줌을 뿌리자 미꾸라지들이 불에 덴 듯 혼비백산 파다닥 요동을 친다. 꺼끌꺼끌한 호박잎에 미끌미끌한 허물이 벗겨진 뒤에도 미꾸라지들은 살아 꿈틀거린다. 비실비실 맥을 못 추는 놈들을 빠닥빠닥 문질러 맑은 물이 될 때까지 씻었다.

월평댁은 장독 옆에 걸어놓은 가마솥에 장작불을 지펴 미꾸라지를 고기 시작했다. 미꾸라지가 고아지는 동안 얼갈이배추를 뽑아 데쳤다. 겨울이면 무청 시래기나 고사리를 넣었겠지만, 여름이라 텃밭에 있는 얼갈이배추로 대신했다. 된장을 풀고, 얼갈이와 대파, 밀가루에 살짝 버무린 부추를 넣을 것이었다.

월평댁은 푹 고아진 미꾸라지를 확독에 갈고 채로 뼈를 걸러냈다. 머을 게 귀하고 지금처럼 입맛이 까다롭지 않던 시절에는 확독에 갈아 뼈가 씹히는 채로 먹기도 했었다. 얼갈이도 미꾸라지 살에 한 번 버무려 넣는다. 그러면 우거지가 국물과 더 잘 어우러지고 맛도 더 깊고 구수하다. 마지막으로 산초와 방아잎으로 잡내를 없앤다. 방아잎은 박하향 같은 톡 쏘는 향으로 매운맛도 낸다. 확독에 간 들깨즙을 넣으면 좋겠지만, 생들깨가 없으니 냉동실의 들깨가루로 대신해야 했다. 들깨가루는 계속 끓이면 들깨가 국물과 따로 놀아, 먹기 직전에 넣는다. 방아잎도 마지막 끓일 때 넣는다.

월평댁도 강천댁도 방아잎을 유난히 좋아했다. 돼지고기 삶을 때도 들어가고, 된장찌개에도 들어간다. 전도 자주 부쳐 먹는데 잡다한 거 넣지 않고 오로지 방아잎으로만 얇고 노릿하게 부친다. 마음이 울적할 때도 방아잎 향은 힘을 돋게 한다. 소화 안 될 때나 감기에도 좋다. 명이 어렸을 때 감기에 잘 걸려 여름이면 늘상 먹었다. 명이가 지금도 방아잎을 좋아하는 건 그때 맛을 들였기 때문일 것이다.

요즘은 추어탕도 참 먹기 좋은 세월이다. 양식도 하고, 일부러 미꾸라지를 논에 풀어 유기농 농사를 한다니까 꿩 먹고 알 먹기다.

미꾸라지잡이는 한 해 농사로 힘들었던 농부들의 원기를 보충하는 별식이자 신나는 놀이 중 하나였었다. 여름에 소나기가 오고 나면 우루루 몰려 도랑으로 미꾸라지를 잡으러 나갔다. 덩달아 아이들도 따라 나갔다. 소쿠리를 가지고 나가기도 했지만 거의 손으로 잡았다. 미꾸라지는 뭐니 뭐니 해도 가을이다. 추수 전 논에 물을 뺄 때 나락 포기 사이에 있던 미꾸라지도 함께 도랑으로 내려온다. 도랑 한쪽을 막고 물을 퍼내면 흙탕물이 꿈틀댔다. 흙탕물은 흑갈색의 미꾸라지들로 가득했다. 어른, 아이들 할 것 없이 맨손으로 미꾸라지를 건져냈다. 손가락 사이로 빠져나가는 통통한 힘 좋은 놈들은 늙은 호박처럼 배가 노랬다.

추어탕을 끓이는 한편으로 월평댁은 도토리묵도 쑤었다. 사 먹는 도토리묵은 차진 맛이라고는 없이 물컹 씹히는 것이 꼭 풀죽 맛이라 월평댁 입에는 질색이다. 월평댁이 쑤는 도토리묵은 난들난들하면서도 흐트러지지 않고, 찰싹 입에 붙는 질감이 녹진하게 살아 있다. 도토리 특유의 쌉싸름한 맛과 향까지. 묵은 조금만 한눈팔아도 자칫 되거나 묽기 일쑤인데 월평댁 솜씨는 한결같았다. 숙달된 감으로 물 양을 잘 맞추고, 잔불에 오래 끓이며 저어주다 주걱을 세워 넘어지지 않고 똑바로 설 때, 소금기와 참기름도 약간 넣어 쑤는 것이 월평댁 비법이다.

점심때가 다 되도록 명이는 깨지 않았다. 모로 누운 한 자세로 숨소리도 없이 자는 바람에 월평댁은 갑자기 가슴이 덜컥해 명이 코에 손가락을 대보기까지 했다. 콧김을 느끼고서야 안심했다. 월평댁은 추어탕을 다시 데워 점심때가 한참 이울어서야 명이를 깨웠다.

"명이야, 밥 묵고 또 자그라."

명이는 겨우 일어나 밥상 앞에 앉았다.

"엄니, 미안해. 내가 끓여 드릴려고 했는데."

"먼 소리! 추탕 허먼 이 장알분이제. 아먼, 장알분 추탕을 누가 당하간디?"

"오매, 엄니한테도 이름이 있었네! 하도 오래 안 불러서 엄니한테 이름이 있는지도 잊어버렸는데. 난 엄니 이름이 월평떡인 줄만 알았지. 장알분, 장알분! 이름 부르니까 좋다! 어릴 때는 엄니 이름이 촌스러서 생활기록부 같은 데 엄니 이름 쓸 때마다 애들 안 보게 가리고 쓰고 엄니도 엄마라고 불렀는데, 오늘은 왜 이렇게 근사하냐!"

그러나 거짓말이었다. 명이는 생활기록부란에 늘 강천댁 이름을 썼다. 담임선생님이야 그것이 큰엄마 이름인지 낳은 엄마 이름인지 알턱이 없겠지만 호적에 기록된 대로 썼다. 엄마가 둘인 사람 손 들라고하지 않은 게 만 번 다행이었다. 어렸을 때 학교 가는 일도 강천댁이했다. 선생님이 가정방문을 와도 강천댁 집에서 치렀다.

강천댁은 그 일을 아주 천연덕스레 해냈다.

"아이구 선상님. 그러시지라이. 우리 명이가 집이서도 아조 애바르고 공부를 열심히 하는 아그지라이. 책 읽는 것도 영판 좋아허고. 다 선상님께서 잘 갈차주신 덕분으로 지는 생각하구만요."

한때 명이는 두 오빠는 강천댁이 낳고, 딸 셋만 월평댁이 낳은 줄알았었다.

"우리 오 남매는 다아 짝은엄니가 낳았어."

장대가 말해주었다.

"근디 왜 엄니라고 안 하고 짝은엄니라고 불러?"

"우리 호적이 모다 엄니 앞으로 돼 있어서야. 앞으로 학교 가면 엄니 이름을 김옥분이라고 해야 혀. 잊어버리면 안 돼야."

무슨 소린지 몰랐지만 그냥 자라면서 자연스럽게 모든 걸 알게 됐다. 아무도 설명하지 않았고 그렇게 살았다. 살다 보니 알게 되기도했다. 학교 선생님들도 알음알음으로 듣고 있었을지 몰랐다.

그때 월평댁은 어디서 자식들 담임선생님의 뒷모습을 보고 있었을까. 명이는 한 번도 그 말만은 물어보지 못했다.

"얼마나 알속지고 야무졌으면 알분이라고 불렀으까? 앞으로 장알분여사라고 부르까?"

느닷없이 가슴이 쩌르르해져서 명이는 짐짓 수선을 부린다.

"아서라."

"장알분 여사! 울 엄니가 아조 달라 보여부러. 그렇게 부르자, 엄니!"

"뭐…. 그래 주면 조체."

모녀간에 유쾌하게 웃어보기도 얼마 만인지 모르겠다.

"언제 묵까지 쑤셨네."

고소한 들기름 냄새가 명이의 온몸을 자극한다. 월평댁은 꼭 묵을 들기름에 묻혔다. 식구들이 많이 모이면 믹서에 들깨를 갈아 들기름과 섞어 묻히기도 했다. 그러면 막 짜낸 들기름처럼 묵 맛이 더 진하고 고소했다. 명이는 상추와 쑥갓, 오이를 곁들여 양념장에 묻힌 도토리묵부터 한 점 입에 넣는다.

"오매오매, 혀에 찰싹찰싹 감기는가 싶다가 언제 사르르 녹아부네! 다 때려 치고 나 엄니한테 전수받아 묵장사 하까? 왜 그 생각을 못 했지?"

"아서, 그라도 공무원이 든든허제."

"아니야, 이런 솜씨 엄니로 끝나는 건 국가적 손실이야. 이거 봐! 이렇게 찰랑찰랑한 묵 봤어?"

명이가 묵을 젓가락에 집어 흔들어 보인다.

월평댁은 명이가 그냥 해 보는 소리가 아닌 것 같아 가슴 한구석이 덜컥한다. 저도 생각이 있을 것이다. 훗날이라면 모를까, 명색이 공무원으로 방학을 제하면 꼬박꼬박 월급 나오고 퇴직금까지 있는 자리를 쉽게 박차지는 못할 것이었다.

"얼릉 추탕도 묵어 보제."

월평댁이 재촉했다.

"아따 엄니도, 추어타…. 그래, 추탕이라고 해야 제맛이제. 추탕 묵어불먼 묵을 못 묵은께 글제."

명이는 묵 한 접시와 추어탕 한 뚝배기를 잠자리에서 앉은 채로 다 먹었다. 그 자그마한 몸 어디로 추어탕이 저렇게 들어가는지 월평댁은 볼 때마다 신기하다.

어렸을 때도 꼬막 한 소쿠리를 삶아 놓으면 들며 나며 그 한 소쿠리를 혼자 다 먹을 정도였다. 지금 명이가 저리 여물게 사는 것은 그때 먹은 꼬막 힘이라고 월평댁은 생각한다.

"하, 장알분표 추탕! 짱이다. 짱! 기냥 속에 찌든 서울 뗏국을 한 방에 날려부네."

"한 그릇 더 주까?"

많이 먹을 땐 큰 사발로 두 사발을 먹던 아이다.

"아니. 이따 먹을게요. 아고, 대단해. 장알분 여사! 딸 배 쪼까 살려내시오."

"동네 한 바꾸 돌아불면 금세 꺼져부러. 니가 시방은 배가 쫄아들어서 못 묵는갑다. 옛날에…. 니가 중핵교 쩍인가? 한밤중인디 정지서 딸그락딸그락 소리가 나드랑께. 새앙쥔가 허고 살그머니 내다봉께 아, 니가 부뚜막에 올라가 솥단지째 퍼묵고 있드랑께. 밥때 두 사발이나 묵고도 말이여."

"큭, 엄니도 다 알고 있었구나. 그때는 밥 묵고 돌아서면 푹 배가 꺼져불고 맨날 허기졌던 시절이었어라우, 잉."

"한참 클랑께 그랬제. 보리꽁댕이 밥이 심도 읎고. 그 배곯던 시절에 뭐시뭐시 혀도 심 타게 허는 거이 추탕이었제. 아무리 죽었다가도

논고랑에서 미꾸라지 잡아다 실가리 넣고 푹푹 끼리 묵고 나먼 기냥 심이 솟제."

"배는 고팠어도 그때가 그립다. 엄니, 나 또 졸려…."

"그려도 쪼까 배 꺼지먼 자그라."

월평댁이 추어탕과 묵을 가지고 강천댁 집으로 내려갔다.

가물가물한 잠결에 명이는 자박자박 마당을 나가는 월평댁 발소리를 듣는다. 어렸을 때부터 명이는 마당을 나가는 월평댁의 발소리를 유난히 예민하게 잘 들었다. 자다가도 벌떡 일어나 따라 나가 '엄니 어디가?' 불안하게 묻곤 했다. 어쩌다 낮잠을 자고 일어나 월평댁이 보이지 않으면 정신없이 뒤란으로, 산으로, 갯가로 찾아다녔다. 월평댁이 어디로 가버리지 않을까 두려워서였다. 왜 그런 생각이 들었을까. 외딴집에서 강천댁 쪽을 바라보고 있으면 절로 그런 생각이 들었다.

초등학교 때 어느 날인가 월평댁이 다시 가마를 타고 시집가는 꿈을 꾸기도 했다. 그날 학교에서 명이는 하루 종일 안절부절못했다. 집에 돌아오자마자 숨넘어가게 월평댁을 불렀다. 월평댁이 뒤란 텃밭에서 고추 모종을 내다가 무슨 큰일 난 줄 알고 모종을 든 채로 뛰어왔다. 월평댁이 첩실이건, 씨받이건 그런 건 상관없었다. 명이에겐 엄마를 기억하는 그 순간부터 월평댁은 그냥 엄니로 거기에 있었다. 그 엄니가 도망만 가지 않으면 됐다.

"니 엄니는 첩이야."

못된 아이 하나가 그렇게 놀린 적도 있었다.

"아냐. 우리 엄니야."

명이는 그렇게 대항했다.

좀 더 커서는, 누군가 '니 엄닌 씨받이'라고 했다.

"아냐. 우리 엄니야."

명이는 여전히 그렇게 대항했다. 명이는 이 세상에서 월평댁이 아닌 엄니를 상상해 본 적이 없었다.

명이는 또 한잠을 죽은 것처럼 잤다.

잠에서 깼을 때는 햇빛이 어느새 노을을 품어 노리께한 겨자색으로 물들어 있었다. 명이는 마루에 나가 무릎을 안고 오두마니 앉았다.

담이 없는 마당 끝에 선 앵두나무와 고욤나무, 그 아래로 씨억씨억 덩굴을 치고 지나가는 호박, 자식들이 고향 집에 모일 때 삼계탕이나 추어탕을 끓이려고 걸어둔 가마솥, 굳이 씨를 뿌리지 않아도 해마다 제 스스로 올라오는, 마당 한쪽을 차지한 장독대 곁의 봉숭아, 백일홍, 맨드라미, 채송화를 명이의 시선이 무연히 스치고 지나간다.

그러다 명이의 눈길이 돌아가 유난히 붉은 맨드라미에 다시 머문다. 붉은 꽃만 보면 명이는 자기도 모르게 아프겠다, 아프겠다, 생각한다. 명이는 시선을 고욤나무로 옮긴다. 고욤나무는 명이 기억이 시작될 때부터 거기 있었다. 너무 고목이라 몇 해 열매가 부실하더니 올해는 가지가 처지게 오롱조롱 달렸다.

그 풍경들이 거기 있어서 보는 것이지 명이는 옛날처럼 그 풍경에 온몸과 마음으로 반응하지 않는다.

지석은 소설에 두 번이나 당선됐지만 명이의 고달픈 일상은 아무것도 달라지지 않았다. 지석의 처음 당선은 자신이 대학을 나온 지방지의 신춘문예였다. 그리고 나서도 중앙 일간지의 당선이라는 험난한 벽을 한 번 더 넘어야 했다. 주위의 관심도, 원고 청탁도, 당선된 처음 얼마간이었다. 정작 지석을 더 힘들게 한 것은 당선 뒤였다. 잠시 입양이 되었다가 그는 다시 고아처럼 내동댕이쳐졌다. 그 뒤 장편도 세 권 냈지만 초판에 그쳤다. 지석은 가장으로서의 책무를 감당하기 위해 아이들 논술도 가르쳐 보고 정치인이나 기업인의 자서전을 쓰기도 했다.

"명이야, 문학이 널 고생만 시킨다면 소설 쓰지 말고 그냥 이렇게 살아버릴까?"

"아니야. 그러지 마. 내가 벌게. 당신은 당신이 쓰고 싶은 글 써. 어느 쪽이든 벌 수 있는 사람이 벌면 되는 거지."

지석은 여리고 순결한 남자였다. 그 순결을 지켜주기 위해 명이는 참 열심히 살았다.

그날, 지석은 강원도 정선이 고향인 동료작가의 부모님 집에서 세 사람이 머물기로 했다며 등산복 차림으로 3일간의 여행을 떠났다. 전날 밤 여행 준비를 해주면서도 내키지 않은 마음이었지만, 말리지 못한 것은 지석이 여행 가는 것을 너무 좋아했기 때문이다.

찜찜한 마음은, 이미 며칠 전부터였다.

꼬리와 잔등을 보이며 검은 소 한 마리가 서 있었다. 버짐 먹은 것처럼 지저분한 털이 듬성듬성 빠지고 아주 깡마른 소는 보기에도 불길하고 섬뜩했다. 그 비루먹은 소 위에 누군가 올라탔다. 얼굴은 보이지 않고 남자라는 것만이 감지됐다. 소는 사람을 털어내려고 격렬하게 온몸을 흔들었다. 그러나 남자는 잔등을 꽉 붙잡고 놓지 않았다. 계속 사람을 털어내려고 소는 몸을 뒤뚱거리며 주위를 돌았고, 그 진동만큼 올라탄 남자의 붙잡는 힘도 악세졌다. 어느 순간 소가 냅다 앞으로 달리기 시작했다. 남자는 소의 목을 움켜잡고 소 위에 붙어 가는 쉬파리처럼 소 잔등에 납작 엎드렸다. 소는 끝내 남자를 털어내지 못하고 어디론가 달려 사라졌다. 명이는 도무지 해독이 불가능한 꿈의 내용이 며칠째 머릿속에서 떠나지 않았던 것이다.

여행 떠난 당일, 밤 아홉 시쯤에 지석으로부터 전화가 왔다. 많이 취한 목소리였다.

"명이야, 사랑해!"

평소에 이름은 잘 불렀지만 정색하고 사랑한다는 말은 참 오랜만에 들어보았다. 명이는 웃었다.

"알았어. 나도….."

대답이 끝나기도 전에 전화가 끊어졌다. 열 시쯤 다시 왔다. 전화기 속에서 시가 먼저 들려왔다.

나는 한 여자를 사랑하지
방울토마토같이 작은 여자
차돌멩이를 품은 여자
나는 한 여자를 사랑하지
어미 다람쥐 같은 한 여자.

명이는 전화기를 잡고 하품을 깨물면서도 지석의 느릿한 시가 끝나기를 잠잠히 기다렸다. 지석이 기분 좋게 술을 먹고 들어온 날이면 명이를 현관에 세워놓고 가끔 들려주던 그의 자작시였다. 어디선가 많이 들은 시의 리듬이어서 명이는 쿡쿡 웃으며 듣곤 했다.

지석이 붙여준 명이의 별명은 '방울토마토'였다. 또 '어미 다람쥐'였다. 어느 날 빨간 더플코트를 입은 명이를 보고 지석이 놀렸다.

"꼭 방울토마토 같다. 채소면서 과일로 위장한 빠알간 방울토마토!"

"뭐야? 내가 이중인격자란 말야?"

"자그마하고 순진한 얼굴로 방심하게 해놓고 차돌맹이를 쏘옥 내밀잖아?"

어미 다람쥐는 군 시절에 붙여준 것이었다. 지석이 나오기를 기다리는 동안 명이는 PX에서 그와 동료들의 간식을 사곤 했는데 그때 지석이 말했다.

"봉지에서 빵하고 과자를 내주는데 꼭 먹이 주머니에서 도토리를 꺼내 나눠주는 어미 다람쥐 같더라. 덕분에 우린 꼼짝없이 다람쥐 가족이 됐고…."

그 별명처럼 명이는 지석이 죽을 때까지 먹이 주머니에서 도토리를 꺼내주는 어미 다람쥐 역할을 했다.

지석이 느닷없이 떼쓰는 소리를 했다.

"명이야! 나 집에 갈래."

"지금?"

"응, 지금."

"안 돼. 낼 와. 거기서 여기가 어디라고 이 시간에 와."

명이가 달랬다.

"아냐, 나 택시 타고 집에 갈래."

그때 명이에게 먼저 떠오른 것은 만만치 않을 택시비였다. 이삼십만 원은 족히 될 것이었다. 술김의 소리겠지만 술김인 만큼 정말 그 돈을 들여 올지도 알 수 없었다.

"명이야, 나 갈래. 집에 갈래. 너 보고 싶어서 갈래…."

"알았어. 택시 타고 와."

지석의 애원이 어린 날 엄마를 찾던 자신의 목소리처럼 애절해서 명이는 그렇게 말했다. 그러면서도 친구들이 있는데 설마 그 먼 길을 혼자서 오기야 하랴 싶었다. 카드로 지불하겠지만 명이는 머릿속으로 집에 있는 현금도 계산해 보았다. 혹여 택시비를 가지고 나가야 할 경우를 대비해서였다.

전화가 끊어졌다. 이상하게 불안했다. 평소 밖에서 술이 많이 취했을 때의 불안과 그 강도가 달랐다. 명이 쪽에서 다시 전화를 해보았다. 연결이 되지 않았다. 세 번을 걸어도 여전히 전화는 '고객께서 전화를….' 하는 기계음만 낼 뿐이었다. 지석의 책상 서랍에서 작가회의 수첩을 찾아 같이 간 친구의 휴대폰으로 전화를 걸었다.

"없는데요…. 잠깐 바람 쐬러 나간 것 같습니다. 오랜만에 기분이 좋아 술을 좀 많이 마셨거든요."

비교적 술이 덜 취한 친구는 너털웃음을 치며 태평했다.

명이는 지석을 좀 찾아봐 달라고 부탁했다. 어디 그냥 쓰러졌을까 봐 걱정이 됐다. 많은 아내들이 그렇겠지만, 서울에서 술 먹은 지석이 늦은 시간 인천으로 올 때 혹 위험한 곳에 넘어지거나 누구와 시비가 붙거나, 묻지마식 폭행이라도 당할까 봐 불안한 적도 많았다. 그래도 아내들의 그런 불안을 불식시키며 술 취한 남편들은 집으로 잘 돌아온다.

적어도 그때까지 명이의 불안은 강도가 높긴 했지만 거기까지였다. 모든 게 기우(杞憂)나 불안으로 끝나리라는 것, 그래서 내일 또 같은 기우를 되풀이하리라는 것. 그리고 너무 피곤해서 소파에 비스듬히 기댄 채로 깜빡 잠이 들었던 것 같다.

아득히 또 전화벨이 울렸다. 퍼뜩 뻑뻑한 눈꺼풀을 치뜨면서 시계를 보았다. 새벽 한 시 오 분이었다. 조금 전 통화했던 작가였다.

"윤재현입니다."

해놓고 친구는 전화기 저쪽에서 한참 말을 하지 못했다.

명이는 무슨 일인지 먼저 물어보지 못했다. 이미 명이는 전화기 저쪽에서 무슨 일이 일어났는지 온몸으로 감지하고 있었다. 이유 없던 불안이 기어이 그 실체를 드러냈다는 것을. 전화기를 잡은 손에 힘이 하얗게 빠져나갔다.

명이는 기다렸다. 꽤 오랜 시간이 흘렀던 것 같다. 실제로는 훨씬 짧은 시간이었을 것이다.

친구가 말했다.

"록이 엄마…. 지석이가 죽…었습니다."

"…."

"정선 병원인데 지금 서울로 가겠습니다."

그곳 병원 구급차로 서울의 병원에 도착한 것이 아침 여섯 시 무렵이었다.

높은 도로에서 강으로 굴러 돌 사이에 박혔다는데 의외로 지석의 시신은 얼굴에 핏자국과 타박상만 조금 있을 뿐 깨끗했다.

지석은 그날 밤 어느 화가가 화실로 사용하는 폐교에서 술을 마셨다. 도착한 저녁 무렵부터 전화를 한 그때까지 화가까지 넷이서 소주 열 병을 마셨다고 했다. 술을 마시다 지석은 몹시 답답해하며 밖으로 나갔다는데 누구도 이상하게 생각하지 않았다. 화장실을 가거나 바람만 쐬고 곧 들어오려니 했다. 그러다 명이의 전화가 왔고, 비로소 지석이 한참이나 안 들어왔다는 사실에 생각이 미친 일행이 지석을 찾아나섰다. 운동장이며 빈 교실을 샅샅이 뒤져도 지석이 없다는 걸 알았을 때 불길한 예감에 일행은 술이 다 깨버렸다. 누군가의 긴급한 제안으로 119에 전화를 했다.

119 대원들은 그들의 동물적 육감과 경험으로 한 시간 만에 지석을 찾아냈다. 응급실이 있는 정선 읍내의 병원으로 옮겼을 때까지만 해도 지석은 희미하게 살아 있었다고 했다. 사람을 알아보았고, 무슨 말인가를 하려고 했다는 것이다. 그러나 시골 병원의 부족한 시설에 응급의사만으로는 다급한 생명을 받쳐줄 수가 없었다.

지석은 그날 밤, 정말로 서울 가는 택시를 잡기 위해 도로로 나갔던 것 같다. 그 도로가 하필이면 급커브 길이었고, 평소에 사람도 잘 다니지 않는 외진 곳이었다. 그곳에 서서 손을 흔들다 하이빔을 키고 무섭게 휙 지나치는 트럭에 순간적으로 밀려 밑으로 굴러떨어진 것 같다는 것이 119 대원들의 추정이었다. 아무리 술김이라도 왜 하필이면 거기로 가서 차를 잡으려 했는지, 사람들은 의아해했다. 그토록 떨어뜨리려고 몸부림쳤던 소의 잔등에 그는 끝내 그렇게 매달려갔다.

그날 함께 술을 마셨던 친구는 지석을 보내며 묘비에 긴 글을 남겼다.

'…자네, 동백꽃을 보았는가. 밑동이 붙은 꽃잎 다섯 장이 가장 아름답게 입을 벌린 순간 동백 꽃봉오리는 툭 하고 통째로 떨어지지. 그래서 동백은 두 번 핀다고 하네. 떨어진 땅에서 또 한 번 핀다고. 절화(折花)하듯 너무 일찍 가버린 자네, 부디 우리 가슴에서 다시 피게나….'

명이는 오랫동안 자책에 시달렸다. 그날 지석이 정선에 가지 않았으면 어떻게 됐을까. 그는 살았을까. 그래도 죽었을까. 나는 왜 싸움을 해서라도 그를 말리지 못했을까. 꿈 얘기와 불안한 마음을 호소하며 말렸다면 어떻게 됐을까. 지석은 쓸데없는 소리라고 짜증을 냈을 테지만, 끝내는 그를 가지 못하게 할 수도 있지 않았을까. 어떻게 했든, 그것은 일어나고야 말 일이었을까.

선한 사람들에게 왜 고통이 오는가를 물었을 때처럼 해답은 없었다. 명이에게 남은 것은 지석이 이 세상에 없다는 것이고, 그 사실을 견뎌야 한다는 것뿐이었다.

어떤 이는 고통을 신에게 바칠 선물이라고 했다. 그건 신의 입장에서 얘기지, 인간인 명이는 아니었다. 명이는 자신의 눈물이 결코 신을 기쁘게 할 진주로 만들어질 것 같지가 않았다. 세상의 어느 선물이 사랑하는 사람의 죽음을 담보로 한단 말인가.

명이는 두 번, 지석이 죽은 그 현장에 가서 시린 하늘 아래 목 놓아 울어 보았다.

명이는 스르르 그대로 마루에 쓰러져 다시 깊은 잠에 빠졌다. 저녁 밥상이 놓였을 때에야 잠에서 깨어났다.

"엄니, 나 또 졸리네. 왜 이러지."

저녁을 먹고 명이는 또 잠이 들었다.

"큰엄니한테 한 번 내려가 봐야제."

명이는 듣지 못했다.

시부모가 되는 지석의 집은 이 동네를 떠났다.

지석의 아버지는 명이가 결혼한 지 얼마 되지 않아 간암으로 죽었고, 지석의 엄마도 5년 전에 사고로 죽었다. 스쿠터 사고였다. 혼자 사는 엄니 편하게 해준다고 살 만했던 맏딸이 스쿠터라는 걸 사주었다. 마을 남정네 중에서도 가진 사람이 없는 신기한 것이었다. 자격증이나 면허증 같은 게 필요 없다고 했고, 광주에 사는 작은딸이 제 엄마 운전 가르친다고 걸핏하면 드나들었다. 자랑하기 좋아하고 매사에 호기심 많은 지석 엄마는 칠십이 넘은 나이에도 금방 운전을 익혔고, 곧 갯가며 밭에 스쿠터를 몰고 다녔다.

가을, 고구마를 캘 때였다. 텔레비전에서 비가 온다고 예보했고, 비 오기 전에 고구마를 캐기 위해 지석 엄마는 스쿠터를 몰고 나갔다. 늦도록 캔 고구마를 마대에 담아 스쿠터 위에 실었을 때 주위는 이미 어두웠고 예보보다 일찍 비가 내리기 시작했다. 결국 사고가 났다. 어두운 데다 바쁜 마음으로 몰던 스쿠터가 밭둑에서 미끄러진 것이었다. 꽤 깊은 아래 밭에 처박혔는데 스쿠터와 고구마 자루에 그대로 깔려버려 빠져나올 수가 없었던 것 같았다. 아침에 마을 사람들이 발견했을 때는 이미 숨이 진 뒤였다. 엄니 편하라고 했던 일이 엄니를 죽이는 일이 되고 만 뒤, 그 집은 몇 년째 곳집 같은 빈집으로 방치되어 있다.

그리고 지석이 사고로 죽었을 때는 사람들의 수군거림처럼 월평댁도 귀신이 하는 일인가 하는 사위스러운 생각을 하지 않을 수 없었다.

그날 밤도 월평댁은 명이와 도란도란 이야기를 나누지 못했다. 자는 명이의 손을 토막잠이 깰 때마다 잡아 보곤 했을 뿐이다.

오랜만에 월평댁이 끓인 추어탕을 원 없이 먹고 잠깐 강천댁한테 들른 뒤 명이는 사흘 만에 서울로 올라갔다. 월평댁은 올망졸망 봉지봉지 싸서 명이 손에 들려주었다. 한 주먹도 안 되지만 방아잎 김치도 해서 넣었다. 차비도 찔러 넣어주었다.

"터미날에 내리면 택시 타. 지하철 탄다고 무건 거 들고 층층대 오르내리지 말고, 잉. 알었제!"

올 때마다 월평댁이 당부하는 말이다. 그래도 명이는 무거워 낑낑대면서도 한 푼이 아까워 짐을 들고 지하철 계단을 오르내릴 것이다.

"엄니가 해주는 따뜻한 밥이 있어 너무 좋다. 나 엄니 밥 먹으러 왔어. 잠도 실컷 잤네. 왜 엄니 옆에서 자는 잠은 이렇게 달지? 이제 기운 난다."

정류장에서 버스를 기다리며 명이가 말했다. 미안한 마음에 명이는 월평댁 손을 꼬옥 잡는다. 세상에서 자신을 안아주는 유일한 사람 앞에서 명이는 오히려 눈물을 참는다. 딸을 안쓰러워하는 월평댁 마음을 보는 것이 더 아프기 때문이다.

월평댁 나이 어느새 여든이 내일 모레다. 얼마 전부터는 전화하면서 어쩌면 이게 엄니와 마지막 통화가 될지도 모르겠구나, 친정에 다니러 와서는 이게 마지막으로 엄니 얼굴을 보는 일이 될지도 모르겠구나 하는 생각을 하곤 한다. 그래서 더 자주 전화하고 친정에도 내려와야겠다고 생각하지만 그게 마음먹은 대로 잘 안 된다.

월평댁은 명이에게 밥밖에 해줄 것이 없어서 마음이 시렸다. 같은 자식이라도 아롱이다롱이라고 명이에 대한 월평댁 마음은 다른 자식들과 또 다른 데가 있었다.

위의 사 남매 때와는 달리 명이 때는 젖이 잘 안 나왔다. 그래, 쌀을 빻아 백설기를 쪄서 말려 절구에 빻은 뒤 한의원처럼 봉다리를 만들어 매달아 놓고 하루에 세 번씩 암죽을 쑤어 먹여야 했다.

"젊은 거이 청승맞기 너무 자조 산소에 댕기지 말어…."

산모퉁이를 돌아오는 버스를 보며 월평댁이 간절히 당부했다. 월평댁은 명이를 바로 보고 말하지는 못했다. 여전히 명이는 지석의 무덤에 갈 것이고, 월평댁은 그걸 너무 잘 알아서였다.

"아이구 내 갱아지 엽럽허기도 허제. 명이, 고것이 참말로 인정이 많아야. 올 때마다 뭐시든 들고 오재 빈손으로는 안 옹께."

자식들 누구 하나 빈손인 적이 없지만, 강천댁은 유독 명이 칭찬만은 아끼지 않는다. 이럴 때는 승대도 뒷전이다. 명이가 사다준 반짝이가 수놓인 화사한 티셔츠를 입은 강천댁 표정이 흡족해 보인다.

"색깔은 고운디 품이 쪼까 더 낙낙했으면 좋겠그만. 가심이 톡 볼가지는 것 같지 안 해?"

"빼짝 말라 삐트러진 거보담 낫소. 나가 그리사 고런 옷을 안 입제."

"젊었을 적이 자네 젖가심이…."

"앗따따, 뭔 소리를 헐라 그요. 시끄랍소."

월평댁은 젊을 때의 얘기 뒤끝은 반드시 싸움밖에 없다는 것을 알기에 말문을 막아버린다.

"저눔으 승질허고는…. 그려, 타고난 젖가심을 감출 거이 읎제. 나가 또 은제 요런 고운 옷을 입어볼 거여."

다른 때 같으면 말을 막았다고 한바탕했을 강천댁이 순하게 그냥 넘어가는 걸 보면 티셔츠가 마음에 들긴 든 모양이다.

"자네허고 나허고 얼음내기 한번 히 보까?"

월평댁의 신산스런 얼굴을 힐끔힐끔 보다가 강천댁이 뜬금없는 제안을 한다.

"또 뭔 객쩍은 소리다요? 심란혀 죽겠구먼."

눈치라고는 읎는 할망구, 싶어 월평댁은 말을 분질렀다.

"그랑께, 심란헝께 한번 히 보자는 거이제. 어렸을 적에 손목쟁이에 고드름 올리 놓고 누가 오래 전디나 많이 안 했능가. 그때맹키로 우리도 한번 히 보드라고."

"시방 손목쟁이가 간질간질헌갑소이. 내기헐 얼음이나 있소?"

"나가 얼가놨제."

강천댁이 득의만면해서 냉동실에서 얼음을 내온다.

"음마!"

얼음이 없을 줄 알고 한마디 했다가 월평댁은 꼼짝없이 얼음내기를 하게 생겼다.

"까짓꺼, 붙어봅시다."

월평댁이 다가앉는다.

"내기면 뭐슬 걸어야제?"

"아, 뭐슬…. 나가 묵도 안은 술내기요?"

"그라케 넝거잡지 말어."

"그람, 기냥 붙잔께요."

"그라도 뭐슬 걸어야 심 쓸 맛이 나제. 안 그려? 가만있자, 우리 업어주기 하까?"

"오매오매, 불량헌 것 쫌 봐야?"

"누가 불량해야? 나가야?"

"그래라우."

"나가 뭐시 불량해?"

"그랑께 나보러 성님 그 등치를 업으란 말이요?"

"와 못 업어? 나락 가마니도 폴짝폴짝 들 적이는 은제고."

"그거야 한창 적 야그제. 아, 시방 허리를 못 쓴당께는!"

월평댁이 파락 내지른다.

"나가 은제 자네더러 무겁기 업어 달라고 힛간? 춘향이 이도령 업데끼 나 양팔만 자네 어깨 위에 었고 징검징검 걸어 다니면 되제."

"쩝, 그르타먼야…."

"나가 발써 이겨분 것도 아닌디, 시합도 해보도 않고 시방 기가 죽어분 거여?"

"누가 기가 죽었다고 허요? 질고 짧은 건 대봐야제…."

"그랑께. 자, 손 이리 내보드라고."

강천댁이 얼음 하나씩을 각자의 손목에 올려놓는다. 온몸이 오싹해 월평댁이 부르르 진저리를 친다. 처음에는 시답잖게 생각했지만 일단 시작하자 서로 지지 않으려고 용을 쓴다. 팔이 얼얼하고 끊어질 것 같 다. 냉기가 뼛속으로 파고들어 몸이 뒤틀린다. 숨까지 얼어붙을 지경 이다. 얼음이 콩알만 해지자 헉, 참던 숨을 터뜨리며 월평댁이 먼저 손을 든다.

"하이고 못 배기겠소. 손목쟁이가 끊어져불라고 허요. 글 안 해도 뼛속이 시린디."

그래도 강천댁은 입술을 웅 다물고 꿈쩍도 하지 않는다.

"성님이 이겼으이 그만하씨요."

"…."

"그만허랑께요."

"…."

"참말 나를 기 죽이겠다는 것이요? 그만허랑께!"

"…인자 알겠능가?"

"아 그려요. 성님이 이겼당께요."

"나가 자네보다 이만치 더 참고 살았다 이 말이여. 나가 꼬쟁이 고 래 심줄이 된 것도 다 이치에 맞기 살라 그러는 것이여. 땡삐는 승질 나는 대로 쏘아불고 퍼부서불면 속이나 시언허제."

"하이고, 성님 말이 지당허시오."

"그람 업어 봐."

"참말로라우?"

"자네는 그닛말 안 헌담서."

"그라도…. 내기가 한 판이 어딨다요? 삼시판은 붙어야제."

"아, 그람 그래 불세. 자네가 뎀비고 잡다면? 이참에는 아조 두뎅이씩 올리불세."

강천댁이 얼음 두 덩이를 한꺼번에 집자, 월평댁은 질려버린다.

"하이고, 고래 심줄이 따로 읎당께. 에이, 기냥 엡히씨요."

월평댁이 강천댁 앞에 등을 내민다. 강천댁은 업힐 폼을 취하다가 월평댁 등을 떠밀어낸다.

"되았어. 또 나 땜시 허리 못 쓰네, 뿌라졌네, 그 원망을 어칙허라고."

"뒤에 딴소리하기 읎기요이?"

"무신 눔으 인생이 속아만 살았다냐?. 아, 안 혀. 김옥분 일언(一言)이 중천금(重千金)이여."

"아따따, 배왔다고 유식은…."

"재밌제?"

"시상에 재밌는 것들이 다 돌아가셨능갑이요."

"그려도 심란한 맴이 쪼까 풀렸제."

"쩝, 그르요."

월평댁이 마루에 떨어진 물을 닦고 돌아앉는다. 그 얼굴이 다시 신산해진다.

"명이 고것은 염려 말어. 애바르고 야무지고 알심 있고 엽렵해서 으디 갔다 딩굴려도 구염 받고 살 텡께."

강천댁의 위로가 전에 없이 살갑다.

금이한테는 퉁퉁대도 강천댁이 명이는 정말 귀애했다. 때로 월평댁 닮은 구석에는 멈칫해도 삽삽하고 인정 있게 구는 데는 마음을 안 줄 수가 없다. 그래서 그 나이에도 "내 갱아지 내 갱아지"다. 명이가 올 때는 쌈짓돈을 꺼내 차비도 준다. 이번에도 그랬다. 명이가 안 받겠다고 도망가는 것을 억지로 붙잡아 십만 원이나 주었다. 금이는 맏딸로 튼실하고 든든한 맛은 있어도 뚝뚝했다. 연이는 애먼 중간에 끼어 밉다 곱다 관심조차 못 받고 자랐다.

월평댁이 전화기 앞으로 간다. 명이의 손전화 번호를 꾹꾹 누른다.

"…이이, 잘 가고 있냐?"

"잘 가지, 그럼. 지금 여산 지나네. 엄니, 미안해. 잠만 자고 얘기도 못 하고 와서…."

"갠찮해. 어치커나 니 몸이 건강해야 쓴다. 차 조심허고 댕기고."

"알았어요, 엄니. 도착하면 내가 전화 드릴게, 들어가세요."

"오냐, 알았… 가만있그라. 큰엄니 바꿔주께."

하마터면 큰일 날 뻔했다. 강천댁 입이 금방 두 자 반이다.

"성님, 명이가 성님 바꿔주라고…."

강천댁은 쾌씸하지만 이번엔 참아준다.

"오냐, 나다…."

'사램이 으쩌먼 그르키 가불 수가 있으까아….'

통화하는 강천댁 뒤에서 월평댁이 느닷없이 탄식한다.

아직도 월평댁은 지석의 죽음이 믿어지지가 않는다. 죽음 중에 급살(急煞)이 제일이라고? 하이고, 그 황망함을 누가 알꼬. 그렇게 갈 줄 알았으면 살갑게나 대해줄 걸. 딸자식의 아픔까지 가슴에 안아야 하니 월평댁은 곱절이 더 아프다.

사람들은 어떠한 죽음 앞에서도, 산 사람은 어쨌든 살아야지 않겠냐고 말한다. 그래도 자식들이 있어 얼마나 다행이냐고, 그 자식을 봐서 힘을 내야 하지 않겠냐고 말한다. 그러나 월평댁은 명이에게 그렇게 말할 수가 없다. 그래, 명이야! 시방 니가 을매나 아프냐? 월평댁이 늘 마음속으로 명이에게 하는 말이다.

"묵 남었제?"

월평댁의 탄식에도 강천댁은 먹는 타령이다.

"그르키 묵고도 양에 안 찼소? 또 술 묵게?"

"냉겨집지 말랑께! 심난허고 심심헌께 묵밥 해묵자고. 이럴 때는 몸이 움직이야 혀."

"하이고, 시방 나헌티 허라고 그르요?"

"그람, 나가 혀?"

"그려 보시등가."

"묵 갖꼬 와. 나가 밥 안치노께."

강천댁이 선뜻 밥을 하겠다고 나선 것은 월평댁의 다음 말을 훤히 알고 있어서다. 아니나 다를까

"앓느니 죽제."

아차! 월평댁은 급히 입을 닫았지만 이미 강천댁 꿍수에 넘어간 뒤다.

"아녀라우. 성님이 히서 나 한번 줘 보시요. 나가 성님 밥상 한번 받아 보먼 지끔 죽어도 여한이 읎겄응께."

"시방 입에 춤이라도 볼르고 허는 소리여? 장대, 승대 해산헐 적이 미역국 양씬 멕여논께는…."

"고거야 바로 말이제, 나보담 아그들 잘 크라고, 아니 넘들 눈이 무

사서 히준 것이제. 안 그요?"

"뭐 고로케 생각힜다면 허는 수 읎고."

정곡을 찔린 강천댁이 슬그머니 꼬리를 내린다.

장대 때는 의무감에 산후(産後) 바라지를 해주었다. 어쨌든 아들 언었다는 득의에 이 생각 저 생각 할 겨를도 없었다. 그러나 승대 때는 고깝고 억울하고 화딱질이 나 미역국을 끓이다 말았고, 금이 연이 명이 때는 아예 대놓고 그 일에 손 놓아버렸었다.

월평댁은 장대 승대를 마음 놓고 얼러 보거나 안아 보지 못했다. 처음 몇 달은 월평댁이 데리고 잤다. 그러나 고된 잠에 아이가 칭얼대면 젖먹이기 바빴고, 아침 댓바람부터 강천댁이 들이닥쳐 데려갔다. 낮에도 젖만 먹이고 나면 솔개 닭 채가듯 아이를 품에서 빼 가버렸다. 월평댁이 갯일을 나가면 강천댁이 자신의 빈 젖을 물렸다. 나오지 않는 젖에 아이는 칭얼대다 그래도 잠이 들었다. 그 바람에 장대 승대는 일찍 젖을 뗐다. 미음을 어떻게 먹이는지는 동네 사람들을 통해 들었다. 두 아이가 학교에 입학하고서는 그저 늦지 않게 깨워 아침 먹이고, 옷만이라도 깨끗하게 입혀 보냈으면 하는 게 월평댁의 유일한 바람이었다. 금이는 초등학교 때부터 두 오빠 교복을 빨아 입히곤 했다.

"거그다 승대 때 금줄까정 댕강 끊어논 걸 나가 모를 줄 아요?"

월평댁이 더 치고 나간다.

"빌 껄 다 기억하고 그래싸. 말이 나왔응게 말이제 나가 볼바 깨분 쪽박도 수십 개여."

"쪽박은 또 왜라우?"

"딱 장대 한나만 보고 갯탕을 쳐불라고 힜는디 안 된께 그랬제."

"사램 목심이라는 거이 나오고 자파 나오는 거도 아닌디 성님이 고로케 삼신할매 뜻을 어긴께 줄줄이 기냥 연년생에 늦둥이까정 주셔부렀구만."

머쓱해진 강천댁이 먼 산을 보며 신소리를 한다.

"세월은 고장도 읎어. 무삼녀르 인생이 마파람에 책장 넘어 가데끼 파라라락 날라가 분다냐? 명이 고거 코 흘리던 적이 엊그제께 같은 디…. 자네허고 나는 폴새 모시 바구리를 써불고, 명이는 마흔 줄을 넝거부렀네."

강천댁 말이 문득 마음이 아리게 처연하다. 사람 마음을 낚시 갈고리처럼 꿰어 잡는 것도 참 타고난 재주다.

"그랍시다. 까짓꺼 묵밥이나 해 묵읍시다."

월평댁, 또 졌다. 끄응 몸을 일으킨다. 강천댁이 한번 꺼낸 얘기는 해내기 전에는 다른 대책이 없다는 걸 잘 알아서이기도 하다. 슬쩍 틀개는 놓았지만, 강천댁의 먹고 싶다는 말이 반갑기도 했다.

"좁쌀 있어?"

"입맛은 구신이여…. 그 입맛허고 소리 아까와서 성님은 으째 죽으까아?"

"묵밥에는 노랑 메조밥이라야 지맛을 내제. 그라고 갔다 옴서 방앳잎도 따 오소. 부침개 부쳐 묵게."

"하이고!…."

도토리묵밥에는 조밥이 찰떡궁합이다. 그냥 먹는 조밥은 깔깔해 목에 넘기기가 힘들지만 난들난들 쌉싸름한 도토리묵을 만나면 아주 보드랍고 고소해진다.

힘 안 들이고 조물조물하는 것 같은데 월평댁이 해내는 음식은 한결같이 정갈하고 맛깔지다. 강천댁은 그것도 부럽다.

무슨 일인가, 이장이 강천댁과 월평댁을 느닷없이 저녁 식사 자리에 불렀다. 이웃에서 노인네 식사 한 끼 대접하는 일이야 별날 것이 없지만 좀 갑작스러웠다.

"뭐 좋은 일이 있당가?"

"겁나 맛난 거 해놨지라우, 두 할매 드릴라고."

이장댁이 깔깔 웃었다. 늘 그렇듯 땅에서 두어 발짝은 통통 튀어 오르는 듣기 좋은 웃음이었다.

"참, 오실 적에 묵은지 한쪽만 갖꼬 오시면 좋겠는디요."

이장댁이 월평댁에게 부탁했다.

"우리 껀 으째 군둥내가 나라우."

월평댁은 김치 냉장고에서 묵은지 두 쪽을 꺼내 양재기에 담았다. 재작년에 담근 것이다. 꺼내면서 속 한 잎을 뜯어 먹어본다. 맛나다. 직접 담근 것이지만 썩 만족스럽다. 명이가 "오매, 맛있어분 거!" 몸을 떨 만하다.

강천댁과 월평댁이 앞서거니 뒤서거니 이장 집에 들어섰다. 방에는 이미 상이 차려져 있었다. 냉동실의 것을 녹였겠지만 참꼬막 무침과 꼬막전, 조기구이가 올라 있고 붉은 고추로 고명을 낸 열무 물김치가 슴슴하고 맛나 보였다. 이곳 사람들은 11월에서 3월 사이 외에는 거의 꼬막을 먹지 않는다. 산란을 앞두고 기름이 돌거나 살이 절반으로 줄기 때문이다.

아낙들 쪽의 마을 두레를 책임지다 보니 이장댁은 손이 크고 솜씨가 좋고 융통성도 있었다. 두 사람이 자리에 앉자 이장댁이 큰 냉면 그릇에 낙지 팥죽을 내왔다. 낙지 한 마리가 통째로 들었다.

"오매, 낙자 폴죽까정!"

강천댁 눈이 휘둥그레졌다.

"두 할매 많이 드시고 건강하시라고. 여름 나느라 고생하시제라우."

이장댁이 낙지를 집게로 들더니 노인 입에 맞게 가위로 곰살스레 잘라놓는다. 엿장수 가위질만큼이나 손놀림이 재다.

낙지는 봄가을 낙지가 맛이 좋다. 봄은 산란을 앞둔 때이고, 가을은 겨울을 준비하기 위해 먹이 활동을 왕성하게 하기 때문이다. 낙지 팥죽도 봄가을에 주로 끓여 먹는다. 농사지을 준비를 하거나 농번기에 몸이 힘들 때 먹는 보양식인 것이다. 환자 보양식으로도 으뜸이다.

낙지는 그때그때 잡은 산 것이라야 부드럽다. 요즘 흔한 냉동 낙지는 뻣뻣하다. 모든 음식이 그렇듯 낙지 팥죽도 집마다 끓이는 방법이 조금씩 다르다. 낙지와 통팥과 찹쌀을 함께 넣어 푹 끓이는 집이 있고, 낙지가 부드럽게 익으면 먼저 건져내는 집도 있다. 팥을 삶으며 저을 때 함께 저으면 낙지 껍질이 벗겨지기 때문이다. 팥에 찹쌀을 넣어 끓인 죽 위에 미리 건져놓은 낙지를 얹어낸다. 좀 모양을 내야 하는 식당 같은 데서는 그렇게 한다. 찹쌀 대신 쌀을 넣는 집도 있다.

팥죽에 비린 낙지를 넣는 걸 타지 사람들은 신기해한다. 그러다 반한다. 구수한 팥과 천연의 비린 맛이 내는 조화에. '낙지 팥죽' 자체를 처음 듣는 사람도 많다.

지석이 살아 있을 때 네댓 명의 친구를 집에 불러 명이가 낙지 팥죽을 끓인 적이 있었다. 모두 처음 먹어본다고 했단다. 처음 먹어본 정도가 아니라 그런 음식이 있다는 자체를 몰랐단다. 그 뒤로는 지석의 친구들이 오로지 낙지 팥죽을 먹으러 명이의 집에 모였다. 명이 전화를 받으면 월평댁이 산 낙지를 얼음에 채워 고속버스로 보냈다.

낙지 팥죽 같은 음식은 기억의 음식이다. 전국에 팔 수 있는 택배는 커녕 냉장고조차 없던 시절, 생선을 잡으면 그 지방 안에서 어떻게든 소비해야 했다. 그러다 보니 보양식이 생기고 특별식이 생기고 어떤 것은 일상식이 됐다. 지금실만 해도 대부분의 나이 든 아낙들의 음식 솜씨는 어머니나 할머니로부터 물려받은 기억의 음식이다. 눈이 기억하고 손이 기억하고 혀가 기억하고 말이 기억하는 음식이다. 지금 월평댁의 손맛을 가장 닮은 건 자식들 중에서도 제일 젊은 명이였다. 월평댁은 명이에게 자신의 손맛을 물려주고 싶다.

이장댁은 낙지와 통팥과 찹쌀을 함께 넣어 푹 끓였다. 오랜 시간 고아 낙지가 노인들 이에도 야들야들 부드럽다. 그런데 맛이 더 구수하게 느껴져 물었더니 황기와 엄나무 달인 물로 끓였다고 한다.

"땀 많이 흘리는 여름에는 황기를 묵어야 된다 안 허요. 수분 배출을 막아준께."

늙은이 땀 흘릴 일이 뭐시 있다고, 하려다 월평댁은 '아차!' 생각만 하고 만다. 이장댁 정성에 초 치는 소리가 될까 봐서다.

"강천 할매는 한잔 하시야제."

이장댁이 막걸리까지 내놓는다.

"잉? 술까정 있어?"

"물방앗간에 물은 읊어도 강천 할매한테 술은 있어야제라우. 저 냥반도 술을 원체 좋아헝께."

이장도 술을 잘 먹는다. 좋아하는 만큼 자주 먹는 것 같은데 실수는 없다. 건강하다는 얘기일 것이다.

강천댁도 월평댁도 맛나게 저녁을 잘 먹었다. 겨우 끼니나 때우던 식사에서 오랜만에 포식했다. 이장 부부는 묵은지를 아주 맛있게 먹었다.

"아따, 새굼새굼 아삭아삭헌 것이 아조 시원하고 맛나부요. 이 사람 한 건 이 맛이 안 난당께요."

이장이 말했다.

"그런당께요. 월평 할매 솜씨는 우리 마실에서 묵히기에는 아까워라잉. 지금이라도 김치 장사 한번 해보셔라우. 명이도 있고. 지도 거들랑께."

이장댁이 받았다.

"그 솜씨까지야. 꼬막을 잡으라면 모르까."

"올 짐장 때는 명이가 촬영을 하러 온다네."

강천댁이 끼어들었다.

"촬영을요? 어디 방송국에서 온대요?"

"이이, 그건 아니고…. 지가 우리 짐치 하는 걸 핸드폰으로 찍어놓고 싶디야."

강천댁한테 잠깐 들렀을 때 명이가 생각지도 않던 말을 하고 갔다.

꼬막 밭에 못 들어가듯 김장을 할 수 있는 월평댁의 건강도 언제 어떻게 될지 알 수 없는 일이라고 여겨졌는지 올해는 어떻게든 내려올 생각이라고 말하고 올라간 것이다.

아직도 월평댁 집의 김장양은 만만찮았다.

텃밭에 월평댁이 직접 가꾸는 것 외에, 장대가 벌교장에서 해마다 배추를 더 사 와서 담갔다.

마을 아낙들도 오지만, 장대 부부가 연년이 김장을 거들었다. 전날 일찍 와서 텃밭의 배추를 뽑는 일부터 다듬고 절이는 일, 이튿날 김장해서 동생들한테 택배로 부치는 마무리까지 다 하고 올라간다. 양에 차이는 있지만, 김치는 오 남매에게 모두 보낸다. 금이까지 엄니가 한 김치는 꼭 먹어야 한다고 해서 뺄 수가 없다. 연이는 김치를 부치면 엄니 수고비라며 얼마라도 돈 보내는 걸 잊지 않는다.

월평댁 김치라고 별다른 비법이 있는 건 아니다. 온 동네가 겨끔내기로 김장을 하다 보면 집집이 비슷할 수밖에 없다. 그 집 식성에 따라 이 젓갈을 좀 더 넣고, 저 젓갈은 빼고 하는 정도의 차이다. 고급 김치를 하는 집은 조기를 통째로 넣기도 하고.

월평댁이 특별히 신경을 쓰는 것은 배추를 고르는 일이다. 김장은 어떤 배추를 골라 어떻게 절이느냐에서 맛이 결판난다고 월평댁은 생각한다. 그래서 월평댁 배추 고르는 일은 눈품과 발품을 많이 팔아야 한다. 월평댁은 잘된 배추를 고르지 않는다. 좀 못되게 자란 것을 고른다. 텃밭에서 기르는 것도 생장 시간을 가능하면 짧게 한다. 속이 꽉 차게 하지 않기 위해서다. 겉잎이 파랗고 속이 노래야 하는 건 기본이지만 이파리 두께가 얇아야 한다. 배추를 눌렀을 때 두드린 황태처럼 폭신폭신해야 하고. 배추 줄기 사이로 바람이 드나들 수 있는 공간이 있어야 한다. 씨암탉보다 삼계탕용이나 중닭을 사는 것과 마찬가지다.

통이 크고 속이 꽉 찬 배추는 쌓아놓으면 세상에 그처럼 탐스럽고 이쁜 것이 없고 김치통을 채우기도 쉽지만, 싱겁다. 달콤하고 고소한 맛이 떨어진다. 절일 때도 소금이 골고루 배기 힘들다. 월평댁은 깔끔한 맛을 선호해서 양념도 너무 많이 넣지 않는다. 시원하고 쏘는 듯한 맛을 주는 청각도 빼놓지 않는다.

해마다 해주니 으레 담가주는 것으로 알아 고마운 줄을 모른다고, 올해는 김치를 안 해주겠다고 투정하는 집도 있지만, 어디까지나 투정이다. 월평댁도 움직일 수 있는 한 자식들에게 김치를 해줄 생각이다. 시골에서 노인네가 움직일 수 있다는 건 아직도 자식들에게 뭔가를 해줄 힘이 있다는 것이다. 김장을 마치고 각 집에 보낼 아이스박스를 보노라면 절로 마음이 그득해지고 흐뭇하다. 모두 자식들 입으로 들어갈 것이기 때문이다. 덕분에 돼지고기도 오랜만에 가마솥에 삶고, 맛있다고 버무린 속을 많이 먹어 속이 쓰리기도 하면서, 집안에 시끌벅적 훈김이 도는 것도 월평댁은 좋다. 큰며느리야 이렇게 야단법석을 떨지 않고 저희 식구끼리 오붓이 해 먹으면 좋겠지만, 뭐 어쩔 수 없는 일이다.

그래서 월평댁은 해마다 김장 뒤에 무로 섞박지나 싱건지를 담가 조용히 장대 집에만 보낸다. 너희 부부 고생한 걸 알고 있다는 의미다.

"우덜한티 뭔 … 야그할 게 있어?"

바지런하고 깔끔한 이장댁이 상 치울 생각을 하지 않아 월평댁이 슬쩍 물었다.

"월평 할매 눈치는 참말로 못 당헌당께요. 폴죽보다 더 맛난 게 남았지라우. 순조 아부지 빨랑 틀어보씨요."

"틀어? … 뭘?"

"두 할매 쫌만 기다려보셔요."

이장이 핸드폰을 신기하게 텔레비전에 연결하더니 화면을 켰다.

화면에 놀랍게 승대가 나타났다.

"저거이 승대 아녀?"

강천댁과 월평댁 입에서 동시에 탄성이 터졌다. 세 사람이 'ㄱ'자로 앉아 있는데 분명 하나는 승대였다.

"시방 승대가 저그 출연하고 있다는 것이여?"

"지금 출연하는 게 아니고요, 녹화여라우. 저그는 케이비에스 순천 라디오방송국이고요. 메칠 전에 승대가 전화를 했어라우. 자기가 라디오에 출연하니까 엄니들헌티 좀 보여 달라고. 요즘은 이런 방송이 다 핸드폰에 올라와요. 두 할매가 보시기에는 핸드폰보다 테레비가 크고 좋제라우?"

화면이 움직이기 시작했다.

월평댁은 화면에 빨려 들어가 눈에 넣을 듯이 승대의 얼굴, 승대의 말 하나하나를 듣고 있었지만, 가슴이 벌렁대 머릿속이 하얬다가 어지러웠다가 했다. 승대가 무슨 말을 했는지 방금 들은 말이 하나도 기억나지 않기도 했다.

강천댁은 라디오가 있지만 월평댁은 라디오도 없고, 텔레비전에서 승대 노래 나오는 것도 들어보지 못했고, 그냥 노래 시작했다니까 어디서 노래하겠거니만 했다. 밥 먹고 살 일이나 열심히 할 것이지 뒤늦은 해찰이 달갑지도 않았다. 저러다 또 하는 일마저 팽개치지나 않을까 걱정이었다. 그런데 가수가 되긴 된 모양이다.

조마조마한 월평댁과 달리 승대는 평소처럼 서글서글 넉살 좋게 얘기를 잘했다. 어릴 적 가수를 꿈꾼 얘기에서부터 가수 꿈을 접어야 했던 얘기, 다시 노래를 시작한 일들을 술술 풀어놓았다. 노래 없는 삶을 생각해 보지도 않았고, 죽을 때까지 노래를 할 것이라고 했다.

승대가 다시 집에 나타났을 때 새 라디오와 카세트 하나 달랑 들고 왔었다. 그것이 가수가 되었다는 증거였다. 돌아와서도 몇 달 만에 집에 다니러 온 것처럼 넉살을 부렸다. 누구도 어떻게 살았느냐 묻지 않았다. 살아온 것만으로 되었다. 얼굴 때깔이나 입성이 죽을 지경은 아닌 것 같았다. 강천댁이 승대를 송 씨 산소에 데려갔고, 얼마나 울었는지 눈이 벌개져서 들어왔다. 가수 그만두고, 친구와 맥주집을 해보기도 했지만 접었고, 지금은 제 기술을 살려 건설 현장을 다닌다고 승대는 말했다. 그것으로 되었다. 두어 번 동거는 했지만 정식 결혼은 없었다고 했다.

얼마 안 가 승대는 초등학교 동창이라는 한 여자를 데리고 나타났다. 한 번 이혼하고 아이가 있는 여자였다. 처음부터 좀 위태했던 결혼은 2년이 못가 파투가 났다.

"가수를 다시 하겠다고 했을 때 가족이나 주변의 반응이 어땠나요?"

"늦었지만 응원한다는 말씀들을 많이 하셨습니다. 나이 들어서 무슨 가수냐, 하던 일이나 하지, 하시지 않고, 정말로 응원을 많이 해주셨습니다. 지금은 니가 하고 싶은 거 하니까 보기 좋다 그러시지요."

월평댁은 승대에게 미안하고 회한이 일었다. 한 번도 그런 말을 승대에게 한 적이 없었다. 죽을 때까지 노래할 것이라는 말에서는 가슴이 꽉 막혔다.

월평댁이 꼬막을 놓지 못하듯 자식 놈이 나이 들어서도 노래를 못 잊어 한다는 걸 왜 생각 못 했을까. 저놈한테는 노래가 꼬막이고 뻘밭이었는데. 월평댁은 비로소 승대 노래를 인정했다.

그런데 사달이 나고 말았다. '리틀 남진'으로 불린다고 해서 남진의 노래를 한 곡 하고, 자신이 직접 작사한 신곡이라며 승대가 〈엄니〉라는 두 번째 노래를 부를 때였다.

저 섬 너머 물 나가면 우리 엄니 뻘배 가네
엄동설한 그 뻘밭은 우리 엄니 문전옥답
김제 들판 부러우랴 만경 들판 부러우랴
첫 소쿠리 첫 놈 학비 오 남매 다섯 소쿠리….

월평댁은 흑, 속울음이 터지는데, 강천댁이 싸하게 말했다.
"어이 테레비 끄소."
"핸드폰에 승대 다른 노래도 여러 개 올라와 있어라우. 그것들도 한 번씩 들으셔야지라."
아직 분위기 파악이 안 된 이장이 말했다.
"나가 시방 들을 맴이 아니여. 나 갈라네."
강천댁이 일어섰다.
멈칫했던 이장댁이 사정을 눈치챘다. 남편한테 더 말하지 말라는 눈짓을 했다.

"강천 할매, 길이 어둫께 지가 모시다 드릴께라우."

이장댁이 따라나섰다.

이장댁이 팔을 잡고 고샅을 가는 내내 강천댁은 씨근덕거렸다.

"나가 지를 카수 시킬라고 을매나 애를 썼는디 나를 쏙 빼부러. 지 에미하고 마누래만 챙겨."

어릴 때부터 강천댁은 승대를 무대에 세웠다. 승대가 노래하면 나무 사과 궤짝을 가져와 그 위에서 부르게 했다.

"카수헌티는 무대가 있어야는 것이여."

무슨 작정한 마음이 있어서는 아니었고, 어린것이 그럴싸하게 노래하는 것이 잔망하고 기특해서 나온 장난기였지만, 강천댁이 아니고서야 누가 그런 기발한 생각을 할 수 있었을까. 그때 승대의 운명은 결정되었는지 몰랐다.

"지 에미하고 마누래가 나맨치 애썼어? 필요할 땐 살랑대고 이젠 필요없다 이거 아녀. 머리 끄먼 짐승은 마음 주고 거두는 거이 아닌 것인디 나가…."

좋은 일 한 번 하려다 오히려 역정을 듣게 된 이장댁은 난감했다.

"강천 할매는, 모자 사이에 무슨 그런 말씀을 하세라우. 지가 생각해도 승대가 조금 섭하긴 해요. 그래도 큰할매가 너그럽게 봐주셔야지 어쩌겠어요? 사람 맴이 그른가 보다 하시고, 동네 사람들 모두 승대는 큰할매 아들이라고 안 혀요."

"아들은 무신…."

"문장 짓는 거나 말하는 솜씨, 허우대 출중한 건 딱 큰할매여라우. 어쩜 그르키 노랫말도 잘 짓고 말도 청산유수로 잘헌대요? 노래 듣는데 지

맘이 다 울컥했어요. 월평 할매만이 아니라 딱 우리 얘기잖아요?"

"승대가 나 닮았으까아?"

강천댁이 약간 누그러졌다.

"그럼요. 작은할매는 솔직히 그쪽으로는 영판 아닝께. 지가 작은할매 노래 한 번 들어봤는디….."

이장댁이 다시 생각해도 재미있다는 듯 쿡쿡 웃었다.

"그르긴 허제. 그래도 뒤에서 웃으면 안 되제. 다 몫몫이 따로 있는 법인디."

"맞아라우. 지가 생각이 짧았어라우. 승대가 참말 대단혀요. 잠자리 비양기로 돈은 못 뿌려도 동네잔치도 두 번씩이나 하고. 저르케 방송에도 나오고, 자기가 노랫말도 짓고….."

작년과 재작년 벌교 꼬막축제에 승대가 왔을 때, 동네 사람들이 모두 승대 노래를 들으러 갔다. 승대가 읍내 고깃집에서 한턱을 크게 냈다. 이듬해는 동네 노인정에서도 잔치를 베풀었다.

자금실에서 승대는 내놓은 사람이었다. 처음부터 누구도 가수로 성공할 것이라 생각하지 않았다. 헛바람 든 건달쯤으로 생각했다. 다시 노래한다고 들었을 때도 저러다 말겠거니 했다. 되지도 않는 일 한다고 돌아서서 혀들을 찼다. 꼬막축제에 두 번 다녀간 뒤로는 그 입들이 쑥 들어갔다.

이장댁이 아무리 입발림을 해도 강천댁은 마음 깊이 허전했다. 어느 자식이 꺼이꺼이 강천댁의 속울음을 울게 할 것인가. 그 울음을 울게 할 자식이 없다는 게 못내 허망하고 쓸쓸했다.

"근디 승대는 돈을 얼마나 번대요?"

이장댁이 슬며시 물었다.

마을 사람들 모두 궁금해했다.

"돈은 못 번대. 출연론가 받으면 옷 사 입고 지름값 정도 한다등만. 두 노인네 가끔 용돈 주고 주위에 밥 사고. 근디 전국을 다 다닌다네. 경상도에서 하는 사과축제, 양양에서 하는 송이축제도 간다등만."

"그러구나. 난 또 가수 되면 다 돈 버는 줄 알았제요."

"버는 사램은 벌었제…. 뒤늦게 승대가 마누래를 잘 만났어. 갸가 동대문 남대문 시장 다 댕김서 아조 싸고 근사한 옷을 사서 입힌디야."

며느리 자랑까지 슬쩍 넣는다. 사실이 그랬다. 승대의 모든 옷치레를 둘째 며느리가 한다고 했다.

"다 두 할매 복이어요."

강천댁을 달래는 말이지만, 이장댁 진심이기도 했다.

"나가 승대 땜시 속끼린 거를 생각하믄…. 뭐 복이라고 생각하믄 복이겄제."

불이 켜진 마루에 강천댁이 오르고 방에 드는 것까지 보고 이장댁이 돌아갔다.

혼자가 되자 강천댁은 다시 승대가 서운하고 괘씸해졌다. 낮 같으면 전화로 따져 묻고 싶었다. 뒤척이며 서운한 마음을 이리도 달래 보고 저리도 달래 보고, 일어나 캄캄한 바다를 하릴없이 바라보기도 하고, 선잠을 자다가 깨다 했다.

"그려, 세상 이치가 그르체. 팔이 안으로 굽었제…. 나가 지를 낳기를 혔어, 살뜰히 키웠기를 혔어? 뿌린 디로 거두는 것이겄제…. 아니여, 그려도 카수는 내가 젤로 공을 디린 것인디. 사램이 이걸 몰라주면 안 되제. 몰르면 갈차야제."

이튿날 강천댁은 기어이 승대에게 전화했다. 열한 시 반에서 열두 시 반 사이가 현장에서 승대 점심시간이다. 밥을 먹고, 믹스커피 한 잔 마시고, 쉴 만한 시간을 기다려 전화를 걸었다.

"엄니, 방송 보셨제라우?"

칭찬을 기대하는 아이처럼 승대의 목소리가 들떠 있었다.

"잉, 잘 보기는 했제만 나헌텐 쬐께 섭한 것이 있어야."

"예에. 뭐시 우리 엄니를 섭하게 했으까. 후딱 말해보씨오."

"니 마누래하고 니 어메만 챙깄제 나 야그는 한나도 없등만. 빈소 갈 때 다르고 올 때 다르다는 것이냐 뭐냐. 솔찬히 섭하다."

"에이 엄니, 무슨 말씀을…. 엄니하고 지는 말 안혀도 서로 이심전심이잖아요. 내 맘이 엄니 맘이고 엄니 맘이 내 맘이고. 내꺼이 다 다 엄니 것인디 무슨 말이 더 필요해요. 나 카수 만든 건 누구보다 엄니제라우. 다음 방송에서는 엄니 닮아 카수 되았다고 지가 아조 선언할 경께 섭한 마음 푸셔라우."

당해낼 재간이 없다.

"뭐 그르키까지 할 건 읎고. 쪼매 섭했다는 야그할라고 전화혔다."

"예. 엄니 마음 지가 잘 알지라우. 지가 실패하고 돌아갈 수 있었던 것도 엄니가 집에 계셨기 때문이어라우. 엄니만은 절 보듬어줄 것이다 혀서요. 역시 엄니가 보듬어주셨잖아요. 제게 엄니는 그런 엄니여요."

강천댁은 저 좋은 말을 다 믿어야 될까 싶으면서도 슬그머니 승대에게 부끄러워진다.

"되았다. 공연한 일로 나가 전화했다. 바쁜데 일 보그라."

끊으려다 강천댁이 한 마디 더했다.

"승대 니가 나보담 낫다."

그래도 월평댁에게는 약 오르고 애먼 화가 풀리지 않았다. 월평댁도 공연히 눈치가 보여서 강천댁 집을 이삼일 드나들지 않았다.

그런데다 문제가 또 생겼다.

아침마다 이장이 마을회관 마이크를 통해 승대 노래를 내보낸 것이다. 벌교 자금실이 낳은 가수 송승대, 리틀 남진 송승대, 어쩌고 장황한 사설을 늘어놓으면서. 아무리 승대 노래라도 이미 가사 내용에 마음이 뒤틀린 강천댁은 이장 행동이 영 마뜩찮았다.

'지금이 새마을시대여 뭐여!'

새마을운동이 한창일 때는 송 씨가 이장이었고, 아침마다 '새벽종이 울렸네 새 아침이 밝았네'로 시작하는 〈새마을 노래〉를 신물 나게 틀어댔다. 그때야 나라가 시키는 일이니 어쩔 수 없는 일이었다 치고.

강천댁이 기어이 이장에게 한마디 했다.

"어이 이장. 나 사정 다 암시롱 누구 염장 지르는 것이여 시방?"

"예에?"

"승대 다른 노래 틀란 마시."

"아, 예에…. 승대가 자랑스럽다 보니. 신곡이고. 우리도 홍보에 일조를 해야지라."

홍보라는 말에 뜨끔했지만 이미 나간 말이다.

"자랑시럽기로 말허면 에미인 나제. 홍본가 뭐신가도 백 번 나가 더 허고 잡고. 아무 고달 없이 두 사람이 아그 잘 낳고 사는 사램은 나 겉은 늙은이 애통을 몰러. 별나다 하겠제만 이장이 내 사정 되야 봐."

"듣고 보니 제 생각이 짧았네요. 용서하세라우."

이튿날부터 이장은 매일 승대의 노래를 바꾸어 내보냈다.

그 일로도 월평댁은 강천댁이 신경 쓰여 며칠 마음을 졸였다. 그런데도 승대의 노래를 그만두게 할 수가 없었다. 자식의 앞길을 막는 것 같았다. 무엇보다 월평댁은 좋았다. 공연히 발이 허공을 걷는 것처럼 달뜨고 입가에 히죽히죽 웃음이 물렸다. 자식의 성공도 성공이지만 자식으로부터 이해받는다는 것이 그렇게 흐뭇하고 좋았다. 동네 사람들 앞에서도 난생처음 고개가 떳떳했다.

며칠이 안 가 승대의 〈엄니〉는 자금실 아낙들의 주제가가 되어버렸다. 들고 나며 아낙들은 그 노래를 흥얼거렸다. 순식간에 바람결이 바뀌듯 이 사람 저 사람의 말도 '승대가 해낼 줄 알았당께'가 되었다.

이 엄니

하늘이 금방이라도 비를 뿌릴 듯이 거무룩하다. 건듯건듯 부는 바람에도 비가 묻었다.

저녁으로 무얼 한술 뜰까, 강천댁은 냉장고 문을 열어 쓰윽 훑어보고는 그냥 닫는다. 입에 확 당기게 먹을 게 마땅찮다. 새콤 시원한 오이냉국이 먹고 싶은데 물에 손 담그기가 영 귀찮다.

'썩을 애팬네. 이를 때나 밥 쫌 묵자고 허제.'

애먼 월평댁 원망도 해보다 한 병 있는 막걸리나 먹고 때우자고 생각을 굳힌다.

문득 차 소리가 유난히 가까이 들려 강천댁은 골목 쪽으로 고개를 쭉 빼본다. 허름한 트럭 한 대가 강천댁 마당으로 들어서고 있다. 조심스레 트럭이 멈춘다.

"어머니!"

수줍게 부르며 트럭에서 내리는 얼굴은 강천댁이 꿈에도 그리던 영철이다.

"이기 누구여? 영철이 아니여! 워매, 안 죽고 살았구먼! 안 죽고 살었어이."

강천댁이 신도 꿰지 않고 마당으로 내려 덥석 영철이의 손을 잡는다. 눈물까지 그렁해진다. 그 둔한 몸으로 꼬리를 흔들며 영철의 주위를 빙빙 돌던 순덕이 고개를 늘여 마주 잡은 두 사람의 손을 핥는다.

"죽긴 왜 죽어요. 그동안 잘 계셨어요?"

"그려 그려, 어서 들어가드라고! 이거이 꿈은 아니겄제?"

비가 내린다.

텔레비전도 켜지 않고 월평댁이 멍하니 바다를 바라보며 툇마루에 앉았다.

"저 작것이 잊어불 만형께 기어이 또 끼대 와 갖꼬! 나가 기냥…."

월평댁은 서둘러 일어나려다 이내 생각을 바꿔 주저앉는다.

"하이고 냅도뿔자. 즈들끼리 상봉을 허든, 찢꼬 까불든. 그나저나 및 시나 됐는디 이르키 어둑껑컴하다냐?"

방 안의 벽시계를 본다. 여섯 시가 조금 넘었다. 날이 맑으면 아직 해가 중천에 떠 있을 시간이다.

"둘이 시방 술을 을매나 퍼부서불까이!"

월평댁이 다시 강천댁 집 쪽을 내려다본다.

"냅또뿔러! 걱정도 심 있을 적이 허제. 인자는 그럴 심도 읎네."

그래도 '냅도뿔러'가 안 된다. 똥 마려운 강아지마냥 엉덩이가 바닥에 붙지 않고 움찔댄다. 월평댁은 딴 데로 마음을 돌리느라 엉덩이걸음으로 리모컨을 찾아 텔레비전을 켠다.

텔레비전 보는 것도 시들하다. 화면에 눈이 붙지 않는다. 텔레비전을 끄고 다시 빗줄기를 바라본다. 어둑한 저녁 무렵, 혼자 이렇게 마루에 앉아 비 내리는 바다를 바라보면 가슴이 꽉 막힌다. 하늘과 바다가 맞붙고, 어디가 바단지 어디가 하늘인지 구분할 수가 없다. 저 아득하고 막막한 세상, 저것이 저승이 아닐까 싶다. 저 어둑한 속을 성긴 베옷 한 벌 입고 휘이휘이 갈 것이다. 몇 년 전에 이미 월평댁 손으로 강천댁 것까지 두 벌의 수의(壽衣)를 지어놓았다.

우산을 받친 수연 엄마가 접시를 들고 우산 손잡이에는 비닐봉지를 달랑달랑 걸어 마당으로 들어선다. 반갑다.

"자네 오능가?"

"입이 궁금히서 부침개 쪼까 부쳤는디 잡사 보셔라우."

"식구 많은 사램이 뭘라고 나한티까정."

접시를 덮은 호일을 벗기니 붉은 고추로 멋을 낸 애호박전이 노릇노릇 맛나게도 지져졌다. 비닐봉지에 고구마순 무침도 제법 푸짐하게 담아왔다.

"맛나겄네야."

월평댁이 전을 손으로 뜯어 한 입 넣는다.

"맛나그먼. 호박이 아조 달큰허네. 꼬치도 맵싸롬허고."

"묵을 만허지라이."

월평댁 마당가에도 애호박들이 넓은 잎사귀를 이불 삼아 누웠다. 입 달게 먹을 사람이 없으니 그 몇 덩이도 추단이 힘들다. 가을까지 그냥 늙게 두거나, 해마다 썰어 말려서 겨울에 이 자식 저 자식 집에 돌린다.

"아따, 고구마순까정 뭘라고 이르키 많이 싸왔능가? 껍닥 베끼기도 일인디."

"작은고모님이 고구마순을 겁나게 좋아 안 하세라우?"

"그라제. 몰린 놈을 보름에 너물 해 묵어도 맛나고, 살짝 디쳐가꼬 된장끼 잔 해서 조물조물 무쳐도 맛나고, 고등애 토막 아래 깔아서 지져도 을매나 좋은가. 몰쌍몰쌍험서도 짤깃짤깃헌 것이."

"오리탕에 넣고 끼래도 맛납디다. 지름기를 쪽 빨아분께 멀국도 시언하고."

"그라제. … 부침개, 자네 고모도 갖다 드렀능가?"

월평댁이 슬쩍 떠본다.

"안 드렀어라우. 어른이지만 뭔 맴에 드는 디가 있어야 드리고 싶지라우. 객쩍은 손님까정…."

볼멘 대답이다.

"오매, 비를 맞응께 맨드래미 색깔이 훨썩 이쁘요이."

수연 엄마가 딴청을 한다.

장광을 돌아가며 핀 맨드라미며, 봉숭아, 백일홍이 함초롬히 순한 비를 맞아 수연 엄마 말대로 마지막 색깔이 곱다. 뱀이 집 안에 들어오지 말라고 마당가에 심었던 봉숭아 꽃잎은 비에 함뿍 떨어져 붉은 꽃 이불이 되었다. 백일홍은 화려하지 않아 마음 편히 볼 수 있고, 백일을 핀다는 그 이름처럼 오래 피어 월평댁이 제일 좋아하는 꽃이다. 꽃대가 실하고 꽃이 탐스러운 것은 거름 상태가 좋아서다. 월평댁은 음식물 찌꺼기가 나오면 고춧가루와 간기를 빼고 꽃밭이나 텃밭에 깊숙이 흙을 파고 묻었다. 그게 거름이 되었다. 해마다 아이들 된장 고추장, 장아찌를 담가주느라 월평댁 혼자 살림에도 장광은 아직 한창 살림 때의 모양새를 유지하고 있다. 마당 가운데에 비에 나들이 나온 지렁이가 꾸물댄다.

여름날 소나기가 그치고 나면 허공에서 미꾸라지가 마당에 툭 떨어지는 날도 있다. 물고기들은 물을 거슬러 올라가려는 습성이 있다는데, 소나기를 물인 줄 알고 거슬러 오르려다 제 몸무게를 감당하지 못하고 땅에 떨어지는 놈이다. 신작로에 떨어지는 놈도 있었다. 신작로에 떨어지는 놈은 학교 갔다 오는 아이들 고무신에 담겨 희롱을 받다가 죽었다.

올해 들어서는 한 번도 마당의 가마솥을 사용하지 못하다가 명이가 와서야 묵을 쑤고 추어탕을 끓였다.

"봉숭아 꽃잎은 땅에 떨어져도 짠허게 고와부요. 즈걸로 새끼 손꾸락에 물 한 번 드릴끄나! 작은고모님, 우리 해보께라우?"

"자네나 허소. 성님이 보면 즈들끼리 내통헌다고 섭섭히 헝게로."

사람이 처한 사정이라는 게 이렇게 무섭다. 월평댁은 이런 조그만 일에도 민감하게 강천댁을 의식한다. 첩실이라는 자격지심(自激之心)이 늘 몸에 배어 있다.

"쩝, 그라시고도 남제라우. 참, 즈 똘감나무는 은제쩍부텀 있었다요?"

"나가 이 집이 올 때도 감이 열렸응께 하마 환갑도 훨썩 지냈겄제."

"그란디도 저르키 오지게 열렸어라우. 시상에 가지 찢어지겄네."

"머시든 마지막으로 한 번은 용을 쓰제. 즈것이 한 이태 열린 둥 마는 둥 허등만 시방 저승 채비를 허는갑네."

"오매, 그라먼 똘감홍시 묵기는 다 틀리부렀네. 추운 겨울에 작은고모님이 단지에서 끄내주는 똘감홍시가 나는 질로 맛있든디. 으쩐디야? 서운히서!"

초겨울 허연 서리를 이고 첫눈이 내릴 때까지 가지에 조롱조롱 매달린 고욤홍시는 이른 봄눈을 헤치고 꽃을 피우는 설중매를 연상케 한다. 그걸 따다 단지에 차곡차곡 담아 놓고 군입거리가 귀하던 시절, 겨울에 오며 가며 검붉게 농익은 걸 숟가락으로 떠먹으면 세상에 그런 별미가 없었다.

"똑같이 혼자 사시는디도 작은고모님 집에 오믄 사램 사는 훈짐이 후뭇헌디, 큰고모님은 찬바람이…."

"참, 자네가 잡어준 낙자, 지사 적에 잘 썼네. 허리가 우선허먼 나가 그 공을 갚을라네."

"아따, 작은고모님은 또 그 말씀을. 그때가 은제쩍이라고…. 아, 당연지사 쓸 디다 쓴 거지라우. 그런 말씀 마셔라우."

"그라도 공과 사는 분명허니 가리야제."

"작은고모님은 뭐시든 똑 뿌라지게 사리판단을 허신디, 큰고모님은 으째 그라신다요?"

"…."

"오다가다 들른 사람을 뭘로 믿고."

"자네 고모도 저승 공 딜이는 모양이제."

강천댁 마루에 술판이 푸짐하다. 족발에 통닭구이, 맥주 소주가 한 상 가득이다. 영철이가 사 온 것들이다. 강천댁은 달랑 열무김치 하나 내놓았다. 순덕이도 툇돌에 턱을 받치고 한 자리 차지했다.

"나는 거그 생각 땜시 어치케 세월이 간 중도 몰라불고, 으찌까이. 뽀싹 마른 짐치배끼 내놓을 거이 읎어서. 거그가 오는 중 알았으먼 똥꼬막이라도 쌂아 놀 거인디….".

강천댁은 면구하고 미안한 마음에 몇 번째 같은 말을 되풀이한다.

"아이구, 아니에요, 어머니. 어머니 보는 게 소중하지 안주가 무슨 상관이에요. 저한텐 어머니가 최고예요."

"그려? 그르키 생각해주면 고맙고."

모처럼 강천댁 얼굴이 활짝 피었다. 수줍음까지 배어난다.

"나가 내일은 맛난 거 양씬 히줄 텡게 오늘은 자네가 사 온 거로 기냥 묵세."

"예에, 어머니. 참 이 술 제가 맘먹고 샀어요. 특별히 어머니 드릴려구요."

"기냥 묵든 쐬주 아니여?"

"옛날 소주예요. 25도짜리. 요즘 소주는 너무 싱겁다고 하셨잖아요?"

"이이…. 그른 데꺼정 맘을 썼어. 나는 자네 온 거만 반가와서 워떤 쐬준지 맛도 몰랐그만이."

지난번에 슬금슬금 낮아지는 소주 도수가 영 비위짱 상한다는 말을 강천댁이 했던 걸 영철은 기억하고 있었다. 요즘 소주는 도무지 '캬' 소리가 안 나온다고. 그래서 도수 높은 소주를 일부러 찾아서 샀다.

"거그 지둘리다 순덕이와 나가 참말로 목 빠지는 중 알았어. 나가 고물까정 모타났당께. 쩌그 보드라고. 그닛말인가."

이 말도 강천댁은 벌써 세 번째 하고 있다.

"어머니 마음 제가 왜 모르겠어요. 그때 데려다 놓은 순덕이까지 아직 있을 줄은 정말 몰랐어요."

영철이가 순덕이한테 족발 한 점을 준다. 순덕이는 영철이가 주워 온 떠돌이 개였다. 순덕이란 이름은 강천댁이 지었다.

"뭔 소리여. 순덕이가 그동안 나 동무고 식구였는디. 순덕이 보믄 거그 보는 거맹키, 그 재미로 살았제. 순덕이가 온 뒤로는 길괭이도 안 들어와부러."

"아, 예."

영철이 손을 뻗어 강천댁 얼굴을 어루만진다.

"흉터가 없어서 다행이에요. 그날 작은 아주머니한테 얼마나 혼쭐이 났던지…. 진작 오고 싶었지만 작은 아주머니 무서워서 못 왔어요. 다시는 어머니 못 보는 줄 알았어요."

그날 일이란, 모기약 통 사건이었다. 영철이 있다고 오랫동안 피우지 않던 모깃불을 강천댁이 장난삼아 마당에 피웠다. 그리고는 타고 있는 불 위에다 다 쓴 모기약 통을 구멍도 뚫지 않고 휙 던져버렸다. 약통이 터지면서 강천댁이 불똥에 얼굴을 데었고, 그 사건으로 영철이 월평댁에게 아주 혼이 났다.

"고것이 가당찮게 넘 일에 쏙쏙 나서기를 좋아헌당께. 오늘은 맴 놓고 마셔부러."

"그러지요, 어머니."

"정내미 읎게 어머니가 뭐여? 기냥 '엄니'라고 혀! 나는 시상에 젤로 부러운 게 엄니라는 소리여. 머리 흐연 아들이 꼬부랑 어무니한테도 엄니, 엄니, 하는 거이 얼매나 보기 좋든지! 엄니는 아무나 못 불러. 엄니는 시상에 딱 한 사람이여. 지를 나준 사람. 나가 자네를 배앓이 해서 낳지는 안 힜어도 고로케 불러. 으디 한 번 불러봐."

"예. …엄니!"

"고러체, 을매나 정이 붙어분가! 자, 마셔! 비 오는 날은 온 마실이 다 술 묵는 날잉께. 거그허고 나가 밤 시도록 한번 찌끄러불자고."

영철이 강천댁의 말을 그대로 흉내 낸다.

"고물장시도 비 오는 날은 공치는 날이지라이. 자 엄니, 우리 짠! 찌끄러붑시다."

"지화자, 좋아불고!"

"좋아불고!"

술잔이 부딪친다.

"카아, 술맛 좋고! 기분 좋고! 위매이, 나가 시방 둥둥 날라댕기는 맹킨디 거그는 으천가?"

"지도 허벌나게 째져불지라이. 엄니, 소리 한판 해부씨요."

"이이, 자네가 듣고 잡다면야."

직방으로 '내일이면 잊으리―'가 나온다.

이 노래는 지난번에 영철이가 강천댁에게 가르쳐준 것이다. 그래서 월평댁이 부르는 영철의 별명이 '입스틱'이 된 것이다.

스스로 노랫말을 지어 입에서 나오는 대로 그저 흥얼거리는 타령조의 강천댁 소리는 심정을 녹여내는 구성진 맛깔이 있다. 그런 소리와는 달리, 위태위태 쥐어짜고 높고 간드러진 이 현대판 노래는 영 강천댁의 쉰 목소리와는 어울리지 않는다. 음정 박자 다 틀린다. 가르쳐도

가르쳐도 한 동작만 되풀이하는 인형처럼 마냥 자기 곡조로만 간다.

"나가 입스틱을 자네허고 꼭 다시 불러보고 싶었당께. 자네도 같이 불러."

"지는 엄니 소리가 더 좋아라. 엄니 소리 한 번 듣고 싶어요."

영철이 처음 자금실에 들렀을 때도 강천댁은 혼자 소리를 하고 있었다. 멀찍이 선풍기를 틀어놓고 그늘이 드리워진 한여름 마루에 모로 누워 마당에는 무더위가 쏟아지거나 말거나 엉치뼈를 장단 삼아 두드리며 강냉이 튀밥을 툭툭 한 알씩 입에 넣곤 했다.

영철은 확성기도 노래도 없이 트럭을 타고 마을로 오르며 이 집 저 집 자신 없이 기웃거려 보았다. 서너 집을 거쳤는데 모두 사람이 없었다. 인기척 있는 집이 강천댁 집이었다. 들어보지 못한 노래가 들려서다. 마침 마당에 수도도 보였다. 영철은 비어 가는 물병을 들고 내렸다.

"…저 아주머니 물 좀 담아갈 수 있을까요? 너무 더워서…."

강천댁이 소리를 하는 채로 힐끗 눈만 치떠 보았다.

"묏뚱 지고 앙근 사램한티 뭔 늠으 아줌니여? 그건 늙은이헌티 욕이요, 욕!"

누운 채로 던지는 강천댁 통박에 영철이 무안해서 엉거주춤 서 있자, 좀 미안해진 강천댁이 '폭폭허고 징글징글헌 시상 오래도 살었다.' 혼잣말을 하며 일어나 수도를 가리켰다.

"받아가씨요. 나도 그 물 기냥 묵응께."

"아, 예. 감사합니다."

영철은 수도꼭지를 틀어 햇볕에 더워진 물을 잠시 흘린 다음 플라스틱 바가지에 물을 받아 마시고 큰 물병에도 담았다.

"물맛이 좋은데요. 시원하고. 지하순가 봐요?"

"이이. 더우면 시수도 허고 가씨요."

영철의 태도가 온순하자 강천댁이 선심을 보였다.

"아니에요."

"허시랑께. 괘념치 말고."

"예, 그럼…."

영철이 세수를 하고 목에 두른 수건으로 얼굴을 닦으며 말했다.

"소리를 잘하시던데요…."

"잘허기는. 멀뚱멀뚱 혼차 앙겄기도 심심헝께 파즉 삼아 늙은이 입이서 나오는 대로 지끼리는 거이제."

"원래 보성이라는 고장이 한소리 하는 데지요. 보성은 5일장에만 가도 명창이 있다더라고요."

"보성 소리라고, 따로 이름까정 있을 정동께. 뭐시냐… 쩌그 한때 테레비에 엄청시리 나왔던 조상현 밍창도 보성이 고향이여. 조상현 밍창 알제?"

"알지요. 보성 소리는 뭐가 다른가요?"

"어른들이 … 격조가 있다고 혔어. 선비 소리제."

"그렇군요. 저는 소리에 대해서는 전혀 모르니까요. 할머니도 그런 보성 소리 피를 타고나셨나 봐요."

"그렁가 으천가…."

강천댁은 소리 얘기가 나오면 아득히 지나간 꿈에 마음이 아릿하다. 공연히 수줍다. 그러나 뜻밖에 영철이와 소리 얘기를 나눌 수 있어 좋았고, 오랜만에 듣는 할머니란 호칭도 정겹다. 정겨운 데다 무료한 판이다.

"안 바쁘면 그늘이서 땀 쯤 들이고 가시제."

"아닙니다. 가봐야지요. 혹시 못 쓰는 선풍기나 양은 솥, 전기밥통 같은 거 없으세요?"

"고물장시요?"

"예…."

"그른 거 읎어. 이 촌구석에 뭔 돈 되는 것이 있다고 니도 내도 와쌌는가 몰르겄네."

갑자기 돌변한, 또 면박 같은 반응에 영철이 머쓱해져서 서둘러 인사하고 나간다.

"물 잘 마셨습니다. 그럼 안녕히 계세요."

"쩌그… 젊은 양반."

갑자기 생각난 듯 강천댁이 불렀다.

"예, 할머니."

"요거 쫌 봐 줄 수 있겄소?"

"뭔데요?"

영철이 다가왔다.

"어젯밤부텀 갑자기 테레비가 안 나와. 어치게 된 경가 몰르겄소."

"예에, 리모컨 좀 줘 보세요."

강천댁이 리모컨을 찾아주자 영철이 텔레비전을 켜본다. 나오지 않는다. 몇 번을 이리저리 시도해도 마찬가지다.

"할머니 텔레비전 좀 볼게요."

영철이 안방으로 들어가 텔레비전을 직접 켜자 화면이 나온다.

"이잉, 나오네."

"리모컨 건전지가 다 닳아서 그랬어요."

"이래서 집안에 젊은 사램이 있어야헌당께. 으쩌까이. 당장 약을 살 수도 읎고…."

"잠깐 기다리셔요."

차로 간 영철이 뜻밖에 건전지 두 개를 가져왔다.

"이런 게 다 있었소?"

"조그만 전파상을 했었어요. 그때 남은 걸 몇 개 가지고 다녀요."

리모컨에 건전지를 갈아 끼고 텔레비전을 켜자 화면이 나온다.

"고마워서 으째야 쓰까잉. 전지값을 드리야제."

강천댁이 지갑을 가지러 들어가려 하자 영철이 펄쩍 사양했다.

"아이구, 아녜요. 그냥 쓰세요."

차로 간 영철이 이번에는 짐칸에서 고무호스를 가져 왔다. 강천댁의 오래된 수도꼭지 호스까지 새것이 되었다.

"아이구, 참말로 고맙소. 대접할 건 읎고 선풍기 앞에서 땀이나 쫌 들이고 가씨요. 이 튀밥도 쫌 묵고."

잠깐 망설이다 영철이 마루에 걸터앉았다. 강천댁이 선풍기 바람을 영철이 쪽으로 돌려놓는다.

"장시는 할 만허시오?"

강천댁이 트럭으로 목을 빼 본다. 트럭 옆구리에 고물을 산다는 뭣이 붙은 것 같다.

"예, 뭐 그냥⋯ 안 쓰는 전기제품도 받고⋯. 어르신들 전기제품 고쳐 달라는 거 있으면 고쳐도 드리고."

"여그는 만물장시허고 고물장시가 모다 댕기는디 올 적마둥 스삐카를 크기 틀면서 오요. 그르키 조용히 댕기서야 으디 알겄소?"

"예⋯."

"만물장시는 한 달에 두 번씩 꼭 오는디 그 사이 다른 장시가 왔다가 든 싫어라 헌당께. 고물도 자잘한 건 마을 부녀회에서 모타서 한 장시 헌테 넝겨불고. 마을 회비로 쓰제. 큰놈은 우리가 돈 내감서 버리고. 재작년부텀 그르키 바꼈당께. 그전에는 고물장시가 꽤 댕깄어."

"예에⋯."

"깡냉이 튀밥도 쫌 묵어 보씨요."

영철은 튀밥을 몇 알 쥐고 먹기 시작했다.

"심심풀이로 튀밥만 한 거이 읎제. 금방 튀긴 거라야 빠삭빠삭헌디."

"맛있는데요."

"지난주에 만물장시헌테 샀어. 노인덜헌티 튀밥이 인기랑께."

"그러시겠어요."

"옛적이는 집이서 튀밥을 어치케 튀깄는 중 아실랑가?"

강천댁이 한껏 팔을 뒤로 넘겨 때 묻은 옥수수 강치로 등을 긁적거리며 물었다.

"글쎄요."

"몰르시겄제. 연세가 아적⋯?"

"연세라뇨. 아직 어립니다."

"이이, 그람 몰르겄구만."

"예에."

강천댁, 무료한 판에 신났다.

"먼첨 쌀로 꼬두밥을 히서 말리고 모래를 얼개미에 내려…. 얼개미 알제? 성근 채 말이여?"

"아 예."

"얼개미에 내린 고운 모래를 가마솥에 달구제. 그라고 말리논 밥알을 달군 모래에 넣고 저스먼 밥태기가 톡톡 볼가짐서 히컨 튀밥이 송글송글 올라와 금세 솥단지에 까뜩 차부러. 히컨 수국 꽃이 할짝 피어난 것맹키 을매나 옹글고 이쁜디…!"

강천댁이 지그시 눈을 감고 정말 수국 꽃을 어루만지듯 두 손을 모으다 퍼뜩.

"근디, 그때를 조심히야 써. 이쁘다고 쪼끔이라도 한눈팔다가는 아조 다 망쳐분께. 그랑께 아무리 뜨가도 얼릉얼릉 바가지로 퍼서 얼개미로 모래를 내리뿌러야제, 글 안 허먼 모다 시꺼멩이 맨들아뿌러."

"그거 참 재밌고 신기하네요!"

강천댁의 실감나는 말씨와 몸짓에 영철이 감탄했다.

"옛날 사램들이 을매나 실기시렀는디."

"그러게요. 어떻게 그런 지혜로운 생각을 다 했을까요?"

"자꼬 허다 보면 다 물리가 트지드라고 안!"

강천댁이 마루에 뚫린 옹이구멍에 담뱃재를 털었다.

"그것도 참 기발하시네요, 할머니."

"뭐시?"

"어떻게 옹이구멍을 재떨이 하실 생각을 다…."

"이이, 기냥 있응께 했제."

"아니에요. 그런 발상 아무나 못 하지요. 할머니 머리가 아주 좋으신 거예요."

"고로케 생각해준께 고맙그먼. 하래에 및 리나 댕기는가?"

"그냥… 저도 파적 삼아서 이 골 저 골 다니지요."

"뭔 소리여? 짱짱한 젊은 사램이. 믹이 살리야 헐 식구도 있을 틴디."

"식구… 없어요."

강천댁은 이 젊은이에게 무슨 사연이 있다는 걸 육감으로 느꼈다.

"이이!"

강천댁이 비로소 영철의 얼굴을 똑바로 보았다. 겉 나이가 들어 보여 그렇지, 마흔이나 되었을까 싶었다. 얼굴이 메마르고 활달한 기상이 거의 없다. 몸은 이곳에 있어도 어딘가 딴 곳을 바라보고 있는 듯한 퀭한 눈이 애잔했다. 자그마한 키에 몸피마저 왜소하다. 서리병아리 같았다. 트럭을 몰고 다니긴 하지만 그 말처럼 굳이 무얼 애착해서 하는 것 같지도 않다.

강천댁은 불현듯 일어나는 연민으로 영철의 옆얼굴을 바라보았다.

"및 살인디…. 여적 장개를 안 갔단 말이여?"

"…."

사흘 뒤에 영철이 다시 자금실에 들렀다. 강천댁이 부탁한 파스와 판피린을 가지고서였다. 판피린은 강천댁이 아주 좋아하는 약이다. 약이라기보다 기호품이다. 자금실에도 판피린을 애용하는 노인들이 몇 된다. 감기뿐이 아니라 고된 일로 근육통이 있는 밤에 먹고 자면 이

틀날 거뜬하다는 걸 알게 됐고 그래서 먹다 보니 인이 박였다. 그 심부름을 만물상이 한다. 강천댁도 만물상에 하는데 만물상은 좀 더 기다려야 하고, 월평댁 눈치가 보여 많이 주문할 수도 없다. 여기에다 어느 집에는 전기밥솥이 고장 나 냄비로 밥을 해 먹고, 어느 집은 수도꼭지가 빌빌 돌아가고, 어느 집은 시계 약이 없다고, 강천댁이 영철이한테 마을 사정을 늘어놓은 것이다.

영철은 더위가 조금 가신 해거름 무렵에 왔다. 제동댁 가게에서 아이스크림까지 사 들고. 이도 시리고, 술꾼이라 달착지근한 건 별로 좋아하지 않지만 영철의 성의를 생각해서 강천댁은 아이스크림 몇 숟갈을 먹었다. 그리고 바로 영철을 데리고 나섰다. 영철은 세 집의 문제를 쉽게 해결했다. 전기밥솥을 뜯어고치고, 수도꼭지를 새로 달아주고, 시계에 새 건전지를 넣어 째깍거리게 했다. 전기밥솥을 고친 생실댁네서 영철의 저녁을 준비했다. 있는 반찬에 냉동실의 병어 두 마리를 구운 저녁이었다.

"이르키 쉽게 고치는 걸 새로 사야 되나 으처나 고민을 많이 했당께. 솥값이 한두 푼이어야 말이제."

수고비라고 조금씩 돈을 주려 하자 영철은 수도꼭지와 건전지값만 받고, 저녁 먹은 것으로 됐다며 끝내 받지 않았다.

"잘 디는 있능가?"

강천댁이 물었다. 지난번에 이 골 저 골 다닌다는 말이 떠올라서다.

"뭐, 차에서도 자고, 지나가다 찜질방이 있으면 찜질방에서도 자고…그러지요."

"아이구 잠자리가 그르키 부실허면 안 되제. 오늘 밤은 우리 집이서 묵고 가. 빈 방 있응께."

평소에도 치밀하게 따지고 재는 건 못하는 강천댁이 선뜻 말했다.
월평댁 같으면 인정 많은 성격과는 별개로 낯선 사람을 노인 혼자 있
는 밤에 들여야 하나 어쩌나 적잖이 생각했을 것이다.

"아니에요."

영철이 사양했다.

"그르씨요. 딱히 정한 데 읎으믄."

생실댁이 거들었다.

영철이 강천댁을 따라 내려갔다. 뒤에서 생실댁이 소리쳤다.

"강천떡, 우리 기사 냥반 전화번호 쫌 적어놓소."

"나는 술이나 한잔허고 자야겠네."

집에 온 강천댁은 건넌방에 영철의 잠자리를 펴고 냉장고에서 소주
를 내왔다. 소주 반병이 주량이라는 영철은 강천댁이 주는 술을 조심
스레 받아 마셨다. 볼수록 온순하고 예의가 바르다고 강천댁은 생각
했다. 물건을 고칠 때도 거의 말이 없었다. 그러면서 고장 난 연유를
설명할 때는 아주 싹싹했다.

"참말 여적 장개를 안 갔어?"

강천댁은 젊은 사람이 안됐기도 하고 미심쩍기도 해서 또 물었다.

영철은 대답 없이 고개를 돌리고 술잔을 비웠다.

침묵이 흘렀다.

"아니에요. 아내하고 아들이 하나 있었는데…. 다 보냈어요."

"워매…! 으치다가?"

"…술 한 잔 더 주세요."

"그려, 그려. 이이…. 맴 부칠 디가 읎겄제. 그려서 여그저그 댕기는구만. 첨 봤을 때부텀 장시에는 으천지 살뜰한 맴이 읎는 사람 같았당께."

갑자기 강천댁이 캄캄한 바다를 가리켰다.

"자네, 쩌어그 하늘허고 물허고 맞붙은 거이 보이능가?"

강천댁은 아주 친근하게 '자네'라고 불렀다.

"예."

"맞붙은 디가 거그가 끝인 거 겉지만 그 너매도 배가 댕기고 또 물이 있제. 사램이 죽는 것도 그려. 저 맞붙은 너매로 간 거뿐이여. 눈에 안 뵈서 그르체 식구들이 거그서 잘 살고 있을 거구만. 은제 거그 가믄 다 만날 거여."

"…."

"우에 하늘도 한 번 치다봐. 시상이 심들 적엔 나는 자조 하늘을 치다봐. 그것도 약이 되야."

앳된 여승의 머리 같은 파르라니 여린 하늘에 석양에 물든 새털구름이 촘촘히 떠 있으면 강천댁은 그 하늘이 좋아 뭔가 살아보고 싶은 마음이 일곤 했다. 맥락도 이유도 없이 그랬다. 이내 구름은 갓 시집온 새댁의 홍조 띤 볼처럼 발그레해지고, 그것도 좋았다.

"…할머니도 혼자세요?"

전깃불 아래 드러난, 댓돌 위에 달랑 한 켤레 놓인 때에 쩐 고무신을 보며 영철이 말했다.

"이이…. 나도 혼차제. 평상."

"…."

영철이 물끄러미 고무신을 내려다보았다.

강천댁은 다음 날 아침 방문을 나서다 깜짝 놀랐다. 하얗게 씻긴 고무신이 뒷돌에 가지런히 세워져 있었던 것이다.

"아이고 시상에…!"

그런데 보니 영철의 신발이 없었다. 강천댁은 얼른 건넌방 문을 열어보았다. 이부자리가 단정하게 개어져 있고 영철은 가고 없었다. 강천댁은 뭔가 야속하고 서운한 마음에 힘이 쑥 빠졌다. 전화번호 알아놓는 것도 술 먹느라 깜빡했다.

"아직이라도 묵고, 인사는 허고 갈 거이제."

하루 종일 강천댁은 공연히 마음을 잡지 못하고 들머리 쪽을 살폈다. 이제는 안 오나 보다 싶어 저녁을 들고 앉는데 영철의 트럭이 마당으로 들어왔다.

"오매, 왔어! 으치케 된 거여? 나는 자네가 인사도 읎이 훌쩍 가뿌린 중 알고 아조 못 되야 묵은 사램으로 생각혔그먼."

"아침 일찍 가 볼 데가 있어서요."

"이이, 그람 그랬겄제."

"인사는 드리고 가야 할 것 같아서…너무 늦었지만…."

"이 시간에 으딜 가. 자고 가. 저녁은?"

"점심을 늦게 먹었어요."

영철은 호젓한 산길에서 버너를 내놓고 두 끼 다 라면을 끓여 먹었다. 이틀이나 강천댁 집에 잘 생각은 하지 않았다.

"같이 한 술 떠. 찬은 읎제만."

"아니에요. 어서 드세요."

"올라 오랑께. 시상을 그르키 폭폭하게 살지 말어."

어정쩡하게 서 있던 영철이 손을 씻고 밥상 앞에 앉았다. 강천댁과 술도 마셨다.

"참, 남자가 곰살맞기 뭐여? 신발을 다 씻그고. 아서!"

"아직 새 신 같아서요."

"뭐… 늙은이 씻글 심도 읎고, 신고 나갈 일도 벨로 읎고…."

강천댁은 민망해서 입속으로 우물우물했다.

"근디, 아칙 일찍 가 볼 디가…?"

"예…. 찾을 사람이 있어서요."

"누군디?"

"… 집사람하고 아들이요."

"안즉 살아 있어?"

"…예."

강천댁은 더 묻지 않고 담배를 피워 물었다. 담뱃재가 기다랗게 타들어 가도록 말없이 피우다 옹이구멍에 재를 툭툭 털었다. 영철이 그 모습을 물끄러미 보았다.

영철은 그 길로 두 달을 강천댁 집에 머물렀다. 그 사이 마을의 수리기사 노릇을 톡톡히 했고, 각 집의 필요한 물건 심부름도 하고, 버릴 고물도 가져갔다. 스티커를 붙여야 할 물건들이었다.

그러다 온다 간다 말도 없이 오지 않았다. 겉보기로는 모기약 통 사건으로 인한 월평댁의 야멸찬 지청구였지만, 강천댁은 내막을 알 수 없었다. 기다리다 떨리는 손으로 전화를 해보았다. 받지 않았다. 나중에는 전화번호도 바뀌어 있었다.

강천댁은 영철이 나갈 때마다 막연히 불안해서 늘 그가 나간 들머리를 오래오래 바라보곤 했었다. 저 길로 오늘 저녁에도 그가 돌아올까 싶어서. 그가 꼭 바람처럼 날아가버릴 것 같아서.

강천댁에겐 시집와 처음으로 가져본 내 가족 내 피붙이에 대한 애틋함 같은 것이었다. 이런 애틋함은 남편에게도 가져 보지 못한 감정이었다. 아침에 나갔다가 저녁이면 돌아오고, 함께 오순도순 밥을 먹을 수 있는 식구를 가졌다는 게 얼마나 신기했는지. 그 사람을 기다리는 게 얼마나 가슴 그득하고 입이 벙싯거리게 좋았는지. 서리병아리 같은 그 삶을 얼마나 간절히 위로하고 품어주고 싶었는지.

영철이 웃으면 강천댁 가슴에도 활짝 꽃이 피고, 영철이 시무룩해 있으면 강천댁 가슴의 꽃도 시들었다.

강천댁은 아침마다 세수를 하고, 머리를 빗고, 흰 고무신이 더러울세라 씻기도 하고, 얼굴에 젊은 날처럼 지분기도 묻히고, 방을 닦았다. 침침한 눈을 비비며 아침저녁 밥상을 준비했다.

그렇게 해도 월평댁 눈에는 하이고! 싶은 솜씨였지만 강천댁으로서는 놀라운 변화였다. 노인정에 가면 어느 집에 나올 물건이 없나 수소문도 열심히 했다. 비가 오는 날은 전을 부쳐 함께 술을 마셨다. 그 시간이 강천댁은 너무나 좋았다. 이런 세상이라면 더 살아도 좋을 것 같았다.

영철은 하얗게 옹근 옥수수 강치를 대나무에 끼워 자루 달린 등긁개를 새로 만들어주었다. 마루 밑에 쌓이는 담뱃재도 자주 치워주었다.

그러나 무엇보다 영철이 정성을 들여 해주는 건 강천댁의 고무신을 씻는 일이었다. 영철이 있는 동안 강천댁의 고무신은 항상 뽀얗게 눈이 부셨다.

월평댁이 우산으로 몸을 숨기듯 가리고 강천댁 마당에 들어선다. 한 손에 든 부침개 접시는 비를 맞든 젖든 관심 밖이다.

아침에 피었다아가 저녁에 지고 마아느은 나팔꽃 겉은….

비단에 삼베쪼가리 덧댄 듯이 강천댁과 영철의 노래가 우스꽝스럽게 뒤엉켜 가관이다.
"오매, 넘 부끄러라! 정처도 읎는 젊은 것허고 즈거이 뭔 짓이까이. 참말로 같잖어서 못 보긌네이."
월평댁이 혀를 찬다.
영철의 노래가 월평댁을 발견하고 쑥 들어간다.
"어이, 잘 나가는 노래는 왜 끊어?"
영철이 엉거주춤 몸을 일으켜 월평댁에게 인사를 한다.
"거그는 으째 여적 안 가고?"
월평댁 말새가 야몽야몽 엉긴다.
"예, 저어…."
"또 묵새기고 있을 모양이제? 아조 술판을 벌리논 거 봉께."
"자네가 왜 꼬치꼬치 따지고 그랬싸? 거그는 핀히 앙거. 저 사램 신경 쓸 거 읎어."

강천댁이 쉰 보리밥 보듯 돌아보고는 핑 한다.

"아, 따질 만헝께 따지제라우."

"글씨, 자네가 따따부따 헐 거 읎당께. 아, 넘이사 입스틱으로 염불을 허든 깨댕이 벗고 춤을 추든 생편으로 모가지를 따든 뭔 상관이여?"

하, 강천댁한테 이런 면모가? 마치 어미 새가 둥지 속 새끼를 지켜내듯 영철을 감싸고 도는 반격이 어찌나 자신감으로 당당하고 강단이 있는지 월평댁은 더 이상 말할 엄두를 못 낸다.

"지발 앞으로 고로케 쪼까 해주씨요이. 여그 부침개 있소. 그람 갈라요."

월평댁이 부침개 접시를 마루에 놓고 횡 돌아서 간다.

부침개 접시를 끌어다 호일을 걷어 영철의 앞으로 놓아주며 강천댁이 입을 비튼다.

"즈것이 막둥이로 컸다나 으쨌다나…. 잘난 치도 솔찬히 허고, 아조 승질머리가 못 땠어. 시앗 뿐시를 영락읎이 보인당께…. 쩝, 낮살이라도 더 묵은 나가 참어야제 어치긌능가. 나가 을매나 참는지 몰라. 나 애통 터져부는 거 누구도 모를 거여. 부침개 갖꼬 온 거도 다 잔소리허고 자파서 역부로 온 거여. 나가 시집살이를 통통이 헌당께…."

영철, 머쓱하다. 그러다 부러 과장되게 화제를 돌린다.

"엄니. 엄니 시집 온 야그나 쫌 해주씨요."

"고런 고리타분헌 글 뭣 허게."

"고리타분한 것이 술안주로는 최고지라이. 엄니 야그 듣고 싶어라."

"술 한 잔 따르소."

"아 예, 작은 아짐이 혼구녕을 쏙 빼놓는 바람에…."

영철이 따라준 술을 단숨에 들이킨 강천댁의 상기된 얼굴에 아련한 그리움이 스민다.

"나가 겁나게 여름을 많이 타는 큰애기였는디…."

"그렇게 더위를 타셨어요?"

"아녀아녀, 고것이 아니고 부끄름 많이 타는 처자였다 그 말이여."

"아, 예에."

"모다들 보는 사램이면 나보고 박꽃그치 흰하고 음전하다고…."

말을 못 잇고 강천댁이 입술을 삐쭉대며 울먹인다. 영철이 괜한 이야기를 꺼냈다는 면구함에 머리를 긁적인다.

"아니여. 지나간 야그는 안 허고 자파…. 지나간 일이 좋았으면 뭣 헐 거여. 아무짝에 쓸 거 없어. 시방 일이 중체."

"옳은 말씀이지요."

"영철이 자네도 다 잊아뿌러."

"…."

"그 맴을 알기 땜시 나가 안 물어. 자네 처와 아그가 으치게 되았는지?"

영철이 천천히 고개를 젓는다.

"어떻게 잊어요, 엄니. 잊을 게 따로 있지요. 차라리 죽어버렸다면 모를까."

"…."

갑자기 술판이 숙연해진다.

"…그려서 지끔…. 식구들을 찾아 댕기능가?"

"…아이 외가가 이쪽이라…혹시…."

"으딘디?"

"고흥이에요."

"이이."

"…."

"자, 술이나 묵세."

영철이 더 말이 없자 강천댁이 애써 영철에게 술을 권한다.

"자네가 와서 나가 참말 을매나 좋은지 몰라. 인자는 죽어도 여한이 읎어. 나가 자네 못 만나면 눈을 못 깜을 것 같았당께."

"오래오래 사세요, 엄니."

영철의 눈에도 눈물이 그렁해진다.

"아서! 나 그른 욕심 읎어야. 저 산이 지끔도 나를 부르는디 얼릉 가야제. 저승이 여그서 보믄 십 리도 안 되야."

"…저는 엄니가 정말 우리 어머니 같아요."

"그려, 자네는 정말 내 아들이여. 나는 진즉부터 그르케 생각허고 있었당께. 작은떡이 난 자석이 다섯이나 되제만 나헌티는 다 넘잉께…. 어렸을 적이 말이여, 장에 갔다 늦도록 안 오는 엄니를 지둘려 본 적 있능가? 마당 밖까지 나가 쪼글티고 앙거 마실 쩌 아랫질을 내려다보제. 하마 엄니가 올까, 하마 엄니가 올까 하고. 어둑어둑헌디 히끗히끗 사람이 올라와, 저 사람이 우리 엄닌가 하고 보믄 양짓말로 올라가 불고, 저 사람이 엄니제 하믄 아랫말로 들어가 불고. 그러다 보면 공연히 서러워 눈물이 나고…. 거그 지둘리는 거이 꼭 그랬다니께. 자네 나 물팍에 쪼까 누워 봐."

영철이 강천댁 무릎을 베고 눕는다.

"이 낮깔 쫌 보게. 아조 반쪽이 되얐구만. 얼릉 도독도독 살이 올라야 쓸 거인디."

강천댁이 영철의 얼굴을 쓰다듬는다. 온 얼굴을 강천댁에게 맡긴 채 영철이 눈을 감는다.

금자동아 은자동아 금을 주고

너를 사랴 은을 주고 너를 사랴….

영철의 눈가에 소리 없이 눈물이 흐른다.

"그려, 울고 자프면 양씬 울어. 울어야 헐 적에 울지 않으면 속이 녹는다고 혔어."

그 말을 기다렸다는 듯 강천댁 무릎에 얼굴을 묻으며 영철이 꺽꺽 울음을 토한다.

강천댁은 들먹이는 영철의 어깨를 오래오래 쓰다듬어준다. 쇠똥처럼 뱅뱅 돌아간 모기향 재가 그대로 소롯이 내려앉았다.

"잘 잤능가?"

강천댁이 하품을 하며 마루로 나온다.

"일찌그니도 일어났네."

영철은 벌써 수돗가에서 세수하고 있다.

"잘 주무셨어요?"

"이이. 모처럼 꿈도 안 꾸고 달게 잤그먼."

마을에 아침 안개가 자욱하다. 햇볕이 좋을 모양이다.

"더 자도 될 턴디 으째 발써 인났어?"

"일찍 움직여 봐야지요."

"그려, 젊었을 적에 한 푼이라도 더 벌어야제."

별 얘기는 아니지만, 영철이 두 달을 머물 때 강천댁은 아침에 일어나 마당에서 이런저런 이야기를 나누는 이 시간이 좋았었다. 우선은 입 뗄 사람이 있어 외롭지 않았고, 사람 사는 훈김이 있어서 훗훗했다. 그 일상의 훈기가 다시 돌아온 것이 생각할수록 신기하기만 하다.

"자네가 있으니 사램 사는 훈짐이 나네."

가만 보니 돌아앉은 영철은 세수를 하는 게 아니라 흰 고무신을 씻고 있다. 강천댁 고무신은 툇돌 위에 얌전히 있는데.

"자네 시방 코빼기신 씻는가?"

"예."

"나 코빼기신은 아닌디, 누구 꺼여?"

영철이 머뭇거리다 말한다.

"…외할머니 거예요."

"이이!…. 그 냥반 돌아가싰담서?"

"그냥…. 제가 가지고 다녀요."

"이이…."

무슨 사연인지, 강천댁은 더 물어볼 수가 없다.

"오늘은 얼로 가능가?"

"그냥 길 닿는 대로 가지요, 뭐."

저렇게 해서 기름값이나 벌까, 강천댁은 애잔하다.

영철이 고무신을 행궈 수돗가 턱에 가지런히 세워놓는다.

"신던 것잉만?"

강천댁이 고무신을 유심히 본다.

"예."

"은제 돌아가싰는디 그 냥반 신을 여적도 갖꼬 댕게? 비싼 것도 아닌디."

강천댁은 궁금증을 참을 수가 없다. 영철의 마음이 꼭 딴 데로 가는 것 같아 고무신이 이상하게 명치에 걸린다.

영철이 말없이 강천댁 곁에 앉는다.

강천댁은 슬며시 무안해진다.

"맴 쓰지 말어. 나가 기냥 해보는 소링께."

"…저는 흰 고무신만 보면 눈물이 나요."

방금 씻은 신발을 내려다보며 영철이 뜻밖의 말을 한다.

"그 어른이 많이 핀찮으시고 돌아가싰능가?"

"…예."

"이이…."

마루에 침묵이 흐른다.

"…결혼할 때까지 외할머니와 단둘이 살았어요. 초등학교 1학년 땐가, 그날따라 검정고무신이 아닌 뽀오얗게 씻은 흰 고무신을 신은 외할머니가 제 손을 잡고 외할아버지에게 간 적이 있었지요…. 외할아버지가 계신 집에는 또 다른 외할머니가 있었고, 외할머니는 다시 흰 고무신을 신고 타박타박 시골길을 걸어 돌아오셨는데…. 제 손도 잡지 않고…. 그때 외할머니의 흰 고무신에 몽근 먼지가 부우옇게 앉아 있는 걸 봤어요. 그날부터 외할머니 고무신을 제가 씻었어요…. 집에서는 늘 검정고무신이었지만….”

군이 강천댁이 들으란 것도 아니게 먼 산을 보며 혼잣말을 한 영철
은 더 이상 외할머니 애기를 하지 않는다.

외할머니와 둘이 살았고, 아내와 아들이 집을 나갔고, 영철의 말해
지지 않는 깊은 속을 혼자 더듬어 보다 강천댁은 짐짓 서두르는 척 일
어난다.

“아이고, 내 정신 쫌 봐. 아칙 해야는디.”

영철은 무연히 앉아 있다.

“어머니. 이걸로 노인정에서 맛있는 거 사 드세요.”

마당을 나서며 영철이 만 원짜리 두 장을 강천댁 손에 쥐어준다.

“아녀 아녀. 나한티도 돈 있어. 나가 이 돈 못 쓰제. 어치케 번 돈
인디.”

“적지만 쓰세요. 제가 꼭 드리고 싶어요.”

영철이 억지로 강천댁 손에 돈을 쥐어준다.

“혹시 자네…. 또 안 올라고 그러는 거여?”

“아녜요. 제가 가면 간다고 말씀 드릴게요.”

“집도 읎는 사램이 으딜 가? 그른 소리 다시는 하덜 말어. 나 송장
치라주고 가.”

“무슨 말씀이세요. 오래오래 사셔야지.”

“고것은 거그한티 딸렸제.”

“알겠어요, 어머니!”

영철이 트럭에 오른다.

"얼릉 고상허고 오소."

강천댁은 특별히 '얼릉'에 힘을 주어 아쉬운 인사를 한다.

강천댁이 골목까지 따라 나가 트럭 꽁무니에 대고 거푸거푸 잘 다녀오라는 손짓을 보낸다. 순덕이는 마을 끝까지 트럭을 따른다.

"성님!"

뒤꼭지에서 들리는 새된 월평댁 소리에, 강천댁이 화들짝 놀라 손을 내린다.

"아고, 깜짝이야!"

"뭔 죄 지었소? 하이고 술 냄시야. 밤새 을매나 찌끌어부렀는지 아적까지 술 냄시가 기냥 진동허네."

"아칙부텀 또 뭔 시비를 걸어싸."

무시하듯 돌아서 마당으로 들어가는 강천댁 뒷모습이 전에 없이 뻿뻿하다. 어깨 위에 묵직하게 힘이 실려 있다.

"고거이 아니고, 장대가 제주도에 효도관광을 보내주었다는디 댕기옵시다."

"지 에미헌티나 그랬겄제, 나까정 그랬겄어? 나한티 전화하믄 손꾸락이 썩는당가."

"지발, 그 애문 소리 쫌 작작 허씨요. 전화세 비싼디 한군데 기별하믄 되았제."

"글씨, 그 기별을 와 나헌티 못 허냐는 거여. 꼭 자네여야 해? 가서 자네나 양껏 귀경허소."

"그라먼 헐 수 없지라우. 미칠 댕기올 텡게 잘 기시씨오이."

"뭔 걱정이여? 씨알도 읎는 소리 말고 거그 볼일이나 봐. 나가 시방 헐 일이 많은 사램이여."

"음마…!"

어디서 저런 생기가 솟았을까. 허구한 날 술이나 푸고 담배에 절어 있던 강천댁이 아니다.

어깨를 걸고

양손에 가벼운 쇼핑백을 든 월평댁이 들어서다가 멈칫한다. 강천댁이 수돗가에서 고무신을 씻고 있다. 흠흠, 헛기침을 해보지만 강천댁은 못 알아듣는다. 처음 보는 강천댁의 놀라운 집중력이다. 말을 붙일 엄두가 나지 않아, 월평댁은 멀뚱히 바라보다 그냥 돌아선다.

느릿느릿 월평댁 걸음이 당산나무 아래로 향한다. 쇼핑백을 내리고 우두커니 서 있다 뒷짐을 지고 나무 주위를 돈다. 월평댁은 설레설레 머리를 젓는다. 강천댁의 변화가 새삼 놀랍다.

월평댁은 광주 장대네 집에서 이틀 만에 돌아오는 길이다. 제주도 효도 관광은 거짓말이고, 영철이하고 붙어 있는 것이 눈꼴시어 강천댁을 끌고 장대 집에 가 한 사나흘 묵고 올 생각이었다. 염치가 있는 인간이라면 사람 없는 집에 멋쩍게 드나들지는 않을 것이었다. 큰어메 모시고 다녀가라는 장대 말에 한 번 찔러본 것인데, 나들이 좋아하는 강천댁이 꿈쩍을 않은 것이다.

복장을 지르자고 혼자 나가기는 했지만 장대 집에서 하루가 지나자 월평댁은 좀이 쑤셨다. 광주에 가면 일단 갯냄새가 없어서 답답하고 낯설었다. 자고 일어나 방문을 열면 앞이 탁 트이고 코끝에 갯바람부터 닿아야 월평댁은 살아 있는 맛이 났다. 평소에도 월평댁은 노인정에 가서 쓸데없는 얘기로 시간 보내는 걸 싫어하는 만큼이나 아들 집에 와도 사흘을 안 넘겼다. 무엇보다 며느리가 불편할 것이 제일 마음 쓰였다. 하나도 아니고 두 시어머니다. 1년에 한 번이라도 걸음을 하는 것은 강천댁 등쌀에 못 이겨서였다.

"차암, 엄니가 그르케 챙겨쌓게 큰엄니가 점점 애기가 되가제라우."

장대는 집에 가겠다는 월평댁 조바심이 강천댁 때문으로 생각했다.

"그르이 어척허냐? 인자 와서 곤칠 수도 읎고. 밥도 잘 묵도 안 허제만 그라도 나가 옆이서 봐야제."

실제로 강천댁에게 진절머리를 내며 '냅도뿌러'가 입에 박힌 월평댁이지만, 말 그대로 '냅도뿌러'가 안 된다. 우선은 월평댁이 심심해서 못 참는다.

서성대던 월평댁이 평상에 앉는다. 앉아서도 무료해 몸을 건들거린다. 일어섰다 앉았다를 반복한다.

"오매, 하루해가 이르키 질다냐아? 아구창에 곰팽이 실컸네!"

월평댁이 길게 하품을 한다. '아바바바바' 손바닥으로 입을 폭폭 친다. 입술을 달싹거린다.

아치임에 피었다아가 저녀어게 지고 마아느은….

자기도 모르게 입술 사이로 새나오는 노래에 월평댁이 화들짝한다.

"오매오매, 나가 돌은갑네이. 듣기도 싫은 노래를 나 입으로 다 해 쌌고…. 가만, 나가…."

월평댁이 분연 일어나 쇼핑백을 든다. 강천댁 집을 향해 잰걸음을 친다.

'시상에나!'

강천댁이 삼십 분도 안 돼 월평댁을 두 번이나 놀라게 한다. 이번에는 엉덩이걸음으로 마루에 걸레질을 하고 있다.

"하이고, 해가 서쪽에서 뜰랑갑소. 성님이 말캉을 다 닦고!"

"든지러우먼 닦아야제, 요거이 뭐시 이상시러와?"

힐끗 쳐다보고 꽈배기 말을 받아내는 강천댁의 대꾸가 너무 천연덕스러워 월평댁을 질리게 한다.

"그란디 제주도 간다는 사람이 왜 발써 오는 거여?"

"성님 못 잊어 그라지요."

"형, 잔소리를 못 잊었겄제."

월평댁이 마루에 엉덩이를 반만 걸치고 앉는다.

"으째 여적도 있다요…?"

"거, 사연이 서러운 사램이라니께 그르네. 나가 여그 더 있고 자프 먼 있으라고 힜어."

"인심도 좋소. 떠돌아 댕기는 사램을 어치케 믿고 정을 붙이는가 모르겄어."

월평댁도 영철이 안쓰럽기는 하다. 사람 됨됨이도 된 것 같다. 강천댁이 물색없이 퍼주었으면 주었지 뒤탈을 입힐 것 같지도 않다. 정처 없는 젊은이를 두고 이 소리 저 소리 하는 게 미안하기도 하지만 강천댁하고만 있으면 배알이 꼬인다. 강천댁 신경이 딴 데 가 있는 것도 공연히 시기가 난다.

"불쌍헌 사램 도와주는 거이 다 하늘에 복 짓는 거이여."

"그라도 그르체. 머리 끄먼 짐승이 시상에 질로 무섭다는디."

강천댁이 돌아보며 도끼눈을 뜬다.

움찔, 월평댁이 겁먹은 표정을 짓다가 꽁보리밥 풋방귀 뀌듯 푸푸풋, 웃음을 터트린다.

"하앗따! 꽉 맥혔던 숨통이 툭 터져부네. 후우…."

월평댁은 정말 근질근질하고 답답했던 속이 터져 살 것 같다.

"하이고, 시언해! 고것이 속앓이 약이 그만이."

"뭔 갱아지 풀 뜯어 묵는 소리여?"

"맴 쓰지 마씨요. 기냥 나 혼차 히 본 소링께."

"헝, 나가 자네 놀짱헌 속을 모를 중 알고. 나한티 시방 씨붕그린께 속시언허다, 고거 아녀?"

"아따, 낼 당장 읍내 장터에 맷방석 피씨요."

"못 헐 것도 읎제. 다 속여도 내는 못 속여 묵어야."

강천댁이 수돗가로 내려가 걸레를 빤다. 헹군 걸레를 마당 줄에 널기까지 한다. 영철이 빨래도 줄에 널렸다.

"생긴 거이 박복허겄등만."

"누가야?"

"영철이 말이요. 사램이 쫌 뜸직하니 생기야제. 귀뿌리가 두툼허고 코가 둥그러이 오뚝 서야 잘사는디…. 안 그요?"

월평댁은 남자를 볼 때 꼭 송 씨와 비교하고 송 씨와 비슷한 사람에게 후한 점수를 준다. 반면, 강천댁은 허우대가 칠칠했던 송 씨와 다른 자그마하고 왜소한 사람에게 호감이 가고 그 애잔함에 끌린다.

"넘 생긴 거 갖꼬 숭보는 거이 아니여. 누구는 그르키 생기고 자파서 생겼간? 고것은 하늘에 대고 삿대질허는 것이여. 개새끼 핥아댄 죽사발맹키 히여멀건만 허면 복짜가리가 절로 생긴대? 그러는 자네는 뭐 복 있기 생긴 중 알어?"

"복짜가리가 읎으이 성님허고 요로고 살제요. 앗따, 기왕 씻그고 닦는 짐에 성님 머리도 말강 물 나게 쫌 빡빡 깜으써요. 나 갈라요."

"아, 고로케 씨붕그리고 복장 지를라믄 다시는 오지 말어."

"성님 꽃단장헌 거이 보고 자파서 이따가 또 올라 그란디."

"까불고 자빠졌다."

"이거는 큰며눌아가 사줍디다."

쇼핑백 하나를 마루에 놓고 월평댁이 일어선다. 쇼핑백 안에는 속옷이며 담배, 과자 등이 들어 있다. 강천댁은 쇼핑백 같은 데는 아예 관심이 없어 보인다.

음맘마! 참 희한한 일이다. 전에는 두 보따리를 가져오면, 꼭 월평댁 보따리를 풀어헤쳐 내용물이 같다는 걸 확인해야 강천댁은 직성이 풀렸다. 그것보다 더 미심쩍어하는 것이 용돈이었다. 월평댁에게 조금 더 가는 게 아닌가 해서 눈길을 넘성댔다. 공식적인 용돈은 장대와 승대, 때로 딸들까지 찔러주는 것이 똑같았다. 그러나 아이들이 이따금 월평댁에게 따로 좀 더 주는 것도 사실이었다. 강천댁 용처는 술, 담뱃값이 고작이나 월평댁은 비록 노인 살림이지만 두 집 살림의 두레를 책임지고 있기 때문이었다.

"나 간당께요."

월평댁이 딴 데 정신이 빠져 있는 강천댁을 또 한 번 질러본다.

"아, 누가 끄잡아 땡기? 가라니께. 바뻐 죽겄는디, 느자구읎는 애팬네!"

월평댁이 가고 강천댁이 머리를 감는다. 마루에 거울을 내다 놓고 정성들여 빗질을 한다. 파마 한 머리가 허옇게 눈이 내렸지만 아직 숱은 많다. 단장을 끝낸 강천댁은 텔레비전 위에 나란히 놓여 있던 조화 화분 두 개를 내와 요리조리 들여다본다.

어제 영철이 '후리지아'라나 뭐라나 하는 조화를 다시 사 왔길래, "또 죽은 꽃 아녀? 내는 살아 있는 거이 좋은디." 하자, 영철은 "저는 오래오래 가는 꽃이 좋아서요." 그랬다. 한참 나이에 처자식과 생이별을 치른 그 마음이 오죽하면 저럴까 싶어 강천댁은 가슴이 쩌르르 했다. 화분을 다시 텔레비전 위에 나란히 올려놓고 강천댁이 뭔가 궁리를 한다.

뒷짐을 지고 월평댁이 강천댁 마당에 들어서다 눈이 똥그래진다.

"엉! 이기 뭐여?"

마당에 내놓은 먼지 구덩이 텔레비전과 라디오가 눈에 많이 익은 것이다. 집 안은 조용하다. 술에 절어 자고 있나.

"가만있자, 즈것이?⋯."

월평댁은 다가앉아서 두 물건을 요리조리 살펴본다. 오랜 세월이 흘러 가물가물하지만 틀림없다. 수십 년이 지난, 손때에 절고 연두색 겉이 변색된 라디오와 흑백텔레비전.

"하이고, 영감이 시상에 애끼든 것을."

월평댁은 송 씨가 고물로 내쳐져 있기라도 한 듯 가슴이 철렁 내려 앉는다.

"요놈으 할망구, 눈구녕에 콩깍데기가 씨어부렀네이."

컬러텔레비전과 더 좋은 라디오들이 나오면서 비록 광으로 나가긴 했지만, 송 씨는 두 물품을 죽을 때까지 버리지 않고 가보처럼 생각했다. 아이들도 아버지가 아끼던 것이라 오늘까지 가지고 있었다. 인두와 반짇고리 버리지 말라고 했던 명이가 특히 그랬다.

"요놈으 할망구!"

월평댁이 우르르 마루에 올라 안방 문을 확 열어젖힌다. 부르르 한바탕 퍼부을 마음이 앞서 댓돌에 신발이 없는 것도, 순덕이가 없는 것에도 미처 생각이 가지 못했다.

"보기만 해 봐라. 나가 요절을 내불 텡께."

아픈 허리에도 월평댁은 끙끙 텔레비전과 라디오를 마루에 올려놓고 빨랫줄에 걸린 수건으로 먼지를 닦아낸 뒤 마을회관으로 내달린다.

당산나무 아래서 남자 노인 둘이 장기를 두고 있다. 회관 마당에 순덕이 게으르게 허리를 빼고 누웠다가 월평댁의 가파른 숨소리에 얼른 피한다. 사태가 심상치 않다는 것을 순덕이 먼저 눈치챈다. 짐승도 허투루 나이가 드는 게 아니다. 그래서 무심결에 발길질을 하다가도 월평댁은 주춤할 때가 있다.

월평댁이 발소리를 죽여 안노인들 방으로 다가간다. 방 안에서 깔깔깔 웃음소리가 요란하게 터진다. 열린 창으로 안을 들여다보려던 월평댁이 움찔 고개를 내린다. 갑자기 할 일을 잃고 창 아래서 월평댁은 난감해진다. 마음 같아서는 쳐들어가 한바탕 퍼부어대고 싶지만 여러 사람 앞에서 외동서가 싸울 수도 없고, 이대로 맥없이 돌아가기엔 부아가 안 풀린다.

안에서 다시 와그르르 웃음이 터진다. 돌아가려다 대체 뭐가 저리 재밌는지 월평댁도 슬그머니 궁금해진다. 고개를 빼꼼히 올려 방 안을 들여다본다. 예닐곱이나 되는 안노인들이 둥그렇게 앉아 텔레비전을 보며 박장대소하고 있다. 강천댁만 페트병을 베고 누워 시큰둥 딴청이다. 노인들이 재미있어 하는 건 연속극도 아니고 노래 프로도 아니었다. 그런데 화면에 뭔가가 돌아가고 있다. 자금실의 낯익은 얼굴들이 비좁은 공간에서 서로 몸을 비비듯 신나게 노래하고 춤을 춘다. 모두 오, 육십 대의 건강한 얼굴들이다. 가만 보니 관광버스 안이다.

노인들 눈이 점점 화면에 빨려 들어간다. 얼굴에 웃음이 사라진다. 생실댁 눈가가 불긋불긋해지는 게 보인다. 화면 안에서는 남편들과 함께 건강하게 놀고 있는 아낙들이 바로 화면 밖에서는 여든 안팎의 자글자글한 할머니가 되어 그 남편들을 신기한 듯 바라보는 모습이 정겨우면서도 슬프다. 월평댁 눈엔 어디가 이승이고 어디가 저승인지 분간이 안 간다.

송 씨가 보인다. 오매, 월평댁 입에서 짧은 탄식이 나온다. 송 씨가 춤을 춘다. 그 옆에서 강천댁도 묵직한 몸을 흔든다.

반촌 양반이 마이크를 잡는다. 반촌댁이 손뼉을 치며 반긴다.

"오매, 오매, 우리 영감 나왔네!"

"운다고 옛사랑이 오리오 마안은⋯."

자금실의 남자가수라는 명성에 걸맞게 반촌 양반 목청이 구성지다.

270

"운다고 우리 영감이 살아온다면 나가 석삼년이라도 울어불겄네."

반촌댁이 무릎걸음으로 다가가 화면을 쓰다듬는다.

"시방도 우리 영감 부르면 나올 것 같네이."

"으이그, 볼 때마다 저르키 좋으까."

강천댁이 흥, 실소를 친다.

강천댁 말에 한마디 하려다 반촌댁은 글썽해서 그냥 물러앉는다.

"저 시상에 가서도 저러고 모여 노까?"

"누구누구 간 거여?"

내동댁이 노인들 얼굴을 쭉 살핀다. 동촌댁이 곡조를 넣어 읊는다.

"강천 양반 가고, 반촌 양반 가고, 생실 양반 가고, 우리 영감도 가고…. 이 좋은 시상을 못 보고 가부렀어…."

마이크가 송 씨에게 넘어간다.

"어이, 신랑 나왔네."

내동댁이 강천댁의 엉덩이를 흔든다.

"나왔거나 말거나…."

강천댁은 모로 누운 채 눈길도 주지 않는다.

"볼 때마다 강천 양반은 아까워잉…. 인물 좋제, 손재간 있제, 맴 그만이제."

"뭐시 맴이 그만이여. 아그들헌티 느그 큰어메 잘 모시그라, 그 소리 한나도 안 허고 간 사램이랑께."

강천댁이 비쭉한다. 걸핏하면 듣는 말이라 누구도 응대가 없다.

"아그들도 아부지 탁해서 둘 다 잘생깄제. 즈그 어메들한티도 잘허고…."

동촌댁이 되레 강천댁을 지른다.

"아, 시끄라. 텔레비 끄드라고."

강천댁이 고개까지 들며 버럭 소리친다.

그 바람에 월평댁도 얼른 고개를 내린다. 하마터면 강천댁과 눈이 마주칠 뻔했다.

"즈그 어메한티는 사흘이 멀다고 전화질을 혀도 나한티는 안 히. 한 달에 한 번이나 하까?"

강천댁의 애먼 소리에 돌아서던 월평댁이 다시 주춤 선다.

"한 달에 한 번이 어디여. 우리 아그들은 석 달에 한 번이나 게우 할까 한디…."

"속을 딜이다보도 않고 말을 말으랑께! 아그들이 즈그 아부지 지사도 안 지내로 오는디 넘들한티 좋은 소리 들으면 뭣히!"

되로 내다 말로 받은 강천댁이 딥다 심통을 부린다.

"참말로 동서찌리 찌룩째룩 기냥 빌거 아닌 거 갖꼬 매냥 싸와싸. 허기사 싸우는 것도 정이 있응께 싸우제."

"싸움만 하가니. 월평떡 앞이서는 강천떡 흥을 못 본당께. 맨날 술 얻어묵음서 성님 숭 본다고 나한테 월평떡이 불을 키고 덤비드랑께."

"월평떡이 영판 경우 바릉께."

월평댁은 기가 막힌다.

'오매, 우세시라라. 아그들이 헐 만큼 허고, 자석들 모다 자기 호적에 올리놓고 으째 사람들 앞에서 숭을 보까잉? 속으로 낳고도 뒷뜸에 앙겄는 사램도 있는디…. 그 속을 알기나 혀.'

272

마을회관 마당을 나와 씨근덕거리며 고샅으로 들어서던 월평댁이 획 돌아선다.

'기냥 나오기만 해 봐라!'

퉤, 손바닥에 침을 튀겨 비비고는 월평댁이 회관을 향해 떡 버티고 선다.

매미가 여름 끝자락을 찢어발기듯 사납게 울어댄다.

월평댁, 허리가 저려 온다. 아예 흙바닥에 주저앉아 진을 친다.

얼굴이 불콰한 강천댁이 등긁개로 등을 긁적이며 태평하게 노인정을 나선다. 순덕이 꼬리를 치며 일어나 강천댁 곁을 따른다.

월평댁이 발딱 일어나려다 허리를 잡고 다시 주저앉는다. 등긁개를 허리춤에 꽂은 강천댁이 바지 주머니에서 담배를 꺼내 불을 붙인다. 이제 흥얼대는 소리에 담배 연기를 날리며 마파람에 소불알 놀 듯 건들건들 고샅을 걸을 것이다. 한평생 저렇게 놀고먹으며 천하의 백수 놀음을 할 수 있는 것도 타고난 팔자일 터지만.

'하이고, 벌건 대낮에 취해 갖꼬 댐배까정 물고! 에이, 칵 기냥 어푸러져뿌러라.'

월평댁 말이 떨어지기가 무섭게 비틀하던 강천댁이 폭삭 앞으로 넘어진다.

'오매오매! 이 입찬 주댕이를 으째야 쓰까이. 나가 고얀씨 입초사는 떨어갖꼬!'

월평댁이 손바닥으로 방정맞은 자기 입을 톡톡톡 친다.

끄응, 강천댁이 일어나려다 월평댁을 보고는 풀썩 다시 주저앉는다. 그리고는 무릎을 붙잡고 오만상을 다 쓰며 낑낑댄다.

'가만, 저 냥반이 시방 나를 보더니 풍을 치는갑인디 …? 나가 속을 중 알고!'

월평댁은 어금니를 옹물어 턱을 고이고 장기전 태세를 취한다.

"아, 뭣히! 빨랑 인나키지 않고?"

강천댁이 고래고래 소리를 지른다.

"혼차 인나씨요. 성님 엄살을 나가 다 아요."

"아, 엄살이 아니랑께. 저 인정머리 읎는 애팬네가!"

순덕이 강천댁을 일으키라는 듯 월평댁을 향해 컹컹 짖는다.

"시끄라, 이눔아! 니까짓 끼 뭐슬 안다고 나서싸?"

외동서의 밀고 당기는 전선에 순덕이까지 끼어들었다. 월평댁은 순덕이하고도 눈싸움을 한다.

'으디 이 대 일로 히 봐!'

'이래도 거그 앙거서 꼬나보고만 있을 거여?'

강천댁 신음소리가 점점 더 커진다.

'그래 보씨오. 나가 꼼짝이나 헝가.'

강천댁은 아예 드러누워버린다.

'이래도 두고 볼꺼여? 으디 히보드라고.'

순덕이 다시 짖는다. 월평댁은 외면해버린다. 강천댁이 월평댁을 힐끗 본다. 외로 튼 월평댁 고개에 독기가 짱짱 배어 있다.

강천댁은 월평댁 앙살에 내심 당황한다.

'아따, 오지게 틀어부렀네. 그래 봤자여.'

강천댁은 아예 큰 대 자로 태평하게 하늘을 본다.

가지고 싶은 걸 기어이 갖겠다고 생떼 부리는 아이 앞에서처럼 월평댁은 대책이 안 선다.

순덕이 짖다 말고 강천댁을 훑는다.

'저 작것이….'

월평댁이 순덕이를 향해 부르르 일어나려다 또 도로 앉는다. 순덕이 강천댁을 훑고 있는 모양새가 얼굴 뜨겁지만, 오늘은 강천댁 작태를 고쳐놓고야 말 것이다.

'오매, 나 죽겄네.'

얼마 못 가 월평댁은 탕탕 가슴을 친다. 지질하게 겨누자니 정말 죽을 맛이다. 월평댁 성질에는 도무지 안 맞는다. 숨이 막힌다. 당산나무 아래 남정네들이 저 짓거리를 볼 것만 같아 뒤통수가 홧홧해서도 더 앉았을 수가 없다.

'에라이, 나가 손해 본 심 쳐불자.'

월평댁이 바지를 탁탁 털며 일어난다. 전선은 싱겁게 무너져버린다. 그래도 눈으로는 강천댁을 째리며 월평댁이 다가간다. 가서는 검지로 무릎을 꾹 눌러버린다.

강천댁이 기겁을 한다.

"아야야…. 아이코!"

"손 한 번 댔그먼 고로케 엄살을 부린다냐?"

"엄살이 아니랑께."

"등치는 황소를 잡아묵고도 남겄그만 애린냥은…."

월평댁, 난감하다. 져주었다고 생각했는데 정말 다친 것 같다. 혼자 일으키기에는 강천댁 무게가 힘에 부친다. 궁리하던 월평댁이 노인정 뒤에서 작대기 하나를 가지고 나온다.

"요 짝대기 짚으씨요."

월평댁이 강천댁에게 작대기를 쥐어주고 한 팔을 자신의 어깨에 걸어 일으킨다. 둘이 사이좋게 걷는다. 월평댁 속이야 어떻든 남 보기에는 딱 그렇다. 다친 다리가 땅에 닿을 때마다 강천댁은 입을 딱딱 벌린다. 월평댁 이마에 땀이 송글송글 맺힌다. 서로 어깨를 걸고 발을 맞춰 걷는 외동서의 모습에서 마치 전우애를 보는 듯하다.

"참 장허요. 영락없이 전쟁터에서 공을 시우고 돌아오는 상이군인 맹키요."

"웃기지 말어! 배창시 땡기."

크으윽, 웃음을 참느라 강천댁이 걸음을 멈춘다. 자기네 모습이 스스로 생각해도 우스꽝스런 모양이다.

"웃음도 나오겄소, 시방!"

"그랑께 뺄소리 쫌 말어. 상이군인 야그가 나온께, 쩌그…. 우리 친정 마실서 한실 양반이 6·25 적에 딱 요로고 왔당께. 큰 지팽이 짚고 한실떡이 부축허고, 우리가 똑 그 모냥이시."

"하이고, 참말로 기억력 한나는 총총 똑소리 나분당께. 고거이 은제 적 일인디."

"뭔 기억력이 필요혀, 게우 여덟 살 쩍 일인디. 자넨 여섯 살이고."

"아이구 그려요."

월평댁은 해방 전 해 정월에 태어났다. 오진 나이다. 강천댁 생일은 가을이었다. 강천댁은 해방이 되었을 때 집에서 태극기를 직접 그려가지고 면사무소에 나가 만세를 불렀다고 말했다. 큰오빠 손을 잡고 갔다고도 했다. 서너 살 적, 그걸 기억한다고 우겼다. 어른들 말을 자신의 기억으로 착각할 수도 있어 월평댁은 대답도 하지 않았다.

"한실떡은 진즉 죽었겄제?"

"아따, 씨잘디읎는 오지랖은 참말로…. 빨랑 갑시다. 넘 부끄라 죽겄그먼!"

집에 들어와 마루에 앉히고 보니 강천댁 무릎이 어느새 시풀시풀 뚱뚱 부어올랐다. 엄살이 아니다. 물렁살이라 젊었을 때도 걸핏하면 팔다리에 시퍼런 멍이 들어 다녔다. 월평댁은 앞이 캄캄해진다. 이제 강천댁 수발이 고스란히 자기 몫이 돼버린 것이다. 아픈 유세는 또 얼마나 할꼬.

"으쩨야 쓰까. 물팍이 물앙태수네."

월평댁이 방으로 들어가 파스를 찾는다. 강천댁이 다리를 다친 것이 벌써 세 번째다. 두 번은 아예 부러져버렸다. 한 번은 마루를 내리다 넘어져서였다. 그때는 술 때문은 아니었고 송 씨와 무슨 심사 뒤틀리는 일이 있은 뒤였다. 두 번째는 주막에서 술에 취해 변소 가다 넘어진 것이었다.

"근디, 성님은 어치케 뭔 큰일만 생기면 다리가 뿌라져분다요?"

"…!"

오만 잡동사니로 어수선한 서랍을 뒤져 파스를 찾아 나온 월평댁이 아직도 속 불이 꺼지지 않아 씨근댄다.

"나가 이참이는 한바탕 씨게 후적거리불라고 딴딴히 공굴렀는디."

"와 또?"

"와 또오?"

"이잉···."

월평댁의 씹어 뱉는 되침에 강천댁이 말꼬리를 흐린다.

"영감이 죽음서도 안 버린 라지오와 텔레비전를 영철이한티 줘불라고라우?"

"고거···! 아, 씨잘데읎이 광에 처박히···."

"씨잘데읎이!"

"아고, 간 떨어지겄네."

빽, 내지르는 소리에 강천댁 목이 자라목처럼 쏙 들어간다.

"고것을 장대 아부지가 을매나 애꼈는지 몰라서 그르요? 글고 장대가 아부지 유품으로 놔두자고 혔소, 안 혔소? 나가 갖꼬 가고 자파도 성님 섭섭헐깜시 냅뒀는디."

"금매··· 저승사자들은 다 뭣 헐까이···. 나 같은 인생 안 잡아가고."

스스로 생각해도 참 면목 없는 일이 돼버렸다. 그냥 넘기기가 면구해 강천댁은 자신을 자책삼아 눙친다. 생뚱맞고 허튼소리 같으나 적재적소에 들이대는 강천댁 나름의 비유는 탄복을 자아낸다.

"저승이 요새 풍년잉갑소. 안 잡어가게."

"어서 어서 숭년 들어 이 몸땡이 잡어가소."

"아, 시끄랍소!"

"오늘 정때 못 오시면 내일 아칙 꼭 들리소. 내일 아칙···."

능청능청 넉살이 이어지자 월평댁이 마룻바닥을 탁, 친다.

"허허이, 시끄러라우!"

그제야 강천댁 소리가 쏙 들어간다.

"맴에도 읎는 소리. 입에 춤이나 볼르제."

"알었응께, 얼릉 파스나 붙이소."

강천댁이 다리를 뻗는다.

월평댁은 강천댁의 임기응변에 당할 재간이 없다.

"지발 아그들 낯에 똥칠 쫌 그만하씨요, 잉."

"…똥칠!"

"그래라우."

"아그들헌티… 나가야?"

"또또또! 사램이 심뽀를 바로 쓰랑께는…."

"뭔 씸뽀를?"

"넘들 앞서서 애먼 아그들 숭을 본께 요라고 천벌을 받제."

월평댁이 파스를 붙이고는 밉살스러워 무릎을 꾹 눌러버린다.

"아야야! 오매오매, 사람 잡네!"

쿵, 마루가 울릴 정도로 강천댁이 팔짝 뛴다.

"가들은 큰엄니헌티 애성시리 허느라고 해쌌는디, 뭔 났다고 숭은
보고 그르요? 한 식구먼 숭이 있어도 감차줄 판에."

"아고고고 나 죽네…."

강천댁은 있는 대로 인상을 구기며 비명에 엄살에 응석까지, 면피
용을 다 동원한다.

"그르키 아프요?"

"아, 그려. 뻬가 뿌라졌는갑이여!"

"고놈으 뻬다구는 지푸락만도 못헌갑소. 깐딱허먼 뿌라져쌌게!"

퉁박을 주면서도 워낙 부실한 다리인지라 월평댁도 맘이 쓰이지 않

는 것은 아니다.

"광주에 기별혀 봐. 빙원 가게."

"포시란 소리도 허요. 쪼까 삐끗혔다고 바쁜 아그들한티 무신 기별까정 히라우. 옥실 양반헌티 침이나 놉시다."

옥실 양반은 한의원 자격은 없지만 마을 사람들이 급할 때면 침을 맞고 야매 약을 구입했다. 사람에 따라서는 신통하게 잘 낫기도 해서 꽤 영험하다고 소문이 났다.

"그려. 자네 자석인디 나가 무신 자격으로…."

민감한 자식 얘기로 강천댁이 또 어깃장을 놓는다.

"알았소. 파스 우에 얼음찜질까정 히봅시다."

포문에 얼른 장막을 쳐놓고, 월평댁이 일어나 냉장고 문을 연다. 냉동실은 얼음 쪼가리는커녕 달랑 멸치와 고춧가루 봉지뿐이다. 지난달에 장대가 사다준 굴비 한 두름과 서대, 새우도 어느새 다 없어졌다. 있는 대로 영철이를 먹인 모양이다. 냉장실에는 소주병만 줄을 섰다.

"하이고, 얼음 쪼가리 한나 읎고 쐬주빙만 신주 모시드키 쪼르르 잘도 모시 놨네!"

"그거이 영철이 사다 논 거여."

"아조 두 사램이 꿍짝꿍짝이요."

월평댁이 '탁' 냉장고 문을 닫는다.

한 소리 더 하고 싶으나 어금니를 꾸욱 물고 마루를 내린다. 아까 입초사가 마음에 걸려서다.

"으디 가아?"

"…."

"후딱 와야 혀."

'뭐시 보고 잡다고 후딱 와.'

속에선 그예 된 타박이 나간다.

지산댁이 강천댁 집 모퉁이에서 강천댁 소리를 듣고 있다가, 얼음 그릇을 들고 오는 월평댁을 보고 빙싯 웃는다.

"큰할매는 무신 소리를 저러코롬 해싸신다요?"

"한두 번 들어봤가니 고거이 으째서?"

"나이 드셔가꼬 청승이지라잉. 이팔청춘도 아니고…."

'나이 들어 청승이라!'

월평댁이, 크큭 웃음을 흘리며 방방한 엉덩이를 실룩대며 가는 지산댁을 불러 세운다.

"어이! 쪼까 서 보드라고. 거그가 시방 뭣을 안다고 꼬는 것이여?"

월평댁 비위짱이 상했다. 둘은 앙앙불락해도 남이 강천댁 비꼬는 것은 못 본다.

"아따, 뭐슬 꼬아라우. 우리 마실에 명창에다 문장 나싰어라우."

"이잉, 고거는 되았고. 이팔청춘이 뭐시 어쩌고저째?"

"그거는 월평 할매 속 썩인께 그라제요, 호호…."

"고거는 거그가 꺽정헐 일이 아닌디? 저 냥반이 요새 태어났으믄 뭐시 돼도 한 가닥 톡톡히 했을 꺼구만!"

"그라제라우. 월평 할매, 나 오짐 매라 핑 올라갈라요."

지산댁이 줄행랑치듯 내뺀다.

"헝, 뭣도 몰르는 것이 탱자탱자는…."

머리와 내장을 뗀 멸치에 고춧가루, 무를 어슷어슷 썰어 푹 곤 찌개에 굴비까지 구워 월평댁이 저녁상을 차린다.

　얼음찜질을 하는 강천댁을 보고 있던 순덕이 잽싸게 부엌까지 들어와, 상 위의 굴비 하나를 덥석 문다.

　"이 작것이!"

　모지락스럽게 등짝을 때리며 월평댁이 순덕이 입에서 굴비를 확 뺏는다. 순덕이 멀뚱 빈 입으로 밖으로 내쫓긴다.

　"으째 또 순덕이는 때리고 그래싼가?"

　"굴비를 물고 가요, 안. 저것이 누구를 탁해서 통이 크까!"

　"아, 나가 안 묵으먼 될 거 아녀."

　한쪽이 뜯겨져 나간 굴비를 보고 강천댁이 입맛을 다신다.

　"씨알도 읎는 소리 하덜 마써요. 그르타고 안 묵을 성님도 아니고, 개새끼는 사램이 냉긴 그를 묵어야제."

　"순덕이 입도 입이여."

　"입도 입 나름이제."

　"배고프먼 짐승이나 사램이나 다 고거이 고거제, 뭐 다를 거 있간디."

　"긍께, 나가 맬갑시 땡삐간디요. 성님이 매사에 너갱이를 빼불고, 사램 짐성 구별도 못 한께 그라제."

　월평댁이 밥상을 내오자 강천댁은 대뜸 밥 한 숟갈을 떠 넣고 굴비를 한입에 뜯는다. 월평댁이 강천댁 손에서 굴비를 낚아챈다.

　"허천났소? 무신 굴비를 무시 비어 묵대끼 허요? 그라이 접때 장대가 똑같이 한 두름씩 준 거를 폴새 다 읎애뿌졌제."

　"내비둬. 나가 묵고 자픈 대로 묵게."

282

이번엔 강천댁이 무안당한 앙갚음으로 찌개 한술을 뜨다 반격한다.

"무신 눔으 찌개가 니 맛도 내 맛도 읎당가. 짜기를 허등가 맵기를 허든가…. 맥아리 빠져 흐얘가지고…."

"까시랍기는! 온 나라가 맵고 짜기 묵지 말라고 테레비서 야단이등만…. 나 입이는 간만 잘 맞네."

"나라가 왜에 넘으 입맛까정 간습한당가. 입맛까정 베려감서 뭔 났다고 음석을 묵어야? 음석에는 그, 뭐시냐…. 풍…풍미라는 거이 있으야는 것이여. 비계 읎는 되야지괴기가 무신 맛이여? 곱창전골에는 지름이 동동 뜨야고. 달구새끼는 껍닥허고 매가지를 묵어봐야 지 맛을 알제."

"맨날 맛난 음석만 묵을 수 있간디? 아무그나 맛나게 먹는 기 중체…. 나는 요 무시 왁대기맨치 맛난 거이 읎든디."

월평댁이 약이라도 올리듯 더 큰 소리로 호록호록 찌개 국물을 떠넣고 무를 쏙쏙 씹는다. 월평댁 음식 먹는 입새는 정말 보는 이의 군침을 돋운다.

"음석은 한입 까뜩 볼태기찜을 히야 묵는 거 같제, 자네맹키 쪼작쪼작대먼 복 나가는 것이여."

"오매 맛난 거! 슴슴하고, 삼빡하고, 비릉내도 하나 안 나고 알큰개안해분다!"

얼씨구! 군침 돌게 먹는 입새만치나 맛깔진 월평댁 추임새에 강천댁이 가자미눈으로 째린다. 그 추임새에 지고 있을 강천댁이 아니다.

"아이고, 도톰헌 갈치토막에 호박 숭숭 쓸어 여코 된장 풀어 보골보골 끼린 갈칫국 한 그릇 훌렁하게 묵었으먼 속이 확 풀려불겄다."

옛날 친정에서 먹어 본 자랑하느라 강천댁은 걸핏하면 갈칫국 타령이다.

"속 푸는 디는 라멘이 최고담서! 라멘이나 끼래 묵제."

"이그, 촌시랍게! 라멘보담은 민어탕이 좋고 민어탕보담 복탕이요, 복탕 우에 준치매운탕이제."

"오매. 날도 안 궂는디 어서 깨구락지가 울어싼다냐?"

"때까치가 땍땍거린게 시끄랍다고 쫓까불라고 그런갑이제."

초를 치고 재를 뿌리는 외동서의 입담은 오랜 애증의 세월에 걸맞게 앞뒤 죽이 척척 맞는다.

"하이고 그놈으 깨구락지 입심도 좋다. 때까치가 먼첨 날라가부러야 쓰겄다."

도저히 당해낼 재간이 없는 월평댁이 또 먼저 꼬리를 내린다.

먹이를 놓고 이긴 사자처럼 강천댁이 덥석 굴비를 한입 문다. 다시 빼앗으려는 월평댁 손을 탁 친다.

"이 땡삐! 나가 비문히 알아서 묵으까."

먹는 것 가지고 싸우는 것이 허접해 월평댁이 물러나고 만다.

"우리 영철이 꺼는 냉기뒀어?"

한술 더 뜨는 강천댁 염치가 가관이다.

"하이고오…!"

"한나는 냉기야제. 우리 영철이 주게."

강천댁이 한 마리 남은 굴비를 옆으로 밀어놓는다.

다섯 마리를 가져와 세 마리를 냉동실에 넣어두었지만, 월평댁은 모른 체한다.

"쩌번 되야지괴기 장조림 읎어?"

"고것도 고물장시 주게?"

"술안주 쪼깨 허게."

"나가 그 꼴은 못 보지라우."

"쩝…. 냉장고서 술 쫌 내와."

"묵고 자프면 손수 갖다 묵으씨요."

"아, 다리가 아픈께 글제."

"잘 되았소. 이참에 참아부씨요. 하래라도 더 살라믄."

"오래 살면 뭣 헐 거여. 자네가 나를 이르키 무시허고 타박해쌌는디. 사램이 싱간이 핀해야 오래 살제."

"무담씨 그르요? 허구헌 날 술타령인께 글제."

"그거이 아녀."

"아니기는 뭣시 아녀라우."

"평상 거그 유세를 몰르는갑제?"

"평상, 나가 뭔 유세를 했다고?"

"영감이 자네한티서 죽었잖여."

이 말에 월평댁 목이 우쭐 선다. 목에 선 힘줄에 우월감이 배어난다.

"고거 땜시 자네가 나 무시허잖여? 서방 뺏긴 것이 해쌈서."

"오매이. 젊을 적이 꼭 한 번 헌 소리를, 고것을 평상 울거묵네이."

강천댁은 장대, 승대 생일이 오는지 가는지도 몰랐다.

장대 열두 살 생일 때 월평댁이 미역을 가지고 갔다가 강천댁과 크게 싸운 적이 있었다. 아니, 싸움을 걸어온 건 강천댁이고, 월평댁은 아니었다.

　미역귀가 또랑또랑한 올찬 미역단을 들고 주춤주춤 부엌에 들어서
는 월평댁을 밥 뜸을 들이며 아궁이 앞에 앉았던 강천댁이 마치 기다
리고 있었다는 듯 찬바람이 나게 휙 돌아보았다.

　"거그가 와 여글 온당가?"

　"성님, 요거⋯."

　월평댁이 미역단을 내밀었다. 이런 일이 있지 않고서는 월평댁은
강천댁 집을 드나들지 않았다.

　"누가 몸 풀었어?"

　"낼이 장대 생일이라⋯."

　"⋯이 집이도 미역 있어. 가 귀빠진 날에 미역국 안 믹일까 봐?"

　멈칫했던 강천댁이 된 퉁을 주었다.

　"여그다 놓고 갈라요. 끼래 놓으면 꼬들꼬들 맛날 것이요."

　"도로 갖꼬 가!"

　월평댁이 부뚜막에 미역을 놓고 돌아서자 강천댁이 '빽' 소리를 질
렀다.

　"미역국을 믹이든 풀떼기를 믹이든 나가 헐 일인디 거그가 뭘라 나
서? 장대 승대는 나 자석이여!"

　"그라도 기왕 가져온 겅께⋯."

　"아 갖꼬 가라니께!"

　그래도 월평댁은 그냥 나오려 했다. 학교에서 돌아온 장대 승대가
건넌방에 있어 미역을 도로 가지고 나올 수도, 큰소리로 대거리를 할
수도 없었다. 직접 끓여 먹이지는 못해도 무엇보다 간절히 장대에게

미역국을 한번 먹이고 싶었다. 아이들이 있으니 강천댁도 저러다 말겠거니 했다.

강천댁이 월평댁 뒤에다 확 미역단을 내던졌다. 정지 문간을 넘다 등판에 오지게 미역 매를 맞고도 월평댁이 마음 쓴 것은 오직 방 안의 아이들이었다. 제발 강천댁이 여기서 멈추어 주기를 바라며 월평댁은 그 자리에 가만 서 있었다. 이게 강천댁 부아를 돋우었다.

"시방 나 말이 말 같지 안혀? 서방 귀염 쪼깨 받는다고 시방 위세 떠는 거여? 뭐여? 백여시그치."

여기까지도 참았다.

"뱁새가 황새 따라갈라먼 가랭이가 찢어지는 것이여. 푼수를 알아야제!"

그예 월평댁이 발을 안으로 들이고 돌아섰다. 할 말을 참느라 어금니를 웅물고 강천댁을 쏘아보았다. 순간적으로 강천댁이 주춤했다.

강천댁은 두고 보자니 눈꼴이 시고, 갈구자니 동네 우셋거리여서 꾹꾹 참았던 천불 덩어리가 한 바람에 터졌다.

"매꼬롬허니 치다보는 거는 무신 경우여! 치다보믄 으쩔 거여? 짜잔한 것이 눈구녕 까대낌서 뎀비먼 누가 겁묵간디?"

"그려요. 나는 넘으 손꾸락질 받는 첩이어라우. 성님이 나를 시방 시피 막 봐서 이라는 모양인디…. 첩년이 본실 따라가자믄 가랭이가 으챘다고라?"

바짝 약이 받힌 월평댁이 어금니 사이로 말을 잘근잘근 씹어뱉으며 강천댁 앞으로 다가섰다. 강천댁이 한 발 물러섰다. 쥐도 쫓기다 막판에서는 뒤돌아 문다는 것을 깜빡했다.

"오매? 깐딱허면 사람 치겄다. 글찬해도 나가 폴새부텀 거그 나빠대 기 한번 봐불라고 쫑그고 있었는디, 한번 히볼티여? 싸가지 읎는 것이!"

월평댁이 암팡스레 턱을 쳐들었다.

"예에. 나는 싸가지가 읎소. 그라는 성님은 뭣이 그르키 잘 났소? 서방도 뺏기고 아까정 못 낳는 주제에!"

월평댁도 막말이 나갔다.

"뭐시야! 이것이 찢어진 주댕이라고 함부로 놀리네이!"

"찢어졌응께 아그를 낳제! 가랭이라고 다 똑같으간디?"

"옳제, 고렁께 고 잘난 가랑이로 위세를 떨었구나?"

"떨만 헌께 떨제. 누가 성님보러 못 떨게 헙디여?"

술에 마셔도 보고 담뱃불에 지져 태워도 보지만 삭아들기는커녕 숨길마저 턱턱 가로막던 가슴속의 천불 덩어리를, 오손도손 한마을 에 살다가 어느 날 첩실이 되어 자식 생일에 미역국도 끓여 먹일 수 없는 서러운 신세를, 두 사람은 말 한 마디 한 마디에 옹글지게 쏟아 부었다.

"워매워매, 요 개꼬막이 한 마디도 안 지네이. 나는 참꼬막이고 거 그는 개꼬막이란 말이시."

"하이고, 도찐개찐이제!"

"뭐시야? 쪼막만 헌 것이 시방 찢어진 주댕이라고….."

말싸움에서 밀린 강천댁이 설거지통을 월평댁 얼굴에다 통째로 냅 다 던졌다. 몸 잰 월평댁이 아래로 주저앉으며 피했고, 나무 함지박은 월평댁 등 뒤에 퍽석 떨어졌다. 월평댁은 옴팍 물을 뒤집어썼다. 설거 지하기 전이라 다행히 물은 깨끗했다. 천천히 머리와 얼굴에 흘러내리는 물을 손바닥으로 훑어내며 월평댁이 일어났다. 월평댁은 어디한 번 더 해보라는 듯이 강천댁 두툼한 가슴팍 앞에 몸을 들이댔다. 여차하면 가슴을 밀고 들어가려 했다. 그때,

"달은 노랗기 칠해야 헌당께. 흐연 달이 으딨어?"

왈칵 승대에게 소리치는 장대 말이 들렸다.

"내 맴이여. 낮 달 그렸당께."

승대가 마주 소리쳤다.

"하늘이 끄먼데? 낮이 아니잖아?"

"그것도 내 맴이여. 시방 내 맴이 끄멍께."

강천댁과 월평댁의 몸이 동시에 굳었다. 월평댁이 두어 발 물러섰다. 다리에서 힘이 쭈욱 빠져나갔다.

"나가 뭘 그리던 성이 뭔 상관이여. 간섭 말랑께."

이어 '부욱', 종이 찢는 소리가 났다.

서로 딴 데를 본 채 강천댁도 월평댁도 한참 말을 잃었다. 숨소리조차 낼 수가 없었다. 건넌방에서는 더 이상 기척이 없었다.

"…나가 잘못했어라우, 성님."

이윽고 월평댁이 먼저 사과했다. 장대 승대를 생각하면 분하고 고까운 마음 같은 건 생각할 수가 없었다.

"…나는 뭐 잘했당가. 아그들 앞에서 한 살이라도 더 묵은 년이 참었어야헌디."

강천댁도 아차 싶었던 것 같다.

그때 월평댁은 장대가 부러 소리친 것이라고 생각했다. 승대가 내 맘

이라고 한 것도 두 사람 들으란 소리였다. 아이들이 어른을 가르쳤다.

"서방 뺏긴 것이 해쌈서 무시만 혔나? 영감 구실라 우알로 바꽈불고 나를 오막살이 시킨 거는 으째고…."

강천댁이 다시 월평댁을 지른다.

"나가 영감을 구실라라우? 하, 및 번을 말헙디여. 나가 그른 거이 아니라고!"

"두고두고 괘씸혀."

송 씨가 월평댁 곁에서 죽었다는 것, 아니 간절히 죽고 싶어 했다는 것. 그리고 자기를 위해 아무런 유언도 자식들에게 남기지 않았다는 것. 그게 강천댁 가슴에는 벌건 인두 자국으로 남았다.

'느그 어메 불쌍헌 사람잉께 잘 모시그라, 한 마디만 해주제. 그 말 한 마디만 해주제.'

그 때문에 송 씨의 관 위에 강천댁은 흙 한 줌 떠 넣지 않았다. 장대가 삽까지 손에 쥐어주며 간청했지만 "평생 이쁨 받고 산 니 짝은엄니헌테나 하라고 혀." 하고 내팽개쳤다.

월평댁에게는 한 번도 내색한 적이 없지만, 잠 안 오는 밤이면 강천댁은 문득문득 뒤늦은 회한으로 가슴을 쳤다. 마지막 가는 길에 흙 한 삽으로 배웅하는 것이, 망자에게 이불 한 자락 덮어주는 것이, 그렇게도 힘들었을까.

"너갱이는 빼놓고 살믄서 무신 놈으 귀가 고로케 볼글까잉? 허도 안헌 말까쩡 다 들어불고…."

타박을 놓으면서도 월평댁 얼굴은 오히려 흔연하다.

290

무슨 말인들 어떠랴. 짧으나마 난생처음 송 씨와 오롯이 한집에 살았던 것만으로 월평댁은 행복했다.

송 씨는 월평댁 집에서 죽었다. 아니, 집이 아니고 월평댁 곁에서 죽었다. 심장이 좋지 않은 데다 천식기가 있던 송 씨의 몸이 급격히 나빠지자 장대가 아버지 병수발을 월평댁이 해야겠다고 나섰다.

가수 하겠다고 나간 승대는 소식이 없고, 가장 늦은 연이의 결혼식을 앞두고서였다.

"나가 아부지헌티 옮기라고야?"

"예. 엄니가 맨날 술만 묵고 아부지 병수발을 소홀히 허싱께 도저히 안 되겠어라우. 아무래도 아부지가 오래 못 가실 것 같아요. 아부지를 일로 모시고 올까 했는디 초상이라도 칠라먼 여그 집이 쫍아서."

"느그 엄니는 어쩌고야?"

"엄니는 욜로 모시고 와야제라우."

"엄니가 그르자고 허겠냐?"

"할 수 없지라우. 엄니가 양보하셔야제."

장대는 단호했다.

장대와 승대가 강천댁 밑에서 그래도 순순히 큰 것은 아버지 송 씨의 순후한 인격과 친어머니 월평댁이 가엾어서였다. 가수 바람이 들어서 그렇지 승대도 순순한 편이었다. 월평댁이 꼬막을 캐러 나간 둑방을, 밭일을 하는 둑길을, 물동이를 이고 종종걸음치는 마을 길을, 강천댁은 술이 취해 노래를 흥얼거리며 뻑뻑 담배를 빨며 비틀거렸다.

학교에서 돌아오다가도 장대는 주막 마루에 취해 있는 강천댁을 보곤 했다.

"장대야! 니 마음은….."

월평댁이 간절히 장대를 불렀다. '작은엄니'로 불리며 비록 떨어져 살아왔어도 장대 승대가 자기편이라는 심정적 연대는 늘 있었지만, 이렇게 장대가 직접적으로 편을 들고 나서니 순간 월평댁 속이 울컥했다.

"지 생각이 아니어라우. 아부지가 그러시드랑께요."

"느그 아부지가!"

"나가 죽기 전에 느그 작은엄니 곁에 있고 잡다, 그러시드랑께요."

"그 냥반이 죽을라고 참말로 맴이 빈한갑다."

월평댁 목젖과 눈시울이 뜨끈해졌다.

젊은 날 밤마다 뜨겁게 몸을 섞던 그때가 지나자 송 씨는 밤 걸음도 줄고 거의 강천댁 집에 머물렀다. 아이들이 커감에 따라 송 씨로서는 집안의 위계라든가 분위기를 잡을 요량도 있었을 것이다.

그러나 월평댁은 서운했다. 자기 속으로 낳은 아이들에 송 씨까지 모두 품을 떠난 것 같았었다. 거기다 자식들 보기에 늘 뒷모습이 떳떳지 못하고 부끄러워 차라리 한마을이 아니었으면 싶은 때도 많았다.

강천댁의 술타령과 애바르지 못한 살림 솜씨 때문에 강천댁과 대면해서는 자주 다투는 것 같았지만, 송 씨는 월평댁에게는 한 번도 강천댁을 두고 서운해하거나 흉잡는 소리를 하지 않았다. 항시 '자네가 이해허게'였다. 이것도 월평댁에겐 서운했다. '그려, 나는 뒷뜸이고 개꼬막잉게.' 하는 서글픔과 자괴감에 늘 가슴이 시렸다.

그런데, '느그 작은엄니 곁에 있고 잡다'고 했다는 송 씨의 한 마디에, 마디에 옹이처럼 박혀 있던 그간의 모든 응어리와 설움이 다 씻겨

나갔다. 갑자기 가슴이 그득해지고 세상이 흔연해 보였다. 이것이 아니어도 월평댁은 비록 뒷뜸이긴 했지만 송 씨를 만나 자식을 낳고 산 것에 원은 없었다. 강천댁을 참꼬막으로 두게 된 것도.

"에미고 자석이고 다 한통속이여. 영감까정도…. 빙구안 핑계대고 우알로 바꽈 나를 쫓까내부러! 헝, 고로케는 호락호락 안 넘어가제. 으디 즈그들찌리 알콩달콩 잘 살아보라드라고! 바꽈불든 쫓까불든 슘 아불든 즈그들 맘대로 한번 히봐. 아이고, 내 팔자야! 나 속으로 난 자석 하나 읎어 시방 이 괄시여…."

강천댁이 땅을 치며 동네가 떠나가라 노발대발했지만 결국 외동서는 아래윗집으로 바꿔 앉았다.

그러나 월평댁이 송 씨와 정말 부부처럼 살뜰하게 살아 본 건 두 달여에 불과했다. 고로케는 호락호락 안 넘어간다더니, 주막에서 변소에 가다 넘어진 강천댁이 읍내 병원에서 목발을 집고 득의양양 집으로 돌아왔던 것이다. 어쩔 수 없이 송 씨가 죽기까지 세 달여를 세 사람은 함께 생활했다. 송 씨와 월평댁이 안방에 기거하고 강천댁은 건넌방에 자리를 폈다. 건넌방에 그냥 있을 강천댁이 아니었다. 다리가 우선해지자 엉덩이걸음으로 밀고 들어와 송 씨와 월평댁 사이에서 능청스레 자고 나가기도 했다.

"아이고 아퍼! 자네는 시방 나가 미와 죽겄제? 즈그들끼리 속닥허니 살라다가 나가 요로케 다시 와분께?"

"그르요. 으쩌면 그르키 때맞춰 잘도 자뿌라져분지 나가 아조 미와서 죽겄소. 역부로는 안 그랬지라우?"

"이번에는 자네가 꽃 달 생각을 허긌제?"

내달로 닥친 연이 결혼식에 자기 대신 월평댁이 송 씨와 나란히 앉게 될 거라는 강천댁의 비아냥이었다.

"하이고, 나한티 꽃 달게 헐라고 성님이 역부로 자빠라져부렀소? 오매오매 고마와서 으째사 쓰까잉."

"어림 반푼어치도 읎는 생각 허들 말어. 나가 목발이라도 짚고 갈 텡께. 거근 내 자리여."

"…."

그 말대로 강천댁은 목발을 짚고 기어코 결혼식장에 나가 앉았다.

"나가 자네 가심에 꽃 다는 걸 꼭 한 번 보고 자꼈는디…."

송 씨가 눈을 감기 직전 월평댁에게 마지막으로 한 말이었다.

송 씨의 삼우제를 지내고, 월평댁은 다시 옛집으로 돌아갔다. 사십구재를 올리기까지 강천댁 집에 송 씨의 상청(喪廳)이 차려졌다. 아이들이 위패를 절에 모시자고 했으나 강천댁은 '벱도'를 고집하며 유난을 부렸다. 이제는 마을에서도 다 사라진 '벱도'인데, 그것도 남들 보라는 듯 마루에 광목으로 칸을 막아 만들어놓고 혼자 아침저녁으로 상식을 올렸다. 상식을 올려놓고는 온 마을이 들리도록 곡을 했다. 삭망 때는 떡까지 해 올리고 더 애절했다.

울면서 송 씨 영정에 대고 또 온갖 사설도 늘어놓았다.

"영감이 그르키 죽어뻐리믄 나는 어척헌다요. 영감이 있었으이 아그들이 눈가림으로라도 엄니, 엄니 함서 내 집을 드나들었제…. 인자는 나가 꽁 떨어진 매 아니요. 그래, 죽음서 아그들헌테 느그 어메 잘

294

모시라는 당부 한 마디도 안 허고 눈을 감아라우. 사램이 살아서도 죽음서도 나헌티는 으째 그리 무정허다요? 아이고, 설분 내 신세⋯."

강천댁의 설분 한탄을 돋운 것은 또 있었다.

사십구재를 지내던 날 장대가 식구들 앞에 선언을 했다. 승대 생각은 알 수가 없지만 이제는 우리 오 남매가 '작은엄니'를 '엄니'로 부르겠다고 한 것이다.

"뭐시여? 아부지 가셨다고 시방 니가?⋯. 발써 니가 나를 능멸하는 것이냐?"

처음 강천댁은 노발대발했다.

"나 뒤에서 느그들끼리 고로코롬 짰냐? 그런 거여?"

"엄니, 이건 엄니를 무시해서도 아니고 뒤에서 우리끼리 짠 것도 아니어라우. 오래전부터 제가 생각하고 있었던 것이구만요. 우리를 낳고도 작은엄니, 작은엄니, 불릴 때마다 작은엄니 마음이 어쪄셨겄어요? 작은엄니는 우리 호적에도 없어라우. 동거인으로 올라 있제."

"그래서 니 아부지 돌아가시기만 기다렸냐? 천하에 불효막심헌 것들!⋯. 작은엄닌 니 아부지가 세운 벱도고, 호적에 읎는 건 세상이 세운 벱도여. 시방 니가 세상허고 아부지 우에 있다는 것이여?"

"잘못된 건 고쳐야지요. 엄니가 넓은 아량으로 이해하셔야겄어요. 이건 작은엄니 편들어서도 아니어라우."

장대는 오래전부터 맘먹고 있었던 듯 단호했다.

그때 강천댁은 문득 뒤를 돌아보았다.

거기 있어야 할 산이 이제 없었다. 그 산은 강천댁의 울타리를 허물기도 했지만, 그 울타리를 지켜준 지지대이기도 했다. 송 씨의 존재가 어떠했던가를 강천댁은 한순간에 알아버렸다. 안면몰수, 천연덕스럽고 의뭉스레 자기 뜻을 관철시키는 데 특출한 강천댁이지만 송 씨가 없는 앞에서는 그럴 수가 없었다.

게다가 강천댁은 장대를 어려워했다.

장대가 중학교 2학년 땐가, 그날도 강천댁은 주막에서 불콰하게 막걸리를 걸치고 해거름에 '앞산도 첩첩허고 뒷산도 첩첩헌디 이 한 몸….' 넌들넌들 소리를 하며 집에 들어섰다. 그러자 장대가 방에서 뛰쳐나왔다. 맨발로 마당에 내린 장대는 두 주먹을 불끈 쥐고 씩씩대며 강천댁을 쏘아보았다.

"음마, 이것이! 엇따 대고 눈을 부라린다냐."

"으이 씨!"

분을 풀 수가 없자 장대는 마당 가운데 빨랫줄을 고여 놓은 바지랑대를 우지끈 부러뜨렸다. 그 단단한 나무가 장대 무릎에서 두 동강이 났다. 장대는 동강 난 바지랑대를 강천댁 앞에 내동댕이치더니 집 밖으로 나가버렸다. 그 일로 송 씨에게 호된 꾸중을 듣고 다시는 안 그러겠다고 빌었지만, 강천댁은 그때 우직한 장대 성격이 무섭다는 것을 알았고, 은연중 눈치를 보게 되었다.

"…느그들이 그르키 하겠다믄 허는 것이제, 나가 무신 심이 있겄냐. 초상집 개 신세제."

강천댁 기세가 한풀에 꺾어버렸다.

"엄니는 무슨 말씀을 그르케…. 저희는 두 엄니가 오새도새 사시는 게 젤로 소원이어라우."

장대가 다독였지만 강천댁은 외면하며 눈을 감았다. 그렇게밖에 자신을 드러낼 수가 없었다. 고였던 눈물이 볼을 타고 주루룩 흘렀다. 급기야 강천댁은 흐윽, 소리를 내고 말았다.

　이어 강천댁은 '큰엄니'가 됐다. 월평댁과 함께 있을 때 부르는 게 엉키자 아이들 입에서 자연스럽게 '큰엄니'가 나왔다. 그것도 군소리 없이 감수했다. 그때부터 강천댁의 술주정은 더 심해졌다. 술주정은 나 여기 살아 있다고, 강천댁이 세상에 외치는 고함이었다.

나도 영롱허니 한 번은 살었네

영철이 늦다.

'칼을 싯돌에 갈아 시퍼르게 날을 시워야겄다', '설거지를 하믄 말강물이 잘잘 흐르게 행궈서 뽀독뽀독 소리가 나게 닦아 살강에 포개고, 기영물에 밥태기 하나 안 나가게 해야 쓴다'는 둥, 된 잔소리를 하며 월평댁이 설거지를 하고 요강까지 씻어 들여놓고 돌아간 지도 한참 되었다.

"뭔 일이까? 이르키 늦은 참이 읎었는디…."

장명등처럼 마루에 불을 켜놓고 골목을 내다보는 강천댁 가슴이 막연한 불안과 두려움으로 떨린다. 지난번에도 영철은 이렇게 소리 없이 가버렸다. 손가락을 꼽아가며 날수를 세어보니 영철이 다시 온 지도 두 달이 꽉 찼다.

"순덕아, 니 머리 한 번 긁어보그라. 우리 영철이 으디쯤 오고 있나?"

순덕이 멀뚱히 강천댁을 쳐다본다.

"아, 머리 긁어보랑께. 영철이 으디 오고 있나?"

순덕이 꼬리를 둔하게 두어 번 치다 만다.

"그려, 지끔 끝재 넘어오고 있다 그 말이제. 넉넉잡고 댐배 두어 대 피고 나면 오겄다, 잉?"

강천댁은 담배 두 대를 천천히 피운다. 세 대째, 마지막 연기를 길게 내뿜는다. 네 대째는 손가락 사이에서 스스로 타들어 갔다. 조금이라도 더 시간을 끌고 싶어서다.

"앗뜨…!"

다 타들어간 꽁초에 손가락을 덴 강천댁이 손을 탈탈 털고 호호 입으로 분다.

"에고…. 하마, 으디쯤 오고 있겄제…."

눈은 골목에 둔 채 강천댁이 담뱃재를 마룻바닥 옹이구멍에 쓸어 넣는다.

"옹이구멍을 재떨이로 사용하는 사람은 이 세상에 엄니 한 분뿐일 거예요. 정말 기찬 발상이세요."

오늘 아침에도 영철은 강천댁이 마루 옹이구멍에 담뱃재 터는 것을 보고 재밌어했다.

"엄닌 소리도 잘 지어 부르시지, 머리가 아주 좋으세요."

영철의 다감한 음성이 아직도 강천댁 귓바퀴를 간질이고 있다.

"엄니, 돌아앉아 보세요. 제가 머리 빗겨드릴게요."

어제는 고운 빗을 하나 사와, 아침을 먹기 전에 거울 앞에서 강천댁 머리까지 빗겨주었다.

"참말로 사람이 으치먼 이르키 싹싹허까아!"

강천댁은 수줍은 새댁처럼 영철의 손에 머리를 내맡기고 참말로 '나도 영롱허니 한 번 살아보네.' 싶었다.

하루 종일 낮잠도 안 자고 영철이 빗겨준 머리를 열 번도 더 만져봤다. 그 머리가 아직도 헝클어지지 않았다.

시간이 깊어감에 따라 강천댁은 점점 사위스러운 생각이 든다. 운전하고 가다 바다만 보면 차를 그 속으로 몰고 싶다던 영철의 말이 생각난다. 바다가 자기를 부르는 것 같단다. 그 부름이 어떤 것이지 강천댁은 안다. 바다가 부르는 소리를 젊었을 적에 강천댁도 한두 번 들은 것이 아니다. 그럴 때마다 강천댁은 이 길 끝에 무엇이 있는가, 너하고 나하고 끝까지 한번 같이 가 보자고 들어서려던 물가에서 걸어 나오곤 했었다.

"설마, 그른 일이야 읋겄제…."

강천댁은 오래오래 고개를 젓는다. 읍내 어디 포장마차에서 잔술 두어 잔 마시고 천천히 술을 깨서 오고 있을지도 모를 일이다. 영철은 포장마차를 하고 싶다고도 했다.

"해필이먼 포장마차여?"

포장마차가 시답잖아서가 아니라, 왜 그 일을 마음에 두고 있는지 강천댁은 그게 궁금했다. 영철이 생각하는 것이라면 무엇이든지 다 알고 싶어서였다.

"포장마차에는 위안이 있잖아요. 외할머니같이 편안하고 허물없는 주인이 넉넉히 퍼주는 국물에 '탁' 첫 잔을 한입에 털어 넣으면 온몸이 후끈해지면서 고단한 삶에 그만한 위로가 없지요. 머리 위 백열등도 정겹고, 모락모락 어묵 국물에서 피어오르는 훈김도 위로가 되고…. 무엇보다 잔술을 마실 수 있어서 좋아요. 갑자기 기온이 뚝 떨어진 겨울날 헛헛한 속에 딱 두어 잔이면 좋겠는데, 싶은 날 말이에요…. 요즘은 그런 포장마차도 없지만요…."

"나이도 창창헌디… 그려도 씩씩헌 글 쫌 생각히 봐."

말없이 웃기만 하던 영철이 또 외할머니 얘기를 했다.

영철의 외할머니는 농사짓는 틈틈이 시골 마을과 오일장을 다니며 내복 장사를 했다고 한다. 외할머니도 머리에 인 보따리가 정히 무거울 때면 주막에 들러 깍두기 서너 알에 막걸리 한 잔을 흔연히 마시고 고단한 하루를 넘곤 했다. 그건, 곤고한 삶의 어깨를 푸는 외할머니만의 비법이고, 포만감까지 담보한 한 끼 요기이기도 했다.

"그려, 그 막걸리 맛을 나가 알고도 남제. 나 술 댐배가 바로 고 맛잉께."

강천댁은 깊이 머리를 주억거렸다. 얼굴도 모르는 망자와 둘도 없는 동지가 된 기분이었다.

'영철이 자네, 나헌티 안 와도 좋응께 지발 나쁜 맴은 먹지 마소. 나가 이르키 빈께 지발 좋은 맴 갖꼬 거그가 찾아댕긴다는 마누래도 만나고 아들도 만나소.'

강천댁은 간절히 그렇게 염원한다. 절로 하늘이 쳐다보인다. 천지신명도 좋고, 부처님도 좋고, 용왕님도 좋고, 송 씨도 좋고, 저 별도 좋고, 그 모든 것이 영철이를 돌보아주었으면 싶다.

강천댁은 마루 끝에 늘어진 도리줄을 잡고 일어나려다 몸과 마음에 다 맥이 빠져 주저앉고 만다. 도리줄은 강천댁이 워낙 잘 넘어져, 강천댁 혼자서도 잡고 일어서거나 앉을 수 있게 방 안과 마루에 각기 달아 놓은 것이었다. 그것도 낡아 지난번에 영철이 새로 갈아주었었다.

강천댁은 문지방에 한 팔을 괴고 마당 끝 외등이 켜진 골목을, 온 마을이 잠들 때까지 까막까막 내다본다. 순덕이도 마루 밑에서 같이 내다본다. 어쩌다 두어 번 차 소리가 나서 귀를 세워보면 소리는 무심히도 어디론가 사라져버린다.

안방의 오래된 괘종시계가 댕, 한 번을 친다.

'올라나 올라나 으데쯤이 올라나….'

강천댁 소리가 점점 잦아든다.

늦여름 무더위에도 방문이 굳게 닫혀 있다. 월평댁과 마을 사람들은 며칠이나 강천댁 소리를 들을 수 없었다. 툇돌 위 신발도 다시 꺼멓게 땟국에 찌들었다. 노인정에도 가지 않았다. 툇돌 밑에 순덕이가 축 처져 누워 있다.

월평댁이 하루 한 번 들여다보지만 예전처럼 타시락대지도 않는다.

"오매이, 나가 속 트져 죽겄네. 은제까정 저르고 있을라나…?"

월평댁은 속이 탄다. 밤새 강천댁을 움직일 이 궁리 저 궁리를 하다 잠까지 설친다. 늦잠을 자고 아침을 짓는데 느닷없이 순덕이가 올라왔다.

"오매, 순덕이 니가 뭔 일이여?"

순덕이 강천댁 집을 가리키며 컹컹 짖어댄다.

"성님헌티 뭔 일이 난 거여?"

연분홍 차마아가 봄바람에에 휘날리이드라아

오늘도오 옷고름 씹으가며어….

방 안에서 들리는 강천댁의 새 노래다.

무슨 일인가, 맘을 졸이며 순덕이 뒤를 따라 종종 마당에 들어서던 월평댁이 그 소리를 듣고 활짝 가슴을 편다.

"하이고, 인자 살아났그먼!"

월평댁이 신발을 신은 채 무릎으로 마루를 기어가 문을 연다. 바로 코앞에 강천댁이 꼿꼿이 앉아 있다.

"이그, 이기 생불이여, 뭐여!"

깜짝 놀란 월평댁이 엉금 뒤로 물러나며 빙그레 웃는다.

"인자 기운이 쫌 났소? 근디, 나팔꽃은 으디다 내삔지고…?"

"가실에도 나팔꽃이 핑 거 봤어?"

"그라먼 성님은 시방 봄이요? 연분홍 치매가 휘날리게!"

"시끄라, 땡삐야!"

"앗따, 그 말 들응게 우리 성님 같소."

월평댁은 '우리'라는 말을 썼다. 그리고 방 안으로 고개를 삐쭉 디밀어 본다. 윗목 소반 위에 술병은 보이지 않고 조화 화분 두 개와 빨간 빗만 나란히 올려져 있다.

"장대네 집에 한 번 안 갈라요, 성님?"

"또 지 어메한티만 전화혔어?"

강천댁 반응이 금세 날카롭다. 월평댁은 그것도 반갑다.

"못 살어. 아, 쩌번에 갈칫국 묵고 잡다고 안 했소?"

"…"

강천댁 목에까지 올라온 '그려' 소리를 알아채고, 월평댁 혀가 호들갑스레 바람을 잡는다.

"오동도 귀경험서 갈치에 호박 숭숭 쓸어 넣고 보골보골 끼린 갈칫국도 묵고, 새쿰달쿰 매코롬허게 무친 서대회에 쐬주도 짝 꺾어불고, 안 좋소?"

"…요래 가지고 으딜 가. 쩔뚝쩔뚝 함서…."

지난번 마을회관 마당에서 넘어진 다리가 아직 온전치 않다.

"아프다고 안 쓰먼은 뻣쩡다리 되야뿌요. 자꼬 꼼지락거리야제."

"쩝, 될 대로 되야불겄제."

짐짓 시큰둥해하지만 강천댁은 서대회에 벌써 침이 고인다.

거제도로 가기 전에 연이가 여수에 몇 년 살았는데 그때 두어 번 가서 먹어 보고 강천댁은 서대회에 혹해버렸다. 그 뒤로는 벌교에 꼬막이 있고, 흑산도에 홍어가 있다면, 여수에는 서대회가 있다고 노래를 불렀다.

서대는 유월에 많이 잡히지만, 서대회는 초가을이 제철이다. 뼈를 발라낸 싱싱한 서대를 어슷어슷 썰어 자연 발효시킨 식초에 조물조물 주무른 다음, 깻잎, 미나리, 오이, 붉은 고추 같은 채소에 고추장, 물엿, 다진 마늘을 넣어 잘 버무린다. 그 위에 깨를 살살 뿌려 낸다. 그 맛은 새쿰달쿰, 매콤하면서도 은은하고 그윽한 감칠맛이 있다. 거기다 꽁보리밥에 참기름 몇 방울을 떨어뜨려 설렁설렁 비벼 먹는 맛은 가위 환상적이다. 예부터 서대회 진미의 비법은 식초에 달렸다고 했다. 식초는 초병에 솔잎을 꽂아 숨구멍을 트고 막걸리를 자연 발효시킨 것이어야 한다.

강천댁 목울대에서 침이 꼴깍인다. 이때다 싶어 월평댁이 갈고리를 들이민다.

"쪼까 있으면 서대가 박대 되야분디. 요새가 질로 맛 들었을 때 아 니요?"

"…그름, 그래 보든가…."

"또, 또, 우멍하이 저르까. 좋으면 좋다고 '탁' 야그를 히뿌러야제."

"자네나 '탁, 탁' 혀. 넘이사 우멍을 허든 야몽을 허든. 으째 넘으 천 성까정 바꽈불라고 혀."

"하이고, 그 잘난 천성! 못된 거는 바꽈야제 뭘라고 끼리고 살아. 나 갈라요. 이따 점심이나 같이 묵게 올라오씨요."

"맛난 거 혀 놔."

"글체! 튀미허니 빼지 말고 고러케 똑뿌라지게 허시랑께."

"되았어."

"나가 방앳잎 따다가 부침개 부쳐놀 팅게 후딱 오씨요."

"알았어."

월평댁이 얼른 지팡이를 마루에 기대놓는다.

구름은 소리를 부르고

강천댁이 줄을 잡고 마루를 내린다. 지팡이를 찾아 짚고 절뚝이며 마당을 돈다. 순덕이도 함께 돈다. 강천댁 이마에 이내 송송 땀이 맺힌다. 조금만 더워도 큰 몸피 탓에 강천댁은 땀을 잘 흘린다.

강천댁이 땀을 닦으며 멈춰 서 순덕이를 내려다본다.

"순덕아."

순덕이 올려다본다.

"니 맴도 아프제?"

순덕이 위로하듯 강천댁 손을 핥는다.

"그려, 그려. 나가 니 맴 알제. 그라도 나가 영롱허니 한 번은 살았제. 영롱허니 한 번은 살았어!⋯."

강천댁이 아스라한 하늘을 쳐다본다. 소리 없이 지나가는 비행기가, 거미 꽁무니에서 실을 뽑듯 하얀 비행기구름을 길게 늘어놓는다.

"앗따, 나가 성님 심중을 몰라불고 창아리 읎이 속을 끼랬네이!"

약초 봉다리를 들고 오던 월평댁이 함빡 반색을 한다.

"참새가 봉황 맴을 어치케 알 꺼여?"

"지당허신 말씸이요. 나 말대로 운동하니 을매나 좋소. 이참에 갈칫국에 서대회에 아조 용봉탕까정 묵고 옵시다."

"아, 다리가 성해야 뭣을 묵든 허제."

"그라이 운동허고, 나가 요로케 피 뿌랑지까지 안 캐왔소."

"그거이 뭐시 효과가 있다고."

"옛적부텀 요거이 어혈 푸는 데는 최고라 안합디여."

"참, 사서 고상허는 빙이여. 파스도 있고, 연고도 좋은 거 많은디 뭔 났다고…."

월평댁이 싫다는 강천댁을 마루에서 내려 내리닫이 치마를 입히고 속옷을 벗긴다.

"아, 와 넘으 깝데기는 베끼고 그래싸."

"까마구들이 봉황보고 감히 놀자고 헐깨비 그라제. 마당맹키로 성님도 깨깟허니 씨끄고 약초 볼릅시다."

수돗가에는 두 개의 커다란 고무 다라에 물을 담아 따가운 햇살에 찬 숨을 죽여 데워놓았다.

월평댁 등쌀에 강천댁이 다라 안으로 들어가 철퍼덕 주저앉는다. 큰 몸피에 물이 훌렁 밖으로 넘친다. 치마가 바람을 안은 돛처럼 부풀어 오른다.

"참말로 무신 큰애기가 이라고 조심성이 읎을까이."

"또, 또!"

"아, 알았어라우. 욜로 대씨오."

월평댁은 강천댁 얼굴부터 씻긴다.

"아이고, 아퍼. 아, 살살 쫌 히."

"나가 이따 술 사줄 텡게 쫌만 참으씨요. 이르케 뿍뿍 닦아야 묵은 땟국을 빗겨내제."

"참말 술 사줄 거여?"

강천댁이 어린애처럼 수말하게 묻는다. 맘대로 움직이지 못해 강천댁은 그간 술을 거의 살 수가 없었다. 어쩌다 노인 보행기를 밀고 노인정 다녀오다 사거나, 월평댁에게 사정사정 해 마신 술은 감질만 났다. 월평댁이 반병 이상은 엄격히 통제했기 때문이다. 지금 강천댁에게 술보다 더 그리운 건 없다. 참말 술이 고프다. 소주 두어 병 마시고 시원하게 소리 한번 했으면 원이 없겠다. 그러면 또 한 번 영롱해질 터인데.

"속고만 살았소? 이그, 이 때 쫌 보소. 꼭 국시꼬랭이맹키네."

"그리게 말이여. 동동 떠댕기는 거이 똑 멜치떼가 바글바글헌 거맹키시."

"성님 말이 훨씬 어울려부요. 히히히…."

"술은 은제 사올 거여?"

"아, 나가 폴새 사다 놨제."

"이잉, 그맀어! 그라도 자네는 나가 있어 살맛이 나제?"

"하이고!…. 쩝, 그란다고 히 둡시다."

"나가 읎으면 이 진진 날을 뭘로 보낼 거인가. 나를 구박허고 잔소리라도 히야 하루해를 넝구제."

"앗따, 고맙기도 허요. 아구창에 곰팽이 실을까 꺽정까정 해준께로."

"아고, 간지라."

월평댁이 겨드랑이며 가슴팍을 문지르자 강천댁이 몸을 비튼다.

"오매, 성님은 아적도 뭔 젖 구레가 요로콤 딴딴하다요. 복도 많소."

"나가 복이 있다고야?"

"그라제라우. 술복에 댐배복, 소리복…. 아적까정 젖가심 딴딴한 것도 복이제."

"복짜리도 지지리 읎등갑다. 냄편 복도 읎는디 젖가심만 딴딴허먼 뭣 히!"

"…!"

비누질하던 월평댁 손이 주춤 멈춘다. 괜한 소리를 했다.

강천댁도 무심결에 한 말이 무안하고 미안하다.

"아, 뭣 히?"

"아, 알았어라우."

월평댁 손이 조심스럽게 움직인다.

"젊었을 적, 젖가심은 자네 거이 보기 좋았제. 종재기 엎어논 거맹키 아담허니…."

"음맘마! 나 젖가심을 은제 봤다고!?"

"자네가 정지서 목간헐 적에 다 봤어."

"하이고, 참말로 응큼시럽기는."

월평댁 손길이 불쑥 강천댁 치마 속으로 파고든다.

"아고, 거근 고만둬."

"기왕 따끄는 짐에 꾸석꾸석 손봐 둬야제."

빠닥빠닥 월평댁 손이 다시 분주해진다.

"나가 말이여, 자네 줄라고 약… 한나 사났는디."

"뭐시요? 또 읍내 갔었소?"

월평댁이 수건을 팽개치며 발칵 소리를 내지른다.

"워메이!"

강천댁은 찔끔 눈을 감아버린다. 딴에는 칭찬을 기대했는데 날벼락이 떨어진 것이다.

"나가 못 살아! 쩌번에 깅옥곤가 뭐신가도 그 비싼 돈 주고 사서 묵지도 못허고 내삐리 놓고. 아니, 그 다리로 은제 읍내는 갔당가? 싸게 가서 물러오씨요."

"시방?"

강천댁, 겁먹었다.

"그래라우!"

"나가 다리 다치기 폴새 전에 샀는디."

"근디 인자사 말헌대…. 전화번호가 있을 거 아니요?"

"있겄제마는 한번 샀는디 물러주까?"

"시상에 안 물러주는 물건이 으딨다요?"

"그름 자네가 물러보든지…."

"고러케 약장시 거짓부리에 넘어가지 말라고 아그들이 올 적마다 신신당부허등만."

읍내의 한 장소를 빌려 약장수들이 가끔 와서 노인들에게 약을 팔았다. 한때는 붙박이로 들어온 패들도 있어 마을 노인들 수 명이 드나들며 물리치료도 받고, 화장지나 파스 같은 사은품도 받아오고, 효과가 증명되지 않은 의료기와 약들도 의기양양 사들고 왔다. 귀 얇은 강천댁도 그런 데 빠지지 않았다.

그러다 점점 세상이 밝아져선지 붙박이는 철수하고 뜨내기가 출몰했다. 꼭 추석이나 설 같은 명절 직후였다. 명절 때 자식들이 찔러준 용돈을 노린 것이었다. 일부 노인들에게는 주문하지 않은 약이 오기도 했다. 자식들 중 누군가 보낸 줄 알고 앞뒤 생각 없이 먹은 노인도 있는데, 그러고 나면 약값 청구 지로용지가 날아들었다. 뒤늦게 알았더라도 이미 뜯은 것이라 반품도 안 되고 경찰에 신고해도 별 소용이 없었다.

"노인들 허리 애리고 다리 쑤신 디에 좋닥히서 나가 자네 줄라고⋯."

"그람사 을매나 좋겠소만 다 믿어도 약장시 말은 못 믿제. 뭔 말이 그러코롬 좋아 노인덜을 홀랑 베껴묵고 또 홀라당 베껴묵어불까잉."

"금매 말시."

"참말로 못 말리는 할망구여. 지발 등칫값 쫌 허씨요. 허우대는 멀쩡험서 귀는 으찌 그리 얇은가 몰르겄어. 헛똑똑이여."

월평댁이 다시 수건을 들고 문지르자 무안해 있던 강천댁이 부르르 되지른다.

"목간 내비둬. 말 뽄시라곤 읎는 애팬네. 사램 성으를 그르키밖에 생각 못 혀? 술 댐배값 아끼 가며 샀구만."

"아끼 가며 살 기 따로 있제. 차라리 그 돈 나 주제. 괴기 사다 묵게."

"참새가⋯."

"까마구 맴을 알고도 남제!"

"음마, 인자 넘으 말까정 따묵어야?"

"들으나 마난께 글제!"

된 타박을 주면서도 월평댁은 뒤가 횟횟하다. 강천댁을 나무랄 처

312

지가 아니어서다. 헛똑똑이는 바로 월평댁이다. 천여만 원을 두 눈 뻔히 뜨고 사기당한 것에 비하면 강천대 약값은 차라리 귀엽고 감동스럽다. 월평댁은 그때 생각이 나서 더 쇳소리를 내고 있기도 했다.

월평댁은 전화 한 통에 놀라 농협 통장에 있던 천만 원이 가까운 돈을 사기꾼들이 말한 우체국 통장에 홈빡 넣어 고스란히 날렸다.

아이들이 주는 용돈과 꼬막 판 돈, 노인 기초연금을 모은 것이었다. 오만 원이 모이면 오만 원을, 십만 원이 모이면 십만 원을, 일수 찍듯 월수 찍듯 갖다 넣었다. 명이 필요할 때 요긴하게 도와도 주고 두 노인네 아프면 병원비도 하고, 그래도 남는 게 있다면 장례비에 보태라고 할 요량이었다. 여투는 재미가 쏠쏠했다. ‘자네 뒷돈 있제?’ 강천댁이 냄새를 맡고 슬쩍슬쩍 넘겨짚기도 했지만 딱 잡아뗐다.

그걸 날려버린 것인데, 돈 아까운 건 말할 것도 없지만 모욕감을 견딜 수가 없었다. 내가 그렇게 사기를 당하는 순간에 그놈들은 얼마나 쾌재를 불렀을까, 이 무지한 노인네를 내려다보며 하늘은 뭘 하고 있었나, 까막눈이었으면 계좌번호를 받아쓰지나 않았을걸. 오만가지 후회와 분이 다 일었다.

월평댁은 장대에게만 겨우 사실을 얘기했다. 장대가 경찰에 신고했고, 신고한 한참 뒤 경찰서에서 편지가 왔다. 할머니가 돈을 넣은 계좌의 주인은 노숙자로 전혀 변제 능력이 없는, 사기단에 이름만 빌려준 사람이라는 것이었다.

그 뒤에 보니 그런 사기가 한 달이 멀다 하고 텔레비전 뉴스에 나왔다. 자신보다 더 잘나고 배운 사람들도 당한다는 게 월평댁에겐 그나마 위로가 됐다. 생각해 보면 그때 조금만 의심해 봤더라도 이상한 점을 알 수 있었을 텐데, 이 생각 저 생각 할 겨를 없이 우선 돈을 지켜야 겠다는 다급함이 화를 부른 것이다.

월평댁은 지금 장독대의 단지 안에 돈을 모은다. 누가 단지 뚜껑을 열어본다 해도 알 수 없도록 철저하게 위장도 해놓았다. 마루에 앉으면 자연스레 그 단지에부터 눈이 간다. 밤에는 혼자 열어보며 안부도 확인한다.

뻗정다리로 마루에 앉아 강천댁이 젖은 머리를 빗는다.

"전화번호 불러보씨요."

강천댁에게 돋보기를 건네주며 월평댁은 그예 전화를 해서 약을 물리잔다.

아이고, 저 악바리! 강천댁은 질려버린다. 그 야발진 걸 누가 이기랴. 전화하라고 종주먹을 대는데 강천댁은 막막하다.

"시간도 폴새 지냈는디, 되까?"

"히보잔께요. 고것들이 성님을 아조 물봉으로 보고! 이참이는 나가 지서에 신고라도 히불 참이요"

"…!"

신고라는 말에 강천댁이 몸을 움찔, 꾸물대며 돋보기를 쓰고 약병을 이리저리 살펴본다.

"이이, 여그 있구만."

강천댁이 부르는 대로 월평댁이 전화번호를 꾹꾹 누른다.

"받능가?"

"지둘러보씨요."

"와?"

"결…번이라는디."

"이리 줘 봐."

강천댁이 송수화기를 빼앗아 귀에 댄다. 알아들을 수 없는 외국말이 빠르게 지나간다. 강천댁이 불에 덴 듯 얼른 송수화기를 놓는다.

"에이, 잘못 걸렀구만."

강천댁이 재차 걸어보지만 같은 소리만 나온다.

"워매, 고것들이 참말 사기꾼이었등갑네…."

"나가 그를 줄 알았당께."

강천댁이 월평댁 눈치를 보며 슬그머니 송수화기를 내려놓는다. 고래심줄처럼 버티는 강천댁이지만 이럴 땐 참 면목이 없다.

마루에 썰렁한 침묵이 흐른다.

"기왕 나간 돈잉께 인자 떨어부시오."

월평댁이 빨리 결론을 내렸다. 월평댁은 뭘 지질하게 끄는 법이 없다. 자신이 너무 몰아붙였나 싶어 풀이 죽은 강천댁한테 슬그머니 미안하기도 하다.

"참말로 노인들 허리 애리고 다리 쑤신 디에 좋다 히서…."

"아, 성님 맴 알았응께 떨어불잔께요. 사람들 심뽀가 으째 그르까? 시상에 심읎는 노인덜 돈을 다 베끼묵고. 테레비에 봉께 그것들이 8도를 다 돌아댕기등만. 베락은 으째 그른 데 안 치능가 몰라."

"그려도… 약발은 있을랑가?"

"말이 되는 소리를 허씨요. 그를 약이먼 피해 댕기겠소?"

"금매 말시…. 자네, 이런다고…. 나 술 안 줄 꺼여?"

강천댁은 지금 그게 불안하다.

"하이고, 나는 그눔들 긑지 안 히라우. 한번 약속허먼 지키제."

털자고 해놓고도 월평댁은 속이 안 풀린다. 잃어버린 것도 아니고, 두 눈 뻔히 뜨고 외동서가 둘 다 생으로 당했다. 그것도 물정 모르는 어둔한 노인들을 등쳤다고 생각하니 자존심이 상하고 모욕감이 부글거린다.

월평댁이 절구에 약초를 집어넣는다. 병을 들어 요리조리 금을 재어 가며 술을 마시던 강천댁이 힐끗 월평댁 눈치를 살핀다.

"딱, 반빙이요잉!"

옆에서 콩콩 약초를 찧으며 월평댁은 안 보는 척하면서 슬쩍슬쩍 곁눈질을 한다.

안주는 태호네서 준 데친 새꼬막이다. 강천댁은 능숙하게 꼬막을 까 잘도 먹는다. 실금처럼 살짝 벌리고 있는 놈은 톱니 같은 옆을 맞잡고 살짝 벌린다. 앵 토라진 새댁처럼 입을 꼭 다물고 있는 놈은 꼬막 뒷부분에 숟가락을 끼워 살짝 비튼다. 그러면 언제 토라졌냐는 듯 쩍쩍 벌어져 육즙을 뚝뚝 흘린다.

꼬막은 소쿠리나 채 같은 물이 잘 빠지는 그릇에 담아 끓는 물을 그 위에 부어주며 데치기도 하지만, 팔팔 끓는 물에 찬물을 살짝 부어 온도를 조금 낮춘 뒤 꼬막을 넣고 주걱을 한 방향으로 네댓 번 돌려주며 데쳐 내기도 한다. 너무 익히면 입이 벌어져 꼬막의 진맛이 빠져나가는 데다 속살도 질겨지기 때문이다. 한 방향으로 저어주는 건 껍질을 벗길 때 조갯살이 양 껍질에 붙어 살이 찢어지는 걸 방지하고 꼬막 젓꼭지가 잘 떨어지게 하기 위해서다.

강천댁이 힐금 월평댁 눈치를 보다가 두 사람 눈이 딱 마주친다.

무안해진 강천댁이 괜히 신소리를 한다.

"자네도…. 한 잔 주까?"

"하이고, 맴에도 읎는 소리 하덜 마써요. 시방 나를 취허게 맹글어 뭔 수를 내볼까 허는디, 딱 반빙이요!"

월평댁이 야멸차게 못을 박는다.

"알았당께. 어소, 안주나 한 입 받으소."

싫다고 도리질하는 월평댁 입에 강천댁은 꼬막 하나를 까서 우격다짐하다시피 집어넣는다. 속셈을 들킨 게 무색해서다. 그러다 문득 허허롭게 하늘을 본다.

입추 말복이 다 지난 하늘은 어느새 서늘하게 높아져 있다. 아직 따가운 햇살과 언뜻언뜻 부는 마파람에 곡식들이 혀를 빼물고 마지막 단해를 빨아들이는 소리가 들린다.

오늘 아침에는 또 붙들이가 너풀너풀 제 어미 무덤엘 갔다. 이번 비가 지나가면 가을 기운이 성큼 다가올 것이다.

"자네…. 정자 말이여!"

하늘에서 눈길을 내린 강천댁이 조심스럽게 월평댁을 본다.

"정자가 뭐시요?"

약초를 찧던 월평댁이 손길을 멈추고 번쩍 고개를 든다.

"나가 이른 소리 하믄 자네가 또 땡삐그치 쏘겄지만…. 나 생각이는 암만 혀도 갸가 죽은 것 같어. 살았고서야 이르키 소식이 읎을 리가 읎제. 우리가 여그 살고 있는 걸 뻔히 알 턴디….”

강천댁은 월평댁한테 이 말을 꼭 해주려고 오늘까지 벌렀다.

“아니어라우. 나 생각이는 꼭 으딘가 살아 있을 것만 같아라우….”

펄쩍 탄하면서도 월평댁의 말끝은 스르르 힘이 빠진다.

“살았으믄 진즉에 무신 기별이 왔제…. 인자 잊아불소.”

강천댁 말에 곡진한 연민과 애원이 담겨 있다.

“죽은 아는 아조 죽어부렀응께 허고 잊아불겄는디, 소식이 읎다고
으치케 잊아부요…. 산에 진달래가 피믄 올해도 우리 정자가 지천으
로 피었네 싶고, 장광에 봉숭아가 피믄 내 새끼 정자가 왔네 싶고….”

“그려, 그러겄제. 와 안 그러겄능가. 나가 억장이 무너진다는 소리
가 뭔 소리랑가를 아는 사람잉께. 그려도 자네는 일곱 자석을 낳아 다
섯을 끄릿끄릿 안 키왔는가.”

“….”

“자네는 끈뜻허믄 자네 자석들 나 호적에 올리고, 아그들 혼인식 때
꽃 달고 영감허고 나란히 앙거 봤으믄 되았제 뭐슬 더 바라냐고 하제
만, 나는 고거이 아니여.”

“….”

‘뭐시 아니어라우?’

월평댁은 한마디 내쏘려다가 참는다.

“그거이 다 무신 소용이여! … 설움 설움 혀도 냄편 사랑 못 받는 설
움만 한 거이 있으까? … 글고 자석들도 그르트라고. 군불솥에 물 절
절 끓이 장대 승대 손목 잡아끌어다가 버짐 생긴 머리통 쥐어박으며
벅벅 문질러 썻기는 그런 일조차 나 배로 나슨 자석맹키 무람읎이 할

318

수가 없었웅께."

강천댁이 아슴아슴한 먼 섬을 바라본다.

"…."

"자네가 술 댐배로 사는 나으 심사를 알기나 하겄어?"

"…."

"속을 중 알면서도 약장시들헌테 가는 나 속맴을…. 자네가 알기나 하겄냐고?"

"속을 중 알면서도 간단 말이어라우?"

월평댁은 어이가 없다.

"거그 가면 뭣보다 즐거웅께. 나 좋아허는 노래 해주제, 다 큰 아그들이 재롱떨어 감서 엄니, 엄니, 해싸메 살갑게 해주제. 즈그 약 팔아묵기로 입에 발린 소리겄지만, 시상에 누가 나를 그르키 즐겁게 해주간…?"

월평댁도 그 말에는 수긍이 간다.

"그려도 나가 영롱허이 한 번은 살었제!"

강천댁 입가에 문득 알 듯 모를 듯 미소가 스쳐간다. 월평댁은 짐작은 가지만 뜬금없는 소리인 양 관심을 기울인다.

"고거이…. 무신 소리다요?"

"그런 거이 있어. 자네는 몰라도 되야."

강천댁 얼굴이 흔연해 보인다.

"그려요. 우멍하이 감차 놓고 성님 혼차 곶감 빼묵대끼 솔랑솔랑 빼묵으씨요. 근디 순덕이가 와 안 보인다요?"

마루 밑에 턱을 받치고 앉아 있어야 할 순덕이가 없는 것이 문득 생각나 월평댁이 마당을 두리번거린다.

"자네가 끈뜻하면 복날 복날 해싼께 고것이 피신 나갔제."

"말복도 폴새 다 지냈는디."

"참, 세월이 잘도 간다."

강천댁이 다시 하늘을 본다. 월평댁이 푹 한숨을 내쉰다.

"앗따 고놈으 한숨, 땅 꺼지겠어야. 폭폭허고 징글징글헌 시상….
자네나 나나 오래도 살았네. 다시는 이눔으 시상에 안 오고 자파. 참
말로 여식으로는 안 오고 자파."

"누가 오고 자파 왔겄소."

강천댁이 술병을 들어 아예 병나발을 불어버린다. 조금 전까지 흔
연했던 강천댁 얼굴이 갑자기 푸슬푸슬 쓸쓸해 보인다. 월평댁은 한
병을 다 비우는 강천댁을 말리지 않는다.

"성님 다리가 이번에는 솔찬히 오래가요. 나가 진즉에 이걸 캐러 간
담서도…."

월평댁이 찧은 약초를 아직도 부기가 덜 빠진 강천댁 무릎에 발라
천으로 감싼다.

"나가 미운 짓을 했제."

"나도 이뿐 짓은 안 했지라우…. 성님!"

"왜에?"

"이 시상에 다시 온다믄 성님은 뭣으로 오고 잡소?"

"안 오고 잡당께."

"그르긴 히도 또 온다면요? 예에?"

월평댁이 짐짓 고개를 디밀고 보챈다.

"나가 뭣으로 오고 잡다고 그대로 된다면야, 또 으디 봄 묏뚱에…. 아이구 되았어."

강천댁이 손사레를 친다. 강천댁은 소리고, 카수고, 참말 다시는 이 세상에 안 태어나고 싶다. 생각해 본 적도 없다.

"…나가 또 옆이 쪼롬히 항군에 피믄 으쩔라요?"

"…으찔 거인가! 묏뚱이 허는 일을…."

"또 쌈박질해싸먼 으쩌까이."

"그려도 봄 묏뚱이는 할매꽃이 오새도새 피야 어울리제."

외동서가 이렇게 진심을 열어보기도 처음이다. 월평댁이 남은 약초를 절구에 넣는다.

"또 찔라고?"

"아조 찌어 냉장고에 넣고 낼도 볼라야제."

"그람…. 냉장고에 간 짐에 술 한 빙 더 갖꼬 오소."

약초를 찧으려던 월평댁이 두 손을 놓고 강천댁을 빤히 바라본다.

강천댁의 간절한 눈빛이 귀엽기도 하고 애잔하기도 하다.

"으디…생각히 봅시다."

강천댁, 땡삐에 쏘일 걸 각오했다가 눈에 총기가 돈다.

"어서 찧어."

"생각히 본다고 힜제, 준다고는 안 힜소."

"그려어…."

콩콩콩…. 절구질 소리가 경쾌하다.

"성님이 나보다 먼첨 가야 헐 틴디…."

"왜! 자네가 나 묻어주고 울어줄라고?"

"아그들 말로 꿈도 야무지시오. 성님은 나 읎이 하래도 못 산께 글제."

"꺽정을 말어. 내는 잠자드끼 소리도 읎이 가불 텡께. 아그들 고상 안 시키고 참말이지 혼차 조용히 가불 텡께…."

스스로에게 다짐하듯 하는 강천댁 말에 갑자기 월평댁 이마가 선득해진다.

강천댁은 정말이지 자기 배로 낳지 않은 아이들한테 병든 몸을 맡기고 싶지 않다. 그리고 월평댁 손에 묻히고 싶다. 말은 잠자듯이 소리도 없이 가버리겠다고 했지만, 하룻밤 새 눈을 감는다는 것도 산 사람들에게 너무 황망한 것 같으니, 한 이레 아픈 듯 누웠다가 수말하게 이 세상을 떠날 수 있었으면 싶다.

그 옛날 강천댁 할머니는 딱 곡기를 끊음으로 본인의 죽음을 스스로 선택했다. 그 이야기는 무름재의 전설로 남았다. 오늘까지 무엇을 곡진히 소망해 본 적이 없는 강천댁이지만, 죽음에 대한 소망만은 하늘이 자신에게 허락해주기를 간곡히 바란다.

인새앵이 이내 몸을 앙고 살으웠나
나가 인생을 앙고 살았나
구비구비 걸어온 질이 꿈만 가트라

서럽기도 애틋하기도 한 강천댁 소리와 월평댁의 폭폭 절구질 장단이 어우러져 구름을 부른다. 먹구름이 무거운 솜이불 자락처럼 바다 위에 내려앉았다.

붙들이가 넘어간 산등성이에는 벌써 비가 묻었다.

해 발 이

올해도 어김없이 봄이 왔다.

아직 꼬리를 다 감추지 못한 꽃샘추위가 앙탈을 부려도 산수유 꽃망울이 아기 옹알이하듯 터지고, 밤새 내린 는개를 걷어낸 앞바다의 봄빛이 포름포름 찰랑인다.

겨우내 시름시름 하던 강천댁이 온 천지에 들어찬 봄기운에도 쉽게 몸을 추스르지 못했다. 월평댁은 설부터 아예 거처를 옮겨 강천댁과 함께 생활했다.

물을 준 콩나물시루에서 똑똑 떨어지는 물방울 소리를 들으며 외동서는 긴 겨울밤 오래 산 부부처럼 얘기를 나누다 잠들다 했다. 생각하면 까마득히 잊혔던 이야기들이 어디 숨어 있다 튀어나오는지 명주실꾸리 풀리듯 끊임없이 새록새록 이어졌다. 가까웠던 일보다 오래된 옛일일수록 오히려 기억은 더 풍성하고 바로 어제 일인 양 선명했다.

"그쩍은 왜 그랬능가 몰라. 참말로 우쏴 죽겄소이. 쪼까 거석헌 일이 있어도 참았으면 될 걸."

두 사람의 얘기 끝에 월평댁이 가장 자주 한 말이었다.

어느 날 밤에는 이런 얘기도 했다.

"성님허고 나는 어처다 여그 이르키 참꼬막 개꼬막으로 나라이 누워 있으까. 생각하면 참말로 신통방통 안 허요? 으째 성님은 참꼬막이고 내는 개꼬막으로 생기났으까, 그것도 참 알 수 읎는 일이여라우."

"자네 수 놔 봤제?"

"성님이나 내나 시집올 때 횟댓보며 비갯잇에 다 안 놔왔소."

"수를 가만히 봐봐. 목단꽃을 수 놓자면 꽃술에는 노란 실이 있어야 허고, 꽃잎에는 뻘건 실이 있어야 허고, 잎싹에는 배차색이 있어야 제. 그중에 하나만 빠져도 목단꽃이 안 되제."

"그라제요."

"못나고 하찮히서 잎싹이 된 것도 아니고, 잘나고 중해서 꽃이 된 것도 아니여. 자네도 잎싹이라고 정성을 덜 딜이고 꽃이라고 정성을 더 딜인 거는 아녔을 거 아녀? 한 땀 한 땀이 다 정성이 들가야 이쁘제. 니나 내나 모든 거이 목단꽃에 꼭 있어야 할 몫몫들잉께 어울려 있는 것이여."

"그라도 요거는 공평하들 못헌 거 같어라우. 누구는 꽃이 되고 누구는 잎싹이 되고…. 나가 만약에 목단으로 태어난다면 꽃으로 태어나고 잡소."

"좋겄제…. 아녀, 아녀, 그래 봐봐. 모다 좋은 거로만 태어나고 자프면 어치게 되겄어. 서로 좋은 부모 좋은 집에 나겄다고 대그빡이 트질 거여. 그람 자네나 나 긑은 인생은 이 시상에 오지도 못했어야."

"…그라도 성님은 꽃이였지라우. 참꼬막이었응께."

"꽃이면 뭣 헐 것이여? 꽃이 꽃다워야제. 자네가 꽃이고 참꼬막이여."

"고건 뭔 소리다요?"

"…나가 을매나 자네를 우로 치다보면서 살았는지 알아? 산이 거꾸로 처박히고 바다가 솟구치고 하늘이 노랗게 무너져 내려야 온다는 그 생명의 질을 나가 을매나 내고 싶었든지, 자네가 아를 날 적마다, 또 그 자석들허고 조단조단 무람없이 야그하거나 전화할 적마다 자네가 을매나 커 보이든지, 태산 긑앴어. 자네가 꽃이고 참꼬막이여…."

끄응 강천댁이 일어나 불을 켠다.

"벤소 갈라요?"

"아녀. 댐배나 한 대 꼬실르고 잡은디."

"아따 쪼까 빤한께 또 그라요."

"딱 한 대만 줘."

"딱 한 대고 뭐고 읎당께."

"에이, 그라지 말고…."

"진즉에 다 읎애부렀당께는. 고로케 쪼작쪼작대다가는 영 못 끊으요이. 요참에 아조 딱 끊어붑시다."

월평댁, 매정하게 불을 꺼버린다.

"메조가 떨어진 거 봉께, 오늘은 님이 오실랑가!"

가끔 아침이면 강천댁을 대신해 월평댁이 화투로 재수 패를 떼었다.

월평댁의 살뜰한 보살핌에 한결 기운을 차린 강천댁이 마루에 나와 해바라기를 한다.

"따땃하니 좋네…. 산에 한 번 가고 자픈디."

'오매, 메조가 떨어지드니 저 냥반이 영감이 보고 잡었던 모냥이시.

생전 가도 않던 디를 다 가자고 허고.'

"참말로 가고 잡소?"

"벳이 아까운께…."

강천댁은 햇살을 둘러댄다.

"올라가지겠소?"

"나서 봐."

강천댁이 지팡이를 찾는다. 월평댁이 소주와 꼬막무침을 챙겨 배낭
에 넣는다. 외동서가 서로 의지해 쉬었다 걸었다 산길을 오른다.

"심들먼 내려갈라요?"

"나가 고래 심줄이란 걸 잊아뿌렀어?"

"아따, 나가 까마구 고기를 묵었등갑이요. 싸목싸목 올라갑시다."

겨우내 얼었다 녹았다를 반복한 밭길이 황태포처럼 포근포근 부풀
어 올라 발이 푹푹 빠진다. 냉이가 무리무리 촘촘히 박혔다.

"강천 아짐, 월평 아짐 산소에 가시는 게라우?"

산비탈 밭에서 비닐 쪼가리며 지지대 따위를 태우던 산청 양반이 반
갑게 인사를 건넨다.

"이이."

"두 냥반이 항군에 가신께 좋고만이라우. 벳도 좋고요."

"잉, 벳이 아까운께 부지런히 허소."

"예. 잘 댕겨오시씨요."

강천댁이 손을 들어 보인다.

강천댁은 한 번도 볕이 아깝다는 생각을 해 보지 않았었다. 그 옛날
친정어머니가 딸들이 조금이라도 해찰하면 가장 자주 한 말이 '벳 아

깝다'는 말이었다.

"이년들아. 벳이 아깝지도 않냐? 언능언능 못 딸싹여?"

딸들을 닭 몰듯 내몰았다.

그런 성화에도 강천댁은 눈치껏 해찰을 했고, 월평댁이 들어오고서
는 볕이 아깝기는커녕 오늘도 저 긴 하루해를 어떻게 넘기나 싶어 아
침마다 막막했었다.

그런데 오늘은 봄볕이 이쁘고 정겹다. 그냥 두기에는 참말 아깝다.
겨울 난 솜이불 홑청 뜯어다 퍽퍽 치대 양잿물에 삶아 빨랫줄 가득 널
었으면 좋겠다. 그 위에 환한 봄볕이 쏟아지는 걸 보았으면 좋겠다.

"꿈에 난생 첨으로 친정엄니가 보이대."

"그랬어라우!"

월평댁 가슴이 덜컥한다. 생전 안 보이던 사람이 꿈에 나타났다는
게 마음에 걸린다.

"을매나 반가왔으까. 그 냥반이 뭐라고 허십디여?"

"빌 말씸은 읎이 생시처럼 말캉에 가만히 앙거 나를 보시등만."

그 억척스럽던 장수댁이 말년에는 노망으로 무너졌다. 컴컴하고 악
취 나는 골방에서 장수댁은 혼자 죽었다. 냄새가 심해 손자 손녀들도
옆에 가지 않았다. 너무 여위어서 목 아래가 바가지처럼 움푹 파인 장
수댁을 아이들은 '바가지 할매'라고 했다. 뒤를 못 가리니 며느리가 굶
긴다는 소리도 들렸다. 마을 사람 누가 사람 된 도리로 어찌 그럴 수
있냐고 한마디 했다가 호되게 당했단다.

"나가 매일 밥 디릴 텡께 아짐이 와서 똥오줌 치와줄라요?"

"…."

"사람이 사정을 몰르먼서 입 찬 소리 허는 게 아니어라우."

강천댁은 장수댁이 골방에 갇혀 있는 1년여 동안 딱 한 번 친정걸음을 했다. 그러고는 나락 가마니에 생쥐 드나들듯 했던 걸음을 끊었다. 며느리가 밥을 안 준다는 둥 이 말 저 말이 들려도 어찌해 볼 도리가 없는 데다, 가 봐야 장수댁이 딸을 알아보는 것도 아니고 무엇보다 강천댁 심사가 그만큼 신산스러웠기 때문이다. 올케가 곳간 열쇠를 차고앉은 살림에 더 얻어올 것이 없다는 것도 한 이유였다.

자신의 병을 예견이라도 했던 것일까. 골방에 갇히기 전 장수댁이 강천댁에게 딱 한 마디 한 말이 있었다.

'나가 니헌티 그때 논 서 마지기 준 거는 참 잘했제.'

그래서 자식을 얻을 수 있었으니 다행이라는 뜻으로 처음 강천댁은 알아들었다. 장수댁이 병 들고서는 그렇게 주지 않았으면 그것까지 다 며느리 살림이 되었을 거라는 안도의 말로 생각되어 강천댁은 가슴을 쳤다.

일꾼은 먹는 걸로 잡는다는 말을 늘상 해온 장수댁은 놉이나 아랫사람들에게 후했다. 늘 먹거리가 풍성했고, 새경도 나락 가마니라도 더 주었으면 더 주었지 덜 주는 법이 없었다. 그러나 큰며느리는 사람이 차고, 깎은 밤톨 같았다. 경우는 발랐지만 수더분한 데가 없었다.

강천댁의 가슴을 치는 습관은 장수댁을 닮았다. 겉으로는 걱실걱실 천하의 여장부 장수댁도 역마살 도저한 한량 남편을 두고는 자주 복장을 쳤다.

울화가 복받쳐 밤중에 가슴을 치면 온 집안이 쿵쿵 울렸다. 가슴 친 자리가 시커멓게 멍이 들어 있기도 했다. 항상 소화가 안 되고 속이 거

북하다며 하루에 몇 번씩 소다를 먹었다.

"나가 영판 죄가 많어. 저승 가면 으뜨케 친정엄니 얼굴을 보까…."

강천댁이 나무에 손을 짚고 아슴아슴 먼 산을 본다.

"시상에 부모한티 잘했다고 하는 자석이 멧이나 되겄소? 나도 우리 부모헌티는 큰 죄인이었어라우. 속 썩인 거를 생각허믄…. 그람서도 자석들을 탓한당께. 나가 불효한 거는 생각 못 허고…."

"그려. 그거이 인생살이겄제…."

송 씨 산소에도 봄 햇살이 가득하다.

월평댁이 '으으,' 허리를 젖힌다.

강천댁은 허리를 꺾은 채 '헤, 헤,' 거친 숨을 토한다.

"오매! 집이서 여그까정 오 리도 안 되는디 무신 인생길이 이르키 멀고 심들다냐."

"성님, 요리 와 보씨요."

월평댁이 가리키는 봉분 위에 할미꽃이 무리지어 피었다.

"한나, 둘, 싯, 닛…. 어쩌께라우, 성님? 둘도 아니고 일곱이나 되야라우!"

"고거이 으쨌간디?"

"우리 둘이도 심들어 죽겄는디…."

"자네, 시방 새암내는 거여?"

"아따, 고러타는 야그지라이."

"한나보담 쪼롬이 항군에 오새도새 있응께 보기 좋네. 요 냥반이 참 여복은 많은 사램이시."

"음마, 은제부텀 고로케 인심을 썼다냐? 영감은 좋겄소. 마누래 복이 트져서! 성님이 한 말씸 허씨요."

"꼭 말을 히사 알아묵간디. 거그서 다 알고 있겄제."

"오랜만에 오셨응께 그래도 한 말씸 허셔라우."

"허고 자픈 사람이나 어서 상봉혀어."

이제는 마음을 감추지 않아도 되겠건만 강천댁이 조면하듯 산소를 등지고 주저앉는다.

"영감 우리 왔어라우."

월평댁이 배낭을 내리고 생전에는 송 씨 앞에서 한 번도 안 해본 '우리'라는 말을 한다.

"성님이 오싱께 영감도 좋제라우. 그랑께 우리 성님 어서 심타서 맨날맨날 여그로 놀로 오게 해주씨요. 성님허고 항꾼에 온께 나도 좋아라우."

월평댁이 봉분 위의 잡풀을 쏙쏙 뽑아내며 조근댄다.

강천댁이 허어 하늘을 본다.

'영감은 죽어서도 참 호강허시오. 작은떡하고 을매나 정이 짚어사 여적도 즈러케 애성시럽다요…. 생각나는가 몰르겄소. 나도 영감이랑 좋은 날이 있었지라잉. 첫날밤에 첨으로 영감을 보고 을매나 잘생깄든지 가심이 막 두근거렸응께. 가난한 시집이지만 영감만 봐도 배가 부른 것 겉었어라우. 영감이 밥 묵는 얼굴도 훔쳐보고 뺄널 맹그는 것도 훔쳐봄서 혼자 벙싯거릿지라우. 그르다 눈이라도 마주치면 영감이 슬며시 웃어주고…. 나가 살림이 둘해도 싫은 소리 한 번 않고…. 그르키 산 세월이 나헌티도 있었는디….'

그러나 강천댁은 누구에게도 그 마음을 드러내고 싶지가 않다. 열일고여덟 수줍고 풋풋했던 마음을 오롯이 혼자만의 비밀로 간직하고 싶다. 그 비밀을 강천댁은 오랫동안 잊고 살았었다. 그런데 요즘 문득문득 열일곱 살 적의 새댁이 강천댁을 가슴 뛰게 한다.

"아, 되았어. 고만 요리 와. 따땃하니 좋네."

월평댁이 옆으로 앉는다.

손으로 차양을 하고 강천댁이 해를 올려다본다. 부신 햇살에 잔뜩 미간을 찌푸린다. 월평댁도 차양을 하고 강천댁을 따라 한다.

"뭣 히?"

"예?"

"갖꼬 왔으면 한잔히야지."

"아고, 깜박힜네."

월평댁이 따라주는 술을 강천댁이 도로 내밀며 산소에 먼저 부으라고 한다.

"참, 나 정신 쫌 보소. 나가 요새 너갱이를 놓고 산당께. 성님만 한 동상 읎다는 말이 딱 맞아라우."

월평댁은 봉분에 술을 부으며 강천댁이 송 씨와 화해하려고 올라온 것이라 생각한다.

'아, 진즉에 쫌 성님을 부르제는⋯. 으쩌요? 요로케 둘이 항꾼에 온 께 영감도 보기 좋제라우?'

외동서가 대작(對酌) 하기는 작년 송 씨 제사 때에 이어 오늘이 평생에 두 번째다.

"요로다가 나가 인자 술고래 되야불랑가 모르겄소, 성님."

"볼태기가 볼고족족허니 보기 좋네야."

"아적은 바람이 쌀랑해 오슬오슬 오그라들드니 한잔 헝께 몸이 낙낙해지요."

"요리 가차이 와."

강천댁이 월평댁을 끌어 자기 옆에 앉힌다.

"붙어 앙긍께 후룻하제?"

"그라요, 성님."

외동서가 이렇게 몸을 붙이듯 나란히 앉아보기도 처음이다. 두어달을 한방에서 기거했고, 한잔하여 거리낌이 없을 만도 한데 월평댁은 왠지 서먹하다.

"애렸을 적에, 자네도 힜제."

"뭐슬이라우?"

"춘 겨울에 양지발 담베락에 따닥따닥 붙어서 해발이를 허면 을매나 따땃힜는가."

"그라제라! 성님은 아적도 고 맛을 안 잊아불고 있소이. 으디 우리도 시방 한번 히봅시다."

월평댁이 강천댁 옆으로 꼬옥 몸을 붙인다.

"하이고, 몸땡이가 아리아리 사르르 녹아부네!"

"아따, 자그만치 밀어야."

"누가 민다고 그래싸요. 성님만 좋은 자리 차지험서."

"거그 자리가 좋구먼, 그만 미끄러!"

강천댁도 힘겹게 몸을 움직여 월평댁을 민다.

"아니랑께요. 그 자리가 좋당께요."

"어허이, 그 자리가 더 좋구먼!"

외동서가 서로 밀치며 한순간 동심으로 돌아간다.

"하이고, 성님 심을 못 당허겄소. 혼차 좋은 자리 다 차지하씨요."

월평댁이 힘이 부친 듯 옆으로 누워버린다.

"참말로 재미나네야."

"성님은 아그 적에도 질 좋은 자리만 차지혔지라우?"

"으디가! 자네가 양글지기 잘 혔을 거구만."

"지지는 안 했지라우."

"모다 다 똑겉었제. 아그들이 좋은 자리 차지허겄다고 서로 미끌고….."

"밀치난 아가 한 바꾸 돌아 또 미끌고….."

"미끌고 밀치나고 및 바꾸 돌다 보면….."

"어느새 땀이 나 머리에 짐이 솔솔 올라오고….."

"뉘엿뉘엿 해가 지는 중도 모르고 재미에 빠져 놀고 있으면….."

"알분아, 밥 묵어라!"

"옥분이도 빨랑 오니라! 그렸는디도 내는…. 아그들이 한나둘 빠져나간 횅한 담베락에서 오돌오돌 떨고 있었제. 그 자리를 뜨기 싫은께….."

정수리는 환한 햇살로 따뜻한데 월평댁 가슴이 싸하게 시려온다. 아이들이 빠져나간 횅한 담벼락에서 오돌오돌 떨면서도 그 자리를 뜨기 싫었다는 강천댁 말에 생에 대한 외로움이 진하게 배어 있는 것 같아서다.

모든 걸 놓아버린 듯 데면데면 허술했던 성격의 강천댁이 자리에 누우면서부터 오히려 생에 집착하는 듯한 모습을 보였다. 그 좋아하던 술, 담배를 찾지 않고 월평댁이 해주는 몸에 좋다는 음식이며 약을 군소리 없이 받았다.

그건 딱히 생에 대한 집착이라기보다 월평댁 정성을 순순히 받아들이고 그저 헤아려준 것인지도 몰랐다. 술을 치우고 담배를 감추는 월평댁을 애잔한 눈길로 바라보다가 "그려, 자네가 그래 주니 고맙네." 하고 말하곤 했다. 어쩌면 그건 이 생에서 마지막으로 강천댁이 월평댁에게 보여준 진정하고 순후한 우정이었을지 모른다.

오죽하면 월평댁이 자신이 너무 심했나 싶어 "댐배 한 대 꼬실르고 잡소?" 한 적까지 있었다.

강천댁은 "아녀. 자네가 간수혀." 했다.

반길 줄 알았는데, 월평댁 가슴이 문득 서늘하게 내려앉았다.

꿈이로다 꿈이로다

강천댁이 갔다. 그해 봄을 겨우 넘기고서였다. 고래 심줄 같던 집착과 고집이 생을 떠날 때는 짚불 스러지는 것 같았다. 강천댁의 소원대로 자식들 누구도 번거롭게 하지 않았다.

그 죽음은 갑작스러웠지만 월평댁에겐 예견된 것이기도 했다.

봄 내내 월평댁은 강천댁의 모습에서 죽음의 그림자를 보았다. 마루에 앉아 넋을 놓고 먼 산을 바라보는 모습이 그랬고, 눈앞에 사람이 있는 것처럼 혼자 뭔가를 중얼거리는 모습이 그랬다. 순간순간 정신을 놓는 것이 느껴져 월평댁은 아뜩했다.

"성님!"

월평댁이 부르면 누군가 하듯 한참을 멍하니 쳐다보았다.

"이잉, 자네여?"

넋 놓은 강천댁이 허깨비 같았다.

"성님 뭘 그르키 봐싸요?"

"… 영감 묏뚱까정 은제 저르키 신작로가 났능가?"

"예에?"

"코빼기 신 쫌 씻어놔 봐. 포도시 가 보게."

"…."

밤중에도 잠이 깰 때마다 월평댁은 강천댁 코에 얼굴을 가까이 대보곤 했다.

"…밤에 까마구가 마당에 끄머키 내려앉았어야…."

그날 월평댁은 자식들에게 전화를 돌렸다. 큰엄니가 많이 편찮으신께 빨리 한 번씩 댕겨가라고.

자식들이 앞서거니 뒤서거니 모두 다녀갔다.

"나가 두 엄니 사진 한판 박아주까?"

가장 늦게 내려온 명이가 손전화를 들고 나섰다.

외동서가 난생 처음으로 어깨를 나란히 붙이고 명이가 하라는 대로 미소를 지으며 사진을 찍었다. 강천댁 혼자도 찍고, 월평댁 독사진도 찍고, 명이는 몇 장을 더 찍었다.

바로 읍내 사진관에 가서 명이가 사진을 빼왔다. 외동서가 나란히 찍은 건 아예 액자에 넣어 벽에 걸 수 있도록 해왔다.

"으처요? 맴에 드씨요?"

"혼은 다 뺏기고, 게우 사진 한 장 남았네."

사진 속 얼굴을 쓰다듬으며 강천댁이 말했다.

그러다가 "…여그에 나 혼도 들었을랑가?" 진지하게 월평댁을 쳐다보았다.

"혼만 들었가니요? 나 눈에는 술, 댐배, 누구도 못이기는 고래 심줄

글은 고 고집. 성님이 질로 좋아허는 소리, 다 들었구먼."

월평댁이 부러 소리를 높여 엉너리를 쳤다.

"그람 걸어놔 봐."

액자가 벽에 걸렸다.

걸어놓은 사진을 강천댁은 한참을 쳐다보았다.

"보기 좋네야…자네하고 항꾼에 나란히 있응께."

"명이가 잘했지라우?"

"잉. 명이야…. 니는 지석이 목까정 오래 살그라."

"큰엄니, 나는 증손주까지 보고 죽을라는디…그랑께 큰엄니도 훌훌 털어버리고 일어나시야제."

명이가 등 뒤에서 강천댁을 안았다.

"나는 갠찮응께 얼릉 올라가그라…."

명이가 올라가고 그날 밤, 쌕쌕 밭은 숨소리에 월평댁은 번쩍 눈을 떴다.

목줄기로 선득한 바람이 스쳤다. 급히 불을 켜고 보니 강천댁 가슴이 천정을 향해 펄쩍펄쩍 뛰었다.

"성님. 성님!"

목에 걸려 그르렁대는 가래가 금방이라도 숨골을 막을 것 같았다.

월평댁이 강천댁을 무릎에 안아 올렸다.

"오매, 오매, 잠깐 새에 이게 뭔 일이까이. 성님, 성님…!"

두어 시간 전에도 화장실에 갔다 오며 강천댁을 살폈었다.

강천댁이 겨우 눈을 떠 월평댁을 보았다.

"…나가…나가…자네 안 깨울라고…."

"오매, 그른 벱이 어딨다요? 성님 가는 질을 나가 봐야제…. 자, 인자 숨을 콱 쉬어부씨요."

강천댁이 기침을 해보려고 안간힘을 쓰지만 가래는 강천댁의 숨길을 가로막고 뱉어지지도, 내려가지도 않았다. 밭은 숨소리가 그 사이를 비집고 쌕쌕 힘겹게 새나왔다.

"성님, 쫌만 쫌만 지둘리씨오."

월평댁이 급히 냉장고로 가 술병과 숟가락을 가져왔다. 자리에 앉으려다 대접도 가져왔다. 소주를 대접에 따랐다. 강천댁 머리를 안고 숟가락에 술을 떠 강천댁 입에 천천히 흘려 넣었다.

두어 수저가 들어가자 거짓말처럼 강천댁 호흡이 진정되고 펄떡이던 가슴이 가라앉았다.

"…댐배는 안 태고 잡소?"

강천댁 입가에 보일 듯 말듯 미소가 어렸다.

월평댁이 경대 서랍에서 담배를 내왔다. 불을 붙여 월평댁이 먼저 한 입 빨고 콜록대며 강천댁 입에 물려주었다.

강천댁이 깊이 한 모금을 빨았다. 다시 한 모금을 더 빨더니 고개를 저었다.

"천년만년 살 것도 아님시롱 이르키 좋아허는 거를 나가…. 되았소?"

응답이라도 하듯 강천댁이 눈을 끔벅이자 흥건했던 눈물이 볼을 타고 흘렀다. 월평댁이 손바닥으로 눈물을 살뜰히 닦아주었다.

"성님. 나가 성님 뒤따라갈 때 쐬주하고 댐배 양씬 사갈 겡께 묵고 자파도 쫌만 지둘리씨요, 이잉."

월평댁과 눈을 마주치는가 싶더니 끄르르륵 막혔던 가래가 터지고 강천댁이 후우 숨을 길게 내뿜었다. 강천댁 고개가 스르르 떨어졌다. 월평댁이 그 목을 가슴으로 받쳐 안았다.

"고맙소, 성님…. 성님 가는 질을 나가 보게 혀서…인자는 맴 놓고 홀홀 떠나씨요…."

　강천댁 장례를 치르고 유품을 정리하다 명이가 텔레비전 받침대 서랍에서 편지 봉투 하나를 발견했다. 봉투 안에서 누런 공책을 뜯어낸 종이에 꾹꾹 눌러 쓴 강천댁 글이 나왔다.

　동상, 나가 난생 첨으로 자네헌티 핀지를 써 보네. 무슨 말을 히야 할꼬.
　자네가 나의 이르키 좋은 질동무가 될 중을 누가 알았으까. 그러고 보먼 하늘이 허는 일에는 다아 뜻이 있는 것 같어야. 뭣 한나도 뜻이 읎는 거이 읎는 것 같어야.
　나는 늘 도살장에 끌려가는 황소맹키 뿔을 이리저리 딜이받으며 살았든 거 같어. 늘 시상이 억울하고 서럽고 원망시러웠제. 근디 나가 자네하고 지난겨울을 항꾼에 남서 죽을 준비가 된 소맹키 비로소 나 인생에 머리를 끄덕이게 되았구만.
　자네허고 나를 좋은 질동무로 만들라고 그 험한 시월이 있었능가 생각혀. 나 같은 인생을 여그까정 꿋꿋이 짊어지고 같이 온 자네가 참말 고맙네. 지끔 죽어도 나는 여한이 읎어.
　자네하고 나 약속 하나 허세.

저승에 나가 먼첨 가서 영감 만나면 자네 허리 고쳐 돌라고 꼭 부탁을 헐 팅게, 글고 정자 소식도 꼭 알아볼 텡게 자네는 우리 영철이 혹시 들르면 나 보드끼 혀주소. 그 사람 덕분에 나가 영롱허니 산 세월이 있었어야. 영철이 생각허면 지끔도 가슴이 훗훗혀. 글고 난생 첨으로 좋은 일도 혔구만. 영철 이 등 시릴 때 나가 따뜻한 이불 한 자락 덮어주었고, 배고플 때 따뜻한 밥 한 숟가락 먹였다고 생각하면 맴이 좋아. 그 밥 때문에 영철이가 저 세상으 로 나갈 힘을 얻었다면 그보다 고마운 일이 으디 있겠능가. 나는 고로케 믿 고 있어. 보내고 그리는 정도 애틋허고 좋네야.

낮에는 벳이 달더니만 지끔은 노을이 만장맹키 볼께 타고 있네야.

참 글고 앞으로 나 지사날에는 상 우에 기냥 담배 한 대 소주 한 잔이먼 족 허다고 장대한티 말해주소.

날머리

아직 눈길에 표표히 찾아온 손님처럼 매화가 피었다.

월평댁이 자금실로 시집온 이래 강천댁 없이 맞이하는 첫봄이다. 열일곱에 시집 와 육십여 년을 강천댁과 함께 봄을 맞았었다. 육, 칠여 년은 아래윗집에 살면서 '성님' '동상' 하는 이웃으로, 오십여 년은 '큰어메', '작은어메'로 불리는 외동서로.

돌아보면 그 길이 동백꽃잎 떨어지듯 한바탕 꿈처럼 스러진 것 같아 월평댁은 침침한 눈을 비비곤 했다. 월평댁은 산에 오르면 이제 송 씨보다 송 씨와 나란히 누운 강천댁과 더 많은 얘기를 한다.

"오매, 성님! 잊아뿔지도 안 힜소잉!"

강천댁 봉분에 이른 할미꽃 한 송이가 월평댁을 반긴다.

"쬐끔만 지둘리씨요, 성님. 나가 곧 쪼롬이 옆으로 갈 팅께!"

월평댁은 강천댁과 해발이 할 때처럼 강천댁 봉분에 딱 붙어 앉아 조근대기 시작한다. 장대가 공장을 접고 월평댁 솜씨를 받아 묵 집을 냈다는 얘기를 했고, 금이 시어머니가 치매가 심해져 요양원에 들어

갔다는 얘기, 정자는 아직도 소식을 모른다는 얘기도 했다.

그러면 강천댁 대답이 선연하다.

'이잉, 그렸어?'

"예에."

'우리 장대는 심성이 수말허고 선헌 사램이라 끝이 좋을 거구면.'

"그러겄지라잉."

'금이 시어메가 안됐네. 시상에서 젤로 슬픈 병이 치매여.'

"그른 것 같어라우…. 그 냥반이 쓰던 손전화기가 있는디 차마 없앨 수가 읎어 요양원에 넣어 드렸다 안 혀요. 가끔 손자가 할매가 보고 싶어 못 받을 줄 알면서도 전화하면, '나이야 가라 나이야 가라 나이가 대수냐, 오늘이 가장 젊은 날…' 이런 노래가 전화를 받는다요. 그 냥반이 그 노래를 엄청시리 좋아했다누만요. 그러면 손자가 혼자 막 운다요. 우리 할머니는 아무것도 모르고 누워 있는데 노래는 저 혼자 늙지도 않고 살아 있다고 함서요. 그래도 전화세 물면서 전화기를 못 없애고 있다요. 요양원에서 충전인가 뭐신가도 꼬박꼬박 해주고…."

'시상에 그른 손자가 읎네.'

"성님이 그 냥반 쫌 부르씨오."

'그럴 수 있다면야 좋겄제만…. 으쳐겠나, 뭣뚱이 하는 일을.'

월평댁은 뭔가 한마디 더 하려다 그만둔다.

"…성님!"

'왜에?'

"벳이 참 다요."

'우리 또 해발이 하까?'

"그랍시다. 언능 욜로 오씨요."

강천댁이 다가와 월평댁 옆으로 꼭 붙어 앉는다.

"아따, 아랫목이서 잘 지져논 거맹키 성님 몸땡이가 참 따시요이."

강천댁 따뜻한 온기에 월평댁 눈이 슴벅슴벅 스르르 감긴다.

올봄엔 유난히 황사가 심하다.

그러더니, 지난밤엔 밤새 촉촉이 봄비가 내렸다. 비 그친 뒤의 하늘이 정성 들여 비질을 끝낸 아침 마당처럼 모처럼 청아하다. 키질이 잘된 콩알처럼 햇살이 또글또글 부시다.

월평댁이 담배를 피운다.

마루에 한쪽 무릎을 세우고 앉아 먼바다를 바라보며 피우는 모습이 꽤 능숙하다. 한쪽 무릎을 세운 것도 강천댁 모습 그대로다. 담뱃재도 강천댁이 털던 송판 마루 옹이구멍에 그대로 턴다. 손가락이 델 만큼 꽁초가 되도록 태우는 것도 똑같다.

"어이고! 요 댐배 아녔으면 폴새 아구창에 곰팡이가 실어불고도 남었겄제."

월평댁 전유물인 '하이고' 감탄사도 무디어져 예전의 벼린 듯한 칼 칼함이 사라졌다.

더 늙고 쇠약해진 순덕이가 댓돌에 웅크리고 앉아 있다.

"그려…. 니도 듣고 잡제? 나가 소리나 한나 히불끄나!"

꽁초를 옹이구멍에 버리고 손바닥에 햇살을 받아 마른 얼굴을 한 번 비빈 뒤 월평댁이 바다를 향해 제법 구성지게 소리를 늘어놓는다.

인새앵이 이내 몸을 앙고 살으웠나

나가 인생을 앙고 살었나

구비구비 걸어온 질이 꿈만 가트라 ….

(끝)

여성이여, 야성을 회복하라

권혜수 작가가 독자들의 작품 이해를 돕기 위해 박해현 나남출판사 주필의 인터뷰 요청에 응했다. 박 주필의 질문에 권 작가는 소설을 통해 활달하게 발휘한 입심을 다시 구사하면서 대답해줬다. 소설 구상을 비롯해 창작 과정에 얽힌 작가의 개인사도 진솔하게 털어놨다.　　　　　　　　　　　　　　　 －편집자

잘근잘근한 남도 사투리에서 시나브로 촉발된 소설

박해현(이하 '박')　　 이 소설의 탄생 과정을 독자들에게 알려주시면 좋겠습니다. 착상하게 된 동기, 작품 구상과 집필 과정에 얽힌 일화, 작가로서 탈고할 때까지 견지했던 입장 등을 말씀해주시기 바랍니다.

권혜수(이하 '권')　　 2003년 나는 책 한 권을 만났다. 《책 한 권으로도 모자랄 여자 이야기》라는 책이었다. 유동영·허경민, 두 사진작가가 전국을 다니며 여섯 명의 할머니들을 만나 사진을 찍고 그들이 들려주는 구술을 정리한 책이었는데, 그 속에서 전남 고흥에 사는 두 할머니

346

를 만났다.

한마을에서 "큰어매" "작은어매"로 불리며 평생을 산 두 여자. 그 굴곡진 삶이 내 마음을 사로잡았다. 소설로 써보고 싶었다. 그러나 먼 바닷가 이야기가 너무 막막했고 막연했다. 한마을에 사는 본처와 첩의 이야기는 시골에서 어린 시절을 보낸 내게 낯선 이야기가 아니었고 우리 집안에서 직접 겪기도 했지만, 책에 구술된 두 할머니의 삶은 그때까지의 내 상상을 뛰어넘는 것이었다. 무슨 신화나 전설 같았다.

그러나 할머니들의 삶보다 내가 더 매료된 것은 작은할머니가 구사하는 저 남도의 쫄깃쫄깃한 탯말이었다. 남도 방언은 많은 작가들의 작품에서 구현되었고, 수많은 상업영화 덕분에 지나치게 익숙한 것이 되었지만, 할머니만의 잘근잘근한 생활 사투리는 그와는 또 다른 세계였다. 그 말새가 아니고서는 도저히 할머니의 삶의 원형과 질감, 남도의 원초적 태(胎)를 상상할 수 없는 그런 것 말이다. 일제강점기와 6·25 전쟁 등 현대사의 질곡을 거쳐 온 할머니들의 삶을 표현하기도 아득했지만, 경상북도 예천의 산골짜기에서 태어난 내게 남도의 사투리는 더 거대한 벽이었다.

두 사진작가를 만나볼까 몇 번을 생각하다가, 나는 일단 할머니들을 책 속에 그냥 두었다. 그러나 잊을 수가 없었다. 틈만 나면 할머니들이 말을 걸어오는 것 같았기 때문이다.

4년이 지났다. 우연히 SBS에서 특집극을 공모한다는 기사를 보게 되었다. 먼저 드라마로 써보아야겠다 생각했다. 내가 직접 할머니를 찾아가서 책에는 없는 이야기를 더 들었다. 그해 나는 할머니들 이야기로 SBS 특집극 공모에서 수상을 했다.

큰 모티프만 따왔지 캐릭터도, 사투리도, 서사도, 완전한 창작이었다. 고흥을 벌교로 옮겼고, 두세 줄로 간단하게 술회된 꼬막 얘기를 또 하나의 서사로 전면에 등장시켰다. 책은 씨받이로 들어간 작은할머니 구술로만 이루어져 있어, 큰할머니 캐릭터는 완전 새롭게 구축해야 했다. 시골 할머니로서는 드물게 살림은 탄솔하고 소리는 잘하는 예술가형으로 만들었다. 배경에 머물렀던 남편의 캐릭터에도 현실성을 불어넣었다. 작은할머니 역시 잘근잘근한 말새와 억척스러운 것만 닮았지, 더 칼칼하고 입체적인 캐릭터로 다시 그렸다. 책에서는 두 할머니가 소닭 보듯 데면데면 싸움이 없었지만, 드라마에서는 두 할머니를 끊임없이 티격태격하게 했다. 할머니가 살아온 역사적 배경도 바뀌었다. 그럼에도 몇 가지 소소한 에피소드는 겹치는 걸 피할 수 없었다. 작은할머니가 큰할머니를 두고 자주 사용하는 "냅도뿌러!" 같은 말도 가져왔다.

무능한 남성 시대일수록 여성은 억척스러워야

박　이 소설은 '참꼬막, 개꼬막'으로 비유된 본처와 시앗의 관계로 맺어진 두 여성의 기구한 인연과 인생을 다룬 소설입니다. 소설 속의 자식들 입장에서 보자면 '두 엄니' 이야기라고 부를 수도 있겠습니다. 결국 여성적 삶이란 무엇인가라는 근원적 질문을 던지지 않을 수 없습니다. 여성적 삶에 대한 평소 인식과 입장은 무엇이라고 말씀하시겠습니까.

권　솔직히 개인적으로는 여성성이라거나 여성적 삶에 대해서 치열하게 부딪치거나 체화해 보지 못했다. 영남에서도 가장 완고한 지방에 태어났지만 부모님으로부터 글 쓰는 것에 전폭적인 지지를 받았고, 남동생들과도 차별이 전혀 없었다. 결혼 생활에서도 그랬다. 문단 생활도 활발하게 하지 않아 차별이나 편견 같은 부딪힘을 거의 겪어보지 않았다. 그러나 내 스스로 옭아매는 건 있다. 남동생들을 유난히 걱정하고 챙긴다든지, 제사 같은 집안의 대소사는 기본적으로 맏며느리인 내가 책임져야 할 일이라고 생각한다든지…. 전자는 누나로서 아주 자연스러운 감정이고, 후자는 제도에 대한 순응이다. 이건 개인의 기질 문제이지 굳이 여성적 삶이라거나 여성성이라고 할 수는 없을 것 같다.

내가 생각하는 진정한 여성성은 소설에서 강천댁이 보여준 것이다. 배고픈 사람에게 따뜻한 밥 한 끼 먹이고 추운 사람에게 따뜻한 이불 한 자락 덮어주는 것. 팔십이 가까운 나이에도 한 남성에게 가슴 설레는 것. 본처와 첩은 남성으로 인한 악습의 굴레이지 여성성과는 거리가 있다고 생각한다. 우리 어머니 할머니들이 겪어낸 여성적 삶의 한 단면일 수는 있겠지만.

진정한 여성성이나 여성적 삶은 남성들이 감당 못 하는 삶에의 야성에 나는 있다고 생각한다. 작고한 박완서 선생님은 궁핍하고 어려운 시대일수록 여성들은 억척스러워지고 남성들은 무능해진다고 하셨다. 많이 공감했다. 여성들이 그만큼 자기 앞의 삶을 회피하지 않고 치열하게 살아낸다는 의미다. 오늘 우리의 풍요는 그 여성성에 빚지고 있다.

평생 평행선을 걸은 두 여자

박 이 소설 독자에게 강천댁과 월평댁이란 인간형을 간략하게 소개하신다면 어떻게 말씀하시겠습니까.

권 전통적 대칭구조로 썼다. 한쪽이 이상적 인간이라면 한쪽은 현실적 인간형으로, 한쪽이 예술가형이라면 한쪽은 실용가형으로. 소설에서는 강천댁이 전자고, 월평댁이 후자다.

  큰어매 강천댁은 젊어서부터 자식을 못 낳는 아픔과 남편으로부터 사랑받지 못한 한을 술과 담배로 달래 왔다. 살림도 등한히 하고 게을러터져 세수조차 잘 하지 않는 강천댁이지만 희한한 재주 하나를 가지고 있다. 자신의 신세를 입에서 나오는 대로 노래로 지어 부르는 것이 그것이다.

  작은어매 월평댁에게 '작은'이란 말은 자기 배 아파 낳은 자식을 호적에 올릴 수 없는 아픔, 자식 결혼식에 남편과 나란히 꽃 달고 앉을 수 없는 서러운 이름이다. 언제나 뒷자리였던 슬픈 인생. 그러나 월평댁은 스스로의 삶을 억척스레 살아냈다.

박 위의 질문과 연관된 것으로, 작가로서 이번 소설을 통해 뚜렷이 그리고자 했던 여성상은 어떤 것이라고 말씀하시겠습니까. 전반적으로 생명력이 강한 여성 이야기라는 생각이 듭니다만 ….

권 남녀평등이니, 자아실현이니, 하는 말은 상상조차 할 수 없었던 시대를 살아온 여성들의 삶을 그리고 싶었다. 뻘배를 밀 듯 오로지 온몸으로 운명을 밀어가며 살아낸 그 삶에의 야성과 슬픔을 쓰고 싶었다. 외나무다리에서 만난 두 여자를 통해.

그러나 이 소설은 비명조차 지를 수 없었던 삶의 징글징글함을, 여자로서의 비수(匕首) 같은 아픔을, 처(妻)와 첩(妾)으로 겪어낸 인생의 암울함을 얘기하기보다, 만나면 잔소리부터 하고 티격태격하는 늙은 '외동서'의 해학적 일상에 초점을 맞추었다. 우리의 삶을 지배하는 힘은 일상이라고들 한다. 일상의 사소한 반복들은 어떤 거대한 진실보다 아름답고 힘이 세다고.

서로에게 비수를 겨누었지만, 마침내 그 운명을 넘어 둘도 없는 길동무가 된 두 여자! 오늘 우리가 회복해야 할 것은 그 여성들의 삶에 대한 야성이며, 어떤 삶일지라도 자기 앞의 생을 온몸으로 살아낸 그 진정성이며, 모질고 거친 길을 함께 부대끼며 걸어가는 동행의식이 아닐까 한다.

꼬막 맛은 인생의 오묘한 맛

박 이 소설의 특징이자 묘미는 전남 벌교 방언입니다. 이 소설에서는 스토리와 플롯 못지않게 등장인물들이 주고받는 활달한 '입대름 한마당'이 매우 중요한 역할을 차지합니다. 벌교 방언의 특징은 무엇이라고 생각하십니까. 또한 작가로서 이 방언을 사용하기로 의식한 것이 있다면 무엇이라고 말씀하시겠습니까.

권 한때 사투리는 식모의 언어였고, 조폭의 언어였고, 편견과 비하의 언어였다. 그러나 《책 한 권으로도 모자랄 여자 이야기》에서 할머니가 쓰는 사투리를 읽으면서 나는 그 언어의 풍부함과 서정성, 원초적 매력에 푹 빠졌다. 격조까지 있었다. 국어사전에는 없는 그 리드미컬한 우리말을 소설에서 살려보고 싶었다. 작가의 사명 같았다. 작가로서 특별히 쓰고 싶은 언어를 가졌다는 게 축복으로 느껴졌다.

솔직히 벌교 방언에 어떤 특징이 있는지 잘 모르고 썼다. 제주도 방언을 듣는 것처럼 할머니의 어떤 말은 해석이 필요할 정도로 생뚱하고 낯설었다. 그건 방언이 그만큼 잘 유지되었다는 뜻도 될 것 같다. 벌교는 고흥과 순천, 보성을 잇는 교통의 요지고, 일제 강점기에는 전라도 곡창지대의 곡식을 수탈해갈 목적으로 상업화된 곳이지만, 해방 뒤에는 깊은 만(灣) 깊숙이 자리한 외진 지리적 특성 때문에 상대적으로 사투리의 원형이 질 보존되지 않았나 생각한다. 그러나 이 오진 사투리도 할머니들이 돌아가시면 거의 사라질 것이다. 사투리 사전에서 우정 찾아야 할 말이 되기 전에 소설에서 쓰고 남기고 싶었다.

박 벌교를 무대로 한 소설답게 꼬막 맛 묘사가 돋보입니다. 작가의 '꼬막'론은 무엇이라고 할 수 있을까요.

권 짭쪼롬하고 짤깃쫄깃하고 베릿하고 달큰하고 향긋하고, 개안하고, 옹골차고…. 음식 하나에 이처럼 많은 형용사가 붙기도 쉽지 않을 것이다. 그만큼 다양한 맛을 느낄 수 있다는 얘기겠다. 어쩌면 꼬막은 그 자체로 인생의 오묘한 맛이다. 인생처럼 강인한 생명력까지 가졌다. 꼬막의 짭쪼롬한 피가 사람의 피와 비슷해서 쉽게 상하지 않는다니. 단, 쓴맛이 없다. 산다는 자체가 쓴맛인데 뭘 나한테서까지 쓴맛을 봐야겠느냐고 꼬막은 말하는 것 같다.

박 이 소설에서 꼬막 외에 짱뚱어를 비롯한 전라도 음식에 대한 묘사가 나옵니다. 소설가로서 음식의 맛이란 어떤 것이라고 설파하시겠습니까.

권 경상도 시골 출신인 나는 음식에 대해서는 정말 할 말이 없다. 매스컴에 등장하는 유명 종가(宗家)나 특별히 음식을 잘하는 집이라면 모를까, 그 지방은 음식이 맛없는 고장이다. 다양하지도 않다. 일단 재료가 풍부하지 않아 모든 음식이 짜다. 그래서 안동 간고등어도 생겨났다. 영덕이나 울진에서 고등어를 사 지게에 지거나 수레에 싣고 안동으로 오자면 험준한 고개를 넘고 계곡을 지나야 한다. 이삼 일이 걸린다. 그 사이 고등어가 상할까봐 계곡물에 고등어 내장을 버리고 염장을 해서 온 것이 간고등어의 시작이다. 제사에 쓰는 굴비도 짰고, 상어나 방어도 통째는 없고 소금에 절인 토막을 샀다. 제사가 지나면 그것이 다시 소금 단지로 들어갔다. 조개나 회라는 건 생각도 못 했다.
　그 지방 음식으로는 콩국수가 그나마 유명하고, 특히 배추적(그 지방에서는 '전'을 '적'이라고 했다.)을 많이 부쳐 먹었는데, 배추적에 대해서는 얼마 전까지도 그걸 무슨 맛으로 먹느냐는 사람이 많았다. 특히 식재료가 풍부한 고장 출신 사람들이 그랬다. 배추적은 천하에 심심하고 슴슴한 음식이다. 그러나 한 번 맛들이면 담백하고 자극적이지 않은 그 자연스러운 맛에 많이들 좋아하는 걸 보았다. 부치는 방법도 재료도 간단하다. 살짝 절여 숨을 죽인 배추 속잎을 후라이팬(옛날에는 솥뚜껑)에 두세 장 가지런히 놓고 앞뒤로 되직한 반죽물을 부어 부치면 그만이다. 심심한 만큼 양념장이 맛있어야 한다. 지금 꼬막전 먹을래? 배추적 먹을래? 한다면 나는 단연코 배추적을 선택한다.

그런데 전라도로 시집오니 음식할 때의 그 풍성한 양념 재료와 손큰 씀새에 놀랐다. 조기, 덕자, 상어, 민어 같은 생선을 찌면 몇 소쿠리를 쪘다. 원재료가 신선하고 풍성하니 음식 맛이 없을래야 없을 수가 없었다. 남도 사람들의 타고난 손맛도 있겠지만, 결국 음식의 맛을 좌우하는 건 풍성한 재료와 그 재료의 신선함에 있다고 생각한다.

홍어를 못 먹던 초기, 나는 남편으로부터 홍어도 못 먹으면서 무슨 소설을 쓰냐는 농담을 가끔 들었다. 그러면 나는 톨스토이가 홍어를 먹었냐, 괴테가 홍어를 먹었냐, 고 받아치곤 했다. 남편은 1년에 두세 번은 제대로 홍어를 먹어야 내장이 청소되고 속이 뻥 뚫린다고 한다. 감기로 코가 막혔을 때도 홍어를 먹으면 코가 뻥 뚫린다나.

전라도 남자를 만난 경상도 여자

박 이 소설에서 월평댁의 인생관을 도드라지게 보여주는 어휘 사용이 "냅도 뿌러!"라고 할 수 있겠습니다.

권 냅도버리고 싶어도 냅도버릴 수 없는, 냅도버려지지가 않는 그 어찌지 못하는 상태를 역설적으로, 또는 탄식하듯 표현한 것이다.

박 이 소설은 "순한 섬들 사이로 아득히 물이 빠져나갔다"로 시작해 마치 원경에서 근경으로 카메라의 시선을 이동하듯 시각 효과를 활용했고, 중간중간에 리듬을 살린 의성어와 의태어 활용으로 청각 효과도 살렸습니다. 작가로서 매우 공들인 대목이 적지 않습니다. 대표적 대목을 스스로 꼽아보신다면….

권 두 할머니의 티격태격을 나는 무척 즐기며 썼다. 단순히 잘 쓰인 문장이나 대사를 넘어, 대화와 문장의 리듬감을 살리려고 많이 애썼다.

판소리 한 대목처럼, 혹은 마당놀이처럼 치고 되치고 돌려차고 짐짓 빠지고 하는. 대표적 대목이라기보다, 두 주인공의 입대름보다 내겐 더 애틋하고 애착이 가는 장면이 있는데 월평댁이 신작로에 나가 서울에서 내려오는 명이를 기다리고 만나는 장면, 객지에서 고단했던 딸이 친정에 와서 그저 맘 편히 잠만 자다 올라가는 대목이다. 그리고 월평댁보다 강천댁의 심리에 더 애정을 느끼며 썼다. 강천댁에게 더 감정이입을 했던 것 같다.